나의 빛나는 삶

나의 빛나는 삶

옮긴이 **고상숙**

연세대 영어영문학과, 한국외대 통번역대학원 한영과를 졸업했다.
KBS에서 외신 번역과 통역을 담당하다가 현재는 서울외대 한영통번역학과
겸임교수 및 프리랜서 통·번역가로 활동하고 있다. 옮긴 책으로는
『굿 걸, 배드 블러드』, 『완벽한 딸들의 완벽한 범죄』, 『락다운』,
『세상 끝의 카페』, 『사막을 건너는 여섯 가지 방법』, 『위험한 시간 여행』,
『레드 세일즈 북』, 『바그다드 동물원 구하기』, 『희망과 함께 가라』 등이 있다.

나의 빛나는 삶

초판 1쇄 발행 · 2026년 1월 30일

지은이 · 마일스 프랭클린
옮긴이 · 고상숙
펴낸이 · 김요안
편집인 · 강희진
디자인 · 김이삭

펴낸곳 · 북레시피
주소 · 서울시 마포구 신수로 59-1
전화 · 02-716-1228
팩스 · 02-6442-9684
이메일 · bookrecipe2015@naver.com | esop98@hanmail.net
홈페이지 · bookrecipe.co.kr
등록 · 2015년 4월 24일(제2015-000141호)
창립 · 2015년 9월 9일

ISBN 979-11-93551-56-1 03840

종이 · 화인페이퍼   인쇄 · 삼신문화사   제본 · 대흥제책

나의 빛나는 삶
My Brilliant Career

———

마일스 프랭클린 장편소설

———

고상숙 옮김

북레시피

차례

사랑하는 독자 여러분께,

이 책을 펼쳐 드실 분들을 위해 몇 마디 안내 말씀 드립니다. 이 책에 기술된 이야기는 모두 제 개인 서사임을 밝히는 바입니다. 저는 제가 살아온 이야기를 나누고 싶어 이 책을 썼습니다. 제가 소설을 쓰는 이유이자, 유일한 목적이 바로 살아온 이야기를 나누는 것이니까요.

이 책을 보시면서 너무 제 이야기만 한다 뭐라 하실 분이 있을 수도 있는데, 그렇다고 해도 저는 변명을 늘어놓을 생각이 없습니다. 보통 자서전에는 본인 이야기를 스스로 하는 것에 대해 민망하다는 식의 서설이 따라붙는 경우가 많지만, 저는 그런 식의 지루한 서문도 쓰지 않겠습니다. 읽다가 혹시 제가 너무 자아 도취적인 인간으로 보인다 하더라도 양해해주시기 바랍니다. 아니 톡 까놓고, 그런 면에 대해서는 신경을 꺼주시길 부탁드립니다. 그래도 신경이 쓰인다, 하… 그러면, 어쩌겠습니다. 그럼 신경 쓰십시오.

이 책은 낭만적인 로맨스 소설이 아닙니다. 저에게 삶은 너무나 고되고 힘들어 감상이나 환상에 시간을 할애할 여유가 없었습니다. 어떤 면에서 이 책은 소설도 아니고, 단순한 이야기, 그야말로 '진짜 사람 사는 이야기'입니다. 아, 살아가는 이야기를 이보다 더 진솔하게 담을 수 있을까 싶을 만큼 진솔하게 썼습니다. 우리네 삶이라는 것이 그리스신화에 나오는 그 키메라 괴물이 아닐지언정, 제 이야기 속에 나오는 삶의 무게와 가슴 아픈 고통은 제가 키 큰 유칼립투스 나무들 사이에서 발견한 빛줄기만큼이나 진실한 것입니다.

제 삶은 녹록하지 않았습니다. 희망 없는 시체와도 같은 나날들이 제 십 대 시절을 통째로 삼켜버렸습니다. 그런데 이제는 그 삶이 제게 남은 젊은 시절까지 탐욕스럽게 집어삼키려 하고 있습니다. 앞으로 제 황금기마저 잠식해버릴 것입니다. 만약 제 목숨줄이 길어 저주받은 노년까지 숨이 붙어 있다면, 그 노년마저도 이곳에서 허물어져가겠지요. 날마다 끝없이 반복되는 고된 노동, 숨 막힐 정도로 단조로운 나날, 제 몸에 맞지 않는 옷과 같은 이 환경 속에서 하루하루를 견디며 제 영혼은 헤어날 수 없는 족쇄에 묶여 날마다 몸부림치고 있습니다. 이 몸부림은 헛되이 끝날 것입니다.

1899년 3월 1일, 호주, 뉴사우스웨일스 골번 인근, 포섬 걸리에서 이 책을 보시는 독자 여러분, 제 이야기에 그냥 빠져들어 읽어주시기 바랍니다. 아름다운 노을이나 귓속에 살랑살랑 속삭이는 바람 같은 헛소리는 등장하지 않으니 걱정하지 마십시오. 우리 대부분 보통 사람들에게 즉, 1,000명 중 999명에게 노을은 단지 내일 비가 올지 아닐지를 알려주는 징조일 뿐입니다. 그래서 저는 허황되고 바보 같은 상상은 시인들이나 화가들에게 맡기려 합니다. 이 소설을 읽는 독자들과 더불어 저는 시인이나 화가의 기질을 갖고 태어나지 않은 사실을 축하하려 합니다!

시인으로 태어나느니 차라리 노예로 태어나는 게 낫습니다. 시인은 항상 혼자이기 때문입니다. 사람들 사이에 둘러싸여 있어도 무서울 정도로 외로운 존재이기 때문입니다.

시인은 사랑하는 사람들과 함께 있을 때조차 혼자입니다. 왜냐하면 시인의 영혼은 평범한 사람들보다 훨씬 높은 곳에 있어서, 마치 우리 인간이 원숭이와 다른 차원에 있는 것처럼 시인 역시 세상과 동떨어져 있기 때문입니다.

이 책의 이야기에는 특별히 소설다운 '구성'이라고 부를 만한 구조가 없습니다. 제 인생에도 그런 건 없었고, 주변 누구의 삶에서도 본 적이 없습니다. 우리는 '구성'이라는 것을 짜느라 시간을 허비할 여유가 없는 계층이기 때문입니다. 구성이라는 사치를 누려볼 여유도 없이, 그저 하루하루 생계를 꾸려나가기에도 벅찬 인생을 살아가고 있으니까요.

1. 나는 기억한다, 나는… 기억한다

"으앙! 아포! 으앙! 아파. 으앙, 아야! 으앙!"

"자, 자, 뚝. 우리 귀여운 짝꿍이 이렇게 겁쟁이처럼 울면 안 되지? 아빠가 도시락 가방에서 기름 꺼내다 발라주고 손수건으로 감싸줄게. 그럼 괜찮을 거야. 자, 이제 그만 뚝 하자. 그렇게 계속 울면 우리 말, 다트가 놀라서 도망가버릴지도 몰라."

이것이 세상에 대해 내가 갖게 된 최초의 기억이다. 그때 나는 세상에 태어난 지 아직 세 돌도 지나지 않은 꼬맹이였고, 당시 내 주변에는 웅장한 유칼립투스 나무의 희고 곧은 줄기 위로 햇살이 반짝이고 있었다. 양치류들로 둘러싸인 둑 사이 졸졸 흐르는 시냇물 위로 떨어지던 햇살과, 왼편의 덤불로 덮인 언덕 아래로 사라지던 물소리까지 또렷하게 기억이 난다. 한여름의 맑고 긴 날, 오후 1시쯤이었던 것 같다.

그날 아빠와 나는 집에서 꽤 멀리 떨어진 방목지에 와 있었다. 소금을 보관하기 위해 방목지로 가는 길에 아빠가 나를 데려가신 거다. 엄마가 나를 위해 만들어주신 작은 갈색 베개를 말 안장 앞에 놓고 그 위에 앉혀서. 개울 건너편 여물통에 암염 덩어리들을 넣어두곤 했는데 여물통을 비로부터 보호해주는 소금창고 지붕은 스트링기바크 나무로 되어 있었다. 주변은 머스크와 페퍼콘 덤불로 울창하게 둘러싸인 수풀이어서, 그림처럼 살짝 모습을 드러낸 창고의 모습은 우리가 점심을 먹은 자리에서도 눈에 들어왔다.

나는 차를 끓여 마셨던 냄비에 개울물을 채웠고, 아버지는 그 물로 모닥불을 끄셨다. 그러고는 녹색 가죽끈으로 말 안장 D자 고리에 냄비를 단단히 묶었다. 소금을 담아 나르는 녹색 가죽 자루들은 짐을 실어 나르는 일꾼 역할을 하는 갈색 말의 안장 고리에 걸려 있었고, 아버지의 안장과 갈색 베개는 아빠가 종종 나를 태우고 다니시던 큰 회색 말 '다트' 위에 얹혀 있었다. 이제 우리는 집으로 돌아가기 위해 막 출발하려던 참이었다.

출발 준비를 하면서 아버지는 우리가 남긴 점심을 다 먹어 치운 개들에게 재갈을 물리고 계셨다. 개들은 재갈 물리는 걸 지독히 싫어했지만, 어쩔 수 없었다. 아버지는 그날 스트리크닌 약병을 챙겨 오셨고, 딩고를 잡을 요량으로 길에서 발견한 죽은 짐승 사체에 그 독약을 듬뿍 넣어두셨기 때문이다.

아빠가 개들에게 재갈을 물리고 있는 동안, 나는 고사리와 들꽃을 따며 놀다가 그만 나무고사리 밑동에 또아리를 틀고 있던 커다란 검은 뱀을 건드리고 말았다.

"뱀이다! 뱀!" 하고 내가 깜짝 놀라 소리를 지르자, 담배를 피우고 계시던 아빠가 쏜살같이 달려와 목장에서 쓰는 채찍으로 뱀을 때려잡으셨다. 그 와중에 담배 파이프를 손에서 놓쳤고, 나는 떨어진 파이프를 주워드리려다 떨어진 불씨에 손을 데고 말았다. 흙이 묻어 꼬질꼬질하기 짝이 없었지만, 아직 연하고 통통한 내 손은 그렇게 화상을 입고 말았다.

아마도 손가락을 덴 아픔 때문에 기억 속 깊이 그날의 일이 새겨진 것이리라. 아버지는 나를 자주 데리고 다니셨지만, 그 시기에 집 밖으로 나갔던 일 중 내가 기억하는 건 바로 이 사건이 일어난 날뿐이다. 재미있는 것은 방목지와 집까지 거리가 20킬로미터는 족히 되었지만, 그 사건 이후 집까지 어떻게 돌아왔는지는 전혀 기억나지 않는다는 사실이다.

그 시절의 아버지는 꽤 잘나가던 분이었다. 브루가브롱과 빈빈 이스트, 빈빈 웨스트 세 곳의 목장을 소유하고 계셨는데 그 규모가 도합 810평방킬로미터에 달했다. 아버지는 그 덕분에 '귀족' 대우를 받았지만 혈통으로 치면 겨우 할아버지 한 분밖에 계시지 않았다. 반면 어머니는 진짜 귀족이었다. 어머니는 캐더갓의 보시에 집안 출신으로, 선조 중에는 영국을 침공한 윌리엄 정복왕과 함께했던 악명 높은 해적도 있었다.

아버지는 붙임성도 좋고 인심도 후해 누구에게나 환영받는 분이었고 팀린빌리 산맥 골짜기 안에 자리한, 널찍한 베란다와 울퉁불퉁한 구조의 우리 집은 언제나 손님들로 북적거렸다. 의사, 변호사, 목장주, 외판원, 은행원, 언론인, 여행자 등 온갖 계층의 사람들이 우리 집에 모였지만 거의 대부분이 남자였다. 어머니를 제외하고는 여자를 볼 일이 드물었는데, 브루가브롱이 워낙 외딴곳에 자리하고 있었기 때문이었다.

나는 그 목장의 공포의 대상이자 즐거움의 원천이었다. 지금도 나를 기억하는 나이 든 소몰이꾼이나 경계 순찰자들이 종종 내 안부를 물어온다.

나는 남의 사생활에 유난히 밝았고, 내가 알고 있는 걸 발설할 위험을 가진 폭탄과 같은 꼬마였다. 말솜씨도 대단했는데, 소몰이꾼들이 쓰는 속어에 손님들 입에서 나온 어려운 단어들을 섞어 기묘한 문장들을 만들어 던지곤 했으며, 거칠기 짝이 없는 술꾼 아저씨들도 내 질문에 얼굴을 붉히기 일쑤였다.

나는 누구에게든 똑같이 대했다. 경작지를 감정하는 관리라고 해서 더 공손히 대하지 않았고, 성직자라고 해서 소몰이꾼보다 높게 보지도 않았다. 지금도 마찬가지다. 나는 타인을 지위만으로 존경하진 않는다. 앞으로도 그럴 생각이 추호도 없다. 지위 때문에 사람을 존경하는 건 내게 너무나 부자연스러운 일이었다. 설령 웨일스 왕세자를 만난다 해도 그가 왕세자라는 것 말고 인격적으로 보여주는 무언가가 없다면 양털깎이와 다를 바가 없을 것이다. 내게 지위 말고 달리 보여줄 것이 없으면 그냥 꺼지는 게 낫다.

내가 처음으로 혼자 말을 탄 게 언제였는지 정확히 기억은 나지 않지만, 어쨌든 여덟 살 무렵에는 목장에 있는 어떤 말이든 문제없이 탈 수 있었다. 여성용 곁안장, 남자 안장, 맨등 말, 어떤 방식도 상관없었다. 나는 덩치 큰, 햇볕에 그을린 목장 일꾼들과 똑같이 말을 타고 소 떼를 몰았다.

어머니는 그런 나를 보며 내가 천둥벌거숭이 말괄량이가 될까봐 두려워하셨지만, 아버지는 그런 어머니의 걱정을 대수롭지 않게 넘기셨다.

"그냥 놔둡시다. 어차피 크면 여자들 삶을 구속하는 터무니없는 관습대로 살아야 할 테니 지금 어릴 때만이라도 구속하지 말고 키웁시다."

그래서 어머니도 "쟨 남자로 태어났어야 하는데." 하고 웃으며 나를 내버려두셨다. 덕분에 나는 꽤 큰 소리가 나는 채찍을 휘두르며 말을 타고 목장을 누볐고, 어른들과 어깨를 나란히 하고 함께 일했다. 물론 크고 작은 사고도 숱하게 당했지만, 난 언제나 멀쩡히 살아남았다.

나는 겁이라는 걸 몰랐다. 술 취한 부랑자가 와서 소란을 피우기라도 할라치면, 제일 먼저 나서 노려보며 이게 무슨 짓이냐고 당당히 따졌다.

우리 지역 인근에 금광이 생기면서 까무잡잡한 이탈리아 광부가 스무 명쯤 몰려 들어오던 시절도 있었다. 어머니는 광부들을 경계했지만 나는 그 아저씨들이 믿음직스럽고 좋았다. 아저씨들도 나를 어깨에 태우고, 사탕을 주고, 애지중지 대해주었다. 나는 겁도 없이 갱도에서 쓰는 풍차 같은 장치에 매단 양동이를 타고 깊은 갱도 안을 오르내리기도 했다.

우리 집 형제자매들은 전염병이 유행할 때 볼거리며 홍역, 성홍열, 백일해를 다 앓았지만 나는 그들과 한 침대에서 굴러다니며 놀아도 멀쩡했다. 개들과 뛰놀고, 나무를 타며 새 둥지를 찾아다니고, 마차를 끄는 소들을 몰고, 아버지가 산속의 고요하고 맑은 계곡물에서 수영하실 때면 항상 따라갔다. 맑고 깊은, 고사리와 키 작은 관목으로 둘러싸인 골짜기의 시냇물 속에서 아버지와 함께 수영하던 기억은 아직도 생생하다.

어머니는 내 앞날을 걱정하며 고개를 저으셨지만 아버지는 나를 그리 별난 아이라고 생각하지 않았다. 아버지는 나의 영웅이자 친구, 백과사전, 동료였고, 열 살이 될 때까지는 심지어 내 신앙과도 같았다. 하지만 열 살 이후로 나는 종교를 잃었다.

그 시절의 우리 아버지, 리처드 멜빈은 참 멋진 분이셨다. 다정하고 너그러운 아버지, 기사도 정신이 넘치는 남편, 훌륭히 손님을 접대할 줄 아는 집주인으로 야망과 신사다움을 고루 갖춘 분이었다.

그렇게 나는 리버리나 안쪽으로 160킬로쯤 들어간 캐더갓이라는 곳에서 더할 나위 없이 행복하고 즐거운 어린 시절을 보냈다.

2. 포섬 걸리로 이사하다

내 나이 아홉 살 무렵, 아버지는 브루가브롱과 빈빈 같은 외진 지역에서 재능을 묵히는 건 낭비라 생각하고 더 넓은 기회의 땅에서 능력을 펼쳐보자며 이사를 하자고 하셨다.

아버지는 어머니에게 이사를 해야 하는 이유를 설명하셨다. "솟값이나 말값이 요즘 너무 떨어져서 그걸로는 더 이상 생계를 꾸리기가 힘들어졌소. 그나마 양이 제일 돈이 되는 가축인데, 브루가브롱이나 빈빈에서는 양을 기를 수가 없고… 딩고들이 순식간에 물어뜯어버릴 테니까… 살아남는 게 있더라도 도둑들 손을 탈 게 뻔한 마당에 또 경찰을 부른다고 문제가 해결되지도 않을 테고, 오히려 도둑놈들이 화풀이로 울타리에 불이나 지르겠지. 이 험한 땅에서 150킬로가 넘는 통나무 울타리가 다 타버리면 그게 얼마나 큰 손해일지."

이사를 해야 하는 표면상의 이유를 이렇게 둘러댔지만, 사실 아버지는 불만이라는 마녀의 발톱에 사로잡히신 것이었다. 손님들은 늘 아버지에게 "이런 시골구석에서 썩기엔 너무 아까운 분"이라고 치켜세웠고, 소와 말에 대한 경이로운 경험과 지식을 바탕으로 장사나 경매업에 나서면 성공할 거라고 부추겼다. 언제부턴가 아버지도 그 말을 믿기 시작했고, 결국 그렇게 해보기로 결심하셨다.

그리하여 아버지가 브루가브롱과 빈빈 이스트, 웨스트 목장을 정리하고 골번 근처에 있는 4평방킬로미터짜리 작은 농장 포섬 걸리를 사들여 우리 가족은 이사를 가게 되었다.

그렇게 어느 가을날 오후, 우리는 포섬 걸리에 도착했다. 우리 가족은 모두 마차에 타고, 하녀는 말을 타고 따라왔다. 우리가 유일하게 데려온 일꾼 아저씨는 아버지가 최소한도만 가져가자며 챙긴 살림살이와 가재도구를 실은 황소 마차를 끌고 앞서 출발해 먼저 도착해 있었다. 그때 가져간 가재도구는 정착하고 나서 새로 마련할 때까지만 쓸 요량이라 하셨지만, 그게 벌써 십 년 전 일이고, 우리는 아직도 그때의 가구들을 그대로 쓰며 살고 있다. 아버지 말대로, '그럭저럭 살아가는 데는 충분하니까.'

처음 포섬 걸리에 도착한 날 내가 느낀 건 너무나 아프고 쓰디쓴 실망감이었다. 그 첫 느낌과 첫인상은 시간이 아무리 흘러도 조금도 희석되지 않았고, 지워지지도 않았다.

팀린빌리 산맥의 거친 봉우리들을 보고 자란 나의 눈에 비친 포섬 걸리 풍경은 평범하고, 밋밋하고, 단조롭기 짝이 없었다.

우리 가족이 새로 이사 온 집은 언덕 비탈의 황량한 땅에 나무로 지은 방 열 개짜리 집이었다. 집 뒤로 떨어져 지어진 부엌에서부터 이어지는 산등성이에는 왜소하고 비뚤비뚤한 유칼립투스와 스트링기바크 나무들, 그 아래로는 야생 체리 나무와 홉, 잡종 아카시아로 뒤엉킨 덤불이 우거져 있었다. 집 앞쪽에는 경작의 흔적이 보이는 평지들이 펼쳐져 있었지만, 사방 어디에도 물가는 눈에 띄지 않았다. 나중에서야 그 평지 아래쪽에 둥글고 깊으며 잡초로 뒤덮인 웅덩이 몇 개를 발견했고, 장마철에는 그것들이 불어나 시냇물이 되어 사방을 휩쓸고 지나간다는 것도 알게 되었다.

포섬 걸리는 인근 지역에서 손꼽힐 정도로 수자원이 풍부한 땅으로, 가장 극심한 가뭄에도 물이 마른 적이 없는 곳이었다. 시간이 지나면서 우리는 그 물이 얼마나 맑고 귀한 것인지 몸으로 익혀 알게 되었지만, 처음 이사를 갔을 당시엔 산속 맑은 계곡물을 마시던 기억이 생생한 나로서는 이런 물을 마셔야 한다는 것 자체가 너무나 끔찍했다.

나는 이 새로운 목장이 너무나 답답했다. 아무리 넓은 곳을 찾아도 폭이 고작 5킬로미터도 되지 않았다. 평생을 이곳에서 살아야만 하는 걸까? 브루가브롱으로 다시는 돌아가지 못하는 걸까? 도착한 첫날 밤, 나는 그 생각에 베갯잇을 적시며 잠이 들었다.

어머니는 4평방킬로미터짜리 농장, 그것도 절반은 캥거루나 뛰어다닐 법한 땅에서 생계를 꾸려나갈 수 있을지 못 미더워하셨다. 하지만 아버지는 온갖 계획으로 머릿속이 복잡

했고, 미래에 대해 한껏 낙관적인 생각으로 꿈에 부풀어 있었다. 이웃집 농민들처럼 땅을 파먹고 살 생각은 추호도 없었고, 포섬 걸리는 그저 앞으로 사들일 가축들을 잠시 풀어놓는 거점일 뿐, 본업인 매매를 통해 성공하는 꿈을 꾸고 있었다.

아버지는 본인의 명석한 머리와 능력을 캐더갓과 같은 촌구석에서 썩힌 지난 세월을 참으로 아쉬워했다. 캐더갓은 편지도 겨우 일주일에 한 번 배달되고, 가장 가까운 마을도 74킬로미터나 떨어져 있었으며, 인구는 고작 650명에 불과한 곳인 데다가 길도 너무 험해서 마차는 아예 다닐 수조차 없었다. 하지만 여기는 고작 27킬로미터만 가면 골번 같은 도시가 있었고, 훌륭한 도로가 깔려 있었으며, 우편은 주 3회나 배달되었다. 게다가 겨우 12킬로미터 떨어진 곳에 기차역까지 있었다! "이봐, 이제 성공은 따놓은 당상이지!" 아버지는 희망에 들떠 그런 말씀을 자주 하셨다.

브루가브롱에서 금광 붐이 일어나기 전까지만 해도, 보초들을 제외하면 가장 가까운 이웃이 27킬로미터 떨어져 있었다. 그런데 포섬 걸리는 사람이 꽤 많이 사는 지역이라, 우리집 주변 이웃은 가까운 집이 1킬로미터 안에 있었고, 멀어도 3, 4킬로미터 거리 내에 또 누군가의 이웃들이 살고 있었다. 이런 삶은 우리에게 전혀 새로운 경험이었다. 익숙해지기까지 시간이 좀 걸렸지만, 그 생활에는 장단점이 있었다. 우리한테 무언가 필요한 물건이 있을 땐 이웃이 가까워 참 편리했다. 반대로 이웃들이 우리 물건을 한번 빌려가면 대부분 돌려줄 줄 모른다는 게 골칫거리였다.

3. 생기 없는 삶

　포섬 걸리는 시골의 고루하고 답답한 정체 상태에 빠져 허우적거리는 지루한 마을이었다. 주민들은 대부분 기혼자로 어린아이들이 있는 집이 많았다. 아이들이 자라면 남자애들은 더 깊은 내륙으로 들어가 양털을 깎거나, 소를 몰거나, 땅을 개간하는 일을 했다. 이들에게 고향은 너무 답답하고 재미없고, 특히 성인이 되고 나면 뭔가를 시도해볼 기회나 자리가 없는 숨 막히는 곳이었다.

　포섬 걸리에선 아무 일도 일어나지 않았다. 시간은 아무에게도 관심을 받지 못하고 조용히 세월이라는 강물 속으로 흘러갔다. 하루하루가 흘러 주가 바뀌고, 계절이 바뀌고, 연도가 바뀌는 것 이외에는 변화가 없었다. 간혹 아기가 태어나거나 누가 죽기라도 하면 정말 큰 사건이었고, 그보다 더 큰 사건이라면 새로운 이웃이 생기는 일이었다.

　새로운 이웃이 생기면 동네 남자 가장들이 모두 함께 모여 단체로 새로 이사 온 집을 방문하는 게 전통이라면 전통이었다. 새로 이사 온 이방인들이 이 동네에 어울릴 만한 사람들인지 평가하는 게 그 목적이었는데 만약 그 평가 결과가 긍정적이면, 다음엔 아내들이 찾아와 환영 인사를 함으로써 '공식 입촌 절차'가 마무리되었다.

포섬 걸리에 온 뒤로 아버지는 일 때문에 자주 집을 비우셨고, 그 덕에 손님을 맞이하는 일은 온전히 어머니 몫이 되어버렸다. 손님들은 대부분 정직하고, 순박하고, 예의 바른 시골 농부들이었다. 그런데 지나치게 순박한 나머지, 짧은 인사치레로 끝나는 법이 없었다. 그들은 한번 오면 몇 시간이고 앉아 별 의미 없는 이야기들을 늘어놓았다. 그런 만남은 교양있는 우리 어머니에게는 지독히도 지루한 일이었다. 어머니는 최근 발표된 문학 작품이나 시사 문제를 소재로 대화를 시도해보셨지만, 반응은 전무했다. 마치 불어로 말한 것처럼, 어머니의 말에는 화답이 없었다.

농부들은 몇 시간이고 낙농 이야기만 해댔다. 양념으로 전에 우리 집에 살던 사람에 대한 아무 의미 없는 일화들을 끼워 넣으면서 말이다. 내게도 참 밋밋하고 따분한 이야기들이었다.

브루가브롱에서 부엌일을 하던 하인들이 들려준 흥미진진한 뱀 이야기, 오지 대형 목장에서의 생활담, 아프리카 사냥과 여행 이야기, 사교계 이야기 같은 걸 들으며 자란 나로선 농산물 가격이나 농작물 상태 얘기 따위는 정말 따분하고 시시하기 짝이 없었다.

이들은 '일 얘기'만 했다. 그걸 비난하려는 건 아니고, 다만 그때의 우리에겐 그들이 하는 일이 우리 일이 아니었기 때문에 전혀 흥미롭지 않았다는 사실을 말하고 싶은 거다.

하지만 우리 엄마, 멜빈 부인은 이 마을에 사는 '피조물의 왕'이라는 남자들 마음에 꽤 들었던 모양이었다. 마을의 모든 안주인들이 너도나도 어머니를 찾아와 친절과 상냥함을 경쟁적으로 드러냈다. 그들은 닭, 잼, 버터 따위의 선물도 가져왔다. 오후 2시쯤 와서는 해 질 때까지 있다 가곤 했다. 집 안 가구를 죄다 훑어보고, 어머니에게 요리법을 전수해주고, 각자 자식들 자랑을 장황하게 늘어놓으며, 칠면조 암탉을 어떻게 앉혀야 요리가 제일 잘 되는지도 목청껏 떠들어댔다. 돌아갈 때는 꼭 자기 집으로 놀러 오라 하고, 아이들도 같이 놀게 하자며 극진하게 인사를 하고 갔다.

우리가 이사 온 지 한 달쯤 지났을 때, 집에서 3킬로 떨어진 공립학교에서 통보가 왔다. 법에 따라 아이들을 학교에 보내야 한다는 내용이었다. 어머니는 크게 당황하셨다. 어쩌면 좋단 말인가?

"뭘 어쩌긴! 보내면 되지⋯." 아버지는 단호하게 말씀하셨다.

어머니는 반대하셨다. 공립학교에 대한 끔찍한 이야기를 너무 많이 들었으니 지금은 가정교사를 두고, 차후 제대로 된 기숙학교에 보내자는 의견이셨다. 눈에 넣어도 아프지 않을 자식들을 공립학교에 보내다니, 일주일도 안 돼 애들이 엉망이 될 거라며 걱정하셨다.

"그럴 리가…." 아버지는 말씀하셨다. "일단 일주일, 아니면 한 달만 보내봅시다. 우선 보내놓고, 천천히 가정교사를 구해보면 되지. 당신은 지금 건강 상태도 안 좋고, 난 지금 신경 써야 할 일들이 너무 많아서 직접 나설 수가 없으니 일단 학교에 보내봅시다."

그리하여 우리는 학교라는 델 가게 되었다. 프릴이 달린 고운 앞치마에 가벼운 신발을 신고 등장한 우리는, 다른 아이들 눈엔 굉장한 상류층으로 보였던 것 같다. 그곳 아이들 부모는 대부분 형편이 어려운 농부였는데, 농장일 외에도 도로 공사나 장작 운반 같은 일을 하며 생계를 꾸려가는 집들이었다. 남자아이들은 거의 모두 맨발이었고, 여자아이들도 절반 가까이 신발이 없었다. 학교는 덤불이 무성한 언덕 위에 있었고, 선생님은 학교에서 1.5킬로 정도 떨어진 집에 하숙을 하고 있었는데, 심한 주벽이 있다는 소문이 돌았다. 그 주벽 때문에 교사가 자리에서 쫓겨나 그나마 아이들을 보낼 '학교'마저 없어지는 것은 아닌지, 아이들 부모들은 전전긍긍하고 있었다.

쌍둥이 동생들과 나는 이렇게 타이거 스왐프 공립학교에 입학했고, 이제 벌써 거의 십 년이라는 세월이 흘렀다. 그곳이 우리가 다닌 처음이자 마지막 학교가 되었고, 나보다 11개월 늦게 세상에 나온 쌍둥이들도 마찬가지였다. 오빠와 언니는 순식간에 학교를 마쳤는데 그게 우리가 받은 유일한 '학교 교육'이었다. 한번은 아버지가 무료 수업 신청서를 작성하려던 적도 있었는데 어머니가 절대 용납하지 않으셨다.

여자의 자존심은 남자의 자존심보다 세다고 하지 않던가.

이웃들은 대부분 친절했지만 그중 한 사람, 제임스 블랙쇼 아저씨는 유독 우리 가족과 친하게 지내고 싶어했다. 아저씨는 일종의 '마을 족장'을 자임한 것 같은 인물이었다. 새로 이사 온 집들을 본인이 직접 나서서 챙기며 편히 정착하도록 친절하게 도와주는 걸 당연한 의무로 여겼다. 거의 매일 우리 집에 들렀는데, 올 때마다 말은 뒷마당의 나무 그늘에 묶어두고, 어머니가 응대를 못 해주실 때는 우리 집 하녀 제인 하이즐립과 수다를 떨다 가곤 했다.

제인은 나만큼이나 포섬 걸리에 마음을 붙이지 못했다. 그리고 그러한 자기 감정을 나보다 훨씬 솔직하게 표현했다. 그래서 제인이 블랙쇼 아저씨에게 쏟아붓는 솔직담백한 이야기들을 듣는 건 꽤 재미있는 일이었다. 참고로 제인은 아저씨를 "암탉 같은 수다쟁이 작자"라고 불렀다.

"제인, 골번 근처로 이사 와서 좋지 않아? 전에 살던 그 오지보다는 낫지?"

아저씨가 어느 날 우리 집 부엌의 낡은 소파에 자기 집처럼 편히 앉아서 이렇게 말했다.

"천만에요! 오지라니요. 브루가브롱은 이딴 동네에서 평생 볼 재미를 하루 만에 다 볼 수 있는 곳이었다고요." 제인은 힘차게 반죽을 치대며 대꾸했다.

"브루가브롱에선 매주가 거의 축제 같았어요. 토요일 저녁이면 동네 사람들이 다들 우편 받으러 나왔죠. 그러곤 일요일 저녁까지 모두 함께 즐거운 시간을 보냈는데 나무꾼,

경계원, 들개 사냥꾼… 별별 사람이 다 모였어요. 작은 아코디언을 연주하는 사람도 있어서 아코디언 연주가 시작되면 모두 춤을 췄죠. 진짜 끝내주게 재미있었어요. 여자들도 신나게 놀고, 한바탕 썸도 타고. 그런데 여긴….”

제인은 코웃음을 쳤다. “작정하고 작업 걸 남자 하나 없네요. 아주 질려요. 주인아주머니께 약속만 안 했어도 당장 내일 짐 싸서 나가버렸을 거예요. 이렇게 숨 막히는 마을은 살다 살다 처음이에요.”

“곧 익숙해질 거야.” 아저씨가 말했다.

“익숙해지긴요! 이 따분한 동네에 익숙해지려면 닭장 안 어미 닭 품에서 자라야 익숙해지려나.”

“제인은 아무리 봐도 어미 닭 품에서 자랄 사람 같지는 않아 보여. 설령 어미 닭 품에서 자랐다 해도 그 닭은 엄청나게 큰 브라마 품종이었을 거야.” 아저씨가 제인의 육중한 체격을 슬쩍 훑으며 말했다. 그러면서도 무거운 솥을 끌어내리는 그녀를 도와줄 생각은 눈곱만큼도 하지 않았다. 그런 식의 예절은 그에겐 먼 나라 이야기였다.

“밖에 좀 나가봐. 그럼 덜 지루할 테니.”

“밖이라니? 어디 나가볼 데가 있나요?”

“우리 집 여자들 있을 때 놀러 오면 되잖아. 언제든 환영이야.”

“고맙지만, 지난번에 가봤잖아요. 그걸로 족해요.”

“왜?”

“왜냐고요? 겨우 삼십 분 만에 안주인 되시는 분이 작업복으로 갈아입더니 우유 짜러 나가버리던데요. 난 이 동네 남자들 마음에 안 들어요. 여자들한테 너무 일을 많이 시켜요. 이렇게 일에 빠져 허우적대는 여자들 처음 봤어요. 흑인들한테 온갖 일을 다 시켰던 옛날 원주민들 생각나요. 브루가브롱에선 안 그랬어요. 남자들이 전부 산불 끄러 동원되거나 가축몰이에 나가버린 긴급 상황 말고는, 여자들이 집 밖 일을 하는 적이 없었어요. 근데 여기선 우유 짜고, 돼지 먹이 주고, 송아지 키우고, 하는 일이 전부 다 여자들 몫이에요. 보고 있으면 토할 것 같아요. 남자들이 게을러서 그런 건지, 목장 일이 원래 이런 건지 모르겠지만, 젖소 돌보는 건 그냥 노예 생활이에요. 새벽부터 밤까지 죽어라 고생만 하고, 남는 게 없잖아요. 자, 블랙쇼 씨, 좋게 말할 때 다른 데 앉아주시겠어요? 그 소파 밑 청소 좀 해야겠네요."

그 말에 그는 벌떡 일어나서 "좋은 하루 되길." 하고는 나가버렸다. 자기가 모욕을 당한 건지, 재미있는 농담을 들은 건지 확신이 서지 않은 표정이었다.

4. 너무도 빨리 막을 내린 아버지의 커리어

엄마와 제인 하이즐립 그리고 나는 포섬 걸리에서의 하루하루가 길고 지루하게 느껴졌지만, 아빠는 '가축 거래'라는 이름의 도박 같은 직업에 뛰어들어 신나게 활기찬 인생을 살고 있었다. 강 너머 리버리나 지역으로 양 떼를 시찰하러 가는 일이 많았고, 홈부시 비육 가축 경매장에 가서 일을 보거나, 황급히 부르크로 무언가를 수습하러 가고, 숄헤이븐까지 가서 낙농 젖소들을 구매하는 등 말 그대로 동분서주하느라 정신이 없었다.

또한 아빠는 매주 수요일 골번 경매장에 빠지지 않고 나타나는 인물로 꼽혔고, 경매가 열릴 때면 늘 하루 전에 시내로 미리 나가서 경매가 끝나고 하루 또는 이틀 뒤까지 집에 돌아오지 않았다. 가축몰이꾼이나 경매인들 사이에서 아빠는 항상 인기 있는 사람이었고, 주州의 주요 거래에 관한 기사에서는 늘 아빠의 이름이 빠지지 않았다. 가축 거래를 하면서 살아남으려면 아주 똑똑하고 머리가 명석해야 한다. 지금까지 가축 거래 시장에서 한 번도 망해보지 않은 사람은 본 적이 없다. 완전히 망한 사람은? 물론 셀 수 없이 많을 것이다.

꼭 비양심적일 필요는 없지만, 진짜 이익을 보려면 도덕심이 너무 무거워선 안 될 일이었다. 그런데 우리 아버지, 리처드 멜빈은 그 지점에서 빵점이었다. 아빠는 이상적일 정도로 정직했고, 항상 손해를 감수할 만큼 순박해 결국 거래에서 이길 수가 없었다. 차라리 골번 오번 스트리트에서 바이올린이나 켜며 돈을 버는 편이 나았을지도 몰랐다.

아빠의 가축 거래업자 경력은 짧지만 화끈했다. 아빠는 소탈한 사람으로 보이길 원했고, 상류층이지만 부랑자들과도 술 한잔할 수 있는 사람으로 비치고 싶은 '허영' 때문에 퍼부은 술값이 결국은 큰 타격을 초래했다. 소 팔 때마다 손해 보고, 온갖 경매인에게 편지를 보내느라 우푯값으로 또 낭비하고, 일주일 중 며칠씩 시내에 머무느라 돈이 들었던 데다, 붙임성 있는 성격 덕에 온갖 술꾼과 빈대들이 들러붙었다. 그리하여 아빠는 곧 파산 직전 상태에 이르렀다.

당시 주변 사람들은 아빠가 그렇게 된 게 술 때문이라고 했다. 술을 멀리하고 정신만 차렸더라면 꽤 유능했기에 잘할 수도 있었겠지만, 아빠는 술의 유혹을 이겨내지 못했고, 결국 순식간에 무너졌다. 브루가브롱과 빈빈 목장을 정리하고 생긴 여웃돈은 1년도 채 되지 않아 모두 사라졌고, 이제는 그나마 집에서 쓰려고 남겨두었던 젖소 송아지들까지 팔아 겨우 마지막 거래의 가축몰이꾼들 임금을 치를 정도로 사정이 나빠졌다.

이 무렵, 어느 주교가 교회 기금 명목으로 보관 중이던 돈을 좋은 담보만 있으면 고리로 빌려준다는 얘기가 아버지의 귀에 들어갔다. 고리대금을 정죄하는 성경책 구절에서 무미건조한 설교문을 뽑아 일요일마다 성당에서 멋지게 차려입은 신도들을 대상으로 고리대금이 죄라고 지겹게 떠들며 설교하던 그 주교가 그 짓을 하고 있었다.

아빠는 그 모순된 점을 놓치지 않고, 포섬 걸리를 저당 잡혀 돈을 빌렸다. 그 돈으로 다시 한번 새롭게 시작했고, 그럭저럭 먹고살 만큼 벌어 교회에 이자도 갚았는데 4~5년이 지나자 또다시 벽에 부딪히고 말았다. 가축 가격이 너무 떨어져 거래로는 더 이상 수익을 낼 수 없게 되어버렸다. 그리하여 리처드 멜빈 씨는 결국 주변 사람들처럼 살기로 결심했다. 낙농업에 뛰어들고, 자영농장을 운영하면서 닭도 키워 팔기로 한 것이었다. 낙농업을 위해 젖소 쉰 마리를 들여왔고, 젖소가 낳은 송아지는 직접 키워야 했다. 또 손으로 돌리는 크림 분리기도 들여왔다.

당시 나는 열다섯 살이었고, 쌍둥이 동생 호러스와 거티는 아시다시피 나보다 열한 달 늦게 태어나 나보다 한 살 어린 나이였다. 호러스는 누군가 제대로 이끌어주기만 했다면 훌륭한 사람이 되었을 텐데… 하지만 아무도 그런 길로 이끌어주지 않았기에 그는 무뚝뚝하고 까다로운 괴짜가 되어버렸고, 장래도 불확실했다.

거티는 하루에 열세 마리, 나는 열여덟 마리 젖소의 젖을 아침저녁으로 짰다. 호러스와 엄마가 나머지 열일곱 마리를 맡았다. 낙농하는 집에선 애들이 양동이를 들기도 전에 젖 짜는 법부터 배우니까 손이 저절로 단련돼 별 탈이 없었다. 하지만 우리 집은 달랐다. 우리는 이미 다 자라서 갑자기 무리하게 젖을 짜기 시작했고, 그 결과 손부터 팔꿈치까지 부어오르고 밤마다 통증에 시달리며 잠을 설치기 일쑤였다.

버터 만드는 건 엄마 몫이었다. 새벽 두세 시에 일어나 미리 만들어놔야 시장에 내놓을 때 딱딱하게 굳는 그 힘들고 버거운 일이 전부 엄마 몫이 되어, 엄마의 몸과 마음을 갉아먹기 시작했다. 우리 집은 제인 하이즐립이 떠난 뒤로는 하녀를 쓸 형편이 아니었다. 엄마는 점점 말라 지쳐갔고, 자주 짜증을 내기도 했다. 아빠는 미친 젖소를 길들이고, 우유 분리하고, 버터를 식료품점에 갖다주고, 거기서 생필품을 가져오는 일을 맡았다.

브루가브롱의 딕 멜빈은 이제 없었다. 지금의 딕 멜빈은 포섬 걸리에서 젖소나 짜는 초라한 농부일 뿐이었다. 예전엔 진짜 사나이였는데, 지금은 술독에 빠져 더럽고 초라한 몰골로 매너라곤 찾아볼 수 없게 되었다. 누추한 농부보다도 더 한심한 모습이었다. 가장이었지만 더 이상 가족을 돌보지 않았다. 중심이어야 할 사람이 의무를 내팽개친 채, 애정도 관심도 메말라버려 날카롭고 말수 없는 사람으로 변해갔다. 자존심과 패기도 사라지고, 동물에게 다정했던 분이 이제는 정반대가 되어버렸다.

젖소에게 퍼붓던 아빠의 잔인한 말과 태도는 평생 잊지 못할 것이다. 내가 참지 못해 한마디라도 하면 "당장 죽여버리겠다"는 협박이 날아왔다. 그 당시 아빠가 유일하게 즐겼던 일은 버터를 가지고 시내에 나가 파는 것이었다. 하지만 한번 시내에 가면 보통 이틀, 길게는 사흘씩 돌아오지 않았고, 그사이 번 돈은 술에 다 탕진했다. 그리고 집에 돌아오면 꼭 "왜 우리 집 제품은 이웃집처럼 좋은 값을 못 받느냐"며 불평을 늘어놨다.

그때 엄마는 임신 중이었기에 남편을 찾아다닐 수도 없었다. 자존심 때문에 이웃에게 도움을 청하지도 못했고, 결국 내가 술집들을 뒤져 아빠를 찾아 끌고 오는 임무를 맡았다. 만약 내가 엄마한테 배운 대로 행동했다면, 모든 걸 감싸 안고 아빠를 존경해야 마땅할 것이었다. 하지만 나는 언제나 하지 말아야 할 걸, 하지 말아야 할 때 하는 인간이었다.

자정 넘어 별빛 희미한 밤길을 수레 타고 돌아오면서 술 취한 아빠가 취중에 자화자찬을 늘어놓을 때 나는 다섯 번째 계명(부모를 공경하라)에 대해 아주 이상한 생각을 품곤했다. 그런 밤은 늘 사색을 불렀다. 술에 취한 남자들이 대개 그렇듯, 아빠도 절대 고삐를 남에게 맡기지 않았다. 그래서 아빠가 심하게 취한 날이면 말이 제자리만 뱅뱅 도는 일도 많았다. 사고 한번 안 난 게 기적이었다. 나는 겁도 없었고, 무슨 일이 닥쳐도 받아들일 준비가 돼 있었다. 다행히도 충직한 우리 말은 언제나 길을 잘 찾아, 나무로 둘러싸인 길을 따라 무사히 우리를 집까지 데려다주었다.

　엄마는 성경을 기반으로 우리를 가르치셨다. 부모가 존경받을 자격이 있든 없든, 공경해야 한다고. 하지만 딕 멜빈이라는 사람이 비열하고, 이기적이고, 나약한 인간임을 아버지라는 이름으로 가릴 수는 없었다. 열다섯 살의 나는 인간의 나약함을 전혀 이해하지 못했고, 아빠를 경멸했다. 내 마음에 남은 건 존경이 아니라 혐오였다.

　엄마에 대한 감정은 달랐다. 여자는 결국 남자에게 휘둘리고, 상황의 희생자가 될 수밖에 없다는 걸 나는 알고 있었다. 옆에서 술 취해 중얼거리는 아빠를 보다가, 저 멀리 집에서 애태우며 남편을 기다리고 있을 엄마와 배 속의 아기를 떠올리면 내 안에서 설명할 길 없는 감정들이 휘몰아쳤다. 말로는 도저히 표현할 수 없는 그 감정들 속에서, 나는 스스로가 두려워졌다.

　내 가슴속 깊은 곳에서는 어떤 낯선 영혼이 자라고 있었다. 그건 너무 커서 감출 수도 없었고, 너무 무거워서 짊어지기도 힘든 존재였다. 섬뜩할 만큼 외롭고, 나 혼자서는 감당할 수 없었다. 마치 지지대 없는 덩굴식물이 땅바닥을 기어다니며 발버둥치는 것처럼 긁히고 찢기면서도 매달려 올라갈 무언가를 찾으려 굶주린 채 헤매는 영혼과 같았다. 누군가가 손을 잡아 이끌어줘야만 하는데, 그럴 존재는 어디에도 없었다. 그래서 내 마음은 제멋대로 자라나, 끝내 쓰디쓴 맛을 내기 시작했다.

5. 뒤엉킨 단상과 푸념

송아지를 기르는 일은 내 몫이었다. 송아지를 키워본 후 나의 단상? 송아지 키우는 것만큼 신의 가호와는 거리가 먼 직업도 드물 거라는 게 내 생각이다. 게다가 나는 생각이라는 무거운 저주를 안고 태어나 송아지에게 젖을 먹이는 동안 온갖 생각을 하곤 했다. 세상을 살아가며 '왜'라는 의문을 품지 않고 그저 묻지도 따지지도 않는 자가 더 행복하게 산다. 특히 여자에게는 그 말이 두세 배는 더 절실한 게 사실이다.

가엾은 송아지들! 인간의 탐욕을 위해 태어나자마자 어미와 떨어져야 하며, 자연이 마련해준 젖 대신 분리기에서 뽑아낸 우유 — 그마저도 종종 시큼하고 차갑게 식어버린 — 를 받아먹으며 겨우 살아가야 하는 송아지들의 운명이란.

나는 매일 아침 학교에 가기 전, 소젖을 짜고 어린 동생들을 챙겨 씻기고 입히고, 서른 마리 송아지에게 먹이를 주어야 했다. 그리고 아침 설거지까지 끝낸 후 3킬로가 넘는 학교까지 걸어갔다. 수업을 마치고 오후에 집에 돌아오면, 이글거리는 햇빛 아래 지친 몸을 이끌고 또다시 같은 일을 반복했다. 여기에 구두를 닦고, 다음 날 수업 준비까지 얹혔다. 결국 피아노 연습은 시간이 없어 포기해야 했다.

아, 짧디짧은 밤의 휴식과 끝도 없이 이어지는 긴 노동의 날들! 가난한 사람들이 일꾼을 쓸 여유도 없이 하는 낙농업은 노예의 삶이나 다름없었다. 농업신문의 논설이나 농업대학에서 찬양하는 세련되고 예술적인 '낙농업' 따위와는 거리가 멀었다. 내가 몸소 겪고 우리 집 주변의 수많은 가정이 매일같이 살아내던, 땀과 노동으로 얼룩진 실생활의 낙농업의 모습은 고난의 행군이었다.

시장에 내다 팔 수 있는 버터 500그램을 만드는 데 얼마나 많은 노력이 드는지 모른다. 그 시절 버터 500그램을 팔면 3천 원 정도 손에 쥘 수 있었다. 돈은 쥐꼬리만큼 들어오고, 노동은 산더미처럼 쌓였다. 이른 새벽부터 밤까지, 일요일도, 평일도, 명절도 우리에겐 그저 똑같은 노동으로 점철된 하루일 뿐이었다.

고된 노동은 사람을 평등하게 만든다. 온갖 집안일, 장작패기, 젖짜기, 텃밭 가꾸기, 이런 일들을 하다 보면 손은 거칠어지고, 겉멋은 저절로 벗겨지기 마련이었다. 몸이 피곤하면 마음을 닦으려는 열망도 없어지고, 이미 쌓아온 교양도 점점 사라진다. 우리 부모님도 그랬다. 예전엔 상류사회 품위를 지녔던 분들이 어느새 농민의 삶 속으로 떨어져 있었다. 두 분을 알던 옛 지인들은 이제 더 이상 찾아오지 않았다. 호주 사회에도 어느새 계급 차별이라는 무정한 쇠사슬이 사람들을 옭매고 있었고, 민주주의는 이제 과거의 전설이 되어버렸다.

그러나 오해는 마시길. 농민의 삶 자체를 비평하는 것이 아니다. 농민은 나라를 떠받치는 기둥이다. 농민이, 농민의 영혼을 지닌 사람이, 날씨가 좋고 작황이 좋을 때 살아가는 삶은 분명 멋지고 건강하며 정직하다. 하지만 나에게 농민의 삶은 지옥이었다. 우리 마을 주변 사람들은 모두 새벽부터 밤까지 일하고는 단잠에 빠졌다. 그들은 낮의 일과 밤의 수면, 오직 두 가지 존재의 상태만을 오가며 살았다.

하지만 나에겐 이러한 삶에서 채워지지 않는, 세 번째 욕망이 꿈틀대는 세상이 자리잡고 있었다. 내 안에는 예술이, 특히 내 열정과 갈망이 항상 갈구하는 음악이 살아 숨 쉬고 있었다. 나는 그 세계에서 예술가, 작가, 음악가들과 함께하는 꿈을 꾸며 살았다. 그 욕망은 강렬하게 살아 꿈틀거렸으며, 희망은 달콤하고도 잔인하게 내게 속삭였다. '인생은 길어. 언젠가는 너의 꿈이 현실이 될 거야.' 그 말에 속아 나는 저 멀리 은빛 호수가 손짓하는 환상 속을 향해 걸어갔다. 또한 나는 근처에서 구할 수 있는 책이란 책은 다 빌려 읽었다. 잠자는 시간을 쪼개 읽었다. 그래서인지 내 짐은 또래 아이들보다 더 무겁게 느껴졌다. 그러나 자만하고 세상 물정에 어두운 나는 그 아름다운 꿈과 현실 사이에 건널 수 없는 깊은 구덩이가 있다는 사실을 보지 못했다.

다시 낙농 이야기로 돌아가자. 우리는 어른 아이 할 것 없이 이마에 땀을 흘리며 일했지만 생활 수준은 겨우 입에 풀칠을 할 정도였다. 그래도 정직하게 벌어먹고 살았다는 점에서 부끄러움은 없었다. 숱한 난관이 있었지만 영국에서 건너와 이곳에 정착한 우리 조상들처럼 뚝심으로 버텨냈다. 하지만 1894년이 비 한 방울 내려주지 않고 지나가고, 이어진 1895년은 더욱 타는 듯한 열기와 가뭄만 안겨주자 더는 먹고살 길이 보이지 않았다.

작열하는 태양에 데워져 용광로에서 나오는 듯한 뜨거운 바람이 부는 땅에는 풀 한 포기 남지 않고 다 말라 죽었고, 공기엔 흙먼지와 굶주린 가축의 신음 소리만이 감돌았다. 텃밭은 이미 오래전에 말라 없어지고, 내가 애써 기른 송아지들은 하나둘 죽어 나갔으며, 젖소들도 그 뒤를 따랐다.

그 무렵 나는 학교를 그만두었고 아버지, 어머니와 함께 남은 소들을 일으켜 세우며 하루를 보냈다.* 그때의 시름은 사람들의 이마에 깊은 주름으로 새겨져 남았다. 단지 먹고살 길만 막힌 게 아니었다. 오랫동안 키워온 젖소들 — 정든 짐승들 — 이 간절한 눈망울로 먹을 걸 달라고 애원하는데, 줄 수 있는 게 아무것도 없다는 사실에 마음이 무너졌다. 동물들이 보내는 그 무언의 호소는 사람의 마음을 갈기갈기 찢어놓았다.

---

* 1890년대 호주 대가뭄은 기록적으로 혹독했고, 소·양 같은 가축들이 대량으로 굶어 죽었다고 한다. 소는 반추동물이라 체중이 무겁고 오래 누워 있으면 혈액순환 장애, 근육·장기 압박으로 빠르게 악화되어 그대로 죽는 경우가 많았기 때문에 억지로라도 세워야 했다.

우리는 허리띠를 졸라매고 아끼고 아꼈지만 입이 열 개나 되는 대가족에겐 그것도 쉽지 않은 일이었다. 수입과 지출을 맞추는 것, 그 자체가 사투와 같았다. 우리는 진짜 가난이 무엇인지 뼈저리게 체감했다. 그것도 대대로 가난해서 체면 차릴 것도 없는 그런 가난이 아니라, 자존심과 체면을 차렸던 시절의 기억을 간직한 채 나락으로 떨어진 가난…. 다시 말해 가장 고통스러운 형태의 가난이었다.

가난이 곧 불행을 의미하는 건 아니라고 말하는 이들이 있다. 그들에게 물어보고 싶다. 단 한 명의 말벗도 없이 살아본 적이 있냐고. 내키지 않는 삶의 굴레 안에서 존재를 강요당해본 적이 있냐고. 친구에게 편지 한 장 쓰려 해도 우푯값이 없어 보내지 못하는 처지를 겪어본 적이 있냐고. 음악과 책을 간절히 갈망하면서도, 그 무엇도 살 수 없는 상황 속에서 절망해본 적이 있냐고. 내 온몸이 거부하는 일을 가난 때문에 억지로 해본 적은 있냐고. 그 모든 걸 겪고 나서도 삶이 과연 행복하다 말 할 수 있을지.

학교생활은 지루하고 별다른 일 없이 흘러가는 똑같은 나날의 반복이었다. 특별히 기억에 남는 사건이라면, '해럴드스 영감'이라 불리던 우리 선생님이 학교를 찾아온 교육감 앞에서 한바탕 맞선 일이었다.

그 교육감은, 뭐랄까, 조그마한 덩치에 유난히 깔끔을 떠는 성격으로, 셔츠 깃과 소매 끝단을 바짝 여민 모습이 인상적인 사람이었다. 머릿속엔 세상의 중요한 주제들이 잘 정리된 서류함처럼 하나하나 정돈돼 있었고, 필요할 때면 언제든 꺼내볼 수 있도록 라벨까지 붙여놓은 듯했다. 신사 같은 모습으로 성실하게 본인의 직무에서 해야 할 일을 정확히 해냈지만, 만약 박애주의자의 마음이 머럼비지 강만큼 넓다고 할 때, 이 사람의 사고는 수레바퀴가 지나간 자국 속에 채워진 물 정도나 됐을 것이었다.

그날은 유난히 더운 날이었다. 그는 우리에게 여러 과목 시험을 치르게 한 뒤 답안지를 들여다보다가, 한두 번 기침을 하고는 조심스럽게 조끼를 만지며 말했다.

"해럴드스 선생."

"예, 교육감 선생님."

"비교는 불쾌한 일이지만, 유감스럽게도 지금은 비교를 안 할 수가 없습니다."

"예."

"이 필체는 도시 학생들에 비해 너무 떨어집니다. 글씨가 온통 삐뚤삐뚤, 들쑥날쑥합니다. 게다가 학생들은 멍청하고 둔해 보이고요. 이렇게 말하긴 싫지만, 시골 사람들의 '우둔함'이 아이들에게도 보이는 것 같습니다. 어떻게 설명하시겠습니까?"

불쌍한 해럴드스 영감! 술버릇이 있고 교사로서 능력이 부족하긴 했지만, 아이들을 진심으로 아꼈고 따뜻한 마음을 가진 분이었다. 학생들을 사랑했던 선생님은 제자들을 헐뜯는 말을 그냥 넘길 수 없었다. 게다가 교육감을 맞는 자리라는 부담을 떨치고자 걸친 술도 두어 잔이 아니라 서너 잔쯤 되었던지라, 평소라면 참고 넘겼을 말도 참지 못하고 그만 폭발하고 말았다.

"제가 설명해드리죠. 저 아이들을 보십시오. 이 아이들은 모두, 저기 저 가장 어린 꼬마까지도," 선생님은 다섯 살 아이를 가리키며 계속 말을 이어갔다. "등교하기 전과 하교 후 하루 두 번 젖소의 우유를 짜고 그것도 모자라 이렇게 뙤약볕 아래서 학교까지 3킬로를 걸어옵니다. 큰 애들은 아침저녁으로 평균 열네 마리씩 젖을 짭니다. 교육감님도 일이 주일 정도만 그렇게 살아보세요. 손이 떨려서 글씨가 안 써질 겁니다. 머리가 멍해지지 않으면 이상한 일이죠. 시골 사람의 우둔함이라고요? 웃기지 마세요! 하루 종일 뜨거운 먼지 속에서 일만 해도 손에 들어오는 돈은 푼돈도 안 되는데, 누가 손톱 깎고 과학 논문 읽고 말끔하게 차려입을 여유가 있겠습니까?" 선생님은 말을 마치며 상의를 벗고 상대에게 대들 듯 다가섰다.

교육감은 기겁하며 물러섰다.

"해럴드스 선생, 이게 무슨 짓입니까!"

그 순간 둘은 밖으로 나갔다. 그 후 무슨 일이 있었는지는 아무도 알지 못했다. 다만 그날 오후, 학생들이 집으로 돌아가며 제각기 떠들어댄 소문만 무성했을 뿐이다.

가뭄의 목가

"시빌라, 뭐 하냐? 엄마는 어디 있니?" 아빠가 나를 불렀다.

"전 다림질하고 있어요. 엄마는 닭장에 가셨고요. 병아리 돌보느라. 왜요?"

오후 2시, 베란다 그늘에 걸린 온도계가 40.8도를 가리키고 있었다.

"블랙쇼 아저씨가 들판을 건너오고 있어. 엄마 부르고, 너는 다리 묶는 줄 가져와. 나는 도그레그 챙겼다. 어서 나가자. 소들 또 세워줘야겠구나. 불쌍한 것들… 그냥 때려죽이는 게 나을지도 모르지. 하지만 다음 달엔 비가 올지도 모르지. 아무리 가뭄이라도 끝은 있을 테니까."

나는 엄마를 부르고 줄을 챙겨서 나섰다. 뺨을 덮을 만큼 챙이 넓은 모자도 깊이 눌러썼다. 그렇게 해야 엄청난 서쪽 밭 먼지로부터 내 눈을 지킬 수 있을 터였다. 아빠가 말한 도그레그는 길이 2~3미터쯤 되는 장대를 세 개 묶어 만든 도구로, 소를 들어 올리는 데 쓸 수 있도록 고안한 것이었다. 이 장대 세 개로 삼각대를 세우고, 그 위에 가로장을 얹는다. 소의 배 밑과 가슴에 줄을 걸고, 그 줄을 가로장의 한쪽 끝에 묶는다. 그 반대쪽 끝을 사람들이 눌러주고, 한 사람은 뿔을 그리고 다른 사람은 꼬리 쪽을 들어 올리면 소를 일으킬 수 있는 구조였다. 처음 해보는 소들은 몸에 힘을 쓰며 버티기를 해서 힘들지만, 익숙한 소들은 스스로 몸을 맡겨 꽤 수월하게 일어났다. 다만, 소가 일어서기 전에 장대를 미처 빼내지 못하면 다시 쓰러지는 일이 잦았다.

그날 오후엔 여섯 마리 소를 일으켜야 했다. 죽을힘을 다해 다섯 마리는 간신히 일으켜 세웠는데, 마지막 한 마리는 언덕 중턱의 그늘 하나 없는 돌밭에 뒤로 누운 채 있었다. 남자들이 꼬리를 잡고 소를 돌리는 사이, 엄마랑 나는 도그레 그를 세우고 줄을 걸었다. 소는 일어나긴 했지만 너무 지쳐서 금세 다시 쓰러졌다. 우리는 잠시 쉬었다가 다시 해보자고 했다. 주변엔 풀 한 포기 없었고, 땅은 먼지투성이라 앉을 수도 없었다. 아무도 한마디 말도 하지 않고, 그저 먼지를 피해 눈을 감은 채 이글거리며 타는 햇살 아래 서 있었다.

삶의 고단함이여, 삶의 고단함이여….

하늘엔 얇은 구름 몇 조각이 바람에 스쳐 지나갔고, 햇빛은 무자비하게 쏟아지고 있었다. 엄마의 여윈 얼굴엔 피로가 짙게 묻어 있었고, 아빠의 이마엔 주름이 깊었다. 블랙쇼 아저씨도 지친 얼굴로 먼지 범벅된 이마의 땀을 닦고 있었다. 나 역시 온몸이 쑤시고 아팠다. 발밑에 쓰러진 불쌍한 소도, 나도, 모두가 지쳐 있었다. 등 뒤 언덕 너머 나무 사이로 건조한 바람이 으르렁거리며 지나갔는데, 그 소리는 마치 온 자연도 애가 타서 간절한 노래를 부르는 듯했다. 지치지 않은 것은 오직 태양뿐. 태양은 하늘을 휘돌며 자신의 권능을 뽐내듯 우리를 비추며 잔인하게 비웃고 있었다.

삶의 고단함이여, 삶의 고단함이여….

이것이 내 삶, 내 인생, 내 찬란한 경력이란 말인가? 나는 겨우 열다섯이었다. 나도 곧 이들처럼 나이가 들 게 불을 보듯 뻔했다. 지금 내 앞에 선 이들처럼 말이다. 그들 역시 젊을 땐 꿈도 꾸고 희망도 품었을지 모르는데. 아니, 아마도 한때는 그런 시절이 있었을 것이다. 하지만 지금 내 앞에 보이는 모습이 곧 그들의 삶이었다. 이게 그들의 커리어였다. 아마 내 인생도 비슷할 것이다. 내 삶, 내 커리어, 내 찬란한 커리어도!

삶의 고단함이여, 삶의 고단함이여….

여름의 뜨거운 태양은 여전히 우리 머리 위에서 이글거리며 춤을 추고 있었다. 여름은 악마이며 삶은 저주 같다고 나는 마음속으로 생각했다. 아, 무디고 거대한 돌덩이 같은 세상! 우리는 그 위 군데군데 폭이 좁고 험한 돌턱에 손톱이 닳도록 매달려 겨우 몇 해를 버티다가, 결국엔 다시 어둠 속으로 내팽개쳐지는 존재였다. 그 어둠 속에는 어쩌면 이보다 더 끔찍한 고통이 기다리고 있을지도 모른다.

소가 낮은 소리를 내며 신음했다. 아까 일으켜 세우려 했을 때 무리가 되었는지, 아침밥 접시만 한 크기로 가죽이 벗겨져 쓰라린 상처가 생겨 있었다. 참을성 많은 소조차 소리를 낼 정도의 고통이라니, 차마 쳐다보고 있을 수가 없어 고개를 돌렸다. 그리고 그 나이 또래 아이들이 그렇듯, 조급한 마음으로 그리고 원망스러운 마음으로 나는 신에게 물었다. 사람에게 고통을 주는 건 그래, 다음 세상이 있다 치죠. 하지만 짐승들에게 이런 고통을 주는 건 무슨 뜻인가요?

"자, 다시 한번 일으켜보자." 아빠가 말했다.

우린 다시 팔을 걷어붙였다. 말라비틀어져 다 죽어가는 소라도, 들어보면 엄청나게 무거운 법이었다. 그렇게 무거운 소를 우리는 애써 일으켜 다시 쓰러지지 않도록 잘 받쳐주었다. 아빠와 엄마가 꼬리 쪽, 나랑 블랙쇼 아저씨가 뿔 쪽을 잡고 소를 몰아 집으로 데려왔다. 그러고 나서 어찌어찌하여 밀기울 죽을 먹인 뒤, 남자들은 베란다에 앉아 담배를 피우며 또다시 가뭄 이야기를 한 시간가량 늘어놨다. 그러고는 옆집 소 세우는 일을 도와주러 나갔다. 나는 불을 피우고, 몇 시간 전 하다가 만 다림질을 이어갔다. 이렇게 더운 날도 먼지바람 때문에 문을 열어놓을 수 없고, 창문조차 닫고 지내야 해서 집 안은 말 그대로 찜통 같았다. 그리고 발이 너무 아파 서 있기조차 힘들었다.

삶의 고단함이여, 삶의 고단함이여….

여름은 악마이며, 삶은 저주라고 나는 또다시 되뇌었다.

그 후로도 가뭄은 끝날 줄 몰랐다. 며칠간 말라붙은 풀잎이 바람에 날리다 울타리에 쌓이거나, 하늘이 황톳빛 먼지로 가려질 때면 혹시나 비가 오기를 간절히 바랐지만 늘 바람은 흩어졌고, 모였던 구름도 함께 사라졌다. 몇 주, 몇 달 동안 하늘은 금속처럼 매끈하게, 아주 잔혹하게 빛났다.

삶의 고단함이여, 삶의 고단함이여….

나는 똑같은 말을 몇 번이고 되풀이했다. 삶의 고단함을 내 입으로 계속 토로하다 보면 그러한 반복을 통해 고단함의 쓴맛이 조금씩 가셔질지도 모른다는 일말의 헛된 희망을 품고 나는 같은 말을 반복하고 있었다.

6. 반항

우리가 아무리 정성껏 보살피며 애를 써도 소들은 하나둘씩 숨을 거두어 그 많던 소 떼가 겨우 다섯 마리로 줄고 말았다. 살아남은 소와 말 두 마리도 너른 땅에 남은 풀과 자원을 전부 다 바닥까지 긁다시피 해 간신히 목숨만 부지하고 있었다. 그 넓은 땅에 풀은 거의 없었다. 나머지 동물들이 그나마 목숨을 부지할 수 있었던 것은, 대지의 따뜻한 기온과 물 덕분이었다. 말할 것도 없이 우리 집 형편은 완전히 바닥을 치고 말았다. 형편이 그나마 나은 친척들의 도움과 어머니가 키워서 내다 판 닭 그리고 소가죽을 팔아 받은 돈 덕분에, 주교에게 빌린 돈의 이자는 간신히 갚을 수 있었고, 입에 풀칠만 하며 연명하고 있었다.

그런데 이 무렵 또 다른 불운이 닥쳤다. 주교의 대리인이 돈을 들고 달아나버린 것이다. 아버지는 그 사기꾼에게 이자를 꼬박꼬박 내고, 이자를 낸 영수증도 챙겨두었지만, 법의 애매한 구석을 악용한 주교는 — 우리에게는 맞서 싸울 돈이 없다는 이유도 있었겠지만 — 달아난 그 대리인을 인정하지 않겠다고 했다. 그렇게 한때 성당의 기둥 역할을 했던 사람을 부정하고는, 법을 등에 업고 우리 집에 소송장을 날려 보냈다. 이미 바닥을 친 우리 집으로서는 사형 선고나 마찬가지였다. 시간을 좀 달라고 유예를 부탁했지만 돌아온 건 집행관의 방문이었고 집행관은 우리 집 재산을 몽땅 경매에 부쳤다. 소 다섯 마리, 말 두 마리, 분유기, 쟁기, 수레, 4륜 마차와 2륜 마차는 말할 것도 없고, 심지어 부엌살림, 책, 그림, 가구, 아버지의 시계, 침대와 베개, 이불까지 모두 경매에 부쳐졌다. 우리가 입고 있는 옷 외엔 아무것도 남지 않았다. 이 모든 게, 아버지가 이자 납입 영수증을 확보하고 있음에도 불구하고 일어난 일이었다.

너그러운 친척들의 도움이 없었더라면 정말 참담한 상황에 빠졌을 것이었다. 친척들은 우리 가족이 경매에 부쳐진 물건을 되살 수 있을 만큼 돈을 보내주었고, 이웃들은 진심 어린 따뜻한 마음으로 우리를 도와주었다. 집행관은 진짜 신사였고, 상황을 파악하고는 우리가 다시 일어설 수 있도록 최선을 다해 도와주었다.

경매는 집에서 진행되었는데, 이웃들이 경매를 하는 척 꾸며주었고 집행관은 눈을 감아주었다. 친구들이 보낸 돈으로 이웃들이 형식적으로 입찰을 했다. 서로 경쟁하지 않고 물건값을 아주 싸게 불렀고, 우리는 거의 공짜로 모든 물건을 되찾을 수 있었다. 가난이라는 새까만 먹구름에도 희망이라는 밝은 은빛이 숨겨져 있었다.

가난과 곤궁에 빠지면 잘살 땐 절대 알 수 없는 사람의 진심을 알 수 있다. 사람들이 오직 우정과 사랑만으로 다가올 때, 그 마음이 얼마나 소중한 것인지. 그런 의미에서 살면서 한 번쯤 가난을 겪어보는 것도 나쁘지 않은 일이다. 사랑과 우정이라는 이름으로 마음의 평화와 풍요를 맛볼 수 있는 건 축복이기 때문이다. 물론 부자에게도 진짜 친구가 없지는 않겠지만, 부유한 이들은 언제나 그 우정과 사랑이 과연 진심인지 아닌지 의심하는 병을 안고 살아간다. 아부와 아첨으로 나를 둘러싼 이들 사이에서, 그 모든 것들이 사실은 이익을 얻기 위한 가면이 아닐까 끊임없이 의심하게 되는 것이다.

주교의 이름과 함께 우리 집 재산 경매는 지역 신문에 정식으로 실렸고, 아버지는 생면부지의 목사들로부터 위로의 편지까지 받았다. 이 목사들 역시 주교의 처사를 개탄하고 있었다. 리처드 멜빈이 누구인지도 모르고, 이미 갚은 빚 때문에 모든 걸 잃고 있다는 구체적인 사실도 자세히 알진 못했지만 아버지의 상황을 안타까워해주었다.

너그러운 친척들과 세상에서 가장 다정한 이웃들의 도움으로 다시 가재도구를 되찾았지만, 앞으로 어떻게 먹고사느냐는 문제가 남아 있었다. 비가 오지 않아 밭의 작물들은 타 들어가고 있었고, 우리에게 남은 소는 덜렁 다섯 마리뿐이었다. 어디를 쳐다보아도 암울하기만 했다. 이 다섯 마리의 소도 나중에는 모두 세상을 떠나고 말았지만…

어느 날 밤, 잠자리에 든 나에게 어머니가 다가와 심각한 얼굴로 말했다.

"시빌라, 얘기 좀 하자."

나는 또 아무짝에도 쓸모없는 딸에 대한 한탄이겠지 싶어, 시큰둥하게 대답했다. 이제 엄마의 한탄은 지긋지긋했다.

"시빌라, 요즘 계속 생각해봤는데 말이다. 안되겠다. 이렇게 아무 일도 안 하고 집에만 있으면 답이 없어. 네가 뭔가 일을 해야 할 것 같아."

나는 아무 말도 하지 않았다. 어머니는 계속 말했다.

"뭔가 수단을 강구해야 할 것 같다. 이제는 더 이상 저 능력 없는 네 아버지한테 생계를 맡길 수가 없으니… 저런 사람을 내가 왜 만났는지, 후회스럽기 짝이 없다. 술을 시작한 이후로는 아무짝에도 쓸모가 없는 사람이 되고 말았어. 네 동생들은 친척들에게 보내고, 너랑 오빠와 언니 모두 일자리를 구해 나가렴. 물론 네 아빠와 나도 일을 할 거야. 그래야 미래가 있지. 불쌍한 거티는 일을 하기엔 아직 너무 어리니까(사실 나와 한 살 차이도 안 나는데), 외할머니 댁에 보내야 할 것 같아."

나는 여전히 침묵했다. 어머니가 물었다.

"어떻게 생각하니?"

"정말 그렇게까지 해야 돼?" 내가 말했다.

"그럼 네가 다른 좋은 수라도 생각해보든가. 그 똑똑한 머리로 말야." 엄마의 날 선 목소리가 날아왔다. "내가 무슨 말을 하면 다 틀렸다고 하지. 우리 집구석에서 누가 생각이라는 걸 해보기나 한다든? 너라면 어떻게 하겠니? 넌 뭐 뾰족한 수라도 있어?"

"왜 우리가 같이 못 살고 헤어져야 해? 블랙쇼 아저씨나 얀센 아저씨네 땅도 우리만 하고, 자식도 많은데 잘만 살잖아. 다 흩어져버리면 결국 남남처럼 되어버릴 거야."

"맞아. 네가 하는 말이 일리는 있어. 근데 네 아버지가 소 다섯 마리로 뭘 어떻게 다시 시작하겠니? 정신 차려. 말 같지 않은 소리는 그만하고 엄마 말대로 하자. 결국 내 말이 늘 옳았잖니."

"친척들 입장에서도 차라리 조금씩만 보태서 우리가 다시 시작하도록 도와주는 게 나을 거야. 아이 하나씩 떠맡는 것보단 그게 낫겠지. 그쪽도 그렇게 생각할 거야."

"그래, 그게 더 나을 수도 있겠네. 그래도 네 몫은 네가 벌어야 할 거야. 너같이 다 큰 아이까지 책임지라고 할 수는 없으니까."

"알았어. 나가서 벌게. 내가 빠지면 집은 낙원 같겠네. 나 닮은 악마는 이 집안에 다시 없으니까. 나머지 아이들은 죄다 천사가 되겠지."

"또 그런 식으로 말할래? 일에는 관심도 없고…. 닭 키우기나 옷 만드는 거 도와준다든가, 요리 같은 걸 좀 배워보면 안 되겠니?"

"요리라고?" 나는 비꼬는 말투로 이어갔다. "저 구닥다리 오븐 앞에 서 있으면 그 어느 누구도 얼마 못 버틸걸. 거기서 나오는 재를 청소하느라 손발만 새까매지잖아. 가끔 색다른 요리라도 해볼라치면 버터가 없고, 건포도도 없고. 달걀은 귀하니까 쓰지 말라고 하고. 아, 요리다운 요리는 꿈도 못 꾸잖아."

"시빌라! 점점 말이 천해진다!"

"예전엔 나도 말을 가려서 하려고 했는데, 이제는 포기했어. 내 주위 사람들한텐 이런 말투도 과분하지. 어차피 여기서 송아지 먹이고 우유 짜고 그런 일에 하루하루를 갈아넣는데, 내 말투가 고상하건 천하건 무슨 차이가 있어?"

"봐라, 넌 늘 집에 대해 불만이지. 자기 밥벌이도 못 하면서. 너 같은 아이는 혼자 살아야 해."

"이제, 내 밥벌이는 내가 할게."

"뭘 할 건데? 교생 시험이라도 볼래? 요즘 아가씨들한텐 꽤 괜찮은 일이야."

"나 같은 촌뜨기가 골번 애들이랑 시험에서 경쟁이나 되겠어? 그 애들은 좋은 선생님 밑에서 공부만 하잖아. 나한테는 저 바보 같은 해럴드스 영감이 전부고. 교사가 되는 건 생각만 해도 싫어. 차라리 원주민이랑 살고 말지."

"그렇다고 아직 가정부를 할 만한 나이도 안 되고, 요리사도 할 수 없고. 경험이 없으니 하녀 일도 못 할 거야. 바느질도 싫어하고 간호사는 꿈도 못 꾸지. 네가 할 수 있는 게 도대체 뭐니? 나이만 헛먹어가지고."

"할 수 있는 거 많아."

"뭐가 있는데? 들어나 보자."

나는 입을 닫았다. 내가 하고 싶은 일들은 우리 환경으로는 꿈도 못 꿀 일들이었고, 그런 야망을 말하면 엄마에게 더 큰 조롱을 당할 게 불 보듯 뻔했다.

"많다며? 들어나 보자고."

이런 상황에서는 하늘을 나는 걸 직업으로 삼겠다고 하는 게 나을 것 같았다. 음악이 그나마 좀 덜 말이 안 되는 것 같아서 내뱉어보기로 했다.

"음악? 그건 돈도 시간도 엄청 드는 일이야. 공부도 엄청 해야 돈을 벌 수 있어. 꿈도 꾸지 마. 넌 그냥 집에서 일이나 돕든지, 아니면 보모로 나가서 경력을 쌓든지 해. 재능 있으면 곧 드러날 테니까. 만약 네가 음악 같은 데 대단한 기량을 발휘할 수 있다 생각하고 집안일은 네 수준에 안 맞는다 생각한다면, 밖에 나가서 세상에 네가 얼마나 멋진 사람인지 보여주든가."

"엄마, 너무해. 왜 날 이해해보려고 하지도 않아? 난 내가 뭐 대단한 재능을 가지고 있다고 생각해본 적 없어. 내가 왜 땀내 나는 고된 노동이 싫은지 나도 몰라. 그런데 정말 싫어. 할수록 점점 더 싫어져. 백번을 설교해도 마찬가지야. 엄마가 설교를 하면 할수록 더 싫어져. 평생 이렇게 살아야 한다면, 오래 살수록 더 싫어질 거야. 내가 이렇게 태어나고 싶어서 이렇게 태어났나? 다시 태어나면, 가장 천박하고 둔한 사람으로 태어나고 싶어. 그래야 사람들 속에서 어울릴 수 있으니까. 아니, 차라리 바보로 태어나는 게 더 나을지도 몰라."

"시빌라! 하느님이 네게 날벼락을 안 치시는 게 신기하다!" 엄마는 기가 찬 목소리로 말했다.

"난 하느님이 있다고 믿지도 않아." 나는 분개한 목소리로 소리쳤다. "설령 있다 해도 사람들이 말하는 것처럼 진짜 자비로운 분이라면 날 이렇게 괴롭히진 않았겠지."

"내가 이런 아이를 키웠다니! 너 정말 알고는 있니?"

"나는 이 생활이 지긋지긋해. 너무나 싫고, 또 싫고, 싫어." 나는 격렬하게 외쳤다.

"다른 집 가서 돈 벌 생각은 꿈도 못 꾸겠구나. 왜? 너 같은 애를 자기 집에 하루라도 들이려는 사람은 이 세상에 하나도 없을 거니까. 어떻게 이런 악마 같은 애가 태어났는지. 오, 하느님!" 어머니는 울며 기도를 하기 시작하셨다. "제가 무슨 죄를 지어 저에게 이런 아이를 주셨나요? 왜 이런 저주를 내리셨나요? 이 마을에 저만큼 무거운 짐을 진 여자는 또 없을 겁니다." 그러고는 나를 향해 "도대체 내가 뭘 그렇게 잘못한 거지? 그저 하느님께 기도하는 수밖에… 너의 그 악한 마음이 조금이나마 순해지기를 기도해야겠다."라고 하셨다.

"엄마 기도는 들어주시는 모양이네요. 내 기도는 한 번도 들어주신 적 없거든요." 내가 맞받아쳤다.

"네가 기도를?" 어머니가 비웃듯 말했다. "아직 열여섯 살도 안 된 애가 이렇게 끔찍한 생각을 하고 있다니. 정말 널 어떻게 해야 할지 모르겠구나. 넌 잘못을 해도 울지도 않고 용서해달라고 빌지도 않아. 우리 착한 거티 좀 봐라. 그 아이도 가끔은 말을 안 듣지만, 엄마가 나무라면 잘못을 빌고 후회하잖니? 사람이란 걸 보여주잖아. 넌 그런 게 없어. 넌 인간이 아냐, 그냥 괴물 같아."

그렇게 말하고 어머니는 방을 나가셨다.

"옛날에는 자주 용서를 빌어봤거든요. 근데 빌고 나서 돌아오는 건 무시와 멸시뿐이던걸요." 나는 엄마 뒤통수에 대고 소리쳤다.

"완전 미쳤구나. 네가 제정신이니?" 어머니는 그렇게 쏘아붙였다.

"대체 두 사람은 왜 밤중에 고양이처럼 싸우는 거야? 잠 좀 자자고." 아버지의 짜증 섞인 목소리가 이불 속에서 들려왔다.

어머니는 좋은 분이다 — 정말로 좋은 분이시다 — 그리고 나도, 생각해보면, 완전히 악한 존재는 아닐 것이다. 하지만 우리는 도무지 서로가 맞지 않는다. 내가 하나의 기계 부속이라면, 어머니는 내가 어떤 부속인지를 이해하지 못한 채 잘못 조여버린다. 그러면 내 모든 톱니바퀴는 삐걱거리며 어긋나고 마는 것이다.

어머니는 나더러 왜 울지도 않고 용서를 구하지도 않느냐고 하셨다. 그게 사람다운 행동이라고 하셨다. 하지만 나는 너무 날이 서 있어서 눈물조차 나오지 않았다. 아, 눈물이라도 흘릴 수만 있다면! 눈물이 이 터질 듯한 가슴을 조금이라도 쉬게 해줄 수 있을 텐데. 나는 집에서 만든 수지 촛대에 꽂힌 초를 들어, 우리 둘이 함께 쓰는 침대에서 곤히 잠든 예쁜 내 동생 거티를 바라보았다. 어머니 말대로였다. 거티는 무슨 잘못을 하면 금세 울고, 미안하다고 말하고, 용서를 구한 뒤 그 일을 싹 잊어버린다.

어머니는 그런 거티는 감싸고 좋아하시지만, 나를 이해하지 못한다. 어머니 눈에 거티는 감정이 있는 아이고, 나는 아무것도 느끼지 못하는 아이로 비치는 것이다. 하지만 어머니가 내 마음을 볼 수만 있다면, 나는 거티가 평생에 걸쳐 느낄 기쁨과 고통을 하루에도 몇 번씩 느끼며 감정이 극단적으로 오르내리는 아이란 걸 이해하실 수만 있다면.

어머니 말처럼 나는 정말 미친 걸까? 이런 생각에 휩싸이자 두려움이 엄습했다. 확실한 건, 나는 지금까지 본 어떤 여자아이와도 다르다는 사실이었다. 내 안에서 들끓는 이 거칠고도 뜨거운 영혼은 도대체 무엇이란 말인가? 아, 눈물이라도 나와준다면! 나는 침대 위로 몸을 던지고 신음했다. 왜 나는 다른 여자아이들처럼 되지 못할까? 왜 나는 거티처럼 단순하지 못한 걸까? 왜 나는 새 옷, 하루하루 해야 할 일, 가끔 있는 소풍 따위로는 마음이 채워지지 않는 걸까?

내 몸부림에 거티가 잠에서 깨어났다.

"왜 그래, 언니? 엄마한테 또 야단맞았구나. 엄마는 항상 누군가를 야단치잖아. 신경 쓰지 마. 그냥 미안하다고 말하면 돼. 그러면 더 이상 뭐라고 안 하셔. 난 항상 그렇게 해. 언니, 얼른 자야지. 잠 못 자면 아침에 힘들어."

"힘들다고…. 힘 좀 들면 어때. 그냥 죽어버렸으면 좋겠어. 나같이 끔찍한 애가 살아서 뭐 하게. 아무도 나를 원하지도, 사랑하지도 않는데."

"나는 언니를 사랑해. 가족 중에서 언니가 제일 좋아. 언니 없이는 못 살아."

그 말과 함께 거티는 자기의 예쁜 얼굴을 내 얼굴에 비비며 키스해주었다.

잠시 스쳐가는 사랑일지라도, 고통에 흔들리는 영혼에는 참으로 큰 위안이 되는 법이다. 내 눈에서 비로소 뜨거운 눈물이 쏟아지기 시작했다. 난 동생의 팔에 안긴 채, 옷도 갈아입지 않고 그대로 잠이 들었다.

7. 가시 없는 장미가 있을까?

다음 날 아침, 잠에서 깨었을 때 나는 퉁퉁 부은 눈, 무겁게 짓이기는 두통, 그리고 책을 쓰겠다는 굳건한 결심 이 세 가지와 함께 침대에서 일어났다. 단지 몇 줄짜리 습작이 아닌, 온전한 한 권의 책을 써야겠다는 결심이 선 날이었다. 늦가을 이른 아침의 상쾌한 공기 속에서 오전 노동에 몇 시간을 바치고 나자 퉁퉁 부었던 눈과 두통은 금세 가라앉았지만, 마음을 글로 풀겠다는 욕망은 내 안에서 더욱 단단해졌다. 사실 글을 써보려는 시도는 이미 하고 있었다. 2년 전, 밤마다 몰래 침대에서 나와 새벽 한두 시까지 훔친 종이에 장편소설을 써 내려갔으니까. 세세한 묘사로 가득한 그 소설에는 영웅과 여주인공이 정석대로 등장해 전통적인 역할을 수행했다. 우리 집 형편을 잘 아는 할머니는 편지를 보내실 때마다 봉투에 여유 있게 우표를 넣어주셨고, 그 우표를 모아 내 소설 원고를 시드니의 유력 출판사에 보냈더니 몇 주 후, 정중한 답장이 날아왔다.

'확실히 작가로서의 재능이 있으나 경험이 부족하여 출판을 하기에는 아직 이르다고 판단됩니다. 명작을 공부하신 후 다시 쓴다면 언젠가 호주 소설가 명단에 이름을 올릴 수 있을 것입니다.'

열세 살 아이가 쓴 글에 대한 평가라고 하기에는 정말 고무적이었다. 대문호들도 처음 시작했을 때 잘해야 그 정도의 답을 들었을 것이었다. 하지만 어린 내게도 그 답장은 이름 없는 작가에게 보내는 천편일률적인 반응처럼 느껴졌다. 내가 보낸 원고의 제목이라도 온전히 살펴보았을까 의심스러웠다. 그 후에도 나는 몇 편의 단편과 수필을 썼지만, 이제 진짜 제대로 된 책을 써봐야겠다는 의지가 내 안에서 꿈틀댔다. 물론 출판을 기대한 건 아니었다. 그 편집자의 권고대로 좋은 문학 작품을 공부할 수 있는 형편도 아니었다. 책이란 걸 구경하기도 힘들었지만 어쩌다 그 귀한 것을 접해도 읽을 수 있는 시간을 내기가 너무 힘든 게 내가 처한 현실이었으니까.

그럼에도 나는 푼돈이 생기면 종이를 사 모았고, 잠잘 시간을 아껴 아무도 모르게 글을 썼다. 그러다 보니 낮엔 늘 피곤했고, 수면 부족으로 항상 몸이 무겁고 지쳐 있었다. 어머니는 그런 나를 감당하기 힘들어하셨다. 머릿속은 이야기를 구상하느라 바빠 다른 일은 까먹기 일쑤였다.

어머니는 나를 이해하지 못하셨다. 처음엔 내가 게으른 데다, 반항하는 것이라 생각해 여러 가지 벌을 주셨지만 나는

그런 어머니에게 짜증을 내지도 않고, 반박하거나 화내지도
않았다. 나는 내 글에 몰두하는 동안 분노하는 법을 잊었다.
그러자 어머니는 내가 혹시 어디 아픈 게 아닐까 걱정하며
의사에게 데려갔다. 의사는 내가 나이에 비해 "조숙하다"며
"날씨가 풀리면 나아질 것"이라고 했다. 그러고는 강장제를
처방해주었지만 나는 약을 창문 밖으로 던져버렸다. 이후로
남의 집에 보모로 나가라는 얘기는 더 이상 나오지 않았다.
아버지가 도로 공사 계약에 참여하면서 입에 풀칠은 할 수
있게 되어 살림이 어찌어찌 굴러가기 시작했기 때문이다.

그렇게 삶은 지루하고 단조롭게 흘러가며, 관 속에 들어갈
때까지 별다른 변화나 사건 없이 끝날 것처럼 보였다. 그런
데 1896년 7월 어느 날, 어머니에게 도착한 외할머니의 편
지로 인해 내 삶이 크게 바뀌게 되었다. 하지만 모든 단맛엔
쓴맛이 따르듯, 그 편지에도 내 마음을 찌르는 비수 같은 말
이 숨어 있었다.

사랑하는 딸 루시,

이번엔 시간이 없어 편지를 짧게 보낸다. 손님들 네댓 명이
찾아왔고, 잠자리를 준비해주어야 하는데 일하는 아이가 자
리를 비워서 내가 급히 준비해야 하니 말이야.

네 딸 시빌라, 그 애가 너에게 그런 슬픔과 고통을 안겨주
다니, 마음이 아프다. 그 애가 그런 행동을 하는 건 어디가
아프거나 심신이 고통을 받고 있기 때문이 아닐까? 시간이

흘러 철이 들면서 나아지기를 기도할 뿐이다. 우린 언제나 곁에 계신 선하신 하느님께 의지할 수밖에.

한데 내가 한번 데리고 있어볼까 하는 생각이 든다. 될 수 있으면 빨리 내게 보내렴. 비용은 모두 내가 대마. 물론 여기 있는 동안 필요한 것도. 환경이 변하면 그 애도 좋은 방향으로 달라지지 않을까? 네가 원하는 만큼 내가 좀 데리고 있어볼게. 아직 어려서 시집보내기엔 그렇지만, 생각해보니 내년이면 내가 결혼했을 때 나이가 되기는 하는구나. 결혼이 인생의 전환점이 될 수도 있지. 그런 의미에서도 포섬 걸리보단 여기 캐더갓이 더 나을 거야. 이제 어른이 되어가는 시점에서 거기보다는 여기가 낫겠지. 괜히 거기 있다가 자기 신분보다 못한 사람하고 엮일 수도 있으니까. 이쪽에 와 있으면 좋은 기회 하나쯤은 잡을 수 있지 않을까 싶기도 하고. 내가 그렇다고 일부러 짝을 지어주려는 건 아니지만, 거티도 곧 클 텐데, 시빌라는 볼품이 없어서 짝을 찾는 데 시간이 좀 걸릴 듯싶다.

늘 우리 딸을 사랑하는

L. 보시에르

어머니는 내게 편지를 주며 읽어보라 하셨고, 내가 편지를 다 읽자 물으셨다.

"가고 싶니?"

나의 대답은 차가웠다.

"그래, 갈게. 거지 주제에 뭘 가리겠어. 어차피 할머니 입장에서 나를 캐더갓에 데리고 있건 포섬 걸리에 그대로 두건 다를 게 없겠지." 어차피 할머니는 우리 가족을 먹여 살리는 데 큰 몫을 하고 계셨다.

풍광에 대해서라면, 포섬 걸리는 아카시아나무 숲밖에 자랑할 게 없었다. 집 근처 언덕과 골짜기에는 여린 나무들이 줄지어 있었고, 평지엔 다양한 종의 아카시아가 우거져 있었다. 할머니의 편지를 읽어본 날이 일요일 오후였기 때문에 이후 자유시간이 있었고, 나는 곧장 낮은 언덕을 넘어 내가 가장 좋아하는 아카시아나무 아래로 가서 그대로 몸을 뉘었다. 그리고 할머니의 편지를 떠올리며 오래도록 사색에 잠겼다.

어머니가 내 단점을 할머니에게 알렸다니…. 내가 그토록 사랑하는 할머니에게. 최소한의 모성을 가진 생각 있는 어머니라면, 자식의 잘못이나 결함을 남에게 떠들지는 않을 텐데. 그렇지만 한편 놀랍지는 않았다. 늘 동네 사람들에게 내가 얼마나 어머니를 시험에 들게 하는 아이인지, 얼마나 불평불만이 많고 게으른 아이인지 토로하고 다니셨으니까. 내가 상처를 받은 건 마지막 문장이었다. 그 마지막 문장이 비수처럼 나를 찔렀다. 그로 인해 내가 고통받을 걸 아셨다면 어머니가 나에게 편지를 보여주지는 않았을 텐데.

난 못생겼다는 이유로 시간을 더 부여받았다. 결혼 시장에서 값나가지 않는 물건이니까. 얼마나 기막히게 다정한 배려인가!

할머니는 구세대 사람이라서 여자에게는 결혼이 삶의 유일한 목적이라 믿는 분이다. 그러니 그분이 나를 시집보내려 한다는 사실은 놀랍지도, 불쾌하지도 않았다. 하지만 내가 못생겼다니. 아, 말도 안 돼! 아! 그 사실을 확인하는 그 구절이 나에게 어떤 아픔을 불러일으켰는지, 도무지 말로 형용할 수가 없다. 마치 톱니 박힌 날카로운 칼에 가슴을 깊이 찔린 것처럼 마음이 찢어졌다. 그건 내가 결혼에 불리한 외모라는 걸 깨달아서가 아니었다. 난 애초에 결혼이라는 것 자체에 혐오감을 느끼고 있었으니까. 결혼은 세상에서 가장 끔찍하게 여자를 속박하는, 불공평한 제도처럼 보였다. 사랑이 있다면 그럭저럭 견딜 만할 수도 있겠지만, 나는 '사랑'이라는 개념 자체를 비웃었고, 절대로, 절대로, 절대로 결혼하지 않겠다는 결심이 서 있었다. 그래도 그 편지에는 나를 들뜨게 만드는 부분이 있었다. 바로 캐더갓에 간다는 희망이었다.

캐더갓, 내가 태어난 그곳!

캐더갓, 할머니의 사랑과 애정 속에 내가 어린 시절 달콤한 날들을 보냈던 그곳!

캐더갓, 내 마음 깊숙이 '진짜 집'으로 기억하는 그곳.

캐더갓, 자연이 한 폭의 꿈처럼 아름답게 감싸 안은 곳.

캐더갓, 캐더갓! 나에겐 캐더갓이 내 집이야. 영원히 캐더갓이야! 나는 외친다.

겨울의 칙칙한 날씨와 추위 따위는 느끼지도 못하고, 나는 아카시아나무에 기대어 그 자리에 한참을 서 있었다. 그러다 거티가 "차 마실 준비 다 됐어."라고 부르러 왔을 때서야 정신을 차렸다.

"언니, 오늘은 언니가 차릴 차례였잖아. 그런데 어머니한테 혼날까 봐 내가 대신 준비했어. 어머니가 언니 찾으면서 또 성질부리고 있는 거 아니냐고 하시더라."

귀엽고 착한 평화주의자! 거티는 종종 나 대신 이런 일들을 해주곤 했다.

"그래, 고마워, 거티. 대신 내가 이틀 연속으로 준비할게. 내가 여기 사는 동안은."

"여기 사는 동안? 그게 무슨 말이야?"

"나, 곧 떠나."

나는 거티가 그 말을 듣고 어떤 반응을 보일지 유심히 지켜봤다.

그 애가 진정으로 내 거취에 신경 써주기를 바랐다. 나는 애타게 사랑을 갈구하고 있었으니까.

"어머니가 자꾸 야단치니까 도망가려는 거야?"

"아니, 이 바보야! 나, 캐더갓에 가서 할머니랑 같이 살 거야."

"계속?"

"응, 영원히."

"정말이야?"

"응, 정말."

"진짜 진짜로?"

"응, 진짜로, 정말 진짜야."

"다시는 안 돌아올 거야?"

"다시는…이라고 말할 수는 없지만, 한동안은 떠나 있을 거야. 돌아올 계획은 없어. 왜, 마음 쓰여?"

그랬다. 마음이 쓰였다. 여린 입술이 파르르 떨렸고, 예쁜 파란 눈동자에는 금세 그늘이 내려앉더니 눈물이 뚝뚝 흘러내렸다. 나는 그 모습을, 마치 무슨 위안을 찾는 짐승처럼 하나하나 새기며 바라보았다. 내게는 과분한 반응이었다. 나는 분명 동생을 깊이 사랑했지만, 늘 나 자신에만 사로잡혀 있었기에 살갑거나 다정하게 대했던 적은 거의 없었다. 한데 내가 떠난다는 말을 듣고 거티는 울컥했다. 귀엽게 떨리는 입술, 파란 눈에 맺힌 눈물. 그런 모습이 왜 그렇게 내 가슴을 파고들었는지, 문득 슬펐지만 그보다 더 뜨거운 사랑이 느껴졌다. 사랑을 느끼자 나의 마음이 따뜻해졌다.

"그럼 이제 누가 내게 이야기 들려줘?"

나는 늘 내가 상상해서 지어낸 이야기를 거티에게 들려주곤 했다. 그 대신 동생은 내가 밤늦게까지 잠도 자지 않고 글을 쓰고 있다는 사실을 비밀로 해주었다. 해서 나는 어쩔 수 없이 동생의 입을 막기 위해 지어낸 이야기를 열심히 들려주었다. 심지어 나를 굳게 믿었던 거티조차 몇 번 새벽녘에 깨어 내가 책상 앞에 앉아 있는 걸 보았을 때는, 내 정신이 온전치 못한 게 아닌가 싶어 부모님을 깨우려 했었으니까. 나는 겨우겨우 거티를 달래 입단속을 시켰고, 그 후로는 묘한 기쁨을 느끼며 동생의 얼굴에 웃음을, 놀라 동그랗게 뜬 눈망울을, 혹은 눈물까지도 불러오는 이야기를 골라 들려주곤 했다. 내 기분이 이끄는 대로.

"이야기 들려줄 사람쯤이야 금방 또 생기겠지."

"그래도 언니처럼은 못 할 거야. 그리고 호러스가 날 괴롭힐 땐 누가 내 편 들어줘?"

나는 동생을 꼭 끌어안았다.

"거티, 거티야… 약속해줘. 앞으로도 늘 나를 사랑해주고, 절대로, 절대로 날 잊지 않겠다고. 약속해줘."

겨울 햇살 한 줄기가 희미하게 머릿결을 금빛으로 물들이는 가운데, 거티는 내 어깨에 머리를 기대고 약속했다. 나비처럼 가볍고 쉽게 날아가버릴 아이의 약속이었지만, 분명히… 약속을 해주었다.

자아 성찰

※ 덧붙임: 이 대목은 지루하고 지극히 자아도취적입니다. 건너뛰시는 편이 나을 수 있습니다. 제 충심 어린 조언입니다. ─ S. P. M.

어릴 적 나는 꿈이 많은 아이였다. 내가 커서 성취할 위대한 일들, 그 웅대한 포부는 내가 살아온 광활한 수풀만큼이나 한계가 없었다. 그러나 시간이 흐르며 나는 깨달았다. 나는 여자아이 즉, 생물학적으로 여자의 형체를 지닌 존재였다는 것을. 난 여자일 뿐, 그 이상도 이하도 아니었다. 이 사실은 내게 큰 충격으로 다가왔다. 세상을 움켜쥐고 운명을 개척할 수 있는 이는 남자들이었으며, 여자는 말하자면 두 손을 묶인 채로, 운명의 파도에 휩쓸리며 얻어맞고 생채기가 나는 것을 묵묵히 감내해야만 하는 존재였다.

그러나 익숙함은 굴레조차 무디게 만들었다. 나는 여자로 태어난 데 대한 실망에서 벗어나 그 운명을 받아들이게 되었다. 사실, 어느 순간부터는 여자로 사는 것이 제법 괜찮다고 여길 만큼 마음의 평온을 찾았다. 하지만 어렵게 찾은 평온을 산산이 부숴버리는 끔찍한 진실이 내게 다가왔다. 나는 못생긴 여자였다!

이 사실로 인해 내 삶 전체가 쓴맛을 뒤집어쓰게 되어버렸다. 낮과 밤이 모두 고통으로 얼룩졌고, 그 상처는 절대로 아물지 않는 민감한 종기처럼 남아 나를 괴롭혔다. 어떤 힘으로도 쫓아낼 수 없는 사악한 망령처럼, 늘 나를 따라다녔다. 그리고 이 지옥 같은 인식에 덧붙여, 나는 '똑똑하다'는 평판까지 얻고 말았다. 이보다 더 나쁠 수 있을까?

부디, 이 글을 읽는 모든 소녀들이여! 힘차게 뛰는 심장을 지닌 존재로서, 언젠가는 사랑을 하고 남편을 구해 평범한 가정을 이루고 행복하게 사는 삶을 꿈꾸고 있다면, 절대 '똑똑하다'는 인상을 주어서는 안 된다. 그 순간 여러분은 결혼이라는 경쟁에서 완전히 탈락하고 말 테니까. 그건 마치 문둥병에 걸렸다는 소문이 도는 것처럼 여러분을 잡아먹을 것이다. 만일 남다른 지성을 타고났다고 느낀다면, 그런데 외모마저 평범하다면, 제발 그 지성을 잘 숨기기를. 잘 숨기고 무지한 척 연기하기를. 그것만이 살길이다.

아름다운 여자는 모든 결점이 용서된다. 순결을 잃었든,

허영심으로 가득찼든, 진실하지 않든, 경박하든, 냉혹하든, 심지어 '똑똑하더라도' 사람들은 예쁜 여자의 결점에는 눈을 감아준다. 그저 눈길을 끌 만큼 아름답기만 하면 남자들이 곁에 머문다. 그리고 세상에서 남자란, 이른바 '주도권을 쥔' 지배자이기에 그들의 기호에 맞추는 수밖에 없다. 반면 인물이 없는 여자는 어떤 결점도 용서받지 못한다. 그 운명은 너무도 가혹하여, 차라리 못생긴 여자아이는 태어나는 즉시 세상과 작별하게 하는 쪽이 낫지 않나 하는 생각까지 하게 된다.

내가 나 자신에 대해 깨달은 또 다른 불편한 진실은, 내가 처한 환경에 철저히 부조화를 이루는 존재라는 사실이었다. 나는 또래의 여자아이들을 관찰하며 나 자신과 비교해보았다. 우리는 함께 자라났고, 같은 기회를 누려왔다. 나보다 더 나은 환경에서 자란 아이들도 있었지만 기본적으로 우리는 모두 똑같이 작고 지루한 세상 안에서 살아가고 있었다. 하지만, 다른 아이들은 단지 그 세상 안에 있는 것이 아니라 그 세상에 속해 있었고, 나는 아니었다.

그들은 매일의 일과와 자잘한 즐거움으로 충분히 삶의 등불을 밝힐 수 있었지만, 내 영혼은 포섬 걸리가 줄 수 있는 것 이상을 갈구했다. 그들은 외부 세계에 대해 무지했고, 관심조차 없었다. 패티, 멜바, 어빙, 테리, 키플링, 케인, 코렐리, 심지어 글래드스톤조차* 그들에게는 아무런 의미가 없었다. 그들은 이 고유명사가 사람 이름인지, 섬 이름인지 경주마 이름인지도 몰랐고, 궁금해하지도 않았다.

그러나 나는 달랐다. 그런 사람들의 이름을 어디서 주워들었는지 나도 잘 모르겠다. 우리 집은 지역 신문 하나만 구독하고 있었으며, 책이라곤 거의 구경할 수 없었고, 상류층 교육을 받은 이와 대화 나눌 기회는 1년에 한 번 있을까 말까 했다. 그럼에도 나는 문학, 예술, 음악, 연극의 모든 거장들을 알고 있었고, 그들의 세계는 곧 나의 세계였다. 상상 속에서 나는 그들과 함께 살았다.

부모님은 나의 그런 '허튼소리'에 흥미를 보이지 않았다. 그들 또한 한때는 문학과 예술을 사랑한 이들이었으나, 이제는 문학과 예술이 더 이상 쓸모가 없는 생활을 하다 보니 애정까지 거두어버리고 말았던 것이다.

나는 늘 불만이 많았고 불안했다. 큰 세상 속으로 나아가

---

* 19세기 후반~20세기 초 영국 및 유럽에서 문학, 음악, 연극, 정치 등의 분야 유명했던 인물들. ■아델리나 패티Adelina Patti(1843~1919): 이탈리아계 프랑스 태생의 세계적 소프라노 오페라 가수. 19세기 후반 최고의 디바 중 하나로, 맑고 유려한 목소리로 찬사를 받음. ■넬리 멜바Nellie Melba(1861~1931): 호주 출신의 세계적 소프라노. 본명은 Helen Porter Mitchell. 'Melba'라는 이름은 고향 멜버른Melbourne에서 따온 것. 오페라 무대에서 큰 명성을 얻었으며, 특히 파리와 런던에서 활약. ■헨리 어빙Sir Henry Irving(1838~1905): 영국의 배우이자 극장 경영자. ■엘런 테리Ellen Terry(1847~1928): 영국의 셰익스피어 전문 여배우. 헨리 어빙과 함께 무대에 많이 올랐음. ■러디어드 키플링Rudyard Kipling(1865~1936): 영국의 작가이자 시인. 『정글북The Jungle Book』, 단편 소설 「남과 북」 등으로 유명. 1907년 노벨문학상 수상. ■홀 케인Hall Caine(1853~1931): 영국의 소설가로, 당대에 대중적으로 매우 인기가 높았던 작가. ■마리 코렐리Marie Corelli(1855~1924): 영국의 소설가. 빅토리아 여왕이 그녀의 책을 즐겨 읽었다고 알려짐. ■윌리엄 글래드스톤William Ewart Gladstone(1809~1898): 영국의 자유당 정치인. 총리를 네 차례나 역임한 인물.

고 싶다는 욕망은 도무지 사그라들지 않았다. "하자! 하자! 아자아자 빨리 행동으로 보여줘!" 내 영혼은 끊임없이 이렇게 외쳤다. 어머니는 어머니의 신념 안에서 할 수 있는 최선을 다해 나를 이끌어주려 하셨다. 고리타분한 격언들과 오래된 훈계들이 동원되었지만, 설교는 열정적이었다. 문제는 그런 것들이 내게는 아무 소용이 없었다는 거다. 마치 민간요법으로 희귀병을 고치려는 격이었다.

그중 가장 지긋지긋하게 되풀이되었던 건, "무엇이든지 네 손이 일을 얻는 대로 힘을 다하여 할지어다"라는 성서 구절이었다. 삶의 사소한 일들이 가장 고귀하다는 말도 수없이 들었다. 내가 동경하는 위인들조차 그렇게 말했다며 나를 설득했다. 그러나 나는 대개 이렇게 받아쳤다. "그 말이 얼마나 고귀한지 나도 알아요. 나도 철학자 못지않게 멋진 글 하나쯤은 얼마든 쓸 수 있을걸요." 작고 사소하고 별 볼일 없는 평범한 삶이 정말로 위대한 삶이라면, 왜 정작 그 위인들은 그렇게 살지 않았을까?

쟁기 아래 깔린 두꺼비는
(쟁기의) 어느 이빨이 (자기 몸의) 어디를 찌르는지 안다.
길 위에 날아든 나비가
두꺼비에게 만족하며 살라고 설교한다.

나는 두꺼비처럼 길들여진 고상함엔 관심이 없었다. 설령 그것이 속이 텅 빈 물거품이라 해도, 나는 나비의 승리를 갈

망했다. 살아 있을 때, 젊을 때, 인생을 사는 것처럼 살고 싶
었다. 내 좌우명은 이러했다.

맑은 샘터에 자주 다니는 물동이는
결국엔 깨지기 마련이지,
그렇게 깨져서 원래 자리로 돌아가면
다른 물동이가 그 자릴 채운다네.
그럴 바엔 물동이를 집 안에 묶어두어
다른 흙덩이와 함께 뒹굴게 하라지만,
결국엔 그것도 썩은 선반 위에서
깨지고 말 텐데.

그러면 묻자, 하루가 저물어갈 무렵,
이미 금이 가고 낡아빠진 그릇을, 깨진 토기 조각을,
마치 순금이라도 되는 듯 귀하게 여기며 붙들고 있는 게
현명한 일일까? 조심히 살아라, 무디고 어리석은 사람들아.
겉으로는 그게 사려 깊고 현명한 듯 보이겠지.
하지만 너의 그릇은 곰팡내 나는 선반에서
아무도 모르게 조용히 깨지고 말 거야.
내 그릇은, 빛나는 강물가에서 산산이 부서질 것이다.

나는 나의 본모습을 부정하고 다른 사람인 척하며 사는
게 얼마나 부질없는 짓인지 잘 알고 있었다. 이처럼 치열한
경쟁의 시대에, 재능이 아닌 '기회'가 전부였다. 그러나 운명

은 내게 단 한 번의 기회조차 주지 않았다. 그래서 절망한 나는 내게 주어진 옷감을 보고 그에 맞춰 옷을 지어 입기로 마음먹었다. 신의 뜻으로 정해진 삶에 나를 꿰맞추려 애썼다. 그렇게 나는 내 영혼을 짓이기고, 짓눌렀다. 하지만 한쪽을 겨우 짓눌러놓으면, 다른 쪽에서 불쑥 솟아올라 이 좁디좁은 포섬 걸리의 틀을 깨고 나왔다.

채워지지 못한 희망이 불러오는
불안한 심장의 고동 소리와 타오르는 고통,
더 나은 미지의 삶을 향한
지친 갈망과 동경은
한낱 모래 위에 비친
무정한 호수이니
방랑자는 그 앞에서 무너지고
결코 해갈되지 못할 갈증에 쓰러진다.

그 갈증을 해소하고자 나는 어둡고 낯선 길을 혼자 헤맸다. 내 영혼은 신을 찾아 헤매었지만 아무것도 찾지 못한 채 지쳐갔다.

그 고결한 삶의 기운이 내게 어떻게 닿았는지는 알 수 없지만, 그와 함께 세상에 만연한 죄와 슬픔의 실상이 보였다. 억압받고 짓밟히고, 신에게조차 버림받은 수많은 이들의 울음소리가 내게 들렸다. 세상의 톱니바퀴는 삐걱대며 어그러져 있었다.

"내가 이걸 해결할 수만 있다면… 내가 그 해답을 찾아 사람들에게 나눠줄 수 있다면!"

나는 그 문제를 붙잡고 머리를 쥐어짰다. 내 마음을 나 스스로 감당하기 버거웠다. 남자가 이 같은 생각을 가진다면 스스로에게 해악이겠지만 그뿐이었다. 하지만 여자가 이런 생각을 품는다면? 아, 그 여자는 단지 본분을 벗어난 존재가 아니라, 아예 세상 어디에도 속하지 못한 외로운 사람이 되는 것이다.

그 사실을 인지한 나는 하늘을 향해 절규했다. "신이시여, 어찌하여 제게 이처럼 무거운 짐을 지우셨나이까?" 나는 신을 원망했고, 그 원망 속에서 속삭임이 들려왔다. 네가 원망할 대상 같은 건 애초에 존재하지 않는다는 속삭임.

신은 없었다. 나는 신을 믿지 않는 사람이 되어 있었다.

하지만 나는 스스로 무신론자가 되기를 원했던 것이 아니었다. 오히려, 나는 그 누구보다도 진정한 신앙인이 될 수 있기를 간절히 바랐다. 나는 그 믿음을 위해 싸웠고, 주위의 신자들에게도 도움을 청했다. 하지만 그건 바보 같은 짓이었다. 마치 "나는 매춘부예요"라고 외치는 것과 다를 바 없는 짓이었으니까. 신의 존재를 믿지 않는다는 이유로 한순간에 나는 한 푼의 존중도 받을 가치가 없는 인간이 되어버렸다. 사람들은 신의 존재를 믿지 않는 건 불가능하다며, 내가 그저 그런 말로 사람들의 관심을 끌고자 하는 것이라고 내 손을 놓아버렸다.

신을 믿지 않는다니! 미쳤군!

신이 정말 존재한다면, 그분을 찾는 방법을 알려달라 했을 뿐인데.

"기도하라"고들 말했다.

나는 간절히, 또 자주 기도했다. 하지만 매번 돌아온 건 싸늘한 속삭임뿐이었다.

아무에게도 닿지 않는 기도.

그 누구도 이해할 수 없는 깊은 허무감, 그것은 신을 잃은 자만이 아는 심연이었다.

삶엔 기대할 것이 없고, 죽음 너머엔 아무것도 없다. 이 절망은 나를 깊은 우울의 구렁텅이로 끌고 갔다.

만약 내 아버지가 이 나라의 어느 한 자리, 높은 지위를 꿰차고 있었더라면 내 인생도 즐겁고 유쾌한 것들로 채워졌을지 모른다. 그랬다면 내 안의 이 지독한 갈망은 태어나지조차 않았을지도 모른다. 혹은 나의 고통을 이해하고 공감해줄 수 있는 존재, 내가 온전히 의지하고 믿을 수 있는 사람, 그런 친구가 단 한 명이라도 있었다면, 그랬다면, 내 성격도 좀 덜 모나게 되었을지 모른다.

그러나 이 넓은 세상에서 내게 손을 내밀어준 이는 단 한 사람도 없었다. 그래서 나는 비탄에 빠져 중얼거렸다. "세상에는 선이란 존재하지 않아." 그리고 그보다 좀 나은 순간엔 이렇게 말하곤 했다. "참, 인생이란 얼마나 복잡한가. 도와주고 싶어하는 사람은 힘이 없고, 힘 있는 자는 마음이 없구나."

악이란 마치 너무 강한 체스 상대처럼, 선이 한 수를 내딛으려 할 때마다 바로 옆에서 그 수를 무력하게 막아버렸다.

나는 스스로를 믿는 힘이 현저히 부족한 인간이었다. 울퉁불퉁한 삶의 여정에서 손을 내밀어줄 누군가가 필요했지만, 아무도 없었다. 그리하여 나는 열여섯이라는 나이에 사흘 밤낮을 찾아 헤매다녀도 다시 없을 비뚤어진 냉소주의자, 무신론자가 되어 있었다.

8. 포섬 걸리어 안녕, 만세! 만세!

시드니 사람이 골번에 사는 친구가 있으면 "시골 친구가 있다"고 말한다. 골번 사람이 야스에 친구가 있으면 "시골에 친구가 있다"고 하고, 야스 사람이 영Young에 친구가 있으면 또 "시골 친구가 있다"고 말한다. 이런 식으로 이어진다. 캐더갓도 그런 '시골' 중 하나였다.

1896년 8월 둘째 주 수요일, 나는 골번 역에서 표를 끊고 새벽 1시경 멜버른행 우편을 실은 야간열차의 2등석 객차에 올라탔다. 이 열차로 서너 시간을 달린 뒤 지선으로 갈아타고 두 시간가량을 더 가야 했다. 내가 탄 칸에는 골번에서 탄 사람이 나뿐이었다. 다른 승객들은 이미 탑승한 지 한참 되어 잠들어 있었고, 한두 사람만이 눈을 떠 나를 흘깃 보고는 다시 눈을 감고 잠을 청했다.

기차의 흔들림은 내게 더없는 기쁨이었고, 가슴이 부푼 나는 도무지 잠이 오지 않았다. 지나가는 풍경이라도 눈에 담고 싶어 자리에서 일어나 이마를 차가운 창문에 대고, 안개 낀 새까만 밤 속을 쳐다보았다.

앞으로 펼쳐질 미래에 대한 기대로 가슴이 벅차 뒤에 남겨진 이들에 대해 생각할 겨를조차 없었다. 포섬 걸리를 떠나는 것이 전혀 아쉽지 않았다. 아니, 오히려 기쁨에 벅차 팔을 휘두르며 소리라도 지르고 싶을 정도였다. 집? 제발! 포섬 걸리에서의 경험들이 '고향'이라는 말의 의미를 정의하게 되지 않기를. 나는 사실상 그곳에서 자랐지만, 마음은 단 한 번도 그곳을 내 집으로 받아들인 적이 없었다. 나는 포섬 걸리를 미워했다. 지금도 미워한다. 지루하고 숨 막히는 단조로움만 가득한 곳. 애정 어린 추억이라곤 한 줌도 없고, 오로지 답답하고 영혼을 갉아먹는 기억으로 가득한 곳. 나는 집을 떠나는 것이 아니라, 오히려 진짜 내 집, 캐더갓으로 향해 가는 중이었다. 고사리가 자생하는 골짜기, 산에서 내려오는 맑고 슬픈 계곡물 소리, 위엄있는 존재감을 내뿜는 험한 보르공 산맥, 사랑하는 할머니와 이모와 삼촌이 있는 곳, 책과 음악, 교양이 넘치는 사람들과 인생의 즐거움이 있는 바로 그곳. 나는 내가 사랑해 마지않는 고향, 캐더갓으로 가는 길이었다.

기차 여정이 끝나고 목적지에 내리자, 붉은 수염을 기른 건장한 남자가 마중을 나와 있었다. 그는 자기가 우편 마차의 마부이며, 보시에 부인으로부터 나를 잘 돌보라는 지시를 담은 서신을 받았다고 했다. 그러더니 이렇게 덧붙였다. "정말 기쁘게 아가씨를 모십니다. 제가 모시면 하느님 품속에 있는 것만큼이나 안전하실 거예요."

이후 41킬로미터에 달하는 마차 여행은 딱히 즐겁지도, 특별하지도 않았다. 승객은 나 혼자였기에 좌석을 마음대로 앉을 수 있었는데 날씨가 춥고 비도 와서 안쪽 박스석에 몸을 웅크리고 있었다. 마부는 서너 킬로쯤 지날 때마다 한 번씩 "괜찮으세요?" 하고 물었다.

중간 지점에 있는 '하프웨이 하우스'라는 곳에서 말을 교체하는 동안 나는 따뜻한 식사를 하고 난로의 온기를 즐기며 기운을 되찾았고, 이어서 남은 여정길에 올랐다. 날은 더 추워졌고, 오후 2시 30분쯤에야 마침내 굴굴Gool-Gool의 철지붕이 눈에 들어왔다. 먼저 우체국에 들러 우편 가방을 전달한 마차가 울팩 호텔 앞에서 멈췄다.

호텔 베란다에 서 있던 방수 코트에 모자를 쓴 키 큰 젊은 신사가 마차가 서자 내 쪽으로 다가와 모자를 벗고 고개를 들이밀며 물었다.

"혹시 멜빈 양 되십니까?"

마차 안을 보고 내가 유일한 승객임을 깨달은 그는 웃으며 마부를 향해 말했다.

"승객이 한 분인가 보죠? 멜빈 양이 틀림없겠네요?"

"멜빈 양이 태어날 때 제가 그 곁에서 지켜봤었던 건 아니라 장담은 못 하지만, 아마 맞을 겁니다. 달걀은 달걀이니까요." 마부가 익살맞게 대꾸했다.

그리하여 내 신원이 확인되자, 젊은 신사는 예의 바르게 나를 마차에서 내리도록 도와주었고, 호텔의 마부에게 내 짐을 캐더갓 마차에 싣고 신속하게 마구를 채우라고 지시했다. 그리고 나를 개인 응접실로 안내했다. 응접실에는 친절한 바텐더 아가씨가 다과를 준비해두고 있었다. 나는 장작불에 발을 녹이며 그가 전해준 편지를 펼쳤다. 필체는 할머니의 것이었다.

할머니는 심한 감기에 걸렸다가 현재 회복 중이긴 하지만 날이 궂어 마중을 나오지 못했다고 하셨다. 이모도 같은 상황이라 나를 데리러 나오는 건 현명치 않다고 판단했다고 했다. 대신 마중을 나온 농장 견습생인 프랭크 호든이 호텔 비용과 마부의 팁까지 처리할 것이라 적혀 있었죠. 굴굴에서 캐더갓까지는 38킬로나 되는 거리인데, 그중 상당 구간이 언덕길이라 시간도 꽤 걸릴 터였다. 이미 3시가 지난 시각이었고, 비가 오는 데다 겨울이라 해도 짧아 빨리 출발해야 했다.

나는 얼른 케이크를 먹고 차를 마신 후 호든 씨와 함께 마차 쪽으로 다가갔다. 말들을 붙잡고 있던 마부가 나를 보더니 말을 걸어왔다.

"가방에 붙은 이름 보고, 보시에 가문 분이라 생각했어요. 혹시 팀린빌리 근처 브루가브롱의 딕 멜빈 씨의 따님 되십니까?"

"맞아요."

"세상에, 아버님께 안부 전해주세요. 정말 좋은 주인이셨습니다. 잘 지내고 계시길 바랍니다. 전 빌리 하이즐립이라고 합니다. 메리랑 제인의 오빠죠. 제인 기억나시죠?"

옆에서 호든 씨가 출발해야 한다며 서두르는 통에 나는 아버지께 안부를 전하겠다는 약속밖에는 할 수가 없었다. 호든 씨는 말에 채찍을 휘둘렀고, 굴굴은 금세 멀어져갔다.

중간에 부슬부슬 비가 내리기 시작해 나는 할머니가 보내준 큰 우산을 펼쳐 들었다. 그리고 우리는 그간 얼마나 기다리던 가뭄 끝의 단비인지, 한데 이 비가 오래 내리진 않을 것 같다는 이야기를 나눴다. 땅이 워낙 질은 양토여서 비가 조금만 와도 진흙으로 변해버려 수레바퀴에 엉겨 붙었고, 말이 앞다리를 높이 들어 올릴 때마다 우리 옷에는 진흙이 튀었다. 하지만 이런 사소한 불편함에도 불구하고, 멋진 마구를 찬 살찐 말 두 마리가 이끄는 마차에 몸을 싣는 건 참으로 유쾌한 일이었다.

집에서 우리가 타던, 낡고 여윈 말 한 마리가 실처럼 가느다란 가죽끈과 여기저기 덧댄 헝겊으로 겨우 이어 붙인 너덜너덜한 마구를 달고 비실비실 기어가는 모습과는 너무도 대조적이었다.

호든 씨는 수다쟁이였다. 날씨 이야기가 끝나자 잠깐 이어진 고요한 침묵을 깨고 그는 물었다.

"보시에 부인 손녀시라고요?"

"태어날 때 기억이 없긴 하지만, 아마 맞을 거예요. 달걀은 달걀이니까요." 내가 마부의 말투를 흉내 내며 대답하자 그가 웃으며 말했다.

"마부 말투랑 너무 똑같은데요. 재밌어요. 하지만 정말 재미있는 건 댁이 보시에 부인 손녀라는 겁니다."

"무슨 말씀이죠? 그 칭찬에는 뭔가 반전이 기다리고 있는 느낌인데요?"

"그냥 이건 순전히 제 개인적인 생각입니다. 저의 솔직한 의견을 듣고 싶으세요?"

"그보다 기쁜 일은 없죠. 두 사람밖에 없는데 상대의 의견이 제일 중요하겠죠. 그리고 오늘 저를 처음 보셨으니까 뭔가 저에 대한 첫인상 같은 게 있으실 거고요."

평소라면 이런 오만한 말에 상대를 닦아 세우며 면박을 줬겠지만, 오늘은 너무나 기분이 좋은 날이었으므로 그냥 떠보며 재미있는 대화를 나누어보기로 했다.

"보시에 부인이나 벨 부인처럼 생기진 않으셨어요. 두 분 다 참 미인이시잖아요."

"그렇죠."

"게다가 처음에 예쁜 척도 하지 않는 걸 보고 실망했어요. 이 근방엔 남자가 정성을 쏟을 만한 미인이 한 명도 없거든요. 그래서 솔직히 큰 기대를 걸고 있었는데…. 나는 미인을 좋아하는 숭배자거든요." 그가 주절거렸다.

"정말 안타깝네요, 호든 씨. 이렇게 멋진 신사분의 애정은 참으로 귀한 것일 텐데, 그런 애정은 그야말로 완벽한 미인만이 받을 자격이 있겠죠." 나는 그의 말에 동조하며 박자를 맞추어주었다.

"제 말은 그냥 흘려들으세요. 당신은 괜찮은 사람 같으니까. 함께 있을 때 재미있을 것 같아요."

"정말이지, 과분한 영광입니다. 조금이라도 저를 좋게 봐

주신다 생각하니 정말 기쁩니다. 호든 씨.” 나는 지극히 공손하게 대답했다. “전 처음 뵈었을 때 너무 훌륭한 신사분이 마중을 나와주셔서 좋았는데, 한편으로는 절 아예 무시하실까봐 겁도 났어요.”

“겁먹을 것 없어요. 난 좋은 사람이에요.” 그가 매우 다정하게 대꾸했다.

나는 그의 억양과 영국식 말투를 듣고 그가 식민지 출신이 아니라 영국 본토 출신임을 알아챘고, 그가 살아온 이야기를 물어보았다. 그는 영국 태생이었지만 미국, 스페인, 뉴질랜드, 태즈메이니아 등지를 다녀봤다고 했다. 그의 말에 따르면 그는 늘 어디서든 유명인사였고, 가는 곳마다 말썽을 일으키며 지냈다고 했다.

나는 그가 본인에 대한 이야기를 한 시간 동안 정신없이 떠들도록 내버려두었다. 그는 내가 이미 그의 속을 훤하게 꿰뚫어 보고, 속으로 씩 웃고 있다는 사실은 전혀 몰랐을 것이다. 알 만큼 알았다고 생각한 나는 화제를 돌려 오른편에 있는 철조망 울타리가 언제 설치된 것인지 물었다. 그 울타리는 최근에 세워진 듯했고, 내가 기억하는 한 어릴 적에는 바로 그 자리에 오래된 통나무 울타리가 서 있었다.

“멋진 울타리죠, 안 그래요? 철사 여덟 줄에 상단 레일, 아주 튼튼한 기둥들이죠. 해럴드 비첨이 올해 계약 맡겨서 설치한 거예요. 총 20킬로나 된답니다. 돈도 꽤 들었대요. 가뭄 때문에 땅이 너무 단단해서 저렴하게 입찰을 받을 수가 없었거든요. 저 나무들 보이시죠? 저게 ‘파이브밥 다운스’예요.

그 뒤로 저 멀리 산맥이 있고요. 하지만 뭐, 당신이 저보다 이 지역을 더 잘 아시겠죠." 그는 상세히 설명하고 덧붙였다.

이제 목적지까지 한 시간도 채 남지 않았다. 여덟 살에 이곳을 떠난 이후로 처음 와보는 것이었지만, 익숙한 지형이 눈에 들어왔다. 오른편에는 강이 흐르고 있었고, 빽빽하게 들어선 관목 사이로 시끄러운 물살이 간간이 반짝이며 모습을 드러냈다. 짧은 해가 저물어가고 있었고, 비가 몰고 온 흰 안개는 천천히 언덕을 타고 내려와 왼쪽 산맥의 골짜기마다 자리를 잡아가고 있었다. 그 산맥에는 '꿩 고개'라는 V자형 골짜기가 있었고, 그 이름대로 이곳은 금조가 우글거리는 곳이라고 호든 씨가 말했다. 어둠이 깔리고, 수풀 사이 골짜기에서는 백 마리쯤 되는 마도요새의 울음소리가 퍼져 나왔다. 그 쓸쓸한 울음소리가 얼마나 듣기 좋던지! 그리고 드디어 캐더갓 대문 앞에 도착했을 때 주변은 이미 완전히 어두워져 있었다. 마차가 멈추어 서자 수십 마리 개들이 요란하게 반기며 달려들었고, 곧이어 현관문이 열리며 따스한 빛과 사람들의 목소리가 흘러나왔다.

나는 잔뜩 긴장해 마차에서 내렸다. 우리 집은 빈털터리에다 나는 골칫덩어리니까. 과연 할머니는 나를 어떻게 맞아주실까? 걱정이 앞섰다. 하지만 그 사랑스러운 노부인은, 내가 걱정할 필요가 전혀 없게 만들어주셨다. 할머니는 나를 더없이 따뜻하고 포근하게 품에 안아주며 말씀하셨다. "아이고 우리 손녀, 얼굴이 얼음장 같구나. 와줘서 반갑다. 오늘은 끔찍한 날이었단다. 그래도 비가 와서 얼마나 다행인지.

너무 춥지? 어서 들어가서 난롯불 쬐자. 어서어서. 얼른 불 쬐러 들어가자. 마중 못 나간 걸 용서해다오."

그리고 할머니 옆엔 어머니의 유일한 언니이자, 키 크고 우아한 이모가 서 있었다. 이모는 나의 볼에 키스하고 내 손을 꼭 감싸 쥐며 말했다. "어서 와, 시빌라. 집안에 다시 젊은 생기가 돌게 돼서 정말 기쁘구나. 몸이 안 좋아서 마중 나가지 못해 미안해. 많이 추웠을 텐데, 어서 들어가서 불 쬐자."

이모는 항상 말수가 적고 목소리도 아주 조용했지만, 그 고상한 태도에는 사람의 마음을 단번에 울리는 무언가가 있었다. 나는 두 분이 나에게 이렇게 다정한 말을 건네고 있다는 것이 믿기지 않았다. 분명 무언가 착오가 있는 게 틀림없었다. 이런 환대는 멋진 친척이 방문할 때나 어울리는 것이지, 신세 지러 온 나 같은 못생기고 쓸모도 없으며 불쌍한 빈털터리를 위한 건 아니었다.

두 분의 환대는 지금껏 들었던 모든 설교를 다 합친 것보다도 더 큰 힘으로, 내 마음을 꽁꽁 얼어붙게 만들었던 차가운 냉소를 따뜻한 기운으로 녹여주었다.

"얘, 헬렌, 얼른 아이 좀 데리고 들어가거라." 하고 할머니가 말씀하셨다.

"나는 저놈이 말들을 제대로 관리하는지 좀 보고 들어가마. 저 정신없는 녀석은 당최 믿을 수가 없으니…. 개들도 묶어두라고 했는데, 여기서 귀가 먹을 지경으로 짖어대고 있으니 원."

나는 젖은 우산을 베란다에 두고 헬렌 이모를 따라 식당으로 들어갔다. 그곳에서는 달그락 소리를 내며 단정한 하녀가 정성껏 식탁을 차리고 있었다. 캐더갓은 아주 오래된 양식의 집이어서, 현관 전실 같은 공간 없이 모든 앞쪽 방들이 곧장 베란다와 통해 있었다. 그래서 내 침실로 가려면 식당을 통과해야만 했고 내 방은 집 뒤편에 딸린 스킬리온(경사지붕의 작은 덧집)이었다. 이모가 잠시 멈춰 서서 하녀에게 몇 가지 지시를 하는 동안, 어릴 때 봤던 두꺼운 은제 냅킨 링들과 구식 저녁 식사용 접시들, 넓고 하얀 벽난로에서 맹렬히 타오르는 불길이 내 눈에 들어왔다.

하지만 그 모든 것보다도 내 시선을 사로잡았던 건, 벽에 걸린 아름다운 그림들과, 한쪽 구석 탁자 위에 흩어져 있는 신문과 잡지, 그리고 새 책들이었다. 그중 한 권의 책에는 '코렐리'*라는 저자 이름이, 또 다른 책에는 '트릴비'**라는 제목이 써 있었다. 아, 생의 기쁨이여! 바로 옆 방 거실에서는 아름다운 피아노에서 흘러나오는 맑고 풍성한 음들이 들려왔다. 여기엔 내가 그토록 목말라했던 세 가지가 모두 있었다. 나는 당장 그 모든 걸 마음껏 누리고 싶은 충동에 사로잡혔다. 식탁 위를 뛰어넘어 책 두 권을 붙잡고 읽기 시작하고, 동시에 피아노로 달려가 연주를 하고, 그림들도 전부 들여다보고 싶은 충동에 어찌할 바를 몰랐다. 그러나 다행히

* 마리 코렐리Marie Corelli. 당시 대중적인 여성 소설가.
** 트릴비Trilby. 조지 뒤 모리에George du Maurier가 쓴, 당대에 폭발적인 인기를 끌었던 소설로, 음악, 예술, 감정의 힘을 다룬 작품.

도, 내가 정신줄을 놓고 그런 행동을 하기 직전, 하녀에게 지시를 마친 헬렌 이모가 나를 아담하고 예쁜 침실로 데려가며 여기가 내 방이라고 안내해주셨다. 그리고 내가 망토와 모자를 벗는 걸 도와주셨다.

벽난로 앞에서 손을 녹이고 있던 나는 벽난로 선반 위에 걸린 아름다운 초상화에 눈길을 멈췄다. 그림 안에는 젊고 아름다운 시절의, 하얀 드레스를 우아하게 차려입은 사랑스러운 소녀가 있었다.

"어머, 이모! 정말 아름다워요. 이모죠, 그쵸?"

"아니야. 못 알아보겠니? 네 어머니란다. 결혼 직전에 찍은 거야. 난 이제 그만 나가볼게. 너도 정리 좀 하고 바로 나와. 할머니가 기다리고 계실 거야."

이모가 방을 나가자 나는 거울도 보지 않고 대충 머리를 납작하게 눌러 빗었다. 나는 외모나 옷차림에 별 관심이 없었고, 대충 차려입고 다녔다. 이건 어머니로 하여금 내가 제정신이 아닐지도 모른다고 생각하게 만든 증상 중 하나였다. 대부분의 소녀들에게는 옷을 차려입는 일이 큰 즐거움이지만 나는 몇 번 예쁘게 입으려 시도해본 끝에, 그런 노력은 헛된 일이라 여겨 포기해버렸다. 거울에 비친 내 모습이 늘 똑같이 못생겨 보였기 때문이다.

옷 정리는 뒤로하고 나는 어머니의 초상화를 뚫어지게 바라보았다. 그건 내가 상상 속에 그렸던 가장 아름다운 얼굴이었다. 비록 조각가가 완벽한 대칭구도를 들이대면 허점이 있을지도 모르겠지만, 그 표정은 천사 같았다. 부드럽고, 사랑스럽고, 상냥하고, 행복한 얼굴. 나는 그 모습을 바라보다가 화장대 위 은빛 액자 속 남자의 사진으로 시선을 돌렸다. 그 역시 훌륭한 얼굴이었다. 뚜렷한 이목구비와 고상한 인상을 지니고 있었다. 바로 이 남자가 루시 보시에를 데려간 왕자, 나의 아버지였던 것이다.

나는 내 예쁜 침실을 둘러보았다. 이 방은 어머니가 결혼하기 전 사용하던 방이었다. 상류층 자녀들이 다니는 도시의 고급 기숙학교와 이 집의 아늑한 환경 속에서, 어머니의 젊은 시절은 그렇게 지나갔다.

이어 내 마음속에 지금 포섬 걸리에 사는 한 남자와 여자가 떠올랐다. 남자의 눈은 흐리고 행색은 추레했으며, 아버지이자 시민으로서의 책임을 다하지 못하는 삶을 살고 있었다. 여자는 손이 거칠고 표정은 신경질적이었으며, 끝없는 집안일 그리고 계속되는 가난과의 싸움에 지쳐 있었다. 그 둘이 과연 이 사진 속 인물들과 같은 사람들이란 말인가?

나는 부모님이 증명한 인생을 내 눈으로 보며 자랐다. 그런 내가 어찌 더 나은 결과를 기대할 권리가 있을까? 나는 눈을 감고 내 미래에 있을 가능성과 확률을 떠올리며 몸서리를 쳤다. 그런 삶을 위해 어머니는 젊음과 자유를 내어준 것이었다. 바로 이런 결과를 위해, 여자에게 주어진 가장 위대한 자산을 희생한 것이다.

나는 식당으로 향했다. 기다리고 계시던 할머니가 나를 보더니 또 한 번 포근하게 안아주셨다. "이리 와, 애야. 불 가까이에 앉으렴. 하지만 먼저 좀 보자꾸나." 그러고는 팔을 뻗어 닿을 만한 거리에 나를 가까이 두고 바라보셨다. "어쩌면 이렇게 작을까. 친척들 중 아무하고도 안 닮았네! 그래도 피부가 곱구나, 다행이야. 우리 애들은 전부 피부가 고왔지. 어머나, 이런 머리카락은 또 처음 보는구나! 내 팔뚝보다 더 두껍게 땋았는데도 무릎까지 내려오잖니! 이모처럼 밝은 갈색이라 더 예쁘구나. 너희 엄마는 금발이었지. 오늘 밤 자러 갈 때 머리 좀 풀어봐야겠다. 아름다운 머리카락만큼 탐스러운 게 없거든."

그때 하녀가 저녁 식사 준비가 되었다고 알려주었고, 할머니는 작은 종을 힘차게 울리셨다. 그러자 이모, 숙녀 한 분, 신사 한 명이 거실에서 나타났고, 호든 씨도 뒤편에서 들어왔다. 나는 그 신사가 이웃 농장의 주인이며, 숙녀는 그가 집으로 데려가는 새 가정교사라는 걸 알게 되었다. 그날 오후 비를 맞으며 지나가고 있는 두 사람을 본 할머니가 밖으로 직접 나가 오늘 밤 캐더갓에서 묵고 가라고 데리고 들어온 것이었다.

호든 씨는 이제 직접 나에게 말은 안 걸면서도, 내가 보고 있다는 걸 의식하며 일부러 멋진 척을 했다. 저녁 식사 후 우리는 거실에서 음악과 노래를 즐겼다. 나는 그 순간이 너무나 좋았지만, 할머니는 내가 자정부터 기차 타고 먼 길 오느라 피곤할 테니 잠자리에 드는 게 좋겠다고 하셨다. 나는 전혀 피곤하지도, 졸리지도 않았지만 반박해봐야 소용없다는 걸 알기에 모두에게 저녁 인사를 하고 방으로 향했다. 호든 씨는 아주 뻣뻣하고 으스대는 태도로 내 인사를 받아줬고,

헬렌 이모는 내 방에 곧 들르겠다고 내 귀에 속삭였다.

할머니는 나를 방까지 데려다주시면서 내 머리카락을 보고 싶어하셨다. 내가 머리를 풀어 보여드리자 할머니는 너무나 흡족해하셨다. 할머니는 내 머리카락이 놀랍도록 곱고, 부드럽고, 물결치는 듯하다며, 그림에서나 볼 법한 머리카락이라고 감탄하셨다.

그때 저쪽 뒷마당 어딘가에서 시끄러운 소리가 들려왔고, 할머니는 무슨 일인지 알아보러 나가셨다가 다시 돌아오지 않았다. 그래서 나는 램프를 끄고 벽난로 불빛 속에 앉아 잠시 생각에 잠겼다.

길을 나선 후 처음으로 내 마음은 집에서 이별하던 순간으로 돌아갔다. 아버지는 하루쯤 외출하는 아이한테 하듯 무심하게 뽀뽀해주었고, 어머니는 무척 차가운 입맞춤과 함께 이렇게 말했다. "제발, 시빌라, 할머니께는 지금껏 나에게 했던 것보다는 좀 더 낫게 행동하길 바란다."

헤어지며 진정으로 슬퍼한 사람은 거티뿐이었다. 그마저 며칠만 지나면 나를 금방 잊을 것도 알고 있었다. 거티는 그런 성격이었다. 가족들 아무도 나를 그리워하지 않을 것이다. 왜냐하면 나는 그들의 사랑 속에 어떤 자리도 차지하고 있지 못했으니까. 나는 불효한 아이였고, 어떤 가치를 인정받을 만한 자격도 없었다. 나는 가족의 자랑거리도 아니었고 사랑받을 만한 어떤 자질도 없었다.

그럼에도 불구하고, 내 마음은 그들을 향한 사랑으로 울부짖고 있었다.

오늘 밤 거티는 나를 그리워할까, 우리 입장이 바뀌었더라면 내가 그 아이를 그리워했을 것처럼? 아니, 그럴 리 없지. 내가 없는 시끌벅적한 저녁 식탁이 허전하게 느껴질까? 그럴 것 같지 않아서 심란했다.

집에 홀로 남아 고생하고 있을 가엾은 어머니 생각에 내 마음은 무거워졌다. 아버지의 잘못은 잊히고, 어릴 적 내게 베풀어준 아버지의 인내심이 떠오르며 아버지에게 품었던 오래된 사랑이 다시금 되살아났다.

왜, 도대체 왜 그들은 나를 조금이라도 사랑해줄 수 없는 걸까! 물론 나 스스로 사랑받기 위해 노력을 해본 적은 없었다. 하지만, 애쓰지 않아도 사랑을 듬뿍 받는 사람들도 많은데! 왜 나는 못생긴 데다 성미는 고약하고, 불만에 찬 쓸모없는 존재로 태어난 걸까?

세상 어디에도 나의 자리는 없는 듯했다.

9. 헬렌 이모의 조언

"시빌라, 아직 안 자지. 아니 울고 있네… 그것도 이렇게 굵은 눈물을 뚝뚝. 무슨 일인지 말해줄 수 있을까?"

이모의 목소리였다. 이모는 방에 들어와 램프를 밝혔다.

이모에겐 뭔가 진실되고 순수한 면이 있었다. 호들갑과는 거리가 먼 분이었고, 자신이 얼마나 다정한 사람인지 보여주기 위해 억지로 공감하는 척하지도 않았다. 이모는 진실한 분이었고, 그래서 어떤 말도 — 비록 그것이 얼마나 엉뚱하거나 터무니없는 이야기라 할지라도 — 이모 앞에서는 기꺼이 털어놓을 수 있는 그런 분이었다. 무엇보다도 좋은 점은, 이모는 절대 훈계하려 들지 않는다는 것이었다.

이모는 내 옆에 조용히 앉았고, 나는 충동적으로 그녀의 목을 끌어안고 흐느끼며 내 고민을 주절주절 쏟아냈다. 나는 세상에 아무런 가치도 없는 존재이며 세상은 나를 필요로 하지도 않고, 아무도 나를 사랑하지 않으며, 앞으로도 그

럴 것이라고 했다. 왜? 나는 끔찍하게 못생겼으니까. 이모는
내 말을 끝까지 다 듣고 나서 조용히 말했다.

"그만 울고 마음 추스르면 이모가 이모 이야기를 해줄게."

나는 즉시 울음을 멈추고 조용히 귀를 기울였다. 무슨 말
을 하려는 걸까? 혹시 이 세상은 단지 시험일 뿐이고, 더 아
름답고 완전한 세상을 위해 우리가 준비하는 곳이라는, 그
진부하고 뻔한 이야기? 그런 설교는 무덤에 반쯤 다가선 노
인들에게나 어울리는 이야기였다. 인생의 시작점에 선 젊은
사람, 혈기왕성한 청춘에겐 지루하기 짝이 없는 말인데….
아니면 혹시, 내 외모에 대해 불평하는 것은 신에 대한 도전
이자 불손한 행위이며, 나의 외모야말로 예쁜 여자들이 걸
려들 수많은 유혹으로부터 나를 보호해줄 축복이라는 이야
기를 하려는 걸까? 그 역시 나는 지긋지긋하게 들어왔다. 그
러나 세상에 자신의 추한 외모를 축복이라 여기는 사람은
단 한 명도 없을 것이다.

하지만 그런 걱정은 기우에 불과했다. 헬렌 이모는 항상
용기를 주거나 위로가 되는 말을 해주었고, 그 덕분에 나는
이기적이고 잘난 체하며 자기중심적인 내 태도가 부끄러워
질 정도였다.

"네 마음 잘 알아, 시빌라." 이모는 천천히, 단호하게 말했
다. "하지만 용기를 잃지 마. 세상에는 사랑과 선의가 얼마든
지 있어. 단지 네가 그걸 찾으러 나서야 할 뿐이야. 오해받는
건 우리 모두가 감수해야 할 시련 중 하나야. 세상에서 가장
평범한 사람이라 할지라도, 누구나 자신만의 생각과 감정을

지니고 있어. 근데 그걸 남이 완전히 이해하는 건 불가능해. 사람은 섬세하고 고결할수록 더 고독할 수밖에 없는 거야.”

“내가 아는 여자아이들이 여럿 있는데 말이다. 진실되고 선한 아이들도 있지. 그런데 너는 그 아이들 셋을 합친 것보다 더 강한 개성과 잠재력을 가지고 있어. 그런 힘을 잘 다스리면, 너는 거의 모든 이들의 사랑을 받을 수 있어. 하지만 넌 아직 거칠고 제멋대로야. 네 안의 거친 기질을 다스릴 수 있어야 해. 그렇지 않으면, 아무 개성도 없는 사람보다 더 못한 사람이 될 수도 있어.”

“외모가 평범하다고 해서 사람들과 진짜 사랑, 그러니까 우정과 동료애를 나눌 수 없는 건 절대 아니야. 우정이야말로 진정한 사랑이야. 남녀 사이의 열정적인 감정, 흔히 ‘사랑’이라 불리는 것? 그건 사실 일시적인 열정에 잘못 붙여진 이름일 뿐이야. 그렇다고 그런 사랑에 대해 생각조차 하지 말라고는 말하지 않겠어. 누구나 나이가 들면 그런 사랑을 원하는 게 인간의 본성이니까. 하지만 기억해. 세상에는 아름다운 얼굴을 가진 이들에게조차 그 감정이 스쳐 지나가는 경우가 수없이 많다는 걸.”

이모는 고개를 돌려 한숨을 쉬었고, 내 존재를 잊은 듯 침묵에 잠겼다. 나는 이모가 지금 본인의 과거를 떠올리고 있다는 걸 알았다. 우정이 아닌 사랑, 그러니까 이모를 아는 남자라면 누구나 자연스레 품게 되는 존경과 애정이 아닌, 다른 의미에서의 사랑, 그런 감정은 그녀의 삶을 스쳐 지나가 버렸다.

내가 캐더갓으로 돌아오기 12년 전, 열여덟 살의 헬렌 보시에는 호주 어디에 내어놓아도 빠지지 않는 미모의 사랑스러운 소녀였다. 그 시절, 요양을 위해 장기 휴가를 얻어 캐더갓에 왔던 한 당찬 군인, 벨 대령이 이모를 만나 사랑에 빠져 결혼했고, 그가 복무 중이던 미국으로 이모를 데려갔다.

사람들은 헬렌 이모가 벨 대령을 무척이나 사랑했다고들 말한다. 하지만 결혼한 지 1년도 채 되지 않아 신랑은 눈부시게 아름다운 신부에게 흥미를 잃고 다른 여자에게 마음을 빼앗겨 이혼을 시도했다. 하지만 아내가 흠잡을 데 없는 품성을 지녔기에 이혼을 할 수 없었고, 결국 그는 공공연히 정부와 동거를 시작했다. 이 일로 인해 헬렌 이모는 캐더갓으로 돌아올 수밖에 없었고, 할머니가 소송을 하여 법적 별거 결정을 받아냈다.

여자와 남자가 헤어지면, 세상의 ‘종교’와도 같은 관습은 언제나 모든 비난을 아내에게 돌린다. 하지만 헬렌 벨 부인은 젊고 순결했기에, 세상의 비난을 받는 고통이 다른 여성들보다 덜했다. 그럼에도 불구하고 이모의 인생은 망가진 것이나 마찬가지였다. 사랑하고 믿었던 남자에게 가장 잔혹한 방식으로 모욕당하고 유린당한 이모는 더 이상 아내도, 과부도, 처녀도 아닌 상태가 되어버렸다. 이토록 사랑스럽고 고귀하며, 존경할 만한 여자를 나는 만나본 적이 없는데 세상에서 이모의 위치는 그러했다.

“자, 시빌라.” 이모가 갑자기 환하게 밝은 목소리로 말했다. “좋은 생각이 있어. 우리 같이 내 생각대로 한번 해볼까?

거울 앞에 서서 너 자신을 한번 잘 들여다봐. 그다음 내가 그 거울을 벽 쪽으로 돌려놓을게. 그리고 너는 앞으로 3주 동안 절대 거울을 보지 않겠다고 약속해야 해. 눈에 띄는 거울은 내가 전부 치워둘 테니, 넌 절대 거울을 보면 안 돼. 그리고 그동안 내 말을 무조건 따라야 해. 약속할래? 내가 널 얼마나 괜찮은 모습으로 바꿔놓을 수 있는지 보여줄게. 아마 깜짝 놀랄걸."

물론 나는 동의했다. 우선 이모 말대로 거울 앞에 서서 아주 세심하게 나 자신을 살펴보았다. 거기엔 거친 일을 하느라 벌게진 손, 울어서 퉁퉁 부은 동그란 얼굴, 그리고 무릎 위에 닿을락 말락 길게 늘어진 풍성한 머리칼 속에 싸인 작은 체구의 여자아이가 있었다. 정말 보기 흉한 모습이었다. 내가 관찰을 마치자 이모는 큰 거울을 벽에 밀착시켜 돌려놓았고, 나는 체념하듯 말했다.

"이모가 아무리 열심히 뭘 어떻게 해봐도, 좀 덜 못생긴 것처럼 보이는 정도가 고작일 거예요. 마법사가 아니고서야."

"자, 이제부터 넌 네 외모에 대해 아예 생각을 하지 말아야 해. 내일 아침부터 시작이다. 이 방은 너한테 딱 맞게 꾸며봤는데 마음에 들었으면 좋겠다. 그럼 잘 자렴. 좋은 꿈 꾸고."

다음 날 아침, 나는 기분 좋게 눈을 떴다. 기운차게 침대에서 미끄러져 나오듯 일어나서는 내 방을 가득 채운 물건들에 그야말로 흠뻑 빠져들어 말 그대로 그 안에서 뒹굴며 만끽했다. 포섬 걸리의 내 초라한 옛 방에는 가장 기본적인 것조차 없었는데.

포섭 걸리에서는 세면대나 물주전자조차 마련할 수 없어 거티와 남자애들 그리고 나는 아침마다 부엌문 밖의 삐걱거리는 양동이와 허술한 의자에 의지해 세수를 해야만 했는데, 서릿발이 치는 겨울 아침이면 그게 그야말로 거의 고문에 가까운 일이었다. 하지만 지금 이 방에는 소녀의 마음을 설레게 할 모든 것이 다 갖춰져 있었다. 사랑스러운 침대, 예쁜 슬리퍼, 흰색 도자기 무늬 깔개와 부드러운 모피 깔개까지 군데군데 펼쳐져 있었고, 한쪽 구석에는 아주 예술적인 세면도구 세트와 다양한 종류의 비누로 넉넉히 채워진 세면대가 있었다. 그중 일부는 향기가 너무 좋아 맛을 보고 싶은 충동까지 느껴졌다.

벽에는 아름다운 그림들이 걸려 있었고, 널찍한 화장대 위에는 커다란 거울과 손거울이 벽을 향해 엎어져 있었으며, 머리핀과 장식용 빗, 각종 리본과 예쁜 바느질 바구니가 눈에 들어왔다. 하지만 내가 무엇보다도 기쁨에 겨워 달려든 것은, 가히 황홀하다고밖에 표현할 수 없는 작은 책상이었다. 책상 서랍 안에는 고급스러운 종이들이 가득 들어 있었는데 화려한 색과 모양, 크기가 다양한 편지지들, 일반 용지와 외국산 노트를 비롯해서 펜과 잉크, 넉넉한 우표까지 빠짐없이 구비되어 있었다. 당장이라도 열두 통쯤 편지를 쓰고 싶었고, 실제로 그러려던 찰나, 내 시선을 완전히 사로잡은 진짜 보물이 눈에 들어왔다. 바로 작은 책장이었는데, 그 안에는 호주 시인들의 시집이 빼곡히 꽂혀 있었다. 또 내가 그토록 읽고 싶어했던 소설이 수십 권 나란히 놓여 있었다.

나는 책을 하나씩 꺼내 들어 네 권까지 첫 장을 차례로 읽어 내려갔고, 그러다가 고든의 시에 완전히 빠져들었다. 한기를 느낄 새도 없이 잠옷 차림으로 화장대에 앉아 시를 읽다 아침 식사 종소리에 정신이 번쩍 들었다. 나는 다급하게 허겁지겁 옷을 주워 입고, 사람들이 이미 자리에 앉아 냅킨을 펼친 순간 식당에 나타났다.

헬렌 이모의 나를 위한 '변신 처방'은 이랬다. 밖에 나갈 때는 반드시 장갑과 챙이 넓은 모자를 쓸 것. 세면 시간은 절대 책을 읽으며 때우지 말고 제대로 투자할 것.

"네 그 음울한 비관주의를 좀 벗어버리고, 건강한 소녀의 허영심을 조금 길러보렴. 그러면 훨씬 나아질 거야."

나는 이 조언을 사흘간 성실하게 지켰다. 그러다 가벼운 독감에 걸렸고, 아프면 안 해야 할 짓을 하러 부엌을 기웃거리다 하필이면 하녀가 뜨거운 국물 냄비를 들고 가다 내 오른발에 엎지르는 사태가 벌어졌다. 때문에 발을 심하게 데고 말았다. 헬렌 이모와 할머니가 나를 침대에 눕히고 온갖 치료를 다 해주었지만, 나는 몇 시간이고 미친 인디언처럼 고통에 찬 비명을 질러댔다. 화상에다 독감까지 겹쳐 몸이 말이 아니게 되자 다 나을 때까지 꼼짝없이 침대에만 누워 있으라는 명령이 떨어졌다. 덕분에 나는 거울 근처엔 얼씬도 못 하게 되었다.

하지만 심하게 아픈 건 아니었기에 병상 생활은 그야말로 호사였다. 헬렌 이모는 훌륭한 간병인이었다. 매일 아침마다 정성껏 내 발을 소독하고 붕대를 새로 감아주었고, 하루에도 몇 번씩 발을 편안한 자세로 할 수 있도록 신경을 써주었다. 할머니는 집 안에 있는 온갖 맛있는 음식을 가져다주셨고, 그것도 모자라 더 맛난 것을 사오라며 굴굴에 심부름꾼을 보낼 정도였다. 만약 내가 대식가였더라면, 정말 그런 낙원이 따로 없었을 것이다.

호든 씨조차 사고에 유감을 표하며 매일같이 내 방에 얼굴을 비쳤는데, 어느 일요일인가는 그가 직접 험한 골짜기까지 내려가서 그해 처음으로 막 핀 실고사리를 꺾어다 내 침대 머리맡 그릇에 꽂아주기까지 했다. 그런데 가족 중 딱한 사람을 아직 만나지 못했다. 바로 줄리어스 삼촌이었는데, 삼촌은 당시 '지방'에 무슨 출장을 가 있어 한두 달 후 돌아오실 예정이었다.

보시에 집안에서 멀지 않은 곳에는 비첨 가문이 있었다. 비첨 가문은 지방의 목장 귀족 계층 가운데에서도 손꼽히는 명문가로, 보시에 집안과는 오랜 친분 관계를 유지하고 있는 사교계의 중심이었다. 비첨 가문은 캐더갓에서 20킬로미터 정도 떨어진 파이브밥 다운스 저택에 살고 있었는데, 가족 구성원으로는 노처녀 자매 둘과 이들의 조카 해럴드가 있었다. 그중 한 분은 헬렌 이모와 매우 각별한 사이였고, 다른 한 분은 한때 어머니의 절친이었다. 하지만 요즘은 궁핍한 형편으로 인한 어머니의 자존심 때문에 교류가 끊어진 상태였다.

해럴드 비첨은 파이브밥 다운스의 자기 집처럼 캐더갓을 자유롭게 드나들었다. 편하게 찾아와 상류층 목장 공동체

사이에서 흔히 볼 수 있는, 마음이 잘 통하는 사람들 간의 친근함을 보여주었다. 보시에와 비첨, 양 가문은 그야말로 완벽히 조화를 이루는 집안이었다. 둘 다 같은 사회적 계급에 속했고, 같은 관점을 공유했다. 단 하나의 차이점이라면, 보시에 가문은 생활에 여유는 있지만 크게 부유하지는 않았고, 해럴드 비첨은 어마어마한 부자라는 점이었다.

내가 병상에 누워 있을 무렵, 비첨 자매 중 한 분은 멜버른에 가 계셨고, 다른 한 분은 몸이 편찮으셔서 나를 찾아올 수 없었다. 그러나 해럴드는 정기적으로 들러서 내 건강에 차도가 있는지를 물었다. 그리고 올 때마다 탐스러운 사과를 한 아름 가져다주었는데, 이는 캐더갓의 과수원이 지난해 사과좀나방 때문에 완전히 망쳐 할머니가 사과를 제대로 수확하지 못하셨기 때문에 베푼 자상한 배려였다.

헬렌 이모는 해럴드의 이런 다정한 행동을 두고 장난스럽게 나를 놀리곤 했다. "해럴드 비첨이 또 사과를 한 아름 안고 왔구나. 아마 내가 생각한 것보다 훨씬 더 계산적이고 노련한 사람이었나 봐. 아직 얼굴도 못 본 너를 꼬시려 이렇게 정성을 들이다니 말야. 여긴 젊은 아가씨가 귀하니까, 나타나기만 하면 순식간에 데려가려고 다들 눈독을 들인단다."

"그럼 이모가 제 외모에 대해 얼른 얘기해주세요. 그래야 사과를 들고 굳이 20킬로나 오는 걸 포기하겠죠. 아, 하지만 저의 생김새를 미리 얘기해버리면 사과도 못 받을 테니, 그냥 조용히 계시는 게 나을지도 모르겠네요."

나는 이모와 (내 외모를 두고) 말장난까지 했다.

헬렌 이모는 솜씨 좋은 재봉사였다. 할머니 옷도 손수 지었고, 본인이 입을 옷도 늘 직접 만들었다. 이제는 내 옷도 지어주고 계셨는데, 완성될 때까지는 보여주지 않겠다고 했다. 나에게 깜짝 선물을 해주고 싶으셨던 거다. 그래서 이모는 재단을 하고 본을 뜨는 동안에도 내게 옷을 입혀볼 때 눈을 가리고 피팅을 해주었다.

병상에서 홀로 있는 시간 동안 — 할머니와 이모가 바쁘실 때 — 나는 책장에 있는 책을 탐독했다. 그 책들이 주는 기쁨은 말로 다 표현할 수 없을 정도로 강렬했고, 때로는 너무 벅차서 오히려 통증에 가까운 감정까지 느껴졌다. 특히 호주 시인들의 작품이 그러했다.

포섬 걸리에서 시골 촌부로 살 때는 세련된 대화 상대를 찾을 수 없었고, 주변에 교육받은 사람들이 거의 없었다. 문학을 사랑하고 예술을 이야기할 수 있는 사람들과 어울릴 수 없었다. 하지만 이제, 여기에 내가 찾던 세계가 있었다. 여기에는 나와 마음이 통하는 이들이 있었다. 드디어 나는 나와 같은 부류의 사람들을 만난 기분이었다. 광활한 밀림의 마법 같은 분위기, 햇살 가득한 평야의 숨결, 저녁 바람에 실려오는 캠프 종소리와 말의 쇠고랑 소리… 그 모든 것들이 시인들의 마음에도 새겨져 있었다. 별빛 가득한 찬란한 하늘, 장엄한 바다, 위엄에 찬 천둥소리… 그들도 나처럼 이 모든 것들 속에서 어떤 깊은 의미를 느꼈던 것이다. 석양의 숨 막히는 아름다움 속에서 단순히 내일 날씨만이 아닌, 어떤 더 크고 형언할 수 없는 것을 그들도 느꼈던 것이다.

비바람은 시인 켄달에게 말을 걸어왔다. 그도 나처럼 고독의 고통을 겪은 사람이었다. 고든은 심오하고 서글픈 인간애와 좌절된 열망을 통해 내게 손을 내밀었고, 나는 그의 손을 잡고 그와 함께 걸었다. 하지만 안타깝게도, 내가 사랑하는 바이런, 새커리, 디킨스, 롱펠로, 고든, 켄달은 모두 이 세상 사람이 아니었다. 그러나 또 다른 생각이 나를 행복하게 했다. 케인, 패터슨, 로슨은 아직 살아 있었다. 그중 두 사람은 심지어 호주 출신이었다! 이런 시인들이 나와 같은 땅 위에서 숨 쉬며 살고 있다는 생각만으로도 나는 가슴이 벅찼다.

나는 로슨의 간결한 리얼리즘과 깊은 감성에 몰입했고, 맑은 하늘 아래 건강한 삶의 유쾌한 면모를 경쾌하게 담아내는 패터슨의 정취에도 깊이 빠져들었다. 그의 문장에는 번쩍이는 힘찬 기세가 살아 있었다. 나는 그들의 시를 통째로 외워버렸고, 머지않아 수많은 아름다운 청춘의 꿈들이 곱게 간직될 그 찬란한 푸른 기억의 서랍 속에, 언젠가 그들과 손을 맞잡고 마음이 통하는 벗과 나눌 수 있는 형언할 수 없는 위안과 심신의 안식을 온전히 느끼게 되리라는 희망도 함께 넣어두었다.

10. 에버러드 그레이

줄리어스 삼촌은 캐더갓으로 돌아오기 전에 시드니에 잠시 들러 에버러드 그레이를 데리고 9월 첫째 주에 돌아온다고 했다. 에버러드 그레이라는 젊은 신사는 늘 크리스마스에 캐더갓을 찾아오곤 했지만, 이번에는 병을 앓고 회복한 뒤라 요양차 일찍 방문하게 된 것이라고 하였다.

에버러드 그레이는 할머니가 입양한 아들로, 영국인 귀족 부모 사이에 외아들로 태어났지만 부모가 일찍 세상을 떠나면 친척들의 보호를 받게 되었는데 친척들이 법률문서의 허점을 파고들어 에버러드의 재산을 모두 빼앗는 파렴치한 짓을 저질렀다. 그리하여 세상에 홀로 던져져 몰락할 처지였던 그레이는 다행히 할머니 눈에 띄어 양자가 되었고, 이후 할머니는 소년을 잘 교육시켰으며, 잘 자란 청년은 이제 시드니에서 가장 촉망받는 변호사가 되었다고 한다. 우리 할머니, 그러니까 에버러드 그레이의 양어머니는 그를 친아들처럼 자랑스러워했고 사랑했다. 캐더갓에 와서 그의 이야기를 많이 들어왔기에 나는 그레이가 궁금했다.

어느 날 줄리어스 삼촌에게서 전보가 도착했는데, 에버러드 그레이와 함께 굴굴 역에 도착할 예정이니 마차를 보내달라는 내용이었다.

그 무렵 나는 독감과 화상 모두에서 완전히 회복된 상태였다. 덕분에 저녁 무렵 도착할 이들과 저녁을 함께 하기 위해 제대로 된 디너 복장을 입기로 되어 있었다. 더구나 이모랑 약속한 3주가 지난 시점이라 디너 드레스를 입고 오랜만에 내 모습이 비친 거울을 보게 될 터였다.

그날 오후, 나는 혼자 할머니 심부름을 가고 있었다. 가는 길에 호든 씨를 만났는데 보자마자 자청해서 나와 동행했다. 사실 요즈음 그는 내가 가는 곳마다 따라붙었고, 그것 때문에 나는 꽤나 성가신 상황이었다. 왜냐하면 할머니가 젊은 남자를 부추기는 것은 큰 잘못이라며 여러 번 나를 심각하게 타이르셨기 때문이다.

프랭크 호든은 이제 외모를 문제 삼지 않았다. 그는 내가 꽤 괜찮은 여자라며, 외모는 중요치 않다고 말했다. 그의 이런 생각은 아마도 내가 그와 함께 연극 이야기도 나누고, 또 내가 이곳에서 유일하게 그런 대화를 할 수 있는 여자였으며, 또래 남자들이 대부분 그렇듯 그가 이성에 관심을 가질 나이가 되었기 때문일 것이다. 상대가 예쁘건 못생겼건, 마르건 뚱뚱하건, 젊건 늙었건 상관없는 그런 허세 어린 감정의 대상이 되었다는 사실에 나는 혐오감과 역겨움을 느꼈다.

그날 늦은 오후 무렵, 호든과 내가 집으로 돌아오는 길이었는데 저 멀리 삼촌이 타고 오는 마차가 보였다. 마차는 의사를 부를 때처럼 속도를 내어 오는 중이었다.

헬렌 이모는 황급히 나를 방으로 데려가 옷을 갈아입혔지만, 아직 옷을 반쯤밖에 갖춰 입지 못했을 때 삼촌이 도착하는 바람에 마중을 나갈 수 없었다. 줄리어스 삼촌은 루시의 딸아이는 어디 있느냐고 물었고, 이모는 저녁 식사 시간에 맞춰 단장하고 나타날 거라고 대답했다. 두 신사는 '심장에 기운을 좀 북돋우겠다'며 위스키를 한 잔씩 들이켰고, 그사이 헬렌 이모는 다시 내 방으로 와서 내 옷매무새를 다듬어주고, 화장까지 마무리해주었다.

"자, 이제 외모 가지고 불평할 건 없겠구나." 단장을 마치고 난 뒤 이모는 만족스럽다는 듯 말했다. "이리 와서 거울 좀 보렴."

그날 나는 생전 처음으로 제대로 된 이브닝드레스를 입은 것이었다. 캐더갓에서도 이런 정식 복장을 하는 일은 드물었다. 나는 이브닝드레스가 가장 아름답고도 어리석은 풍습이라고 생각한다. 하루 종일 옷 속에 가렸던 연약한 가슴과 팔을 차가운 밤기운에 노출시키다니, 건강을 위해서도 좋지 않은 일이었다. 그러나 한편으론 실크와 레이스 속에서 부드럽게 오르내리는 하얀 가슴보다 더 아름다운 것이 또 있을까 하는 생각도 들었다. 여자는 데콜테 복장 속에서 더 부드럽고 여성스러워 보이는 게 사실이었다. 매끈한 팔의 곡선만큼 눈을 즐겁게 하는 선도 드물지 않을까? 이브닝드레스를 정숙하지 못하며 외설스럽다고 비난하는 이들도 있지만, 그들은 대개 가슴과 팔을 드러낼 수 없는 사람들이거나, 아니면 어려서부터 그런 복장을 접하지 않고 자랐기 때문에 익숙하지 않다는 이유만으로 꺼리는 이들일 것이다.

헬렌 이모는 나를 오래된 넓은 응접실로 데려갔다. 그 방은 네 귀퉁이 벽걸이마다 묵직한 램프가 하나씩 밝혀져 있었고, 천장 중앙에는 또 하나의 등이 매달려 있었으며, 피아노 위 촛대에는 여러 개의 불빛이 반짝이고 있었다. 눈이 부실 정도로 환했다. 나는 그 방이 그렇게까지 밝게 조명된 모습을 그때까지 한 번도 본 적이 없었다.

지난 이 주 동안 이모와 나는 매일 밤 이 응접실에서 시간을 보냈지만, 그간 피아노 위에 촛불 하나만 켜두는 것이 고작이었다. 그것만으로도 우리에게는 충분히 밝았으니까. 이모는 내가 사랑하는 오래된 아름다운 노래들을 달콤하고도 슬픈 목소리로 불러주었고, 나는 이모 옆에 깔린 매트 위에서 몸을 웅크린 채 책을 읽었다. 때론 노랫소리에 마음이 빼앗겨 책을 잊을 때도 있었고, 반대로 독서에 몰두해 노랫소리가 들리지 않을 때도 있었지만, 그 모든 순간 끊임없이 들려오는 시냇물의 묘하고도 쓸쓸한 소리는 언제나 그 자리에 있었다. 마치 한없는 후회의 그림자를 앞질러 도망치려 애쓰는 바람처럼, 시냇물은 계속 흐르고 있었다.

"줄리어스 삼촌은 언제나 응접실을 이렇게 환히 밝혀놓는단다. 흐릿하고 그림자 진 불빛은 감상적인 허튼소리를 부른다고 생각하거든." 이모는 그렇게 말했다.

"삼촌이 그런 분이셨어요?" 내가 물었지만, 대답은 돌아오지 않았다. 헬렌 이모는 손거울 하나만 내게 남겨둔 채 어느새 조용히 자리를 뜨고 없었다.

응접실의 한쪽 벽은 커다란 문과 천장에서 바닥까지 이어진 책장, 그리고 오래된 경사면 거울이 차지하고 있었다. 거울은 고풍스러우면서 두터운 테를 두르고 있었고, 내가 이 집에 온 이후로 줄곧 푸른색 비단 커튼으로 덮여 있었다. 그러나 그날 저녁에는 그 커튼이 양옆으로 걷혀 있었고, 나는 그 앞에 서 있었다.

나는 거울 속의 내 모습을 바라보았다. 그리고 놀랍고도 기쁜 마음에 또 바라보았다. 맑은 눈과 피부, 선명한 선홍빛 입술을 한 소녀가 그 안에 서 있었다. 가슴과 팔도 훌륭하여 어디에 내놓아도 손색이 없을 정도였다. 자연이 내 얼굴을 빚을 때는 화가 나 있었을지 몰라도, 내 몸매를 빚을 때는 도구를 참으로 능란하게 다룬 모양이었다. 헬렌 이모는 능숙한 재봉사였다. 옅은 하늘색 캐시미어 드레스는 아직 소녀다움을 간직한 채 풍성하게 자란 내 몸을 완벽하게 감싸주었다. 이마에는 귀엽게 흘러내린 잔 곱슬머리가 있었고, 나머지 머리는 리본 하나로 단정히 묶여 굵은 웨이브를 그리며 무릎까지 흘러내렸다. 이렇게 꾸며놓으니 전혀 다른 사람처럼 바뀌어 예전의 나를 찾아볼 수가 없었다. 이제 나는 열여섯 살 더하기 10개월이라는 나의 나이에 꼭 맞는 소녀로 보였다. 전에는 헝클어진 차림에 머리를 단단히 틀어 올려 묶은 내 모습이 족히 스무 살은 되어 보였는데…

이제 내 얼굴은 기쁨과 환희, 생기가 넘쳤고 젊음과 건강, 행복이 묻어난 내 입술은 웃을 때 잔잔히 물결 치며 고운 치열을 드러냈다. 나는 그날 밤만큼은 결코 '추하다'는 말을 듣지 않아도 될 얼굴을 하고 있었다.

내가 여전히 거울 속 내 모습을 넋을 잃고 바라보고 있는데, 헬렌 이모가 돌아와 말했다.

"어때, 시빌라, 마음에 드니?"

"오, 이모, 이모 생각은 어때요? 제 외모가 그렇게 흉한 건 아니죠!"

이모는 내 얼굴을 양손으로 감싸며 말했다.

"바보 같기는. 비율이 완벽해도 관심을 끌지 못하는 얼굴이 있고, 이목구비가 완벽하진 않아도 사람의 눈길을 붙잡는 얼굴이 있단다. 네 얼굴이 바로 그래."

"하지만, 그건 제가 못생기지 않았다는 말은 아니잖아요."

"아무도 너를 못생겼다고는 안 할 거야. 평범하다고도 안 하지. 널 가장 잘 묘사할 수 있는 건 '매력적'이란 말이야."

줄리어스 삼촌은 육중한 몸에 프록코트를 입고 있었다. 삼촌은 연미복 꼬리를 '팔랑거리는 제비 꼬리 같은 것'이라며 꺼렸고 프록코트를 훨씬 선호했는데, 프록코트는 삼촌에게만큼은 잘 어울렸지만 나는 그게 모든 사람에게 어울리는 옷이라고 생각하진 않았다. 덩치 큰 사람에게는 괜찮지만 마른 사람이 입으면 처진 오리 같아 보여서 저절로 웃음이 나왔으니까.

줄리어스 존 보시에, 또는 줄여서 '제이제이'라고 불리는 삼촌은 덩치가 크고 뚱뚱하며 다정한 사십 대 독신 남자였다. 여자들을 너무 좋아해서 한 명에게 정착하지 못한 그는 와가와가에서 앨버리, 포브스에서 단달루, 부르크에서 헤이, 투뭇에서 모나로, 그리고 다시 피크힐까지 전역에 걸쳐 잘 알려진 분이었다. 그는 사업에서는 정직했고, 남에게 후했으며, 누구에게나 인기 있고 함께 있으면 즐거운 사람이었다.

나는 그런 분을 삼촌이라 부를 수 있다는 게 자랑스러웠다.

"그래, 네가 그 아이로구나!" 삼촌은 이렇게 말하며 나를 꼭 껴안아주었다.

"아, 삼촌, 이런 구식 키스 좀 치우세요. 위스키랑 담배 냄새가 지독하잖아요."

"바로 그것 때문에 내 키스가 특별한 건데!" 삼촌은 웃으며 나를 품에서 풀어주곤 이렇게 말했다. "오, 하느님 맙소사, 정말 멋진 아가씨가 되었는걸! 그런데 아직도 키는 더 클 것 같구나! 이렇게 작은 걸 보면 말이지. 너를 주머니에 넣고 다닐 수도 있겠다. 네 어머니랑은 전혀 닮지 않았구나. 다음엔 지나가는 양털깎이한테 1실링 줄 테니 저 머리카락 좀 잘라달라고 해야겠는걸. 더운 날엔 개라도 쓰러지겠다."

"에버러드, 이쪽은 우리 조카 시빌라." 헬렌 이모가 우리를 소개하며 말했다. "서로 호칭은 알아서 정해 부르도록 하시고…."

그의 맑고 선명한 눈빛에서 드러난 찬사는, 내가 이제껏 한 번도 느껴본 적 없는 감정을 불러일으켰다.

"내가 아마 삼촌이자 오빠뻘쯤 되는 것 같은데, 둘 중 어떤 사이든 키스를 받을 자격은 있지 않겠어? 그럼 어느 쪽이든 한번 받아볼까?" 그가 다정하게 말했다.

"받을 수 있다면 받아보세요." 나는 장난스럽게 도전하며 베란다에서 꽃밭으로 뛰어나갔다. 그는 내 도전을 받아들였고, 고양이처럼 날렵하게 따라붙었다. 우리는 꽃밭을 돌며 정신없이 뛰었다. 제이제이 삼촌은 수염을 활짝 벌리고 큰 소리로 웃음을 터뜨렸다. 에버러드 그레이의 코트 자락이 바람에 펄럭였고, 옷자락은 달리기를 하기엔 어울리지 않았다. 나는 그 모습에 웃음을 참지 못해 웃다가 잡혔고, 이어 우리는 베란다로 돌아왔다. 에버러드는 승리자의 표정으로, 나는 얼굴이 벌겋게 달아오른 채 몹시 민망한 얼굴로.

그때 때마침 검은 실크 드레스에 흰 레이스 모자를 쓰고 할머니가 나타났는데, 할머니는 마치 단정함의 결정체처럼 보였다. 할머니는 내게 차가운 눈길을 보내고는 내 행동을 얌전치 못한 짓이라고 꾸짖었다. 하지만 눈에 장난기가 반짝이는 제이제이 삼촌이 능숙하게 화제를 돌려주었다.

"어머니도 젊을 때 키스 많이 하셨죠? 저 나이 땐 다 그러는 거잖아요. 솔직히 그때 몇 번이나 이런 장난을 했는지 셀 수나 있어요? 어디, 지금이라도 한번 세어볼까요."

할머니의 얼굴에 곧 미소가 번졌고, 할머니는 '내가 젊었을 때는 말이지'라는 다소 감상적인 문구로 옛날이야기를 꺼냈다.

헬렌 이모는 내가 감기 들까 봐 안으로 들여보냈고, 나는 창문에 바싹 자리잡아 바깥 대화를 놓치지 않으려 귀를 기울였다. "조카라는 분 상당히 감성이 풍부한 것 같아요." 그레이 씨가 헬렌 이모에게 말했다.

"오, 아주 많이."

"그래요. 저렇게 맑고 투명한 표정을 지을 수 있는 건, 극도로 예민한 기질을 지닌 사람들뿐인 것 같아요."

"기분 변화가 심한 아이야. 순간의 기쁨이 순식간에 반대로 바뀌곤 해."

"매우 인상적인 얼굴이에요. 왜 그런지는 딱 집어 말할 수 없고, 잘 모르겠지만."

"아마 피부 때문일 거야." 헬렌 이모가 말했다. "그 아이 피부는 가장 밝은 금발보다 더 하얗고, 눈썹과 속눈썹은 아주 짙거든. 한데 그 애한테 절대 외모에 대해 칭찬이나 비판을 하면 안 돼. 외모에 대해 병적일 정도로 민감해서 조금만 건드려도 깊이 상처받거든."

"왜요? 제 눈엔 최근 본 얼굴 중 가장 매력적인걸요. 눈은 정말이지 너무 매혹적이고요. 눈동자가 무슨 색이죠?"

"시드니 근처엔 풀 상태가 괜찮습니다. 다음 주엔 살찐 양을 한 트럭 보내야겠어요." 제이제이 삼촌이 할머니에게 말을 돌렸다.

"이제 어둑어둑하네. 어서 식사하러 들어가자." 할머니가 말했다.

식사하면서 나는 에버러드 그레이의 모습을 유심히 관찰해보았다. 그는 전형적인 귀족의 얼굴을 하고 있었는데, 냉담하고 다소 무정해 보이는 표정까지도 딱 영국 명문가의 상징 같았다. 마치 순혈마의 곱게 휘어진 목선처럼, 그런 표정 역시 오래된 귀족 혈통의 징표라 볼 수 있었다.

식사가 끝난 뒤, 이른 산고로 아내가 급히 분만에 들어간 목장 인부가 할머니를 모시러 왔고, 할머니가 자리를 비운 사이 나머지 사람들끼리 모여 유쾌한 음악과 함께 즐거운 밤을 보냈다. 제이제이 삼촌은 우렁찬 베이스로 「브레이의 목사」와 「마셔라, 강아지야, 마셔라」를 소리 높여 불렀고, 나는 삼촌 무릎 위에 앉아 있었는데, 삼촌은 틈틈이 내 팔을 꼬집고, 간지럽히고, 머리카락을 잡아당기고, 나를 위아래로 흔들어댔다. 호든 씨는 「거룩한 도시」를 열창해주었고, 에버러드 그레이는 새로 나온 신곡을 여러 곡 들려주었는데, 잘 훈련된 바리톤 음색은 듣는 이에게 큰 즐거움이었다.

그는 실로 말쑥한 기사 같았다. 지나치게 멋을 부리는 편은 아니면서도, 격식을 갖춘 이브닝 슈트를 우아하게 차려입은 모습에서부터 깨끗하게 면도한 얼굴과 키 크고 날렵한 체구의 선 하나하나에 이르기까지 명문 혈통이 고스란히 드러났다. 그는 피아노 연주에도 일가견이 있어 헬렌 이모를 위해 반주를 맡아주었고, 이모는 그의 반주에 맞추어 여러 곡을 잇따라 부르셨다.

마침내 이모가 지쳐 숨을 돌리는 사이 제이제이 삼촌이 내게 말했다.

"이제 네 차례야, 멋쟁이 아가씨. 우리 모두 돌아가며 흥을 돋웠는데 너만 빠졌구나. 노래할 줄 알지?"

“아니요.”

“이 아이 노래 못해? 헬렌?”

“가끔 혼자서 흥얼거릴 때는 잘 부르던데, 사람들 앞에서 어떨지 모르겠어요. 한번 해볼래, 시빌라?”

제이제이 삼촌은 내 답은 듣지도 않고 나를 번쩍 안아 노래 부르는 사람이 앉는 의자 위에 앉히셨다. 그러고는 한 곡 부르기 전에는 절대 내려오지 말라고 으름장을 놓았다.

아무도 없는 곳에 가서 마음껏 노래하고, 메아리가 울릴 때까지 목청껏 부르는 일은 내게 있어 가장 큰 기쁨으로 꼽히는 일이었지만 사람들 앞에서 노래 부를 기회는 흔치 않았고, 해도 성공한 적은 없었다. 무대 앞에서는 늘 긴장했고, 내 목소리는 어디서도 흔히 듣기 어려운, 묘하게 특이한 소리라고 모두들 말했었다. 그날 밤 나는 오랜 애창곡인 「세어부가 항해를 떠났네」를 시도해보았다. 깊고 풍부한 울림을 지닌 로니시 피아노의 아름다운 음색, 그리고 에버러드의 섬세하고 공감 어린 반주 덕분에 나는 청중의 존재를 완전히 잊고 노래를 불렀다. 마치 혼자 있을 때처럼, 내 목소리가 이상하다는 사실도 잊고 자연스럽게 노래를 불렀다. 노래가 끝나자마자 그레이 씨는 의자째 몸을 돌려 내 쪽을 보며 외쳤다.

“와우, 본인 목소리가 얼마나 놀라운지 알아요? 이런 목소리는 잘만 훈련하면 그 자체로도 엄청난 재산이 될 수 있어요! 저 가슴속 깊은 곳에서 울려 나오는 소리, 감정선, 독특한 음색은 정말!”

"비꼬지 마세요, 그레이 씨." 나는 퉁명스럽게 대꾸했다.

"진심이에요, 맹세코! 한마디 한마디 다 진심입니다." 그가 열정적으로 덧붙였다.

에버러드 그레이는 예술에 관한 한 신뢰받는 감식안의 소유자였다. 글, 음악, 연기, 스케치 등 예술 전반을 두루 섭렵했으며, 시드니에서 열리는 좋은 음악회와 연극은 빠짐없이 챙겨보는 사람이었다. 법률가로서도 뛰어난 두각을 보였지만 연극 쪽에도 대단한 열정을 품고 있었기 때문에 언젠가는 무대에 설지 모른다는 이야기가 돌 정도였다.

나는 마치 구름 위를 걷듯 피아노 앞에서 물러났다. 정말 내가, 그토록 많은 이들이 조롱하던 목소리를 지닌 내가, 노래를 할 수 있을까? 그냥 그럭저럭 부를 수만 있다면 영혼이라도 팔겠노라며 장담하던 내가, 정말 가수가 될 수 있을까? 에버러드 그레이의 말은 내 안에 짜릿한 기쁨을 불러일으켰다. 마치 술에 취한 듯한 기분이었다.

"낭송도 가능할까요?" 그가 물었다.

"네." 나는 망설임 없이 답했다.

"그럼 하나 들려줘." 제이제이 삼촌이 말했다.

나는 롱펠로의 「노예의 꿈 *The Slave's Dream*」을 낭송했다. 에버러드 그레이는 아까 못지않게, 아니 그 이상으로 열광적인 반응을 보였다.

"이 목소리! 이 깊이와 울림이라니! 백주년 홀을 가득 채우고도 남겠어요, 그것도 힘 하나 들이지 않고! 필요한 건 오직 훈련뿐이에요."

"세상에, 정말 대단한걸! 그런데 그렇게 침울한 거 말고 없을까?" 삼촌이 농담 섞인 아쉬움을 덧붙였다.

그 순간 나도 모르게 무언가에 휩쓸린 듯한 기분으로 외쳤다.

"좋아요, 그럼 잠깐만 기다려주세요. 분장 좀 하고 올 테니 도와주셔야 해요!"

나는 몇 분 뒤, 얼굴엔 더러운 얼룩을 묻힌 채 뚱뚱한 아일랜드 노파로 변장한 모습으로 돌아왔다. 거실엔 웃음보가 터졌다.

"호든 씨, 절 좀 도와주시겠어요?"

물론 그는 기꺼이 도와주었고, 내가 다른 이들 다 놔두고 자신을 지목했다는 사실에 은근히 우쭐해하는 눈치였다. 무엇을 하면 되느냐고 묻는 그에게 나는 발판에 앉으라고 했다. 그래야 그의 붉은 머리에 손을 얹기가 쉬웠기 때문이다. 그리고 삼촌을 향해 몸을 돌리며 연기를 시작했다.

"아이고, 주인 양반, 말 잘 듣고 심부름 잘하는 착한 아이라 지가 직접 이 애를 데려왔지 않았겠소. 정말 보석 같은 아이지라. 이 몸이 직접 키웠대니께요. 아침마다 기도도 빼먹지 않고 한다우. 가만히 좀 있어봐라, 아가. 이 에미가 이쁜 곱슬머리 좀 만진다고 겁이라도 난 거여?"

제이제이 삼촌은 파안대소를 터뜨렸고, 헬렌 이모조차 미소를 지었으며, 에버러드 그레이는 흥미롭게 눈을 반짝이며 지켜보고 있었다.

"계속해보렴." 삼촌이 말했다.

하지만 호든 씨는 내가 자기를 웃음거리로 삼은 게 기분이 상한 듯 벌떡 일어나더니, 금방이라도 나를 잡아먹을 기세로 노려보며 자기 자리로 돌아가버렸다.

나는 그 후로도 거실에 있는 다른 사람들과 즉흥적으로 몇 가지 연기를 더 해 보였다. 호든 씨는 구석에서 못마땅한 자세로 앉아 "흥!" 하고 콧소리를 냈지만, 에버러드 그레이는 칭찬을 아끼지 않았다.

"훌륭해요, 정말 훌륭해! 연극 교육을 한 번도 받아본 적 없다면서요? 연극을 본 적도 없고. 그런데 이 다재다능함이라니. 무대에 서면 분명 성공할 겁니다. 이런 놀라운 재능을 시골에서 썩히는 건 너무 아까워요. 그건 죄이지요. 내가 꼭 시드니로 데려가 좋은 선생님 밑에서 배우게 해야겠어요."

"절대 안 돼!" 삼촌이 단호히 말했다. "이 아이는 여기서 우리 낡은 집에 생기를 불어넣어주는 존재야. 무대에 서고 싶어하는 꼭두각시는 얼마든 있어. 내 조카딸까지 보낼 수는 없지."

그날 밤 나는 구름 위에 떠 있는 기분으로 잠자리에 들었다. 젊은 날의 달콤한 아첨은 그 어떤 포도주보다도 취기가 진한 법이다. 나는 나 자신이 꽤 마음에 들었고, 거울을 슬쩍 들여다보며 생각했다. 이제 보니 그렇게 못생긴 얼굴도 아니잖아?

11. 얍!

"쳇, 이 흉측한 것! 하하! 너 자만심 하나는 끝내주더라. 백 명 중 한두 명이라도 네 외모를 괜찮게 생각할 거라고 상상하다니. 넌 아무짝에도 쓸모없는 인간이야. 키도 작고, 성깔머리는 못됐고, 그 외에도 끔찍한 건 다 갖췄지. 그게 바로 너야."

이건 다음 날 아침, 거울 속에 비친 나에게 내가 던진 말이었다. 전날 밤 한껏 들떴던 기분은 이제 팬케이크처럼 납작해져 있었다. 세상에, 바보 멍청이가 따로 없었다! 그레이 씨의 아첨을 액면 그대로 받아들이다니! 풋내기처럼 당하고만 어제저녁을 만회하기 위해, 그가 또다시 내 자존심에 아첨이라는 연고를 바르며 재미를 보려 든다면 다음번엔 고춧가루를 뿌린 말들로 제대로 응수해주기로 결심했다.

세면을 마치고 '도대체 뭘 기대하겠어' 하는 심정으로 나는 마지막으로 거울을 들여다보며 말했다. "넌 못생겼고, 별

쓸모도 없어. 그걸 잊지 말고 또 바보짓 하지 마."

이런 식의 독백은 어느 때부터인가 아침 기도를 대신하는 습관이 되어 있었다. 나 스스로 던진 말에 익숙해져 다른 이에게 그런 말을 들었을 때 상처가 덜하길 바라는 마음에서 시작한 것이지만 효과는 별로였다.

그날 아침 나는 아침 식사 시간에 늦게 나타났다. 내가 자리에 앉았을 때는 모두 식사를 반쯤 마친 상태였다. 할머니는 자정이 넘어서야 돌아오셨는데도 평소와 다름없이 활기차 보이셨다.

"자, 시빌라, 내가 없으니 어젯밤엔 아무도 널 잠자리로 쫓아내지 않았던 게로구나. 그래서 늦잠을 잔 거지. 어제저녁엔 그렇게 팔팔하더니, 아침엔 딴판이네." 할머니가 이렇게 아침 인사를 하며 안아주셨다.

"내가 너만 했을 때는 아침마다 번개같이 튀어나오지 않으면 가죽끈 세례를 받았단다." 하고 제이제이 삼촌이 끼어드셨다.

"시빌라는 오늘 아침만큼은 봐주셔야 해요." 그레이 씨가 나섰다. "어젯밤 우리를 너무 즐겁게 해줬거든요. 이 아침에 기운이 없는 것도 무리는 아니죠."

"즐겁게 해주었다고? 뭘 했는데?" 할머니가 물으셨다.

"여러 가지요. 할머니, 시빌라를 시골에 묵혀두시는 건 세상에서 예술가 한 사람을 앗아가는 겁니다. 제가 시드니로 데려가 시빌리가 최고의 스승에게 배울 수 있도록 허락해주세요."

“무슨 스승?”

“낭송과 노래요.”

“그럴 돈이 어딨어.”

“제가 비용을 부담하겠습니다. 그동안 받은 은혜에 대한 아주 작은 보답으로 여겨주세요.”

“무슨 소리야! 그런 걸 배워서 뭐 하려고?”

“무대에 서는 거죠. 물론, 저 정도 재능이면 엄청난 반향을 일으킬 겁니다.”

하지만 무대에 대한 할머니의 생각은 매우 완고했다. 할머니 세대의 기준에서 보면, 가장 천한 서커스단부터 가장 고상한 성악가에 이르기까지, 배우는 모두 신 앞에서 더럽혀진 자들이며 도덕적으로 용납될 수 없는 존재들이었다.

할머니는 의자에서 몸을 돌리며 눈에 불을 켜고 분노와 경멸에 찬 목소리로 말했다.

“무대라니! 내 손녀가! 내 딸 루시의 장녀가! 배우라니? 천박하고 비열하고 막돼먹은 직업을 갖다니! 하느님께서 주신 재능을 남들 앞에서 재롱이나 부리며 낭비하다니! 차라리 지금 내 앞에서 죽는 게 낫고, 지금 당장 머리를 자르고 수녀원에 들어가는 게 낫다! 약속해라, 시빌라. 그런 막돼먹은 배우 따위는 되지 않겠다고.”

“절대 그런 막돼먹은 배우는 되지 않을게요, 할머니.” 나는 ‘막돼먹은’이라는 형용사에 힘을 주고 ‘배우’는 아주 작게 뱉듯 말했다.

“그래, 네 안에 그런 사악한 기운은 없을 거야. 가끔 소란스럽고 행동이 단정치 못할 때가 있어도, 배우 나부랭이가 될 정도로 막돼먹진 않았어."

에버러드는 그래도 굽히지 않았다.

"무대가 저급한 직업이라는 생각은 아주 구시대적인 거예요. 예전엔 그랬을 수도 있지만, 지금은 달라졌어요. 물론 어디에나 저급한 사람들은 있죠. 그건 인정해요. 하지만 제대로 된 사람이라면 무대 위에서도 얼마든지 올바르고 선하게 살아갈 수 있어요. 그런 편견 때문에 시빌라가 누릴 수 있는 찬란한 커리어를 빼앗는 건 죄악이에요."

"커리어라니!" 할머니는 그 단어에 예민하게 반응하며 외쳤다. "요즘 애들은 다 커리어, 커리어, 경력밖에 몰라. 좋은 아내와 어머니가 되어 가정을 돌보고 하느님의 뜻을 따르는 건 안중에도 없지. 맨날 쏘다니며 속물 짓이나 하고 몸과 영혼을 망쳐버리는 거야. 남자들도 똑같아, 그런 걸 부추기기나 하니까!"

"그 말씀, 일리는 있어요. 솔직히 우리 사회에 그런 여성이 많죠. 하지만 시빌라는 그런 부류가 아니에요. 그녀는 다른 시선으로 봐야 해요. 만약…."

"난 시빌라를 존경받는 가문의 자식으로 본다. 더 이상 무대 이야기는 꺼내지도 마라." 할머니는 식탁 위로 주먹을 내리쳤고, 순간 방 안은 완전한 정적에 잠겼다. 감히 할머니에게 맞서는 이는 드물었다.

하지만 사랑스러운 노부인은 오래 화를 내는 분이 아니셨고, 곧 평소처럼 식사를 계속하며 다정하게 말씀하셨다.

"다시는 내 앞에서 그런 말 꺼내지 말거라. 하지만 이렇게 하자. 내년 가을, 그러니까 3월이나 4월쯤, 과일 보존 처리하고 잼 만드는 게 끝나면 헬렌이 시빌라를 데리고 시드니에 가서 한 달쯤 있게 하마. 그럼 그때 네가 시드니를 보여주면 좋겠구나. 시빌라에겐 큰 즐거움이 될 거야. 시드니는 한 번도 안 가봤잖니."

"좋아요, 그렇게 해요." 에버러드가 말했다.

"그래, 약속하마. 하지만 무대 이야기는 더 이상 없다는 게 조건이다. 하느님께서는 그보다 나은 삶을 위해 우리를 창조하셨으니까."

아침 식사 후 나는 에버러드와 함께 대화를 나누며 시간을 보냈다. 그는 완벽한 신사였고, 말솜씨가 뛰어났다. 나는 예의 바르고 교양 있는 사람들과 함께하는 걸 늘 갈망했었다. 단순한 농산물 시세나 생계 걱정에서 벗어나, 여유와 지식을 바탕으로 대화를 나눌 수 있는 사람들이 그리웠다. 그런데 지금껏 책이나 그림으로만 접했던 그런 사람이 내 눈앞에 서 있었고 나는 이 귀한 기회를 놓치지 않았다.

내가 자기 이야기에 흥미를 보이며 여러 가지 질문을 던지자 에버러드는 최신 연극과 배우들, 본인이 자주 참석하는 멋진 무도회와 만찬, 가든파티에 대해 이야기해주었다. 그러고 나서는 책 이야기를 나눴고, 나는 내가 사랑하는 시 구절들을 낭송해주었다. 그러자 그는 내 어깨에 손을 얹고 말했다.

"시빌라, 넌 정말 멋진 사람이야. 몸매 완벽하고, 스타일

신선하고, 얼굴도 너무 재미있어. 표정이 마치 만화경처럼 계속 바뀌니까 말이야. 때론 유쾌하고, 때론 엄숙하고, 또 종종 동정 어린 표정이 어리는데 가만히 있을 때는 슬퍼 보여. 그럴 때 보면 네가 도대체 어떤 슬픔을 겪은 걸까 싶은 생각이 들어."

나는 치맛자락을 양옆으로 살짝 들어 올리고는 무대 인사라도 하는 양 아주 깊은 절을 했다. 그러고는 무대용 미소도 함께 꺼내 들었다. 요즘 유행하는, 치과에서 금판 위에 얹어 만든 20기니짜리 틀니처럼 희고 완벽한 두 줄의 이가 훤히 드러나 보이는 그런 웃음을.

"잘생긴 신사분께서 시골 촌닭을 상대로 기꺼이 시간을 보내주시는 건 감사한 일이지만, 다음엔 아첨이 먹힐 상대인지 확인 먼저 하시는 게 좋을 거예요." 나는 빈정거리며 말했고, 등 뒤에서 그가 내 이름을 다급하게 부르는 소리를 무시한 채 곧장 자리를 떠 내 방으로 훅 들어와버렸다.

'감히 저따위 가벼운 아첨으로 나를 조롱하다니!' 나는 내가 못생겼다는 사실을 잘 알고 있었고, 다른 사람이 진심을 숨기고 그 사실에 동의하지 않는 척하는 것도 싫었다. 나는 왜 키가 작을까! 왜 난 길고 아름다운 코에 보기 좋은 큰 키를 가지지 못했을까?' 이런 생각을 하며 나는 불만과 짜증에 휩싸여 방 안에 앉아 있었다. 한데 창문 틈 사이로 봄 햇살이 스며들고 장미 향기가 코를 간지럽히자 마음이 누그러지기 시작했다. 꽃밭에는 팬지와 제비꽃이 화사한 융단처럼 깔려 있었고, 목서초와 노란색, 보라색 수선화 꽃향기가 공기를 가득 채우고 있었다. 나는 향기에 약했다. 결국 유혹을 이기지 못하고 정원으로 나가 다쳤던 마음에 꽃들의 위로를 받아들이기로 했다.

먼저 꽃병을 몇 개 모아 물을 채운 뒤 응접실 창 근처의 베란다 테이블 위에 세워두고 아름다운 꽃들을 꽃병에 꽂기 시작했다. 캐더갓 집은 꽤 오래전에 지어 일부는 널빤지로 되어 있었는데, 그중 한쪽 벽이 응접실을 따라 베란다 쪽으로 나 있었기에 헬렌 이모와 에버러드 그레이가 피아노에 맞춰 부르는 노랫소리가 들려왔고, 그 소리는 나의 꽃꽂이 작업에 감미로운 배경음악이 되어주었다.

얼마 후 두 사람은 노래를 멈추고 대화를 나누기 시작했다. 소설 속 여주인공이었다면, 이런 상황에서 살그머니 자리를 피했을 것이고, 그게 여의치 않았다면 두 귀를 막은 채 혹시 듣게 될지도 모를 부적절한 내용이 없을지 걱정하며 안절부절못했을 것이다. 나는 엿들으려는 의도가 전혀 없었다. 그런 저열한 짓은 내 성격이 용납하지 못하니까. 난 단지 내가 베란다에 있다는 사실을 두 사람이 알고 있을 거라 생각했다. 하지만 그들은 내 존재를 눈치채지 못한 듯했고, 결국 나에 대해 이야기를 나누기 시작했다. 나로서는 몹시 흥미로운 주제였기에, 양심의 가책 따위를 느낄 겨를도 없이 그들의 대화를 그대로 듣게 되었다.

"세상에, 오늘 아침 내가 시빌라를 교육시켜 무대로 보내야 한다고 했을 때 할머니가 얼마나 난리를 치셨는지, 보셨죠! 그 애는 그야말로 끼가 넘쳐요. 반드시 좋은 선생님에게 수업을 받도록 해야 합니다. 몇 번이고 제 생각을 말씀드릴 거예요. 자꾸 듣다 보면 익숙해지고 생각도 바뀌실 테니까. '하느님이 주신 재능을 아깝게 버리지 말고 써야 한다'는 논리로 밀어붙일 겁니다. 이모님도 같이 힘 좀 써주세요."

"안 돼, 에버러드. 무대에 진출해도 성공하는 사람은 극소수잖아. 나도 그 세계를 좋아하지 않아. 힘 보태주는 일 같은 건 안 할 거야."

"하지만 시빌라는 성공할 거예요! 전 유명 극장 감독들과도 친구라, 시빌라가 무대에 서도록 도와줄 수도 있어요."

"그럼 시빌라는 어떻게 될까? 젊은 남자가 처녀를 데리고 다니며 데뷔시킨다? 말도 안 되는 소문이 날 거야. '여동생이다' 같은 얘긴 통하지도 않을 거고."

"다른 방법이 있죠. 스캔들을 피할 수 있는."

"에버러드, 무슨 말이지?"

"결혼하면 되잖아요." 그는 천천히, 단호하게 말했다.

"세상에! 너 지금 얼마나 허황된 얘기를 하고 있는지 알기는 하니? 겨우 한두 시간 본 애랑 결혼을? 첫눈에 반한다는 거, 난 그런 거 믿지 않아."

이모는 아마 본인이 그런 격한 감정에 휩쓸렸다가 좋지 않은 결말을 맞은 경험을 떠올리고 있으리라.

"에버러드, 경솔한 행동은 하지 마. 넌 아주 변덕스럽고, 여자들 사이에서 호색한으로 통하잖아. 가여운 우리 시빌라를 제발 가만히 놔둬줘. 지금 네 감정은 그냥 잠깐 스쳐가는 것일 뿐이야. 네가 괜히 마음만 휘저어놓고 떠나버리면, 그 아이는 시름시름 앓다가 말라비틀어 죽을지도 몰라.”

“그럴 애는 아니에요.” 그가 웃으며 말했다.

“그래 죽진 않겠지만, 냉소적이고 회의적인 여자가 될 거야. 그게 오히려 더 끔찍하지. 그냥 놔둬. 닳고 닳은 사교계 아가씨들하고야 얼마든지 가볍게 놀아도 되지만 우리 시골 아가씨는 손대지 마. 내가 반드시 훌륭한 여성으로 길러낼 거니까.”

“그런데 제가 만약, 이번엔 정말 진심이라면? 나 같은 사람 남편으로 괜찮지 않아요?”

“그 애는 너 같은 사람과 어울리지 않아. 넌 그 애를 절대 감당 못 해. 내 말이 무례하게 들릴 수도 있지만, 사실이야. 게다가 그 애는 아직 채 열일곱 살도 안 됐어. 로맨틱한 감정으로 성급하게 결혼하는 건 절대 반대야. 먼저 성숙한 여자로 자랄 수 있게 시간을 줘야지.”

“그럼 캐더갓에 머무는 동안 제 매력은 바구니에 담아 감춰두는 게 낫겠군요?”

“그래. 아이한테 다정하게 대하는 건 좋아. 하지만 네가 늘 하는 그 ‘여자 사로잡는’ 식의 애정 표현은 삼가해주길 바라. 그런 걸로 마음을 훔치긴 쉬우니까.”

나는 더 이상 듣고 있을 수가 없었다. 복잡한 감정이 뒤엉켜 터질 듯한 마음을 안고 정원을 가로질러 오래된 과수원으로 달려갔다. 과수원에는 꿀벌들이 분주히 날아다녔고, 꽃이 활짝 핀 수백 그루의 나무 사이로 화려한 나비들이 바쁘게 움직이고 있었지만 그런 아름다움은 내게 아무런 위로가 되지 않았다. 나는 제멋대로 자란 보랏빛 제비꽃들로 발목까지 뒤덮인 오래된 사과나무 아래 서서 상처받은 자존심의 울분을 한껏 토해냈다.

"시골 아가씨라니, 웃기고 있네! 매력을 감춘다고? 아니 애쓸 필요도 없어. 무슨 짓을 해도 내 마음을 얻지는 못할 테니까. 난 어린애가 아니야. 처음 본 순간부터 꿰뚫어 봤어. 내 사랑을 얻을 만한 깊이 따윈 없는 사람이라는 걸. 내가 자기를 저기 있는 애벌레보다도 더 하찮다고 생각한다는 걸 보여주지. 내가 무슨 덜떨어진 계집애라도 되는 줄 아나? 웃겨. 난 남자라면 질색이야. 혐오하고, 경멸해!"

"오늘 밤 또 무대에 서려고 리허설 중인가?" 하고 비웃는 목소리가 등 뒤에서 들렸다.

"아니, 이건 실전 연습인데. 그런데 왜 하필 지금 여기 나타나서 내 평화를 방해하는 거죠? 난 지금 혼자 있고 싶은데. 내가 얼마나…."

"여자가 미혼이고 남자도 마찬가지라면, 그리고 진지한 마음이 있다면 구애할 권리가 있죠." 호든 씨가 내 말을 끊고 들어와서는 어느새 내 앞에 서 있었다.

"그건 나도 잘 알아요. 하지만 여자는 마음에 들지 않는 구애를 거절할 권리가 있어요. 그런데 당신은 그걸 인정하지 않으시는 것 같네요."

나는 이 말을 남기고 그 자리에 멍하니 서 있는 그를 뒤로한 채 집으로 돌아갔다.

나는 원주민이라도 남자답게 행동한다면 사랑을 거부하

지 않겠지만, 프랭크 호든처럼 흐느적거리며 흐리멍덩한 연애 감정을 내세우는 사람은 도저히 참을 수 없었다.

헬렌 이모와 에버러드가 응접실을 비운 사이 나는 피아노 의자에 털썩 앉아 「코왈스키의 갤럽」을 치고, 이어서 「가이테 드 쾨르」로 넘어갔다. 피아노는 마치 신들린 듯 흔들렸고, 이와 함께 나의 분노는 점점 누그러졌다. 나는 느릿하게 가장 슬픈 왈츠인 「베버의 마지막 곡」을 연주하기 시작했다. 그러다 방 안에 누군가 있다는 걸 느끼고 돌아보니, 에버러드 그레이가 서 있었다.

"언제부터 여기 있었어요?" 나는 날 선 목소리로 물었다.

"연주를 시작할 때부터. 어디서 그렇게 배운 거지? 연주 솜씨가 정말 뛰어나네. 「세 명의 어부」 좀 불러줄래요?"

"죄송하지만, 지금은 시간이 없어요. 그리고 당신께 노래를 불러드릴 실력도 안 되고요." 나는 퉁명스럽게 답하고 방을 나섰다.

"시빌라, 호든 씨가 너를 찾는다." 헬렌 이모가 불렀다. "무슨 일인지 들어보고, 얼른 보내. 그렇지 않으면 할머니가 호든이 아침 내내 빈둥거린다고 화내실 거야."

"미스 시빌라." 단둘이 되자 호든이 말하기 시작했다. "사과하고 싶습니다. 당신을 괴롭히려던 게 아니었어요. 제게 그럴 권리는 없죠. 하지만 그 모든 건, 당신을 사랑해서 그런 겁니다. 남자는 작은 일에도 질투가 나는 법이거든요."

"더 이상 그런 말도 안 되는 소리로 나를 귀찮게 하지 마세요." 나는 혐오스럽다는 듯 돌아섰다.

“하지만, 미스 시빌라, 그럼 전 어떻게 해야 하죠?”

“뭘 어떻게 해요?”

“제 사랑이요.”

“사랑?” 나는 경멸스럽게 되물었다. “그런 건 존재하지 않아요.”

“존재해요. 그리고 전 그것을 찾았어요.”

“그렇다면 잘 간직하세요. 훌륭한 보물일 테니까요. 제 아버지께 보내면 병에 담아 골번 박물관에 전시라도 하시겠죠. 그동안 거기 보내신 게 많거든요.”

“그렇게 절 놀리시면 안 되죠. 아시잖아요, 그렇게는 못 하는 거.”

“그럼, 자루에 담아서 돌덩이를 같이 넣어 강물에 던지세요. 바닥으로 가라앉게.”

“후회하게 될 거예요.” 그는 불쾌한 듯 내뱉었다.

“그럴 수도, 아닐 수도 있죠.” 나는 어깨 너머로 노래하듯 말하며 그 자리를 떠났다.

12. 엉뚱한 열정

에버러드 그레이와 단둘이 있게 된 건 그가 출발하기 이틀 전 아침이었다. 우리는 베란다에서 이야기를 나누었다.

"자, 시빌라 양." 그가 입을 열었다. "여기 와서 처음 본 날 좋은 친구가 될 수 있을 거라 생각했는데, 전혀 진전이 없었네요. 그 이유가 뭘까요?"

그는 이렇게 말하며 가늘고 균형 잡힌 손을 다정하게 내 머리에 얹었다. 그는 매우 잘생기고 매력적이었으며 문학과 음악, 예술계에서 교류하는, 나와는 다른 세상에 사는 남자였다.

아, 그와 동료로서 지낼 수 있었다면 얼마나 즐거웠을까! 나는 눈물을 참으려 입술을 깨물었다. 왜 사회적 관습은 이성 간에 친구가 되는 걸 허락하지 않는 걸까? 동성 친구 사이에서처럼 이성 간에도 순수하고 플라토닉한 우정을 즐길 수는 없는 걸까? 그럴 수 없었다. 나는 남자들의 자만심을 꿰뚫고 있었다. 내가 너무 사근사근하게 굴면 에버러드 그레이는 자기한테 넘어갔다고 생각할 게 뻔했다. 반대로 내가 냉담하게 굴면 역시 같은 생각을 하며 내가 속마음을 숨기려 한다고 여길 것이다. 하여 나는 그 둘 사이에서 절묘하게 균형을 잡는 줄타기를 하며 무심한 태도로 말했다.

"우리가 그렇게 친한 친구가 될 거라 기대하시는 줄 몰랐네요. 사실 전 그럴 생각이 전혀 없었거든요."

그는 기분이 상한 듯 몸을 돌렸다. 잘생긴 신사가 호의를 보이는데 별 볼 일 없는 시골 촌뜨기가 탄복하지 않아 기분 나빴거나, 내 태도가 무례하거나 심술궂다고 생각했을 것이다.

이틀 후 아침, 제이제이 삼촌은 시드니로 떠나는 에버러드를 굴굴까지 데려다주었다. 출발할 때 그는 다정하게 작별 인사를 하며 내게서 편지를 쓰겠다는 약속을 받아내었고, 할머니가 약속한 대로 내가 시드니를 방문하게 되면, 그때 내 연기 재능과 목소리에 대해 훌륭한 스승들의 의견을 구할 생각이라고 언질을 주었다. 나는 정원 울타리에 선 채 집에서 700미터쯤 떨어진 유칼립투스 나무들 사이로 마차가 보이지 않을 때까지 손수건을 흔들었다.

"자, 그 멋쟁이 원숭이가 가버렸으니 이제 내 관심에 좀 더 신경을 쓰겠죠?" 울타리에서 내려오던 내게 호든 씨의 목소리가 들렸다.

"관심이라니, 무슨 뜻이에요?" 내가 물었다.

"아하! 이제 좀 본격적으로 이야기가 될 것 같군요. 설명해주지 않아도 내 의도가 뭔지 짐작하겠지만, 난 스물네 살이 되면 영국에 있는 상당한 재산을 상속받기로 되어 있어요. 그때쯤 당신과 결혼해 함께 영국으로 가고 싶어요. 정말이지 꼭 당신을 내 아내로 삼고 싶어요. 영국 여자애들이 모두 깜짝 놀랄 거예요.”

‘내가 너랑 결혼하면 놀랄 사람이 한둘이 아니겠군.’ 속으로 이런 생각을 하니 웃음을 참을 수가 없었다.

“왜 못된 여우처럼 웃는 거죠? 나는 이렇게 진지한데, 그렇게 경박하게 웃다니 숙녀답지 못한 짓입니다.”

“진지하다고요? 세상에⋯. 이건 미친 코미디에 더 가깝죠!” 나는 더 크게 웃었다.

“뭐가 코미디 같다는 겁니까?” 그가 흥분해서 물었다.

“나에게 청혼을 하겠다는 그 생각 자체가 코미디예요.”

“왜? 남자라면 다 청혼할 권리가 있는데 나라고 못 할 게 뭐죠?”

“남자?” 나는 비웃었다. “바로 그게 우스운 점이죠. 물론 남자라면 청혼할 수 있겠지만, 애송이가 무슨 청혼? 내 눈엔 아직 머리에 피도 안 마른 어린애로밖에 안 보이는데! 만약 내가 결혼이라는 걸 한다면, 그런 구렁텅이에 빠질 짓을 함께할 상대는 제대로 자란 어른이지, 일주일에 열 번씩 사랑에 빠진다며 떠드는 미숙한 애송이는 아니라고요. 사랑? 하!”

내가 집 쪽으로 방향을 틀자 그가 내 앞을 막았다.

“그렇게 도망치진 못할 거예요, 아가씨. 이번엔 내 말을 들어야 하니까, 안 그러면 들을 때까지 멈추지 않을 테니까.” 그는 화난 듯 거칠게 내 손목을 붙잡았다.

나는 누군가가 내 몸에 손을 대는 것을 참을 수가 없었다. 그건 내 특이한 성향 중 하나였다. 나는 그에게 붙들리지 않은 손으로 그의 코를 힘껏 치고, 몸을 비틀어 빠져나오며 말했다.

"감히 어디다 손을 대? 다음에 또 나한테 손끝 하나라도 대면 가만두지 않겠어요. 내 말 명심해요. 이번엔 코피로 끝났지만, 다음엔 그 이상을 보게 될 테니까!"

"난 계속 말할 거야! 계속 떠들고 다닐 거야! 이 사나운, 야생마 같은, 네가 무슨 절대 손대면 안 되는 뭐라도 돼?" 그가 소리쳤다.

"맞아, 내가 남자에 대해 가지고 있는 좌우명이 바로 '건드리지 마라'야. 내가 사나운 건 바로 당신 때문이야. 어린애가 남자 흉내 내면 반드시 다치는 거니까. 수염이나 좀 나길 기다려, 꼬마 도련님." 나는 이렇게 쏘아붙이며 꽃들로 가득한 화단을 날듯 뛰어넘어 집으로 들어왔다.

그날 밤 다과 때 호든의 코를 한참 흥미롭게 바라보던 줄리어스 삼촌이 물었다.

"도대체 네 코에 무슨 짓을 한 거냐? 술이라도 마셨나 봐."

순간 나는 그가 나를 걸고넘어지진 않을까 두려움에 움찔했지만, 그는 그저 이를 악물 듯 힘주어 "제기랄!" 하고 중얼거리더니 식탁 너머 나를 위협적인 눈으로 바라볼 뿐이었다.

다과 후 그는 할머니에게 면담을 요청했다. 나는 그가 할머니에게 도대체 무슨 이야기를 했을지 몹시 궁금했고, 다음 날 아침 그 궁금증을 풀게 되었다. 아침 식사가 끝난 뒤 할머니는 나를 방으로 불러 호든 씨와의 면담에 관련해 질문을 하셨는데, 뜸 들이지 않고 본론으로 훅 들어가셨다.

"호든이 네 행동에 대해 불만을 표했단다. 내 손녀의 처신을 두고 젊은 남자한테 그런 말을 듣게 되다니, 참으로 가슴 아픈 일이구나. 네가 호든을 유혹했다고 하던데. 시빌라, 나는 네가 그렇게 몰상식하고 숙녀답지 못한 행동을 할 거라고는 상상도 못 했다."

이 말을 듣는 순간, 프랭크 호든에 대한 내 생각은 단박에 경멸로 바뀌었다. 그동안 그가 나를 끈질기게 괴롭혀왔지만, 나는 숙부나 할머니, 이모에게 그에 대한 불평을 단 한 번도 한 적이 없었다. 충분히 말할 수 있었고, 그랬다면 즉시 조치가 취해졌을 터였다. 문제의 본질은 그에게 있었건만, 자신이 자초한 퇴짜를 두고 오히려 내 흉을 보고 다니다니. 할머니한테까지 나를 욕보이다니.

"할머니, 더 하실 말씀 없으세요? 그게 다예요?"

"아니. 네게 청혼을 했단다. 그러면서 내 허락을 구했지. 나는 그 모든 건 너와 네 부모님의 결정에 달렸다고 했어. 네 생각은 어때?"

"생각이라니, 할머니, 농담이시죠?" 내가 버럭 외쳤다.

"아니야, 아이야. 농담이라니?"

"그런 사람과 결혼! 그 어린애랑요?" 나는 경악하며 말했다.

"어린애라니. 몇 달 전에 성년이 됐는데. 내가 결혼할 때 할아버지 나이와 같아. 3년 후, 그러니까 네가 스무 살이 될 때쯤 그는 꽤 엄청난 재산을 상속받아 부자가 될 거야. 네 마음에만 든다면야 내가 보기엔 아무 문제가 없지. 몸 건강하고, 성격 좋고, 명문가 출신이야. 좀 거친 면이 있지만 그만함 괜찮지. 다들 한때는 그런 시절을 거쳐서 결국 좋은 아내를 만나 훌륭한 남편이 되니까."

"역겨워요. 어떻게 할머니가 제게 이런 말을 하실 수 있어요? 징그러운 수컷 냄새만 풍기는 남자를 두고 가장 순수하고 젊은 여자에게 괜찮은 남편이라니! 정말 실망이에요! 프랭크 호든은 거칠지도 못해요. 그럴 만한 기개도 없어요. 전 그 남자가 싫어요. 아니, 싫어할 가치조차 없는 존재예요. 혐오스럽고 천박해요. 그가 영국 왕이라 해도 절대 그와 결혼하지 않을 거예요. 아무리 훌륭한 남자라 해도, '결혼'이라는 것 자체가 저한테는 일종의 굴욕처럼 느껴져요. 그런데 프랭크 같은 사람과 결혼이라니, 그건 저에게 가할 수 있는 최악의 모욕이에요. 전 누구와도 결혼하지 않을 거예요!"

그 순간 나는 격정에 휩싸여 흐르는 눈물을 주체할 수가 없었다. 세상에는 선한 것이 없다는 생각이 들었다. 특히 남자들, 그 지긋지긋한 존재들에게서는 말이다. 그리고 그런 이들이 비난조차 받지 않는 현실, 심지어 도덕과 신앙에 엄격한 할머니조차도 그런 남자를 '적절한 혼처'로 여기고 있다는 사실에 절망감이 들었다.

할머니, 나의 소중한 할머니는 경제적으로 유리한 조건의 남자라면 누구와 결혼해도 괜찮다고 믿고 계신다. 그게 나를 가장 아프게 했다. 나는 결혼 따위는 하지 않을 것이다.

차라리 내 삶을 스스로 소진할 수 있는 일을 찾아, 결혼이라는 굴욕과는 무관한 삶을 살 것이다.

"얘야, 얘야." 할머니는 근심 가득한 얼굴로 말씀하셨다. "그렇게까지 상심할 일은 아니란다. 네가 원래 예민하고 감정 기복이 심한 아이란 걸 난 잘 알아. 아주 어릴 적에도, 다른 아이라면 한 시간도 안 돼 잊어버릴 일을 넌 하루 종일 붙들고 속상해하곤 했지. 프랭크 호튼에겐 그냥 자기 일이나 잘하라고 말해두마. 네가 조금이라도 못마땅하게 생각하는 사람이라면, 난 그런 사람과 결혼을 절대 강요하고 싶지 않아. 다만 솔직히 말해보렴. 혹시 그 사람한테 가볍게나마 마음을 준 적은 없니? 솔직히 말해보렴. 누가 뭐라 해도 난 네 말을 믿을 거야. 넌 지금껏 내게 거짓말을 한 적이 한 번도 없는 아이니까."

"할머니!" 나는 힘주어 외쳤다. "저는 그 사람을 늘 단호히 밀어냈어요. 어느 누구를 상대로라도 가벼운 장난 같은 건 결코 하지 않았어요. 그건 제 자존심에도 어긋나는 일이에요."

"그래, 그래, 그 정도면 충분하구나. 그 얘긴 이쯤 하자. 눈물 닦고, 말들 채비해서 히키 부인이랑 아기 보러 가야지. 가는 길에 맛있는 것도 좀 가져가고."

프랭크 호든과 다시 마주친 것은 오후 무렵이었다. 그는 마치 승리를 거머쥔 자처럼 비열한 웃음을 지으며 나를 힐끔거렸다. 나는 몸을 곧추세우고, 혐오스러운 짐승이라도 만난 양 일부러 그의 앞을 피해 지나갔다. 나의 이런 태도에 그는 뒤에서 무어라 불평을 늘어놓았고, 마침내 나는 이 일을 끝장내기로 마음먹고 이야기를 나누기로 결심했다.

그는 개들에게 물을 주러 마구간 쪽으로 가는 길이었다. 나는 그를 따라 마구간 옆 개집 근처까지 걸음을 옮겼다. 거기쯤이면 집안사람들이 아무 소리도 듣지 못할 거리였다. 나는 단도직입적으로 말을 꺼냈다.

"호든 씨, 남자로서 최소한의 자존심이 있다면, 지금 이 순간부터 나에 대한 터무니없는 사랑 타령을 당장 그만두세요. 나는 사랑에 대해 두 가지 감정을 갖고 있는데, 그 어느 쪽에서 보든 당신은 나를 불쾌하게 만들 뿐이에요. 어쩔 땐 남녀 간의 사랑이라는 것이 애초에 존재하지 않는 허상 같다는 생각이 들어요. 그런 마음일 때는, 천사의 말이라도 사랑에 대해 듣고 싶지 않아요. 또 어떤 날엔 사랑이란 것이 너무도 거룩하고 엄숙한 것처럼 느껴져요. 그런 순간엔, 당신이 떠벌리는 그 어설픈 말들은 마치 신성한 것을 더럽히는 모독처럼 느껴지죠. 왜냐하면 당신은 아직 너무 어려서 진정한 사랑이란 게 어떤 건지 모르니까요. 이처럼 모질게 말하고 싶지 않았어요. 하지만 당신이 먼저 비겁한 태도로 날 실망시켰고, 내가 이런 말을 하게 만든 건 바로 당신 자신이에요. 지금 이 순간 이 말이, 내가 이 상황에 대해 설명할 수 있는 전부이며, 앞으로 단 한 마디도 더 하지 않을 거예요. 그럼 이쯤에서 인사를 마치죠. 안녕히 계세요."

나는 그의 변명 따위에는 아랑곳하지 않고 성큼성큼 자리를 떴다.

이렇게 자존심을 건드리면 물러날 줄 알았건만, 그런 기대는 헛된 것이었다. 해 질 무렵 산책을 나서든, 황홀한 노을을 즐기러 말을 타든, 오래된 정원의 정취를 음미하려고 잠시 걸음을 옮기든, 어김없이 프랭크 호든은 어느새 내 앞에 나타나 내가 자신을 어떻게 대했는지에 대해 끝도 없이 푸념을 늘어놓았다. 지겨운 그 말투는 '까악, 까악' 하고 울어대는 까마귀 소리 같아서 차라리 그가 홍해 바닥에나 가라앉아버렸으면 하고 바랄 지경이었다.

그럼에도 불구하고, 그 찬란한 봄날의 생기와 기쁨은 프랭크 호든 따위가 주는 사소한 성가심으로 쉽게 흐려질 것이 아니었다. 수풀 따라 흐르는 시냇가에는 우아한 야생 클레마티스가 흰색의 장대한 화관을 드리우고서 바람이 스치기만 해도 그윽한 향기를 흩뿌렸다. 강가에 늘어선 초록빛 관목에 핀 꽃들은 푸른 하늘을 능가할 듯 눈부셨다. 키 큰 유칼립투스 나무 위에는 까치들이 둥지를 틀고 앉아 제 영역으로 가까이 오는 것은 무엇이든 거침없이 쪼아대곤 했다. 말들은 살이 통통하게 올라 제 등에 올라타 달려보라 유혹했다. 과수원에는 나뭇가지 사이로 레더헤드 새들의 울음소리가 울려 퍼졌고, 그 소리는 체리의 계절이 다가오고 있음을 알려주었다. 아아, 살아 있어서 얼마나 좋은지!

캐더갓에 사는 동안 내가 그토록 갈망하던 격정의 삶은 여전히 멀게만 느껴졌지만, 이곳에는 삶의 흐름 속에 잔잔한 물결들이 있었다. 지금은 그것만으로도, 그 허전한 존재의 빈틈을 메우기에 충분했다.

13. 그 사람

이제 내 첫사랑이자 마지막 사랑이며 유일한 연인에 대한 이야기를 들려주려 한다. 그 성가신 젊은 목동이 내게 했던 온갖 구애는 진짜 사랑이라기보다는 진정한 사랑을 흉내 낸 우스꽝스러운 희극이었고 나의 진짜 사랑은 따로 있었다.

그 사람을 처음 만났을 때 나는 전형적인 여주인공과는 거리가 먼 몰골을 하고 있었다. '머리카락이 절묘한 타이밍에 흘러내려 그의 눈을 사로잡는다'거나, 향기로운 공기 속으로 내 감미롭고 낮은 목소리가 흘러나가 그의 심장을 울리는 그런 소설 속 여주인공의 모습이 결코 아니었다. 오히려 우리가 처음 만났을 때 내 모습은 우스꽝스러운 광대에 가까웠다.

9월 말경의 어느 날 나는 하루 종일 개울가에서 양치식물을 채집하고 있었다. 물속을 걸을 요량으로 남자용 장화를 신고 있었고, 하녀에게서 빌린 낡고 초라한 드레스를 입고 있었다. 바질 잎으로 만든 장갑과 덤불을 헤치며 다니느라 찢어진 커다란 모자가 그날 내 분장에 완성도를 더했다. 머리는 대충 틀어 올려져 있었고, 짧은 머리카락들이 사방으로 삐죽삐죽 튀어나와 마치 '새 둥지' 같았다.

늦은 오후, 온종일 그렇게 헤매다 집으로 돌아오던 길에 현관에서 헬렌 이모와 마주쳤다.

"그 몰골일 때 레몬 좀 따다 줄래? 차림새 망가질 걱정 없이 딸 수 있으니 안성맞춤이겠다. 지금 모습, 신문 만평으로 실리면 딱일 것도 같고…."

나는 흔쾌히 주문을 수락하고 집 뒤편 레몬나무에 사다리를 기대어 세웠다. 그 사다리는 발판 간격이 족히 70센티는 될 법한 우람한 크기였다. 사다리를 타고 성큼성큼 올라가 치마에 레몬을 수북이 받아 안은 채 가장 우아하지 못한 자세로 내려오고 있는데 그때, 등 뒤에서 낯선 발소리가 들렸다.

캐더갓엔 하루에도 몇 번씩이나 사람들이 들이닥치기 일쑤였기에, 나는 놀라지도 않았다. 아마 떠돌이 노동자, 중개인, 아니면 행상이겠지? 그렇게 대수롭지 않게 생각하며 뒤도 돌아보지도 않은 채 커다란 장화를 신은 다리를 다음 사다리 발판에 내디뎠다.

그 순간 탄탄한 갈색 손이 내 허리를 감싸 올렸다. 내 몸은 30센티미터쯤 공중으로 솟구쳐 들어 올려졌다가 살포시 땅에 내려졌다. 그와 동시에 들려온 낮고 느긋한 남자의 목소리.

"아주 멋진 암말인걸, '허리는 가냘프고, 엉덩이는 우아하도다.'"

‘감히 누가 나한테 이런 말을!’ 나는 분개하며 그 입심 좋은 고든의 시구를 흉내 낸 자가 누구인지 돌아보았다. 거기엔 난생처음 보는 남자가 장난기 어린 미소를 띠고 서 있었다.

젊은 남자였다. 키가 어마어마하게 크고 다부진 체격의 산사람, 피부는 볕에 그을러 붉게 탔으며, 얼굴은 쾌활하니 시원시원했고, 밤색 콧수염이 얼굴에 잘 어울렸다. 키가 크고 덩치도 컸지만 균형 잡힌 체격 덕에 조금도 위압적이지 않았다.

신발 벗고 양말만 신은 채로 잰 키가 188센티나 된다고 사람들이 떠들던 그 남자. 나는 그가 파이브밥 다운스의 해럴드 비첨일 것이라 생각했다.

급히 치마를 내리자 레몬이 사방으로 굴러 흩어졌다. 나는 황급히 도망치려 몸을 돌렸지만 그는 고양이처럼 민첩하게 몸을 날려 내 앞을 가로막았다.

“자, 한 발자국도 못 갑니다, 아가씨. 지금 당장 제멋대로 굴러다니는 저 레몬들을 하나도 빠짐없이 주워서 챙기지 않으면, 부인께 일러바칠 거니까.”

그가 나를 하녀로 착각한 것임을 깨닫자 꽤 재미있다는 생각이 들었다. 나는 이 자리에서 그 사람의 착각을 풀어주지 않기로 마음먹었다. 이참에 그를 가지고 한바탕 장난을 쳐볼 요량이었다. 그는 자신만만한 사람처럼 보였지만, 불쾌할 정도의 자만은 아니었다. 오히려 “나는 늘 원하는 걸 얻는 사람이오. 사람들이 실패라는 걸 한다면 그건 전적으로 본인 탓이지.” 하는 분위기를 풍기고 있었다.

"실례지만, 주인님." 나는 공손하게 말했다. "레몬은 다 주워 담았어요. 이제 보내주실래요?"

"좋아, 키스 한번 해주면 보내주지."

"어머, 주인님! 그럴 순 없어요!"

"에이, 설마 내가 무슨 독이라도 옮길까 봐 그러나? 자, 어서 해."

"마님이 보시기라도 하면 어쩌려고요!"

"걱정 마. 들켜도 죄는 내가 다 뒤집어쓸 테니까."

"정말 이러지 마세요, 제발요!" 나는 간절한 표정으로 애원했다. 그가 정말로 위협을 실행에 옮길까 봐 순간 두려웠다. 내 반응이 너무 진지했던 탓일까, 그는 소리 내어 웃더니 이렇게 말했다.

"겁내지 마, 꼬마 아가씨. 난 여자애들한테 키스 같은 거 안 해. 이런 대낮에, 그것도 억지로 그런 짓을 할 생각은 없거든. 너 여기 온 지 얼마 안 됐지? 처음 보는데. 좋아, 도망가지 말고 거기 서봐. 얼마나 배짱이 좋은지 한번 좀 보자. 내 시험에서 통과하면 보내줄게."

나는 그가 가리킨 마당 한가운데에 섰고, 그는 기다랗고 묵직한 채찍을 풀고 있었다. 끝이 두툼한 채찍 끈에, 향기 나는 아카시아나무 손잡이가 달린 전형적인 부시맨의 도구였다. 그가 채찍을 내 머리 위와 팔 주위로 빙빙 돌리며 휘둘렀지만, 나는 조금도 겁나지 않았다. 단박에 알 수 있었기 때문이다. 그가 채찍질에 얼마나 능란한지를. 가만히만 있으면 털끝 하나 다치지 않으리라는 확신이 있었다. 이런 상황에 태연할 수 있었던 건 전적으로 제이제이 삼촌 덕분이었다. 삼촌은 평소에도 이런 식으로 내 담력을 시험하곤 했으니까.

"세상에 이런 일이! 눈썹 하나 까딱 안 하네! 혈통 좋은 순종이구먼!"

그가 채찍질을 멈춘 뒤 감탄하며 말했다.

"주인님은 어디 계시지?"

"굴굴에 가셨어요. 오늘 늦게나 돌아오실 거예요."

"보시에 부인은 안에 계시나?"

"아니요, 안 계세요. 하지만 벨 부인은 앞마당 앞쪽 어딘가에 계실 거예요."

"고맙다."

나는 그가 자리를 뜨는 모습을 물끄러미 지켜보았다. 안장 위에서 보낸 수많은 날들을 말해주듯 느긋하고 유연하게 흔들리는 걸음걸이. 나는 직감적으로 알 수 있었다. 그가 방금 전 레몬을 들고 서 있던 그 어린 소녀에 대한 일은 벌써 까맣게 잊었으리라는 것을.

"시빌라, 서둘러 옷 갈아입자. 제일 좋은 옷으로. 해럴드 비첨 씨 접대를 네가 맡아줘. 오늘 저녁 내가 직접 요리를 감독할 거거든."

"아직 이브닝드레스를 입기엔 너무 이르지 않나요, 이모?"

"조금 이르긴 하지만 두 번이나 갈아입을 여유는 없을 테니 그냥 지금 차려입도록 해. 삼촌이 언제 도착할지 모르니까."

나는 이미 개울에서 몸을 씻은 터라 신속하게 푸른빛의

이브닝드레스에 새틴 슬리퍼까지 갖춰 신고 완전한 '전투 준비'를 마쳤다. 머리는 풀어 자연스럽게 흐르게 하고 리본으로 간단히 묶었다. 그렇게 준비를 마치고 복도로 나와 헬렌 이모를 불렀다.

"이모, 저 준비 다 됐어요. 비첨 씨는 어디 계세요?"

"식당에 계시단다."

"응접실로 불러주시면 이모가 저녁 준비 마치실 때까지 제가 모실게요. 그런데, 이모… 저녁까지는 아직 한참 남았는데… 도대체 제가 어떻게 감당하죠?"

"감당이라니! 힘든 사람 아니야."

우리는 어느새 응접실에 도착해 있었고, 나는 거울 앞에 서서 그 속에 비친 내 모습을 바라보았다. 헬렌 이모는 해럴드 오거스터스 비첨 씨를 부르러 갔다. 그는 독신으로, 뉴사우스웨일스에 있는 파이브밥 다운스, 와얌비트, 월러왕웨스트, 콰트콰타 목장뿐 아니라 퀸즐랜드에도 넓은 목장을 소유하고 있다.

그가 문턱을 넘어 들어오는 순간, 그의 모습이 달라진 것이 한눈에 들어왔다. 세수를 한 얼굴에 뻣뻣한 흑발은 빗질해 가지런했고, 모자는 벗은 채였으며 채찍도 없었다. 다만 레깅스는 그대로였는데, 회색 천으로 된 딱 달라붙는 승마 바지를 입고 있었기에 그 잘 다듬어진 하체의 선이 뚜렷이 드러났다.

"해럴드, 이 아이가 시빌라예요. 더 이상의 소개는 필요 없겠지요. 난 부엌에 불 올려놓은 게 있어서 실례할게요." 헬렌 이모는 그렇게 말하고 서둘러 자리를 떴고, 우리 둘만이 마주 서게 되었다.

그는 나를 내려다보며 놀라움을 숨기지 못한 표정이었다. 나는 그를 올려다보며 환하게 웃었다. 이 상황이 우습고 재미있는 건 전적으로 내 쪽이었다. 그는 덩치가 크고, 부유하며, 중요한 사람이었고 나는 보잘것없는 계집애에 불과했다. 성별도, 덩치도, 사회적 위치도 모두 그가 우위였음에도 불구하고, 이 상황의 주도권은 온전히 내 손에 있었다. 그리고 나는 그 사실을 알고 있었기에 웃음이 났다.

햇볕에 그을린 피부 아래 어두운 붉은빛이 퍼져나가는 것으로 그가 나를 알아봤음을 짐작할 수 있었다. 아마도 나를 "암망아지"라 부른 것을 속으로 한탄하고 있을지도 모른다. 그는 뻣뻣하게 고개를 숙였지만, 나는 손을 내밀며 말했다.

"우리 악수해요. 누군가와 정식으로 인사를 나눌 때, 마음에 들 것 같은 사람이면 난 꼭 악수하거든요. 게다가 우리 꽤 잘 아는 사이잖아요. 생각해보니 사과를 정말 많이 갖다주셨더라고요!"

그는 내 손을 잡더니 필요 이상으로 오래 쥔 채 멍하니 나를 바라보았다. 그 모습이 어찌나 우습던지 나는 속으로 쾌재를 불렀다. 내가 그를 감당하지 못하는 게 아니라, 그가 나를 감당하지 못하고 있음을 분명히 느꼈기 때문이다.

"정말로, 멜빈 아가씨, 아깐 전혀 몰랐습니다. 그게… 그러니까?"

그는 중간에서 말끝을 흐리며 어쩔 줄 몰라 했고, 그의 어설픈 반응에 난 웃음을 참을 수 없었다.

"그런 옷을 입고 사람 헷갈리게 하다니. 반칙이에요."

"그게 제일 재미있는 부분이죠. 결국 당신은 장난기 많은 돈 후안 캐릭터라는 게 딱 드러난 셈이니까요. 이제 와서 모범적이고 단정한 신사 행세를 한다 해도 저는 절대 안 속을 거예요."

"부엌일하는 하녀한테 그런 식으로 장난을 친 건 처음이었어요. 그리고 맹세코 마지막일 겁니다!" 그는 단호한 어조로 말했다. "이런 식으로 엉망진창이 될 줄 누가 알았겠어요."

"쓸데없는 소리 그만하세요." 내가 말했다. "그 일에 대해 한마디라도 더 하시면, 전 오늘 있었던 일을 낱낱이 글로 써서 내 스크랩북에 붙여버릴 거예요. 하지만 당신이 신경 안 쓴다면, 나도 그냥 넘어갈게요. 딱히 무례한 말을 한 것도 아니고요. 사실 재미있었는걸요."

나는 소파의 등받이 끝 높은 곳에 앉아 있었고, 그는 피아노에 팔을 기댄 채 느긋한 자세로 서 있었다. 할머니가 그 모습을 보셨다면, 숙녀답지 못한 태도라고 잔소리를 한바탕 하셨을 터였다.

"삼촌은 오늘 무슨 일 있나요?" 그가 물었다.

"아무 일도 없어요. 어제 배심원으로 불려 굴굴에 가셨어요. 오늘 재판이 끝나고 판사님을 데려오실 거예요. 그래서 저도 이렇게 단정히 차려입은 거고요."

"맙소사! 재판이 있는 줄은 꿈에도 몰랐네. 이번에 배심원으로 안 불려가서…. 웬일로 중국인 상대로 소송이 하나 없기도 했고. 오늘 밤 여기 묵고 가려 했는데 판사님이 오신다니 좀 곤란하겠네요.”

“왜요? 설마 포실트 판사님이 무서워서요? 그분은 아주 순한 분이에요.”

“이 꼴로 판사와 저녁 식사를 하다니, 말도 안 되죠.” 그는 자신의 승마복 차림을 내려다보며 말했다.

“상관없어요. 그분 근시거든요. 제가 당신 자리를 식탁 맨 끝, 제 옆에 마련해둘게요. 남자들은 복장 같은 건 신경도 안 써요. 덩치만 그렇게 안 컸어도 삼촌 옷이나 프랭크 호든 옷을 한 벌 드렸을 텐데.”

“이 복장으로 통과될 수 있을까요?”

“그럼요. 제가 먼지 좀 털어주면 반짝이는 금화처럼 멀쩡해질 거예요.”

“나 이미 털었는데.” 그가 대꾸했다.

“이미 털었다고요?” 나는 바로 받아쳤다. “어깨에 저렇게 큰 얼룩이 떡하니 있는데요? 남자가 뭘 제대로 해낼 거라 기대하는 건 무리예요. 남자란 존재들은 세상에서 가장 쓸모없고, 무능하고, 덤벙대는 동물이에요. 딱히 하는 일이라곤 담배 피우고 욕이나 하는 게 전부니까요.”

나는 옷솔을 가져왔다.

“그걸로 털어주려면 식탁 위에 올라가야 할 텐데?” 그는 장난기 어린 눈길로 나를 내려다보며 말했다.

“그렇게 건방지게 굴 거면 그냥 먼지 묻힌 채 그대로 계세요!” 나는 옷솔을 홱 던져버렸다.

저녁 공기는 온화했고, 나는 그를 밖으로 안내했다. 그는 손수건을 내 가슴팍에 툭 던지며 말했다. "감기 들겠어요." 하지만 나는 그의 배려를 코웃음 치며 일축했다.

우리는 등나무, 뱅크셔 관목, 장미로 뒤덮인 정자 안으로 거닐어 들어갔다.

나는 꽃 한 송이를 꺾어 그의 옷 단춧구멍에 꽂아주었다. 마침 길가에서 한 나그네가 말을 멈춰 세웠다. 그는 말에서 내려 정원 울타리 말뚝에 고삐를 걸어두고, 빵 한 덩이를 사 볼 요량으로 안으로 들어가는 듯했다.

그 순간 나는 자리에서 벌떡 일어섰고, 그 바람에 놀란 말이 고삐를 단 말뚝째로 잡아 끊고 달아나버렸다. 비첨 씨가 달려가 말을 잡아왔고, 나는 달려가서 망치를 가져와 울타리를 고치겠다고 못을 박아보았지만, 손가락만 다치고 잘 되질 않았다. 그는 내 손에서 망치를 빼앗듯 가져가 단 두 번의 정확한 타격으로 말뚝을 제자리에 박아 넣고는 웃으며 말했다.

"여자가 무슨 못질을 하겠다고! 말도 안 되지. 여자들이란 세상에서 제일 무력하고, 쓸모없고, 귀찮은 존재들이라니까. 하는 일이라곤 남자 괴롭히는 것뿐이라고."

나는 웃음을 터뜨렸다.

마침 그때, 제이제이 삼촌의 목소리가 들려왔다. 비첨 씨는 그 소리를 따라 뒤쪽으로 향했고, 나는 그 자리에 남았다.

"이모, 우리 재미있었어요! 마치 오래된 친구처럼 얘기를 나누었어요." 내가 말했다.

"그 사람이 입을 열었다고?"

"네, 그랬죠."

"정말이니?" 이모가 놀라며 물었다.

돌이켜보니 말은 대부분 내가 했고, 비첨 씨는 듣기만 했다. 그는 여태껏 내가 만나본 사람 중 가장 말수가 없고 조용한 사람이었다.

예상과 달리 삼촌은 판사와 함께 오지 않아 내가 비첨 씨를 숨겨줄 필요가 없었다. 할머니는 비첨 씨를 "해럴드, 내 아들"이라 부르며 따뜻하게 맞아주었고 비첨 씨는 할머니, 줄리어스 삼촌과 저녁 내내 즐거운 대화를 나누었다.

양 떼 운반, 날씨 전망, 삼각지대의 목초 상태, 리 스프링, 빔발롱과 다른 목장들, 런던 양모 시장 상황에 대한 이야기가 이어졌다. 나는 관심이 없어 책 속으로 파고들었고, 가끔 비첨 씨를 보며 미소 지었다.

그는 할머니 집 목장에서 풀을 먹이던 한 쌍의 소를 데리고 가기 위해 캐더갓에 온 것이었다. 다음 날 아침, 삼촌이 앞서서 소를 몰아주셨다. 소들이 길을 나섰을 때 나는 정원 구석, 제비꽃이 만발한 곳에 서 있었다. 장미는 라일락에 올라타고, 조팝나무는 월플라워에 기대어 있었다. 두 그루의 키 큰 쿠라종 나무가 그곳을 지키는 파수꾼 같았다. 나를 본 비첨 씨는 말에서 내려 울타리에 느긋하게 몸을 기댄 채 나와 한참 이야기를 나눴고, 덕분에 소를 모는 일은 온전히 제이제이 삼촌 몫이 되었다. 삼촌은 다 들리게 투덜거렸다. "여자란 사회의 악이고, 모든 남자를 망치는 존재"라면서. 그러

곧 또 이러셨다. 해럴드만큼은 이성적인 사람이라 일을 팽개치고 짧은 치마에 땋은 머리를 한 귀찮은 계집애 앞에서 싱글벙글 서 있을 사람이 아니라고 믿었는데, 우리 두 사람 중 도대체 누가 더 바보인지 모르겠다고.

해럴드는 삼촌의 말에 조금도 개의치 않았다.

"저건 우리 둘을 칭찬하는 소리지." 그가 여유롭게 말에 올라타며 말했다. 그리고 조용하고 온화한 미소를 지었는데, 맥주도 담배도 닿지 않은 완전무결한 이가 두 줄로 반짝이며 드러났다. 그는 녹색 파리망이 달린 파나마모자를 들어 인사하고는 가볍게 말고삐를 쥐고 떠났다.

나는 그가 떠나는 모습을 바라보며 문득 생각했다.

'이 사람은 과연 어떤 상황에서 평정심을 잃을까?'

왠지 분노, 걱정, 질투와 같은 감정, 심지어 사랑마저 그에겐 닿지 못할 것 같았다. 그는 너무 크고, 너무 고요해 보였으니까. 나는 그 고요함을 흔들어보고 싶다는 묘한 충동을 느꼈다. 집으로 돌아온 나는 헬렌 이모에게 그에 대한 철저한 신문을 하기 시작했다.

문. 이모, 해럴드 비첨은 몇 살이에요?
답. 지난 12월에 스물다섯이 되었지.
문. 형제나 자매는 있었어요?
답. 아니, 태어날 때 어머니는 돌아가셨단다.
문. 아버지는요? 돌아가신 지 얼마나 됐대요?
답. 해럴드가 기기 시작할 무렵에 돌아가셨지.

문. 그러면 누가 키웠어요?

답. 고모들이 키웠단다.

문. 평소 말수가 오늘처럼 없어요?

답. 오늘보다 더 없는 날이 훨씬 많아.

문. 진짜 그렇게 부자예요?

답. 올해 가뭄만 무사히 넘기면, 이 지역에서 타이슨 다음
으로 부자가 될 거야.

문. 파이브밥은 정말 예쁜 곳이에요?

답. 그럼. 이 지역에서 손꼽히는 명소 중 하나지.

문. 캐더갓에 자주 와요?

답. 응, 자주 들르지.

문. 머리카락은 그렇게 새까만데, 콧수염은 왜 그렇게 연
한 색이에요?

답. 그건 네가 과학 공부를 좀 해봐야 알 수 있지. 나도 잘
모르겠구나.

문. 그 사람이….

"이제 그만, 시빌라." 이모가 웃으며 말을 잘랐다.

"햇볕에 그을린 그 거구 청년한테 너무 수상할 정도로 관
심을 보이는데? 내가 그랬잖니, 사과 갖다주는 건 아주 노골
적인 관심 표현이라고."

"아니에요, 이모. 저는 그냥, 그냥 궁금해서 그런 거예요."

"그렇지, 그냥, 그냥. 나도 다 알아."

이모는 장난기 가득한 미소를 지으며 말을 이었다.

"너도 여자니까 그렇지 뭐. 여자애들은 죄다 해럴드의 매력에 단번에 무너진다니까. 운명에 순순히 굴복하고 싶지 않으면, '불씨를 경계하라, 아니면 불길을 두려워하게 되리니.' 이 말 외엔 해줄 조언이 없구나."

그날은 목요일이었다. 그리고 그주 일요일, 해럴드 비첨은 다시 캐더갓에 나타났다. 오후 3시에 도착해 밤 9시까지 머물렀다. 줄리어스 삼촌과 프랭크 호든은 외출 중이었고, 날씨는 다시 겨울로 되돌아간 듯 쌀쌀해져 벽난로에 불을 피웠다. 해럴드는 내내 벽난로 옆에 앉아 있었다. 그리고 할머니의 속사포 같은 비즈니스 대화의 어조와 속도에 맞춰 적절히 "네"와 "아니요"를 끼워 넣으며 대화를 이어나갔지만, 나에게 한 말이라고는 도착했을 때의 "안녕하세요, 멜빈 아가씨." 그리고 떠날 때의 "안녕히 계세요, 멜빈 아가씨." 이 두 마디가 전부였다.

나는 그를 유심히 관찰했다. 그가 무슨 생각을 하고 있는지, 어떤 감정인지 짐작하기란 어려웠다. 그는 거의 아무것도 드러내지 않았다. 그 침묵은 참으로 기묘하고도 경이로운 것이었다. 하지만 그의 침묵은 결코 멍청하거나 무뚝뚝한 사람의 그것과는 달랐다. 사람을 불편하게 만드는 우울하고 공허한 침묵도 아니었고, 어딘가 삐딱하거나 멍하니 꿈꾸는 사람의 침잠도 아니었다. 그의 침묵에는 묘한 지성이 깃들어 있었다.

14. 편지

사랑하는 거티에게,

내가 너에게 편지를 쓰기 시작한 게 벌써 일곱 번은 됐을 거야. 그런데 매번 편지를 쓰는 도중에 무슨 일인가가 끼어들어서 끝내지 못했지 뭐야. 그래도 이번 편지만큼은 베드로 신부님이 몸소 방해를 하시더라도 꼭 끝까지 쓰고 말 거야. (방금 지나가던 사람이 장미 한 송이를 달라고 해서, 자리에서 일어나 꺾어다 줬어.)

이곳 생활은 정말 좋아. (또 길을 지나가던 남자가 소밍리 갭Somingley Gap 가는 길을 물어봐서 알려줬어.) 할머니는 너무나 다정한 분이셔. 항상 뭐라도 하나씩 챙겨주시고, 어디를 가든 꼭 나를 데려가시곤 해. 이모는 천사 같아. 네가 여기 와서 피아노 소리만이라도 들을 수 있다면 너무 좋을 텐데. 정말 아름답거든. 읽을 책이며 신문도 산더미처럼 쌓여 있고. 삼촌은 참 다정한 분이셔. 화가 나면 퍼붓는 말들이 가관인데, 그게 또 웃겨서 재밌어. 삼촌은 시내에만 다녀오면 꼭 사탕이나 장갑, 리본 같은 걸 하나씩 사다 주셔. (인도인 행상 둘이 막 도착해서 물건을 보러 나가보려고 해. 지난주엔 무려 열아홉 명이나 왔었어! 나는 지금 편안한 의자에 앉아 베란다에 놓인 탁자 위에서 편지를 쓰고 있는데, 바로 옆 꽃밭을 끼고 도로가 지나가서 오가는 사람들을 다 볼 수 있어.)

너희 쪽은 이번 주에 비가 좀 왔니? 여긴 가뭄이라고들 떠들썩한데, 골번을 한번 보여주고 싶어. 그래야 진짜 가뭄이 뭔지 좀 알 테니까 말야. 이곳 사람들이 골번을 보면 얼마나 난리를 칠지 상상도 안 가. 사실 여기도 목장 바깥쪽은 좀 메말랐긴 한데, 집 주변 목초지는 다들 오아시스라고 부르지. 여긴 관개 시설이 아주 잘 돼 있거든.

삼촌이 일꾼을 많이 고용해서 이곳 집이 위치한 두 개의 시내 사이에 물길을 냈어. 그 물길 덕분에 수시로 과수원이며 정원, 그리고 집 주변의 100에이커 정도 되는 목초지에 물을 댈 수가 있어. 거기 풀들은 말들 발목까지 올라올 정도로 무성히 자라. 정원엔 장군풀도 넘치고 채소도 잘 자라고 있어. 할머니 말로는 과수원에 열릴 과일도 아주 기대된대. 꽃밭은 그야말로 꿈동산 같아. 여긴 정말 세상에서 제일 사랑스러운 곳이야.

사람들이 할머니한테 목초지에 자기네 말 좀 풀어놓게 해달라고 졸라대. 특히 양털 깎는 일 끝나고 집으로 돌아가는 사람들이 그런 부탁을 해. 근데 할머니는 안 된다고 하셔. 우리 가축들 먹일 풀도 부족하다고. 그래서 삼촌이 감시할 사람을 또 한 명 더 고용했어. 안 그러면 밤마다 철조망을 자르고 몰래 자기네 말을 풀어놓거든. (어떤 사람이 할머니를 찾고 있는데, 차림새로 보아하니 무슨 중개업자 같아. 얼른 가서 할머니한테 말씀드리고 올게.)

여긴 늘 북적북적해. 하루도 빠짐없이 중개업자나 행상, 여행객들이 드나들고, 떠돌이 노동자가 열댓 명씩 올 때도 있거든.

이곳 남자들 중에서 난 해럴드 비첨이 제일 좋아. 덩치도 크고 말이 없는 사람인데 정말 마음에 들어. 잘생기진 않았지만 얼굴도 마음에 들어. (건방진 떠돌이 노동자 둘이 이것저것 달라 자꾸 요구해서 처리하느라 정신없었어. 포섬 걸리처럼 외진 데 있으면 저런 놈들은 안 겪어도 되는데.)

다음에 편지 쓸 땐, 제발 서두에서 그곳 소식부터 바로바로 써줘. 펜이 어떻고 글씨가 엉망이네 하는 얘기로 편지를 반이나 채우지 말고 말이야. 나는 지금 시속 500킬로 속도로 갈겨쓰는 중이야. 글씨가 예쁘든 말든 전혀 신경 안 써.

다음 주 일요일에 이모, 삼촌, 프랭크 호든, 그리고 나 이렇게 넷이서 야브트리 교회까지 말 타고 갈 거야. 거긴 파이브밥 다운스에서 6킬로나 더 가야 하니까, 왕복 25킬로야. 여기서 가장 가까운 교회래. 분명 엄청 재밌을 거야. 올 때 사람들이 떼로 몰려오니까 말들도 흥분해서 신나게 달릴 거거든. (어떤 사람이 자기 말들을 밤새 풀어놓고 싶다는데, 삼촌을 모셔와야겠다.)

여기는 진짜 남자들 천지야. 온통 남자, 남자, 남자뿐이야. 집 밖에만 나가면 사방팔방에서 남자들이 오고 가는 게 보여. 포섬 걸리에서처럼 블라인드도 안 내리고 옷 갈아입는 건 여기선 상상도 못 해. 할머니랑 삼촌 말씀으론, 도로옆에 산다는 건 저주 같은 일이래. 떠돌이 노동자들 재워주고, 청 들어주고, 말들 못 풀어놓게 감시해야 하고 이래저래들어가는 돈이 정말 어마어마하대. 여기엔 레몬나무가 일곱그루 있는데, 지금은 가지마다 레몬이 주렁주렁 달려 있어. (또 행상인이 왔어.)

가끔 내 생각도 해줘. 난 여전히 못생긴 얼굴 그대로야. (지나가던 사람이 빵 한 덩이만 살 수 있냐고 하네.)

집에 있는 모두에게 한가득 사랑 보내며, 그리고 너한테는 마차 한 짐 가득 사랑을 보낸다.

참, 골번에도 안부 전해줘. 멀리서 꿈꾸듯 나른히 누워 있는 그 고요한 파란 골짜기 말이야.

1896년 9월 29일, 캐더갓에서
너를 사랑하는 언니, 시빌라가.

친애하는 에버러드 씨에게,

보내주신 잡지들과 「호주의 숲길」, 진심으로 감사드립니다. 제 편지를 받으실 때쯤이면 아마 저희도, 캐더갓도 잊으신거나 아닌지 모르겠습니다.

지금 이곳은 해가 검부나무 너머로 저물고, 푸른 저녁 안개가 산자락마다 나른하게 내려앉고 있어요. 선생님은 아마 지금쯤 연미복을 갖춰 입고, 비단 드레스를 입은 아가씨의 손을 이끌어 호화로운 만찬장으로 향하는 중이겠지요. 그 후엔 극장에 들렀다가, 다시 무도회로 가실 테고요. 사방이 환한 조명과 왁자한 웃음소리로 가득할 그곳 풍경이 눈에 선합니다.

여긴 그와는 참 다르답니다. 길 아래에서는 짤랑이는 캠프의 종소리와 말 다리의 쇠사슬 소리가 들려오고, 계곡과 강이 만나는 그 아늑한 어귀 아래쪽에서는 해가 지며 붉게 타오르는 모닥불이 어스름 속으로 비쳐 나옵니다. 멀리 흰 점처럼 보이는 천막 몇 동도 벌써 하룻밤 묵을 준비를 마쳤네요.

저는 하루빨리 시드니에 가고 싶어 몸이 근질거려요. 가게 되면, 선생님과 헬렌 이모 대동하고 여기저기 휘몰아 다닐 테니 각오하셔야 해요. 밤낮없이요. 정말 기대돼요. 그 생각만 해도 베란다에서 왔다 갔다 춤이라도 추고 싶을 지경이라니까요. 선생님은 제가 보고 싶은 것들을 다 보여주셔야 해요? 뒷골목까지도요. 저는 세상의 많은 것들에 대해 제 눈으로 다 확인하고 싶거든요.

시냇물이 기묘하게 급히 흐르는 소리와 물총새들의 잘 자요 인사를 빼면, 이곳은 온통 고요하고 적막합니다. 온 세상이 정적에 잠긴 듯해요. 그 적막함은 마치 손으로 만질 수 있을 것처럼 짙고 묵직합니다. 이제 물떼새들이 울기 시작했어요. 물떼새 울음은 야생의 탄식 같고, 어딘가 처절하게 들립니다. 저 멀리 어둠 속 외딴 산맥의 틈 사이, 강줄기 아래서부터 울려오는 그 소리는 마치 쫓기는 영혼같이 어느새 저를 —

이 대목에서 나는 문득 정신이 번쩍 들었다. "바보같이 에버러드 그레이한테 이런 편지를 쓰다니! 이 사람, 분명 비웃고는 나를 '불쌍한 꼬마 바보'라고 할 거야."

그렇게 중간까지 쓴 편지를 갈기갈기 찢어 주방의 벽난로에 던져 넣곤, 대신 다시 딱딱하고 격식 차린 짧은 쪽지를 써서 보냈다. 그가 보내준 책과 잡지에 대한 감사 인사만 담긴, 겉치레뿐인 인사말만 적은 형식적인 편지를 보냈는데 그 편지에는 아무런 답장도 오지 않았다.

이후 그의 소문을 듣게 된 것은 할머니에게 보내온 그의 편지를 통해서였다. 그레이 씨는 멜버른이며 브리즈번 등지의 도시를 넘나들며 중요한 사건들을 맡아 분주했다. 따라서 나 같은 건 이미 안중에 없는 듯했다. 그는 어쩌면, 대부분의 남자들이 그렇듯, 함께 있을 때는 우정이니 뭐니 하며 친한 척하다가도, 막상 떠나고 나면 단 한 시간 만에 함께 있었던 이의 존재조차 까맣게 잊어버리는 그런 부류의 사람이었는지도 모른다.

캐더갓에 사는 동안 내게는 몇 가지 임무가 주어졌다. 응접실이 내 담당이었고, 삼촌이 모자를 잃어버릴 때마다 찾아드리는 일 — 하루에 열 번도 넘게 모자를 어디에 두었는지 찾지를 못하시니까 ― 을 했다. 또 할머니가 장부 정리와 업무 편지 쓰실 때 도왔고, 떠돌이 일꾼을 돌보았다. 캐더갓에서는 집으로 찾아온 사람에게 꼭 식사를 대접했는데, 그래서 연간 밀 한 톤을 추가로 사야 했고 설탕도 거의 1톤을 소비했으며 차, 감자, 소고기 이외 잡다한 고기들이 필요한 건 말할 것도 없었다. 이는 연중 내내 이 집에 머무르는 또 다른 부류의 손님들이 소비하는 음식은 포함하지 않은 수치다. 만약 머물다 간 사람들의 숙식에 대해 비용을 받았다면 보시에 가문은 엄청난 부자가 되었을 것이다. 나는 주당 평균 50명의 떠돌이 일꾼을 접했고, 지난번에 봤던 사람을 또 보는 일은 거의 없었다. 정말 대규모의 군대라 할 것이었다! 희망도 없고 집도 없으며 목적도 없이 체면도 벗어던지고 북에서 남으로, 동에서 서로 헤매며 일자리를 찾아 끝없이 방황하는 사람들. 일부는 너무 오래 떠돌이 생활을 한 나머지 남자로서의 야망을 잃었고, 아무것도 바라는 것 없이 그저 그렇게 하루하루 살아가는 데 만족하는 듯했다.

그들은 생김새도, 몸집도, 나이도, 부류도 제각각이었다. 젊은 꽃봉오리 같은 소년은 부탁하는 태도에서 아직 그러한 삶을 사는 데 대한 모멸감이 가시지 않은 것이 느껴졌고, 늙고 병든 노인은 맥주와 담배를 즐기는 일 외에는 낙이 없는 듯 비틀거리며 죽음의 문턱에 서 있는 것처럼 보였다. 진짜 일자리를 진심으로 구하는 강인한 한창 나이대 남자들도 있었고, 일은 하지 않고 잠자리만 얻기를 바라며 숨어다니는 겁쟁이들도 있었다. 병든 자, 교양 있는 자, 무식한 자, 기형인 자, 눈먼 자, 악한 자, 정직한 자, 그리고 미친 사람부터 제정신인 사람까지 모두 다양했다. 어떤 이들은 구걸하면서 그게 직업이라도 되는 양 아주 능숙하게 나에게 축복을 빌어주기도 했고 또 어떤 이들은 음울하고 시무룩했다. 그런 부랑자들 가운데는 버릇없고 감사할 줄 모르는 이들도 있었는데, 그들은 우리 집 같은 데서 먹을 것을 주는 건 당연한 일이라고 말했다. 그 논리인즉, 애초에 스콰터(주택 무단 점유자)들이 자기들 마음대로 눌러앉아 땅을 독점해 지주계급이 되지 않았더라면, 이주 노동자들 역시 떠돌지 않아도 되었을 것이라나.

앞서 언급한 이들 중 일부 더럽고, 술에 절고, 옷은 누더기가 되어버린 사람들의 눈빛에는 차마 눈을 마주치기조차 꺼려질 만큼의 섬뜩함이 깃들어 있었다. 그들은 주전자를 획획 돌리거나 주먹을 불끈 쥔 채, 어딘가 광기에 휩싸인 목소리로 떠들어댔다.

"빌어먹을 은행을 박살 내버리자!"

"지금 있는 스콰터들 다 내쫓고, 땅은 백성들에게 나눠야 해!"

그런 말들엔 이들 마음속 진심이 숨어 있었다. 자신들이 무언가에 실패한 탓에, 다른 이들의 성공이 분노의 대상이 되어버렸던 것이다. 다른 사람들의 성공을 마주하는 현실이 그들에겐 견딜 수 없었다.

이렇게 젊은 나라, 영토도 방대하고 자원도 무한한 나라에서 왜 이런 일이 일어나는 걸까? 나는 이 질문에 대한 답을 찾고 싶었다. 우리 의회 의원들은 이 문제를 감당하지 못하거나, 혹은 감당할 생각조차 하지 않는 것 같았다. 그들에게선 애국심도, 국가를 생각하는 정치가로서의 자세도 찾아볼수 없었다.

호주는 글을 쓰는 사람도, 연설가도, 금융가도, 가수도, 음악가도, 배우도, 운동선수도 세계 어느 나라와 견주어 조금도 뒤지지 않는 인재들을 길러내는 나라다. 그런데 어째서 양심과 신념, 경건한 마음과 애국심을 지닌 '사람다운 사람'은 길러내지 못하는 걸까? 날이 갈수록 점점 더 조여오는 이 냉혹한 속박을 벗어던질 만큼의 용기와 기백을 지닌 이들을, 왜 이 땅은 낳지 못하는 걸까?

캐더갓에서 이런 엉뚱한 생각을 품고 있던 사람은 나 하나뿐이었다. 해럴드 비첨도, 줄리어스 삼촌도, 할머니도, 프랭크 호든도 부랑자나 떠돌이 노동자 문제에 대해선 전혀 걱정하지 않았다. 그들은 그저 부랑자들을 게으르고 음흉한 족속이라 치부하며, 밥 한 끼 주고 나면 끝일 뿐 더 이상 괘념치 않았다.

한번은 삼촌에게 이 주제로 이야기를 꺼내보았다. 삼촌의 생각을 알고 싶었다. 나는 베란다 의자에 앉아 바느질을 하고 있었고, 삼촌은 쿠션에 머리를 대고 바닥에 깔린 양탄자 위에 편안히 누워 있었다.

"우리 보스 삼촌, 부랑자들을 위해 뭔가 할 수 있는 일이 없을까요?"

"무엇을 해주자는 거냐?"

“그 사람들을 고용하는 방법도 있을 텐데요.”

“고용이라고?” 삼촌이 벌떡 일어나 소리쳤다. “그 기어다니는 놈들이 제일 무서워하는 게 바로 그거야!”

“진심이에요. 그 사람들을 도울 수 있는 법 같은 걸 만들면 어떨까요?”

“캐더갓을 조각조각 잘라서 열 명한테 한 조각씩 나눠주고, 내가 대신 떠돌이 신세나 되라는 법이겠지, 그렇지?”

“아니에요, 삼촌. 그런데 오늘 아침에 온 한 젊은이는, 정말로 일자리를 찾고 있는 것처럼 보였어요. 진심이 느껴졌어요.”

“헬렌!” 하고 삼촌이 고함쳤다.

“왜요, 무슨 일이에요?” 헬렌 이모가 문간에 모습을 드러내며 물었다.

“다음번에 시빌라가 부랑자한테 먹을 걸 줄 땐 눈 똑바로 뜨고 잘 지켜봐. 이러다간 어느 날 가출하겠어. 오늘 아침에도 빨간 수염에 초록 눈을 한 젊은 녀석이 왔었는데, 그놈한테 홀딱 반했더라고. 캐더갓 절반을 그놈한테 주라며 날 들볶고 있네.”

“정말이지, 듣기만 해도 끔찍하네요! 삼촌, 그런 식으로 말씀하시다니 정말 창피해요!” 내가 소리치자 헬렌 이모는 “알겠어요, 조심할게요.”라고 말하며 자리를 떴다.

“파리 지옥에 부랑자들은 들끓지, 시빌라라는 귀찮은 것까지 잔소리를 해대니, 도무지 사람이 살맛이 나야 말이지.” 삼촌이 푸념했다.

나는 더 이상 아무 말도 하지 않았고, 우리 사이엔 적막이 흘렀다. 곧 그 적막을 깨고 정원 울타리 너머로 붉은 수염의 더러운 얼굴이 불쑥 나타났다. 그리고 이어 그 남자의 목소리가 들려왔다.

"안녕하세요, 보스! 담배 한 입만 나눠주시죠?"

"난 보스가 아니야," 삼촌은 일부러 험악한 표정을 지으며 말했다.

"그럼 누가 보스요?" 그 남자가 물었다.

삼촌은 손가락으로 나를 가리켰다. 그러고는 마치 몹시 졸린 사람처럼 다시 바닥에 드러눕더니 코를 골기 시작했다. 부랑자는 히죽 웃으며 내게 부탁을 했다. 나는 그를 집 뒤편으로 데려가 밀가루와 쇠고기, 그리고 그 용도로 따로 마련해둔 통에서 거친 담배 몇 개비를 내주었다. 내가 건넨 우유 한 잔은 사양하더니, 그는 떠돌이 방랑길을 다시 나서며 이렇게 인사를 건넸다.

"안녕히 계세요, 아가씨. 당신처럼 상냥한 분에게 신의 축복이 함께하길."

나는 그가 시야에서 사라질 때까지 그 뒷모습을 지켜보았다. 그는 내 형제 중 한 사람, 남십자성 아래 살고 있는 하느님의 자식이었다. 그런데 저 나이 든 사람들은, 그들이 아무렇지 않게 입에 올리는 그 신의 존재를 정말 믿기나 하는 걸까? 나는 문득 그런 생각이 들었다. 하지만 감사한 일은, 캐더갓에 머무는 동안에는 그런 무거운 생각들이 좀처럼 내 마음을 짓누르지 않았다는 사실이다.

삶은 너무나도 즐거웠고, 나는 그저 젊다는 이유 하나만으로도 만족스러웠다. 나는 십 대 초반, 그 젊은 기운을 온몸에 안고 있는 어린 소녀, 건강과 희망, 행복과 젊음에 가득 차 내일에 대해선 아무 생각도 없이 살아가는, 무심하고 가벼운 존재일 뿐이었다.

15. 마음이 젊을 때

해럴드 비첨을 처음 만난 지 한 일주일쯤 지났을까, 헬렌 이모가 내게 편지 한 통을 보여주었다. 비첨 자매 중 큰딸이 이모에게 보낸 편지였다. 편지 내용은 다음과 같았다.

친애하는 헬렌에게,

이 편지는 말 그대로 '부탁의 편지'야. 사실 어머님께도 동시에 편지를 쓰고 있는 중이란다. 다름 아니라, 네 조카딸을 우리 집에 며칠 맡겨주었으면 하고. 보시에 부인께도 허락해 달라고 정중히 부탁드리는 서신을 보내지만 네가 이 일에 조금만 힘을 실어줬으면 해.

사라가 요즘 몸이 좀 안 좋아서 기분 전환도 할 겸 멜버른에 다녀오기로 했거든. 그동안 내가 혼자 지내게 되니 허전할 것 같다고, 해럴드가 꼭 누군가를 곁에 두라고 하네. 너도 알다시피 그 아이가 얼마나 사려 깊은지.

사실 너희 집 귀한 아이를 우리 집에 보내달라고 이렇게 부탁하는 게 망설여지긴 해. 네게도 분명 그 아이가 큰 위로가 되는 존재일 텐데 말이야. 벤슨 양을 부를까 생각도 해봤지만, 해럴드가 단칼에 반대하더라고. 너무 굼벵이여서 우리 집이 우울해질 거라고. 대신 너희 조카딸이라면 우리 모두 활기가 넘치게 될 거라고 하더라.

며칠 전엔 줄리어스 씨도 그랬어. 그 애가 낡은 막사 같은 캐더갓을 웃음소리가 울려 퍼지는 즐거운 공간으로 만들어준다며 절대 보낼 수 없다고 말이야.

그 아이는 사랑스러운 루시의 딸이기도 하잖아. 나도 정말 너무 만나보고 싶어. 꼭 내 안부 전해줘. 사랑도 듬뿍 담아서.

그리고 편지 끝에 이렇게 추신이 달려 있었다.

"해럴드가 수요일 오후에 시빌라를 데리러 갈 수 있어. 시빌라를 잠시 내게 보내줄 수 있길 정말 소원해."

"어머, 이모! 정말 멋져요!" 나는 외쳤다. "근데 왜 웃으세요?"

"그런데 말이지, 해럴드가 왜, 누구를 위해서 지금 이러는 걸까? 고모 같은 '구실'이 있다는 게 얼마나 좋은지 몰라. 눈가림용으로 딱이지. 뭐, 사랑과 전쟁엔 모든 게 정당하다니까 나라는 존재도, 마음껏 활용하렴."

나는 무슨 말인지 못 알아들은 척 시치미를 떼었다.

할머니는 비첨 양의 제안을 흔쾌히 받아들이셨고, 약속한 날이 오기도 전에 나는 이미 예쁜 새 옷들로 가득 찬 트렁크를 싸놓았다. 그리고 파이브밥 다운스에 갈 날을 손꼽아 기다렸다.

수요일 오후 1시가 되었다. 2시 종을 쳤는데도, 아무도 나를 데리러 오지 않았다. 나는 점점 아무도 안 오는 건 아닐까 불안해지기 시작했다. 그러던 중, 딱 열여덟 번째 창밖을 내다보던 순간, 해럴드 비첨의 곧고 뭉툭한 콧날이 스쳐 지나가는 것이 눈에 띄었다.

할머니는 베란다에서 오후 차를 준비하고 계셨다. 나는 차 생각이 없어 해럴드가 차를 마시는 동안 짐 정리를 마치고 떠날 준비를 끝냈다.

마침내 나를 태우고 해럴드의 마차가 출발한 건 다소 늦은 시간이었지만, 마차의 속도는 엄청났다. 빨간색 2인승 마차 뒤쪽에 내 여행용 가방을 단단히 묶고, 우리는 시드니 박람회에서 상을 탄 순혈 아메리칸 트로터 종마가 끄는 마차에 몸을 실었다. 마차는 바람을 가르듯 멋지게 질주했다!

말굽과 회전하는 바퀴에서 튀어 오르는 돌멩이와 흙먼지가 구름처럼 일었고, 왼편 철조망 울타리의 말뚝들이 마치 마법처럼 순식간에 내 옆을 스쳐 사라졌다. 한참을 이렇게 달리던 비첨 씨가 내게 고삐를 넘겨주었다. 그러고는 혹시나 비상 상황이 생기면 즉시 넘겨받을 수 있도록 옆에서 지켜보아주었다.

드디어 목적지에 도착한 것은 일몰 무렵이었다. 하루 스물네 시간 중 가장 장엄한 순간. 우리는 파이브밥 다운스 목장의 본채로 이어지는 길 입구, 새하얀 큰 대문 앞에 당도했다. 아, 아름답고 광활한 파이브밥 다운스여!

대저택의 뒤로는 몽환적인 푸른 언덕이 너울거렸고, 앞으로는 기름진 평야가 넓게 펼쳐져 있었다. 그 사이를 해 질 녘 햇살을 받아 은빛으로 빛나는 야랑궁 강이, 덤불이 우거진 강둑 사이로 은뱀처럼 굽이쳐 흐르고 있었다.

1,200평이나 되는 꽃밭에서는 진한 향기가 뿜어져 나와 숨이 막힐 정도로 황홀했고, 집들 사이로 빽빽이 심어진 나무들은 산들바람에 부드럽게 흔들렸다. 남쪽 언덕 아래로는 넓은 과수원이 펼쳐져 있었고, 바람은 과수원을 쓰다듬고 그 너머로 사라졌다. 석양빛에 서른 개쯤 되는 주석 지붕들이 반짝이는 것이 마치 작은 마을처럼 보였고, 바퀴 소리를 듣고 짖어대는 개들의 울음소리가 여기저기서 들려왔다. 아, 참으로 아름답고도 눈부신 파이브밥 다운스여!

대문이 활짝 열리자마자 백 마리쯤 되는 개들이 우리를 반기듯 일제히 튀어나왔다. 하지만 나중에 알고 보니, 실제로는 스물세 마리였다.

이어 두 명의 여성이 마중을 나왔다. 한 사람은 키가 거의 180센티미터에 달했고, 다른 한 사람은 50센티 정도로 보이는 아주 자그마한 체구였다. 물론 실제로는 그보다 컸겠지만.

"같이 왔어요, 거스 고모."

해럴드가 마차에서 뛰어내리며 말 고삐를 잡은 채 나를

소개했다. 그러곤 키 큰 여인에게 입을 맞췄고, 그 옆으로 조그만 아이가 그의 다리에 매달리며 말했다.

"나두 태우조."

"얘, 포섬! 스팽커는 왜 풀어주지 않았니? 개들 사이에 스팽커가 안 보이네."

해럴드는 그렇게 말하며 그 조그만 아이를 품에 안아 올려 마차에 다시 올라타더니, 아이가 바라던 대로 기꺼이 마차에 앉혀주었다.

그사이 나는 마차로 다가온 비첨 양의 포옹을 받았고, 해럴드가 이번에는 나를 마차에서 번쩍 들어 내려 비첨 양에게 인계했다. 나는 비첨 양과 함께 아스팔트로 포장된 테니스 코트를 지나 넓은 정원을 가로질러 간 후, 다시 너른 베란다를 건너 드넓게 펼쳐진 단층집 안으로 들어섰다. 집 안은 사방에 불빛이 반짝이고 있었다.

"와줘서 정말 기쁘구나. 안으로 들어가 불빛 아래서 찬찬히 좀 봐야겠다. 어머니를 닮았겠지?"

그 말에 나는 속으로 움찔했다. 불빛 아래에서 그녀가 마주하게 될 것은 예쁘디예뻤던 어머니와는 털끝만큼도 닮지 않은 그저 못생긴 소녀일 테니까. 나는 속으로 내 외모를 원망하며 저주했다.

"이름이 시빌라지?" 비첨 양이 말을 이었다. "시빌라 페넬로페. 너희 어머니랑은 옛날에 너무너무 친했어. 내게 정말 소중한 사람이었는데 왜 이제는 편지 한 통 보내지 않는 건지 모르겠구나. 결혼한 이후로 한 번도 만나질 못했어. 벌써

아들 다섯에 딸 셋, 총 여덟 아이의 어머니가 됐다니, 믿어지지 않아.”

비첨 양은 넓은 현관을 지나 쭉 뻗은 복도로 나를 이끌었다. 복도 양옆으로는 침실들이 이어져 있었고, 우리는 그중 하나로 들어갔다.

“여기서 편히 쉬었으면 좋겠구나. 우리 집에선 저녁 식사 때 옷 차려입을 필요는 없어. 우리 집은 특별한 날 아니면 다들 평상복 차림이란다.”

“캐더갓도 그래요.” 내가 대답했다.

“자, 이제 모자 좀 벗자. 얼굴 한번 제대로 좀 보자꾸나.”

“제발, 그러지 마세요!” 나는 손으로 얼굴을 가리며 외쳤다. “제가 너무 못생겨서요… 누가 제 얼굴을 쳐다보는 것도 견딜 수가 없어요.”

“어휴, 이런 바보 같은 아가씨 같으니라고! 네가 네 어머니를 닮진 않았지만, 전혀 못생긴 얼굴은 아니야. 해럴드가 그러더라, 지금까지 본 여자들 중에 네가 제일 멋지다고. 노래도 아주 잘 부른다면서. 덕분에 지난주엔 시드니에서 피아노 조율사까지 불렀단다. 그러니까 오늘부터 매일 밤 우리를 위해 노래를 불러주었으면 해.”

파이브밥 다운스에서는 해럴드가 좋다고 말한 것에 그 누구도 ‘아니’라고 이의를 제기하지 않는다는 사실을 나는 곧 알게 되었다.

우리는 곧장 식당으로 향했고, 곧 해럴드 비첨 씨가 아까 보았던 그 조그마한 여자아이를 어깨에 태운 채 들어섰다.

비첨 양이 말하길, 그 아이 이름은 미니 벤슨으로, 해럴드가 소유한 인접 목장 와얌비트에서 일하는 감독관의 딸이라고 했다. 비첨 양은 해럴드가 남자아이를 데려와 놀면 더 좋을 것이라 생각했지만, 해럴드는 남자아이에 대해 "어른들을 괴롭히기 위해 고안된 기계"라며 극도로 싫어한다고 했다.

"자, 오둘란, 오늘 하루는 어땠어?" 해럴드가 그렇게 묻고는 '꼬마 장난감'을 바닥에 내려놓았다.

"오리들한테 딱 죠은 날씨네요."

아이는 아주 재빠르게 그렇게 대답했다.

"해럴드, 이렇게 어리고 순진한 아이한테 그런 속된 말투나 가르치고, 부끄럽지도 않니? 그리고 별명도 좀 더 그럴듯한 걸로 지어줄 수 있었잖니." 비첨 양이 말했다.

이어 해럴드가 말했다.

"오둘란, 여긴 멜빈 양이야. 이분한테도 나한테 하듯이 똑같이 해야 해."

작은 아이는 나를 향해 팔을 벌렸다. 내가 아이를 안아 올리자, 아이는 내 품에 꼭 안기더니 입을 맞췄다. "따랑해, 따랑해요!" 그러곤 해럴드를 돌아보며 물었다.

"이제 대써?"

"그래, 그 정도면 충분해." 해럴드는 웃으며 답했고, 아이는 몸을 꼬며 내려달라고 재촉했다.

곧이어 세 명의 목장 견습생, 감독관, 그리고 젊은 남자들 두 명이 식당으로 들어왔다. 우리는 인사를 나누고 저녁 식사를 하기 시작했다.

오둘란은 해럴드 비첨 씨 옆에 놓인 높은 의자에 앉았고, 해럴드는 아이의 시중을 들며 세심하게 챙겨주었다. 아이는 해럴드가 하는 건 뭐든지 따라 했다. 심지어 겨자까지 입에 넣었다가 뱉어내지 않고 억지로 삼켰다. 파란 눈에 금세 눈물이 그렁그렁 맺히기도 했지만, 울음을 꾹 참는 그 의젓한 모습은 참으로 기특했다. 해럴드가 콧수염을 닦자 아이 역시 보이지도 않는 상상의 콧수염을 닦는 시늉을 하는데, 그 모습이 우스우면서도 사랑스러웠다.

저녁 식사 후, 목장 견습생들과 세 명의 남자들은 뒤뜰에 마련된 별도의 응접실로 자리를 옮겼다. 그곳은 오직 그들을 위해 준비된 공간으로 그들은 그 안에서 나름 즐거운 시간을 보낼 터였다.

이 집 주인들과 나, 그리고 아이는 식당 옆에 딸린 자그마한 응접실에서 저녁 시간을 함께 보냈다. 비첨 양은 가족 사진첩을 펼치며 나와 이런저런 대화를 이어갔고, 해럴드는 온통 아이에게 정신이 팔려 있었다. 한번은 그들이 잠시 자리를 비운 틈에, 비첨 양이 내게 말했다.

"애한테 저렇게까지 집착하는 건 정말 웃기는 일이야. 하루 절반 이상을 데리고 다닌다니까." 그러곤 슬쩍 나를 떠보는 듯이 질문했다.

"그런데, 우리 조카 어떻게 생각해?"

나는 대답하는 대신 살짝 물음을 돌렸다.

"원래도 저렇게 조용하고 온화한 성격이세요?"

"어머, 전혀 아니야. 저 아이는 성미가 고약한 걸로 유명

해. 그렇다고 해서 막 고함을 치거나 신경질적으로 굴진 않
지만….”

그때, 그 ‘고약한 성미’의 소유자가 다시 들어오며 대화는
흐지부지 끝나버렸다.

해럴드는 네발로 기어다니며 오둘란을 등에 태우고 놀아
주었다. 아이는 깔깔거리며 웃다가 결국 그의 넓은 가슴 위
에 몸을 동그랗게 말고 누워 곤히 잠에 빠져들었다.

벤슨 부인이 오둘란을 찾는다는 말을 듣고 해럴드는 다
음 날 아이를 직접 집에 데려다주겠다며, 나에게도 함께 가
자고 권했다. 그리하여 다음 날 아침 오둘란을 내 무릎 위에
앉힌 채 우리는 마차를 타고 출발했다. 와얌비트까지의 왕
복 20킬로 여정은 참으로 유쾌한 드라이브였다. 이별의 순
간, 오둘란은 해럴드와 떨어지는 걸 무척 서운해했지만, 그
는 곧 다시 데리러 오겠다고 약속했다.

“한 번에 한 명의 여자만 챙기는 걸로도 나에겐 충분해
요.” 그는 그렇게 말했다.

그가 가진 부와, 무심한 듯 자연스러운 매너는 본인은 전
혀 의식하지도 못한 채 수많은 여성들의 마음을 차례차례
무너뜨리고 있었다.

16. 행운이 미소 지을 때

"이제 해럴드, 우리가 시빌라를 억지로 여기까지 오게 한
이상, 재미있게 보내도록 해줘야 하지 않겠니?" 비첨 양이
말했다.

그날은 내가 파이브밥에 도착한 지 이틀째 되는 날이었
다. 점심 식사를 마치고 우리는 베란다로 자리를 옮겼다. 비
첨 양은 작업 테이블에서 바느질에 열중해 있었고, 나는 바
닥의 매트 위에 자리 잡고 앉아 책을 읽고 있었다. 해럴드는
좀 떨어진 곳에서 뒤로 기댈 수 있는 편한 의자에 늘어져 있
었다. 그의 크고 거무스름한 손은 머리 뒤로 깍지 껴 있었고,
두툼한 턱은 넓은 가슴 위에 얹혀 있었으며, 눈은 감긴 채였
다. 가끔 아랫입술을 앞으로 내밀어 입김을 푸— 하고 불어
서 얼굴 주변의 파리를 흩뜨리곤 했는데, 마치 안락함 자체
를 형상화한 것 같은 그 거대한 조각상이 고모의 말에 느릿
느릿 대꾸했다.

"예, 고모, 최선을 다해보겠습니다." 그리고 나에게는 이렇게 말했다.

"멜빈 양, 이곳에 머무는 동안 당신의 즐거움을 위해 무엇이든 돕는 일이 저에게는 큰 기쁨이 될 겁니다. 주저하지 말고 뭐든지 명령해주세요."

"감사해요, 비첨 씨. 그럼 기꺼이 그 호의를 이용하겠어요."

"애들끼리 그렇게 정중하게 말하는 걸 듣고 있자니 참 우습네." 비첨 양이 말했다. "우리 양쪽 집안이 오래된 친구 사이인 만큼, 너희 둘은 거의 사촌이나 다름없다니까. 그러니 서로 편하게 말하고, 나는 '이모'라고 부르도록 해요."

이후로 우리는 비첨 양이 듣고 있을 때는 서로 아무 호칭도 쓰지 않았지만, 그녀가 없을 때는 예의 있는 호칭을 그대로 유지했다.

해럴드는 너무도 편안하고 게으른 모습이어서, 나는 그가 아까 내게 한 제안이 과연 어디까지 진심인지 시험해보고 싶은 충동이 일었다.

"강에서 배 좀 타고 싶어요. 가능할까요?" 내가 말했다.

"저 온도계 좀 봐라!" 비첨 양이 외쳤다. "좀 시원해질 때까지 기다리렴, 얘야."

"더워도 상관없어요. 오히려 더 좋아요!" 내가 대답했다. "그리고 저분은 더위에 익숙하신 분이잖아요. 저 가무잡잡한 피부가 바로 그 증거고요."

"그래요, 이 땡볕에도 전 끄떡없습니다." 그가 유쾌하게 말하며 까칠하게 자란 턱수염 위를 엄지와 검지로 문질렀다. 이런 시골에 사는 남자들은 매주 한 번, 일요일 아침에만 면도를 했다. 평일에는 무도회 같은 특별한 일이 아니면 절대 면도하는 일이 없었다. 매일 면도하는 도시 남성들 얼굴에 생기는 푸르죽죽한 자국을 '돼지껍질 긁힌 얼굴'이라 부르며 혐오했고 일주일간 수염이 자라게 두는 것을 선호했다.

"삼십 분 후에 가죠." 그가 자리에서 일어서며 말했다. "먼저 워리걸이 벗어 던진 편자 하나를 다시 박아야 해서요. 내일 그 녀석을 타야 하거든요. 그것만 금방 하고 갑시다. 편자 갈고 바로 나가면 꼭 절뚝거리거든요."

"제가 풀무질할까요?" 내가 자청했다.

"아뇨, 고맙지만 혼자 할 수 있어요. 그래도 누군가 도와주면 좋긴 할 텐데, 일하는 여자애들 중에서 하나 불러볼게요."

"남자애를 부르면 안 되나?" 고모가 물었다.

"한 명도 없어요. 오늘 다 트라이앵글 목장으로 보냈거든요. 말 가려내느라 바쁘죠. 물통이랑 간식 챙겨갔으니 해 지고 나서야 돌아올 겁니다."

"저한테 맡겨주세요." 나는 고집을 부렸다. "제이제이 삼촌 도와서 풀무질 많이 해봤어요. 꽤 재미있던걸요."

결국 내 제안이 받아들여져 우리는 곧 밖으로 나갔다.

해럴드는 그가 가장 아끼는 말인 워리걸을 마구간에서 끌고 나와, 벽은 덩굴식물로 뒤덮여 있고, 스트링기바크 나무 껍질로 지붕을 덮은 헛간 아래 대장간으로 데려갔다. 그러고는 불을 피우고 편자 하나를 불에 넣었다. 외투와 모자는 벗어 던지고, 셔츠 소매를 걷어붙인 채 가죽 앞치마를 두른 그는 말발굽을 손질하기 시작했다.

제이제이 삼촌이 급한 일로 직접 편자를 박아야 할 때 내가 늘 풀무를 다루었고, 삼촌은 까다로운 분이었기에 조심히 조작했었다. 하지만 이번엔 달랐다. 나는 힘껏 풀무질을 했고, 그로 인해 불이 거의 꺼질 뻔했으며, 재와 불꽃이 해럴드 주위로 소용돌이치며 날아다녔다. 예민한 말은 코를 벌름이며 발을 홱 빼냈다.

"이게 제가 제대로 풀무질하는 거 맞죠?" 내가 태연하게 물었다.

"조금만 천천히 해주세요." 그가 대답했다.

그 말을 듣고 내가 이번엔 너무 천천히 풀무질을 하는 바람에 불이 꺼질 뻔했고, 편자도 식어버릴 지경이었다.

"이번엔 너무 느려요." 비첨 씨가 말했다.

나는 다시 그가 뒷걸음질 칠 정도로 힘차게 풀무질을 했다.

"조심해! 조심하라니까!" 그가 소리쳤다.

"아이고, 이래도 안 돼, 저래도 안 돼, 어떻게 해도 맘에 안 들어하시니 어쩌라고요?" 내가 능청스럽게 대답했다.

"당장 내 마음에 들게 잘하지 못하면 벌을 줄 겁니다. 아마 달갑지 않은 방식이 될걸요." 그가 웃으며 말했다. 하지만 나는, 그가 생각하고 있는 그 벌이 실은 내가 은근히 좋아할 만한 것이라는 걸 알고 있었다.

"지금 이거 못 끝내면 오늘 밤에 일하고 돌아오는 피곤한 사람들 불러서 촛불 켜고 마저 끝내라 시켜야 해요. 그걸 원치는 않을 거잖아요." 그가 말을 이었다.

"알아요!" 내가 받아쳤다. "근데 워리걸은 성질이 지독해서 당신 말고는 아무도 손도 못 댄다고 스스로 말씀하신 거 기억 안 나세요?"

"아, 그건 맞는 말이에요. 할 말 없네. 이젠 내가 감수해야지 뭐." 그가 유쾌하게 대답했다.

내가 아무리 괴롭혀도 그가 꿈쩍도 하지 않자 결국 나도 장난을 포기했고, 우리는 금세 일을 마쳤다. 그리고 곧 강으로 향했다. 비첨 씨는 카키색 정장을 입었고, 나는 얇은 하얀색 가운에 바람결에 흩날리는 모자를 썼다. 그는 한 손에 큼지막한 흰 양산을 들어 뜨거운 10월의 햇살로부터 나를 가려주었고, 다른 손에는 케이크와 사탕이 든 작은 바구니를 들고 있었다.

집에서 강가까지는 한 800미터쯤 떨어져 있었는데, 강가에는 겨우 두 사람이 탈 수 있을 정도의 조그만 배가 있었다. 비첨은 노를 저었고 나는 배 옆으로 몸을 기울여 맑고 깊게 흐르는 물에 손을 담그며 뱃놀이 물장난을 했다. 해럴드는 그러다 배가 균형을 잃을지도 모른다며 말렸지만 나는 들은 척도 않고 계속 물장난을 치다 얼마 못 가 그만 강물에 빠지고 말았다. 나는 수영을 못했기 때문에, 해럴드가 없었더라면 꼼짝없이 끝장이었을 것이다. 내가 물 위로 떠오르자 그는 재빨리 나를 붙잡았고, 별다른 힘도 들이지 않고 옷을 입은 채로 나를 안고 헤엄쳐 강둑까지 데리고 나와주었다. 그렇게 우리는 물에 흠뻑 젖은 모습으로 강가로 올라왔다.

해럴드는 코에 진흙이 잔뜩 묻어 그야말로 우스꽝스러운 몰골이었다. 나는 간신히 몸을 가눌 수 있게 되자 그의 모습을 보고는 웃음보가 터졌다.

"아, 이 모습을 사진으로 남겼으면 정말 대박이었을 텐데요!" 내가 말했다.

"우리 둘 다 익사할 뻔한 거 몰라요?" 그가 짐짓 화난 듯 근엄한 목소리로 말했다.

"그랬을 수도 있죠. 하지만 이 꼴을 본 것만으로도 물에 빠진 보람이 있었어요." 나의 말에 그의 굳은 표정이 풀어졌다.

"그쪽은 자기 장례식에서도 웃을 사람 같아요. 나도 괴짜지만, 그쪽은 나보다 한 수 위예요. 어서 가서 따뜻하게 목욕하고 술 한잔하세요. 안 그러면 감기 들어요. 고모가 우릴 보면 까무러치실 거예요."

"감기라뇨!" 내가 외쳤다. "이런 일로 아프거나 죽는다는 건 예쁘고 착한 소녀들 이야기예요. 나 같은 애는 아흔 살까지 살아서 주변 사람들을 괴롭힐 거예요. 오늘은 고모님한테 안 들키게 조용히 돌아갈 거니까 걱정 마세요. 그럼 오늘 일은 아무도 모르고 지나갈 거예요."

"일사병 걸릴 텐데요!" 그가 걱정스레 말했다. 둘 다 모자를 강에 빠뜨려버린 터라 우리는 모자도 쓰지 못한 채 그 길을 되돌아가야 했다.

"젊은 여자한테 홀리지나 마세요." 나는 이렇게 말하고는 후다닥 도망쳤다. 얇은 옷이 물에 젖어 몸매가 너무 드러났기 때문이다.

집에 도착하자 나는 내 방으로 가는 길을 빙 돌아 아무에게도 들키지 않고 침실로 들어가 옷을 갈아입었다. 젖은 옷을 널어놓는 데는 그리 오래 걸리지 않았다. 이윽고 나는 메인 베란다로 나갔는데, 그곳에선 여전히 비첨 양이 바느질을 하고 있었다. 나는 매트 위에 놓아두었던 책을 집어 들고, 그녀 가까이에 걸린 해먹에 자리를 잡고 누워 책을 읽기 시작했다.

"금방 왔네." 비첨 양이 말했다. "머리 감았니? 저렇게 풍성한 머리카락은 또 처음 본다. 말리려면 하루 종일 걸리겠다."

30분 후 해럴드는 따뜻한 트위드 정장을 입고 나타났는데, 낯빛이 창백했으며 감기 기운이라도 있는 듯 힘이 없어 보였다. 그리고 소파에 몸을 던지듯 앉으며 몸을 떨었다. 반면 나는 물에 빠졌던 일이 무색하게, 완전 아무렇지도 않았다.

"왜 옷을 갈아입었니, 해럴드? 오늘 같은 날씨에 설마 추웠던 거야? 그러고 보니 시빌라도 옷을 갈아입었고, 머리도 젖어 있네. 무슨 일 있었니?" 비첨 양은 놀란 듯 의자에서 벌떡 일어나며 말했다.

"아니, 일은 무슨. 아무 일도 없었어!" 해럴드는 단호한 어조로 말하며 더 이상 캐묻지 못하도록 못을 박았다.

이윽고 비첨 양이 자리를 뜨자 나는 그 틈을 타서 해럴드에게 말을 걸었다.

"정작 뜨거운 목욕이랑 위스키 한 잔이 필요한 건 당신인 것 같네요, 비첨 씨."

"그래요. 진한 술 한잔해야겠어요. 속이 좀 울렁거리네요. 수면 위로 떠올랐는데 당신이 안 보여서 순간 깜짝 놀랐어요. 혹시 배가 뒤집힐 때 머리를 부딪쳐 기절한 건 아닐까 싶어서. 그랬다면 내가 찾기도 전에 익사했을 텐데."

"정말 제가 익사했다면 세상에 얼마나 큰 손실이 됐을지 모르겠어요." 내가 빈정대듯 말했다.

그날 저녁, 몇몇 농장 견습생들과 이웃 목장 주인, 그리고 자전거 여행자 두 명이 파이브밥에 찾아왔고 우리는 함께 아주 흥겨운 밤을 보냈다. 넓고 고급스러운 응접실은 찬란한 불빛으로 밝게 빛났고, 멋진 그랜드 피아노는 때로는 웅장하고 전투적인 곡으로, 때로는 부드럽고 장중하게, 또 때로는 경쾌하고 반짝이는 선율을 담아 울려 퍼졌다.

나는 매우 흥미로운 사실을 알게 되었다. 해럴드 비첨은 피아노를 잘 쳤고, 바이올린에도 재능이 있었으며, 맑고 힘 있는 잘 단련된 테너 목소리로 노래까지 잘 불렀다. 그의 깊은 목소리는 깊은 밤하늘 멀리까지 퍼져나갔다.

나는 그 밤들을 얼마나, 얼마나 자주 되새기며 기억 속에서 그 순간을 다시 살았는지 모른다. 아름답게 장식된 응접실, 눈부신 피아노, 환한 조명, 즐거운 웃음소리, 동쪽에서 불어오는 산들바람, 꽃밭에서 뿜어져 나오는 진하고 황홀한 향기, 그리고 완벽하게 균형 잡힌 그의 모습. 숙련된 손으로 바이올린을 잡고, 그 눈빛에서 읽히던 감정을 악기로 그대로 들려주던 순간, 그 사람 주변으로 그리고 그 위로 호주 여름밤 특유의 부드럽고 따뜻한 공기가 감싸고 있었다.

아, 건강과 부와 행복과 젊음, 기쁨과 빛, 생명과 사랑이여! 행운이 미소 지을 때, 이 세상은 얼마나 따뜻한 곳인지! 행운이 미소 지을 때 세상은 즐거움과 선함과 아름다움으로 충만했다.

그 시절, 행운은 분명 환하게 미소 짓고 있었다. 우리는 서로에게 장난을 치며 순수하고 유쾌한 웃음으로 빛나는 시간을 함께 보냈다. 어느 날 밤, 나는 잠자리에 들려고 하다가 침대 머리맡 근처에서 커다란 고아나(호주 도마뱀)를 발견하고 깜짝 놀랐다. 허겁지겁 해럴드를 불러 쫓아달라고 했는데, 알고 보니 고아나는 침대 기둥에 줄로 묶여 있었다. 그 일로 나는 한바탕 놀림감이 되었고, 온 집안에 웃음꽃이 피었다. 누가 고아나를 묶어놓았는지 끝내 밝혀내진 못했지만, 나는 해럴드의 장난이 틀림없다고 생각했다.

이에 대한 보복으로 나는 집 안의 휴대용 자명종 시계를 모두 긁어모았다. 무려 스무 개 가까이. 그 대부분은 보통 사람들이 쓰는 워터베리 시계였는데, 나는 그 모든 시계의 알람을 서로 다른 시간에 맞췄다. 그리고 "정신병원"이라는 팻말을 만들어 그의 방문 위에 붙여두었다.

다음 날 아침 새벽 3시, 나는 내 방문 앞에서 울려대는 열다섯 개의 알람 소리에 깨어났다. 한두 시간쯤 지나 방에서 나와 보니 내 방문엔 "동물원 가는 길"이라는 안내문이 붙어 있었다.

그 무렵 파이브밥의 남자들은 매우 바쁜 나날을 보내고 있었다. 연중 가장 큰 행사인 양털 깎기 철이 다가오고 있었기 때문에, 양털깎이에 필요한 물품을 실은 짐수레들이 속속 도착하고 있었다. 일주일쯤 후면, 수천 마리 양들의 울음소리와 타르와 양모 냄새가 파이브밥 다운스 일대에서 하늘로 퍼져 올라갈 것이었다. 나는 캐더갓에서는 한 번도 본 적 없는 양털 깎기 행사를 손꼽아 기다리고 있었다. 삼촌은 양을 많이 기르지도 않았고, 몇 안 되는 양도 항상 털이 긴 상태로 팔아버린 뒤, 털이 깎인 양을 다시 사들이곤 했다.

양털 깎기를 하는 동안에는 해럴드를 골려줄 기회가 없었다. 농장 인부들과 해럴드는 하루 종일 밖에서 양을 선별하고 분류하고 이리저리 옮기며 바쁘게 일했기 때문이다. 그럴 때는 언제나, 그리고 때때로 비첨 양도 함께, 해 질 무렵 집으로 돌아오는 이들을 마중 나가곤 했다. 그건 정말 재미있는 일이었다. 개들은 열심히 뛰어나가 짖으며 먼지로 더럽혀진 남자들을 맞아주었는데 모두들 몸에서는 양 냄새가 진동했다. 그들은 온종일 작열하는 태양 아래에서 고된 노동을 했지만, 그럼에도 불구하고 장난을 칠 기력은 언제나 남아 있었고, 밤이면 목욕하고 옷을 갈아입은 뒤 춤까지 추며 즐겼다.

비첨 씨 집에는 훌륭한 말들이 있었다. 우리가 올라타면 말은 발을 구르고 몸을 세워 신나게 달리며 눈앞에 나타나는 통나무를 모조리 뛰어넘었다. 우리는 농담, 재치, 허튼소리를 끊임없이 해대며 모두 함께 즐거운 시간을 보냈다. 수천 명의 동포들이 도시 빈민가에서 굶주림과 병에 시달리고 있다는 사실 따위는 전혀 신경 쓰지 않았다. 우리는 이기적이었다. 우리는 무심했다. 우리는 행복했다. 우리는 젊었다.

해럴드 비첨은 훌륭한 호스트였다. 놀고 즐길 줄 아는 재능이 손톱만큼이라도 있는 사람이라면 누구든 그의 손님으로 지내는 동안 즐거운 시간을 보낼 수 있었다. 그의 환대는 소란스럽거나 과장되지 않고 조용하고 자연스러웠다. 그의 휘하에 있는 감독관, 농장 견습생들, 그리고 여타 일꾼들 모두 그 집에서 자유롭게 지낼 수 있었고, 누구든 원하면 파이브밥 다운스로 초대할 수 있었다.

좋은 호스트에 대해 말하는 건 참 즐거운 일이다! 하지만 해럴드 비첨처럼 훌륭한 조건을 갖춘다면 나도 훌륭한 여주인이 될 수 있었을 것이다! 방대한 목장, 넉넉한 집, 테니스 코트, 각종 악기, 낚시와 수영과 보트를 즐길 수 있는 강, 수없이 많은 말과 마차, 과수원과 정원. 이렇게 총과 탄약이 넘치게 준비된 상태에서 좋은 호스트가 되는 건 어렵지 않은 일이었다.

파이브밥에 온 지 딱 일주일 되던 날, 줄리어스 삼촌이 나를 데리러 와서 나는 양털 깎기 시즌을 다 보지 못한 채 캐더갓으로 돌아가야 했다. 삼촌은 내가 없으니 캐더갓이 지루하기 짝이 없다며, 그날 당장 같이 돌아가야 한다고 주장하셨다. 해럴드와 비첨 양은 이에 반대하며 만류했다. 2주일만 더 있다 가게 해달라고, 내가 없으면 외로울 거라고 말했다. 그러자 제이제이 삼촌이 와얌비트에서 미스 벤슨을 데려와 있게 하자고 제안했다. 하지만 해럴드는 정중하게 그 제안을 사양했다.

"젊은것들의 계략이란 속이 훤히 들여다보이지." 제이제이 삼촌이 말했고, 비첨 양도 우리를 보며 의미심장하게 웃었다. 나는 일부러 아무 눈치도 채지 못한 척했지만 해럴드는 그러한 암시에 익숙한 듯, 그리 기분 나쁘지 않은 듯한 미소를 지었다. 하지만 삼촌은 요지부동이었고, 나는 결국 집으로 돌아올 수밖에 없었다. 내가 없는 동안 허전했다는 말을 할머니와 이모에게서 직접 들으니 참으로 기분이 좋았다.

헬렌 이모는 비밀을 나누기엔 그야말로 완벽한 사람이었다. 이모는 섬세하고 공감 능력이 뛰어났으며, 내가 이리저리 쏟아내는 가벼운 수다에 종종 지칠 법도 했건만, 언제나 흥미롭게 귀를 기울여주셨다.

나는 파이브밥에서 어떻게 지냈는지를 장황하게 늘어놓았다. 해럴드와 내가 피아노 앞에 앉아 귀가 멍멍할 정도로 요란하게 연주를 해댔던 이야기, 그가 끈질기게 나와 춤을 추려 했던 일들, 그가 워낙 크고 나는 작다 보니, 마치 건초마차에 누운 것처럼 춤추는 게 몹시 힘들었다는 이야기까지. 또 비첨 양과 감독관이 종교를 비롯해 온갖 주제로 벌인 만만치 않았던 논쟁들, 끝도 없이 자기 집안의 대단한 친척들 이야기를 떠벌리던 농장 견습생, 채찍이니 박차니 말이니 스포츠니 쉬지 않고 떠들던 또 다른 농장 견습생, 그리고 나와 함께 문학과 기타 잡다한 이야기를 나눴던 견습생 조아처에 대해서도 생생히 들려주었다.

"그사이 해럴드는 뭐 했니?" 이모가 물었다. "네가 그 사람들하고 대화할 때 그 사람은 뭐라고 안 해?"

해럴드가 내내 그 자리에 있었는데도, 나는 그가 무슨 말을 했는지 기억이 나지 않았다. 생각해보면, 그는 어떤 주제나 사안에 대해서건 장황하게 자기 의견을 말하는 법이 없었던 것 같다.

17. 청춘의 목가

　정부와 계약을 맺은 우편배달부는 임무를 수행하기 위해 매주 월요일이면 어김없이 캐더갓을 거쳐갔고, 그때마다 보시에 집안의 우편물을 배달해주었다. 목요일에도 우편물을 받을 수 있었지만, 그땐 우리 스스로 발품을 팔아야 했다.

　캐더갓에서 도로를 따라 16킬로쯤 떨어진 지점, 와얌비트 목장의 구역 내 도그트랩이라는 곳에 소규모 자작농이 살고 있었다. 이 자작농은 덮개 달린 짐마차를 가지고 있었고, 매주 목요일마다 그 마차에 텃밭에서 기른 채소와 농산물을 싣고 굴굴까지 가서 시장에 내다 팔았다. 그는 그 김에 몇몇 이들의 요청을 받아 짐이나 사람을 양방향으로 실어 나르는 일도 했는데 캐더갓과 파이브밥에서 운송을 부탁하는 물건이 많았고, 여기에 덤으로 이 두 곳을 포함해 두세 군데 마을의 우편물도 함께 가져와 맡아두곤 했다.

　목요일 오후마다 말을 타고 그 소작농에게 가서 우편물을 받아오는 일은 내 소임, 아니 나의 특권이었다. 목요일 오후가 되면 나는 어깨에 가죽 가방을 메고, 멋진 말에 올라타 우편물을 가지러 갔다. 햇살이 찬란하고 맑은 아름다운 날, 이 나들이는 언제나 즐거움 그 자체였다. 프랭크 호든이 한두 번 따라나서서 동행한 적이 있었는데, 그건 나나 할머니가 숙녀의 호위를 요청해서가 아니었다. 순전히 자의로 따라왔지만, 나에게 몇 번 제대로 혼쭐이 나더니 결국 따라오는 걸 포기하고 말았다.

해럴드 비첨 집에는 퀸즐랜드 출신의 코맹맹이 소리를 하는 흑인 소년이 하나 있었다. 이 소년은 구두닦이 등 자잘한 허드렛일을 도맡아 하는 일종의 하인 겸 심부름꾼이었는데 도그트랩까지 우편물을 가지러 가는 일도 이 아이의 임무였다. 하지만 내가 우편물을 가지러 다니기 시작한 뒤로는 해럴드가 소년을 대신해서 다녔다. 집으로 돌아오는 길에 우리가 겹치는 거리는 3.5킬로 정도였지만 그는 늘 우리 집이 보이는 지점까지 함께 따라와 나를 배웅해주었다.

어떤 날은 전속력으로 질주하다 말이 땀으로 범벅이 되고 거품이 하얗게 이는 지경까지 이를 때도 있었다. 내 말이 특히 심하게 지쳤을 땐 해럴드가 말에서 내려 안장을 벗기고 자기 안장보를 이용해 땀을 닦아주었다. 제이제이 삼촌에게 혼나지 않도록 격한 질주 흔적을 감추어주려는 배려였다. 또 어떤 날은 일부러 천천히 말을 몰았다. 그럼 우리가 헤어질 즈음이면 해가 뉘엿뉘엿 큰 유칼립투스 나무 사이로 웃으며 배웅을 해주었고, 쿠카부라 새들이 우렁차게 울며 굿나잇 인사를 연신 해대었다. 그 바람에 숲에는 메아리가 울려 퍼졌고, 수십 마리의 야생 오리들도 둥지를 향해 돌아가는 풍경을 볼 수 있었다.

집에서 1킬로쯤 떨어진, 시냇물과 강이 만나는 어귀를 지날 때면 어김없이 들려오던 맑은 물소리, 경쾌하게 짤랑이는 마구간 체인 소리, 말 방울 소리, 그리고 여기저기 피어오르는 수십 개의 모닥불 빛. 리버리나 지역에서 양털 깎기를 마치고 일꾼들이 집으로 돌아가는 시기여서 날마다 수십 명의 남자들이 긴 하얀색 도로를 따라 지나가는 모습이 보였다. 그들은 모나로 지방과 그 너머 동남쪽 푸른 봉우리들 너머의 서늘한 고장으로 향해 가고 있었다. 그곳에서는 또다시 새로운 양털깎이 시즌이 막 시작될 참이었으니까.

내가 캐더갓에 처음 왔을 때, 그 행렬은 초췌한 말들과 함께 '남쪽'으로 내려가는 중이었지만, 이제는 몇 주간의 고된 노동 끝에 받은 급여 수표를 주머니에 꽂은 채 일부 순종마를 포함해 덩치 좋은 말들과 함께 '북쪽'으로 올라가고 있었다. 오는 길이든 가는 길이든, 그들은 언제나 캐더갓에 들러 야영을 했다. 캐더갓은 모나로와 리버리나 사이 최고의 야영지로 소문나 있었다. 물이 풍부하며 바람을 막아주는 아늑한 구석에 위치한 데다 땅이 비옥해서 언제나 말들이 먹을 풀 한 입 거리쯤은 남아 있었으니까. 그곳에 모닥불이 피어 있지 않은 날은 드물었고 버려진 잼 통, 병, 부직포 조각, 종이, 텐트 말뚝, 통조림 따위는 족히 수레 열두 대쯤 동원해 실어 날라야 할 만큼 널려 있었다.

목요일 오후에는 이렇게 항상 도그트랩에 다녀오고, 나머지 날들도 모두 신나는 일들로 넘쳐 내가 건강하고 유쾌한 하루하루를 보내던 시절, 푸른 센나 꽃이 피어 있던 강가에는 이제 하얀 티트리 꽃이 피어 있었다. 할머니, 삼촌, 헬렌 이모는 나를 위해 집에 내 또래 소녀들을 자주 초대해주셨고, 우리는 날이 더워지면 오후 늦게 3, 4킬로 떨어진 강에 가서 수영을 했다. 근처 목장에서 온 아이들은 안장을 직접 가져왔지만, 안장이 없는 애들은 우리가 준비해주어야 했기에 여성용 안장이 부족했고, 그래서 나는 남성용 안장을 사용했다. 신나게 말을 타고 달린 뒤 물속에 풍덩 뛰어드는 것이 목적이니, 그런 것쯤은 전혀 문제가 되지 않았다.

우리를 보살펴주기 위해 언제나 헬렌 이모가 동행했는데 이모는 우리 중 유일하게 수영복을 챙겨 입는 사람이었다. 나머지는 모두 단추가 떨어지든 말든 옷을 급히 벗어 던지고 재빨리 시원한 물로 뛰어들었다. 그러고 나서부터는 물장난, 웃음, 비명과 함성이 난무할 뿐이었다. 건강하고 활기찬 열두 명의 소녀들이 신나게 놀기 시작하면, 말 그대로 난리법석이었다. 헬렌 이모는 우리가 물에서 나올 생각이 털끝만큼도 들지 않을 무렵부터 집에 돌아갈 시간을 알려주는 역할을 했다. 하지만 우리는 금방 나오는 법이 없었고 조금만 더, 조금만 더, 하다가 결국 시간이 늦어지기 일쑤였다. 그래서 돌아오는 길에도 또다시 옷 입기 전쟁, 말타기 전쟁이 벌어졌다. 수건으로 젖은 머리를 감싼 채 말을 타고 전속력으로 달려 집으로 돌아올 때는 단단한 말발굽 덕분에 우리가 내달린 길을 따라 먼지가 구름처럼 일 정도였고, 한꺼번에 열두 마리의 말이 달리는 그 소리는 그야말로 굉음을 일으켰다.

할머니는 규칙을 하나 정해두셨는데, 우리가 늦게 돌아올 경우 일꾼들의 저녁 식사를 방해하지 말고 말 안장은 우리 스스로 벗기라고 하셨다. 우리는 일찌감치 돌아오는 일이 거의 없었기에, 누가 가장 먼저 식탁에 도착하는지를 두고 또 경쟁이 붙었다. 달구어질 대로 달궈진 열두 마리 말들의 안장을 헐레벌떡 풀어주고, 열두 개의 안장과 마구를 아무 데나 팽개친 다음 젖은 머리에 흐트러진 옷차림으로 식탁에 앉자마자 우리는 "배고파 죽겠어요!"라고 외쳤다.

캐더갓 식구들은 낚시를 무척 좋아했다. 낚시는 이 집안 사람들이 자주 즐기는 놀이 같은 거였다. 한가한 날, 오후가 되면 물가에서 지렁이를 한 통쯤 담아 낚시 도구를 챙기고 말에 안장을 얹은 뒤 할머니, 삼촌, 이모, 프랭크 호든, 나, 그리고 그날 마침 캐더갓에 머물던 사람들까지 모두 낚시터로 향했다. 난 사실 낚시가 싫었다. 살아서 꾸물거리는 지렁이를 바늘에 꿰는 짓도 끔찍하고, 낚싯바늘에 꿰인 물고기를 떼어내는 것도 너무 잔인했다. 하지만 삼촌은 강가에서 빈둥대는 걸 절대 두 눈 뜨고 못 보셨으니, 모두가 반드시 낚싯대와 줄을 들고 낚시에 동참해야 했다.

나는 낚싯대를 든 채 멋진 공상에 빠져 있다가 코르크가 툭 하고 움직여도 미처 반응하지 못했다. 그러면 이미 물고기는 놓친 뒤였다. 삼촌은 나를 꾸짖으며 "너는 항상 어디다

정신을 팔고 있냐"고 핀잔을 주셨다. 그래서 다음번엔 코르크만 노려보며 집중하다가, 그게 살짝 움직였을 때 곧바로 줄을 당겼다. 하지만 너무 빨라서 놓치고 또 꾸중을 들었다. 그러다 결국 나는 빠져나갈 방법을 터득했다. 낚시를 갈 법한 날에는 프랭크 호든한테 아주 친절하게 대해주었다. 그러면 그는 자기 줄에다 내 줄까지 같이 들고 있어주었고, 덕분에 나는 몰래 가져간 책을 읽을 수 있었다.

낚시터는 관목 사이에 숨어 있어 고작 200미터 떨어진 대로에서도 내 말이나 나의 모습이 전혀 보이지 않았다. 나는 부드러운 이끼와 낙엽 위에 몸을 누이고 자연이 베푸는 아름다움을 맘껏 만끽했다. 부드럽게 흐르는 강물 소리, 관목 사이에서 풍겨오는 향기, 황금빛 석양, 간간이 도로 위로 지나가며 음악처럼 울리는 말발굽 소리, 고요히 낚시하는 이들의 나른한 움직임, 그리고 개울 한가운데서 장난치듯 몸을 뒤척이는 오리너구리의 '퐁당퐁당' 소리까지, 이 모두가 분홍빛 바위 기슭의 회색 꼭대기, 이끼로 덮인 바위 사이, 시인의 꿈처럼 몽롱한 내 은신처로 스며들어 그 어떤 묘약보다도 달콤하게 나를 적셨다.

그 시절의 나는 기쁨으로 충만해 있었다. 삶이란, 결국은 자잘한 것들로 이루어진 것이다. 내 마음에 드는 데 쓸 수 있는 용돈이 있다는 것, 참으로 보잘것없는 일일지도 모르지만 그 작은 자유가 얼마나 큰 기쁨이었던지. 나는 먹을 것을 탐하는 사람은 아니었지만, 그럼에도 먹고 싶은 별미를 마음껏 즐길 수 있다는 건 참으로 행복한 일이었다. 물론 우리 집에서도 굶주렸던 것은 아니지만 한여름의 무더위 속에서 오직 빵과 소고기만으로 끼니를 이어가야 할 때면 달콤한 과일과 시원한 간식이 자꾸만 그리워지기 마련이었다. 하루하루 연명해나가기 위해 영혼까지 팔고 있는 수많은 사람들을 생각하면, 우린 평생 열심히 살아서 겨우 입에 빵 부스러기 집어넣고 등에 누더기 걸칠 수 있게 해주셨으니 신께 감사해야 한다고 하는 사람들도 있지만, 솔직히 말해 나는 하나도 감사하지 않았다. 이야기가 샛길로 빠져버렸군. 원래는 도그트랩으로 우편물 가지러 가는 일에 대해 말하려던 참이었지.

해럴드 비첨은 단 한 번도 빠짐없이, 목요일마다 나를 집까지 데려다주었다. 양털 깎기로 바쁜 철에도 그는 목요일이면 어김없이 나타났다. 그 와중에 그가 나에게 한 번도 자기 마음을 고백한 적은 없었다. 젊은 남녀 사이에서 별 의미 없이 오가는 달콤한 말조차, 그의 입에서는 한마디도 나오지 않았다. 과연 그가 이렇게 시간과 수고를 들여가며 나와 함께 시간을 보내고 배웅까지 해주는 것이 단지 신사로서의 의무감에서 비롯된 것인지, 그건 내게도 알 수 없는 수수께끼였다. 나는 그것을 확인하고 싶었다. 그래서 언젠가는 도그트랩까지 말을 타지 않고 마차를 몰고 가보기로 마음먹었다. 그가 어떻게 나올지 보고 싶었기 때문이다.

할머니는 마차를 타고 가도 좋다고 허락해주셨다. 말타기가 힘들다면, 어쩌다 한 번쯤은 마차를 몰고 가도 된다고 하셨다. 하지만 오랜만에 마차를 끌게 될 말들이 흥분할 터이니, 프랭크를 데리고 가라고 조건을 붙이셨다. 그래야 목이 부러지는 일 없이 무사히 다녀올 수 있을 거라고.

나는 프랭크 호든과의 동행을 단호히 거부했다. 그 사람은 모든 걸 망쳐버릴 게 뻔했다. 하지만 내가 말이라면 눈 감고도 탈 수 있을 만큼 익숙하다는 걸 아무리 강조해도, 할머니는 요지부동이셨다. 선택지는 세 가지였다. 프랭크와 함께 마차를 타고 가든가, 혼자 그냥 말을 타고 가든가, 아니면 아예 집에 있든가.

나는 마차를 몰고 가기로 했다.

그리하여, 통통하게 살찐 말 두 마리를 마차에 매고, 이것저것 잊지 말고 잘 챙기라는 잔소리를 잔뜩 들은 뒤, 우리는 출발했다. 프랭크 호든의 존재가 망조였지만, 나는 그를 떼어낼 좋은 기회만을 엿보았다.

집에서 6킬로미터쯤 떨어진 곳에 외나무문이 있었다. 프랭크가 마차에서 내려 문을 열었고, 그 틈을 타 나는 마차를 몰기 시작했다. 그가 마차를 모는 나를 보고 다시 문을 닫아버리려는 순간, 나는 채찍을 들어 속력을 냈다. 마차는 바람을 가르며 문을 통과해 내달렸고, 프랭크가 뒤따라 달려오며 고래고래 소리를 질러댔지만, 바퀴 소리에 묻혀 내 귀에는 아무것도 들리지 않았다.

두 마리 말 중 한 마리가 갑자기 발길질을 하며 날뛰기 시작했다. 나는 녀석이 더 말썽부릴 틈을 주지 않으려고 곧장 채찍질해 힘차게 내달렸다. 이내 프랭크 호든은 시야 저편 먼지구름 속 작은 점이 되어 사라졌다. 흙먼지가 자욱하게 피어오르며 동시에 바퀴는 자갈을 쏟아내고 튀기며 굴러갔다. 매미들은 찌르르 울어대며 박자를 맞추어주었고, 찬란한 햇빛 아래 백색 자갈길이 눈부시게 빛났다.

나는 그야말로 너무나 신이 났다. 프랭크 호든을 골탕 먹인 걸 생각하면 저절로 웃음이 나왔다. 이런 통쾌한 장난이라면, 집에 돌아가서 할머니께 혼나는 것쯤은 얼마든 감수할 만한 값진 경험이었다.

얼마 지나지 않아 도그트랩 농장에 도착했다. 꽃밭을 둘러싼 6척 높이의 울타리에 묶여 있는 말 한 마리가 눈에 들어왔다. 해럴드 비첨이 아끼는 덩치 크고 위풍당당한 검은색 말, 워리걸이었다. 그 사나운 말은 아름다운 머리를 홱 돌려 이마의 흰 별무늬를 드러내며 내게 코를 훌쩍였다.

그 주인이 베란다로 나와 파나마모자를 머리에서 살짝 들어 올리며 말했다.

"세상에! 설마 혼자 마차를 몰고 온 거예요?"

"네. 버틀러 씨에게 할머니한테 온 소포랑 우편물 좀 가져오라고 해주실래요? 해가 지고 있어서 서둘러야겠어요."

그는 우편물을 가지러 사라졌다가 채 1분도 지나지 않아 다시 나타났다.

"비첨 씨, 혹시 우리 바니의 마구 좀 봐주시겠어요? 무언가 불편한 모양이에요. 오는 내내 발길질을 해대는 게 좀 이상해요."

땀에 흠뻑 젖어 아직도 거친 숨을 내뿜는 말과 마구를 살펴본 뒤 그가 말했다.

"꽤 속도를 냈나 봐요. 하지만 바니한테는 아무런 문제도 없는 것 같아요. 저 녀석이 저러는 건 그냥 신나서 까부는 거예요. 당신이 몰기엔 좀 위험할 텐데. 줄리어스 삼촌이 혼자 몰아도 좋다고 허락한 거예요?"

"저 하나도 무섭지 않아요." 내가 대답했다.

"그걸 모르진 않죠. 당신이라면 미친 코끼리 두 마리도 몰아볼 배짱이 있을 테니까요. 하지만 기억하세요. 마부석에 앉아 있는 당신은 참새만큼 작다는 걸요. 이대로 혼자 가게 둘 수는 없어요."

"혼자 갈 거예요. 아무도 절 못 막아요."

"막을 수 있어요."

"없어요."

"있어요."

"못해요."

"할 수 있어요."

"어떻게요?"

"내가 같이 가면 되니까요." 그가 말했다.

"안 돼요."

"가요."

"안 간다니까요."

"간다니까요."

"절대 안 간다니까요."

"간다니까요."

"절~대로 안 가요."

"아니, 같이 간다니까요."

"절대로 안 된다고요!"

"곧 알게 될걸요. 내가 가는지 안 가는지." 그가 재미있다는 듯 웃으며 말했다.

"하지만 비첨 씨, 전 당신이 따라오는 거 반대예요. 저 혼자서도 충분히 잘할 수 있어요. 게다가 당신이 저랑 함께 집까지 가면, 다음부턴 절대로 혼자서 마차 못 몰게 될 거예요. 그건 정말이지, 저한테는 끔찍한 일이에요."

그때 마침 버틀러 아주머니가 우편물과 소포들을 들고 나왔다. 해럴드는 소포를 받아 마차에 단정히 실었다.

"따끈한 차 한잔하고 가서요, 아가씨. 주전자 물이 팔팔 끓고 있어요. 두 분 몫으로 상도 차려놨어요."

"아니에요. 고맙지만 오늘은 지체할 시간이 없어요. 해가 지고 있어서 얼른 가야 해요. 안녕히 계세요! 좋은 하루 되세요, 비첨 씨."

나는 마차를 민첩하게 돌려세우고 그대로 출발하려 했다. 그런데 해럴드가 조용히 말머리 앞으로 나서더니, 어느새 고삐를 움켜쥐었다. 그는 울타리 너머로 걸려 있던 자기 말을 잡아 바니의 오른쪽에 단단히 묶더니, 별말 없이 마차에 올라탔다. 그리고 내 옆자리로 스르륵 다가와 나를 꼬마 다루듯 조용히 운전석에서 치워 옆으로 앉힌 다음 손에 고삐와 채찍을 쥐고는, 살짝 모자를 들어 익살스럽게 웃고 있는 버틀러 아주머니께 인사한 뒤 마차를 몰기 시작했다.

나는 그의 행동에 속으로는 몹시 기뻤다. 만약 내가 혼자 마차를 몰고 가게 순순히 놔두었다면, 아마도 난 그를 시시한 얼간이쯤으로 여겼을 것이다. 하지만 겉으로는 절대 그런 내색을 하지 않았다. 나는 최대한 그와 멀찍이 떨어져 앉아 잔뜩 뿔이 난 척을 했다.

처음엔 해럴드도 바니를 바짝 다잡느라 다른 데 신경 쓸 겨를이 없었다. 하지만 얼마 지나지 않아 그는 내 쪽을 돌아보며 짐짓 얄미운 미소를 띠고 말했다.

"턱 좀 펴시는 게 좋겠어요. 그 예쁜 턱을 그렇게 오므리고 있으니 보기 좋지 않아요."

나는 그를 찌를 듯 노려보며 말 한마디 없이 무시했다. 하지만 효과는 전혀 없었다.

"이제 얌전히 굴죠. 채찍 쥐고 있는 쪽은 나니까." 그가 능청스럽게 덧붙였다.

"이 마차는 우리 외삼촌의 것이니까, 난 내 마음대로 행동할 권리가 있어요. 지금 여기에선 당신이 침입자인 셈이죠. 예의를 갖춰야 할 사람은 바로 당신이에요."

나는 양산을 폈다. 해럴드를 성가시게 하려는 심산이었다. 일부러 양산을 내려 잡아 그가 말들을 볼 수 없도록 시야를 막았다. 그러자 그는 조용히 내 손목을 붙들어 한동안 자기 시야 밖으로 치워두더니, 곧 내 손을 놓아주며 말했다.

"자, 이제 얌전히 굴어요."

나는 이번엔 해럴드의 귀와 눈 가까이로 양산을 들이대며 더욱 짓궂게 굴었다. 그는 모자가 날아갈까 두 손으로 붙잡았다.

“좋아요, 딱 3분 줄게요. 그 안에 얌전히 안 굴면 마차에서 내리게 할 거예요.” 그는 짐짓 엄숙한 목소리로 내게 경고했다.

“어이구, 제가 얼마나 점잖게 굴고 있는뎁쇼.” 나는 아일랜드식 억양을 흉내 내며 계속 장난을 쳤다.

그가 말의 고삐를 당기더니, 이내 내 허리를 한 팔로 가볍게 감아 번쩍 들어 땅에 내려놓았다.

“이제 진짜 숙녀처럼 행동하겠다고 약속할 때까지 걸어가야 해요.” 그는 마차를 천천히 몰며 말했다.

“제 약속을 받아내려면, 1900년까지 기다려야 할 거예요. 난 걸어서 갈 수 있어요.”

“이 더위에 금방 지쳐 나가떨어질걸요. 발엔 금세 물집이 잡힐 거고요. 그런 종잇장 같은 신을 신고선⋯.”

그가 ‘종잇장’이라 부른 건, 밑창이 얇은 흰 캔버스 슬리퍼였다. 고열에 달아오른 길 위를 12킬로나 걷기엔 턱없이 부적합했다. 하지만 나는 한 치의 흔들림도 없이 묵묵히 걸었고, 마차는 그 속도에 맞춰 기어가듯 따라왔다.

“이제 그만 타는 게 어때요?” 그가 마침내 물었다.

나는 여전히 대답하지 않았다. 몇백 미터도 못 가 그는 마차에서 훌쩍 내려와 나를 번쩍 안아 올리더니 마차 안에 툭 앉혔다. 그러고는 웃으며 말했다.

“호쾌한 말썽꾸러기 아가씨, 그래도 덩치가 작아서 큰 해를 끼치진 못하지.”

집으로 돌아가는 길의 절반쯤 왔을 때였다. 바니가 갑자기 크게 휘청이며 한쪽 마구가 끊어졌고, 덩달아 다른 끈들까지 분해되고 말았다. 해럴드 비첨은 순식간에 말의 머리 앞으로 달려가 날뛰는 녀석을 제압했다. 마구는 여기저기 흩어져 있었다.

"이쯤에서 그냥 걸어갈 수밖에 없겠네요." 내가 말했다.

"걷긴 누가 걸어요? 뚱뚱하고 게으른 말이 두 마리나 있는데!" 해럴드가 퉁명스럽게 대답했다.

남자들은 자잘한 일엔 영 어설프고 답답하기 짝이 없지만, 중요한 순간에는 참 기특한 생물이다. 마차가 산산조각이 나도, 그들 특유의 신기한 주머니 어딘가에선 꼭 칼이며 끈 따위를 꺼내어 금세 수습해낸다.

해럴드는 그 어떤 야전 경험 많은 남자 못지않게 능숙했다. 덕분에 우리는 곧 아무 일도 없었던 듯, 다시 마차를 몰고 신나게 달릴 수 있었다.

캐더갓 저택이 시야에 들어오기 직전, 해럴드는 말고삐를 당겨 마차를 멈췄다. 그러고는 땅에 내려와 워리걸의 끈을 풀고, 내 손에 고삐를 쥐여주며 말했다.

"이제 여기서부터는 혼자서도 무사히 갈 수 있겠죠. 너무 삐치지 마요. 난 그냥 당신이 혼자 가다 무슨 일이라도 생길까 봐 걱정돼서 그런 거였어요. 내가 같이 왔다는 건 말하고 싶지 않으면 안 해도 돼요. 잘 가요."

"안녕히 가세요, 비첨 씨. 쓸데없이 참견해주셔서 고마웠어요." 나는 마지막 인사를 그렇게 날렸다.

"그런 식으로 배은망덕하게 굴면, 악마가 잡으러 올 거예요." 그가 맞받아쳤다.

어차피 난 악마에게 잡혀갈 운명이겠지. 나는 속으로 그렇게 생각하며, 점점 짙어지는 황혼의 그늘 속으로 마차를 몰았다. 매미 소리는 이미 멎었고, 서늘한 땅바람에 이끌린 수십 마리의 토끼들이 앞길을 가로질러 달아나 고사리 숲속으로 잽싸게 몸을 숨겼다. 솔직히 말해, 마구가 끊어지지 않았더라면 좋았을 것이다. 앞으로는 혼자 마차를 끄는 일이 금지될까 봐 걱정스러웠다.

집 대문 앞엔 조 슬로컴이 기다리고 있었다. 마부 겸 잡일을 도맡아 하던 사람이었다.

"드디어 오셨네요, 시빌라 아가씨. 마님이 무척 걱정하셨어요. 무슨 일 생긴 건 아닌가 안절부절못하셨어요. 아까부터 연애편지 기다리는 소녀처럼 안팎으로 들락날락하시더니, 마차가 보이자마자 부리나케 차 드시러 가셨어요. 소포는 뒤 베란다에 다 올려놓을게요. 얼른 들어가시죠, 아니면 저녁 식사에 늦겠어요."

"조, 마구가 끊어져서 묶느라 늦었어요." 나는 자초지종을 설명했다.

"마구가 끊어졌다고요?" 그가 소리쳤다. "이런 맙소사! 여기 견인줄이랑 이 끈 말이군요! 이런 젠장, 웬만해서는 잘 안 끊어지는데… 바로 어제 마구를 손봤거든요. 주인어른이 마구에 대해 얼마나 깐깐하신데요. 잘못하면 쫓겨날지도 몰라요. 이렇게 허무하게 끊어지다니, 대체 어쩌다 그리된 거죠? 주인어른이 아시면 펄펄 뛰실 텐데…. 자칫하면 아가씨도 다칠 뻔했다고 저 꾸중 들을 거예요."

이 말을 듣자 좋은 전략이 떠올랐다. 조 슬로컴이 마구 수선에 능숙하다는 건 익히 알고 있었다. 그가 캐더갓에 고용된 것도 제이제이 삼촌이 누누이 말하듯 "마구 수선의 귀재"이기 때문이었다. 나는 아무렇지 않은 듯 이렇게 말했다.

"조, 마구를 바로 고쳐버리면 굳이 줄리어스 삼촌한테 보고드릴 필요가 없겠죠. 다친 사람도 없고, 아무 일 없었던 걸로 하면 되니까요. 저도 말씀 안 드릴게요."

"감사합니다, 아가씨!" 그가 안도의 숨을 쉬며 말했다. "당장 고치겠습니다!"

그 일이 그렇게 무사히 정리되고 나니, 이제 할머니를 뵐 생각에도 전혀 겁이 나지 않았다. 우편물을 한 아름 안고 다이닝룸으로 들어서며 나는 장난기 가득한 목소리로 외쳤다.

"할머니! 저 오늘 우편물 심부름 아주 잘 했어요! 편지도 한가득 가져왔고요. 할머니가 시키신 것도 하나도 안 잊었답니다!"

"지금 그런 말은 듣고 싶지 않구나." 할머니는 단호하게 말씀하시며 사랑스러운 입매를 앙다무셨다. 그 모습만으로도 나는 이번 일은 쉽게 넘길 수 없으리라는 것을 직감했다. "오늘 오후 네 행동에 대해 납득할 만한 이유를 듣고 싶구나."

"무슨 설명을 드려야 하죠, 할머니?" 나는 일부러 태연하게 물었다.

"그렇게 시치미 뗄 생각은 아예 접거라! 내가 일부러 호든 군과 같이 가게 했더니, 그에게 무례하기 짝이 없는 태도를 보인 것도 모자라, 내 말을 노골적으로, 아니 고의로 어겼어."

줄리어스 삼촌은 조용히 귀를 기울이고 있었고, 프랭크 호
든은 어깨에 힘이 잔뜩 들어간 채, 마치 승자라도 된 것처럼
야릇한 미소를 지으며 나를 바라보았다. 그 표정을 보는 순
간, 나는 당장이라도 그를 쥐어박고 싶을 만큼 속이 부글부
글 끓었다. 나는 고개를 돌려 할머니를 똑바로 바라보며 또
렷하고 분명한 목소리로 말했다.

"할머니, 저는 고의로 말씀을 어긴 것이 아니에요. 거역이
라는 생각조차 해본 적 없습니다. 저는 그냥 저 사람이 싫었
어요. 대문에서 내리며 허세란 허세는 다 부리고, 그 꼴이 보
기 싫어서 순간적으로 내버리고 가고 싶은 충동을 참을 수
없었어요. 그 얼빠진 모습을 할머니도 직접 보셨다면 제 마
음을 아셨을 거예요."

"어휴, 세상에 이런 못된 계집애! 대체 뭐가 되려고 저러
는지…." 할머니는 고개를 절레절레 흔들며 엄한 표정을 지
으려 애쓰셨지만, 터지는 미소를 냅킨 뒤에 감추시는 걸 나
는 놓치지 않았다.

"예의범절을 지켜야지, 시빌라. 넌 정말 구제 불능이구나."
헬렌 이모가 탄식하듯 말씀하셨다.

하지만 삼촌은 의자 등받이에 몸을 기댄 채, 배를 움켜쥐
며 웃으셨다.

"줄리어스, 넌 왜 그런 식으로 저 아이의 말썽을 부추기
니! 숙녀로서 갖춰야 할 태도를 전혀 배우려 하지 않으니,
너무 안타깝구나." 할머니는 그렇게 말씀하시며 한숨을 내
쉬셨다.

프랭크 호든은 결국 참패한 셈이었다. 그는 음식을 먹고 있던 식탁에서 벌떡 일어나 문을 쾅 닫고 나가버렸다. 그러고는 다 들으라는 듯 큰 소리로 투덜거렸다.

"응석받이로 자란 못된 선머슴 말괄량이 계집애 같으니라고… 끔찍한 야만인….."

그 외에도 여러 가지 불평이 흘러나왔지만, 문 너머로는 흐릿하게 들릴 뿐이었다.

제이제이 삼촌은 이 사건을 두고두고 사람들에게 이야깃거리 삼아 들려주었다. 특히나 프랭크 호든이 먼지를 뒤집어쓴 채 6킬로미터나 뙤약볕 아래 걸어왔다는 대목을 아주 짓궂게 강조하곤 하셨다.

18. 내가 억지로 들어야 했던 대다수의 설교들이 이토록 짧았더라면 하는 바람처럼 짧은 장

헬렌 이모와 단둘이 되었을 때, 나는 해럴드가 우리 집 가까이까지 나를 바래다주었다고 털어놓았다. 이모는 평소와는 다르게 입가에 미소도 띠지 않고, 매우 진지한 얼굴로 나를 마주 보고 앉아서는 말했다.

"시빌라, 너 지금 무슨 짓을 하고 있는지 알고는 있니? 너, 해럴드 비첨을 사랑하니? 그와 결혼할 생각이야?"

"이모, 왜 그런 질문을 하세요! 전혀 생각해본 적도 없어요. 그 사람은 사랑이란 단어를 단 한 번도 입에 올려본 적 없어요. 결혼이라니요! 그 사람이 저를 그런 눈으로 본다고는 생각해본 적 없어요. 전 아직 열일곱도 안 됐는걸요."

"그래, 네 나이는 어리지만, 사람에 따라 나이를 단순히 햇수로만 셀 수 없는 경우도 있어. 요즘 넌 어느 정도 진짜이면서도 가끔 일부러 만들어낸 듯한 어린애 같은 모습을 보여주긴 하지만, 지금의 생활이 주는 신선함이 사라지고 나면 네가 원래 가진 조숙한 본성이 다시 드러날 거야. 그러니 어린애인 척하는 건 소용없어. 해럴드 비첨은 말수가 적은 사람이야. 그런 사람의 경우에는 행동이 곧 말이지. 시빌라, 내 눈을 똑바로 보고 말해봐. 해럴드가 너에게 단순한 예의 이상의 마음을 보인 적이 없다고 자신 있게 말할 수 있니?”

만약 이모가 그 질문을 하루 전쯤 했더라면, 나는 얼굴을 붉히고 당황했을 것이다. 하지만 오늘은 아니었다. 어젯밤 호든이 내게 던졌던 말이 뼈아프게 마음에 박혀 있었기 때문이다. 그는 나를 “끔찍한 야만인”이라 불렀고, 그 순간 나는 그 말이 틀리지 않았다는 생각이 들었다. 최근 내 삶은 참으로 즐거웠기에 그런 사실을 잊고 있었지만, 이제 이러한 깨달음은 두 배의 쓰라림으로 되돌아왔다. 나는 사람들이 사랑해줄 만한 성품도 없고, 그들의 애정을 받을 만한 자질도 갖추지 못한 인간이라는 깨달음이 나를 아프게 찔렀다.

나는 헬렌 이모의 눈빛만큼이나 또렷한 시선으로 이모를 마주 보며 쓰디쓴 어조로 말했다.

“이모, 정말이에요. 그 사람은 한 번도, 그리고 앞으로도 절대 저에게 평범한 예의 이상의 태도는 보이지 않을 거예요. 다른 남자도 마찬가지일 테고요. 이모도 남자라는 생물에 대해 충분히 아시잖아요. 누가 저처럼 볼품없는 여자에게 마음을 주겠어요? 사랑이라는 건 시와 노래 속에서만 영혼의 일치니, 취향의 공감이니 하며 예쁘게 꾸며진 신화일 뿐이에요. 현실 속의 사랑은, 결국 그저 가장 예쁘장한 코와 입에 불붙는 천한 욕망이에요. 그 대상이 천하고, 비열하고,

멍청하기 짝이 없을지라도 외모만 되면 사랑받아요.”

“시빌라, 시빌라…” 이모는 마치 혼잣말을 하듯 서글프게 내 이름을 불렀다. “한창 꽃 같은 나이에… 어쩌다 이렇게 냉소적인 아이가 되어버린 거니?”

“생각하고, 보고, 느끼는 힘을 갖고 태어난 게 제 저주인걸요. 그리고 그보다 더 고통스러운 건, 제가 못생겼다는 사실이 제 얼굴에 낙인처럼 찍혀 있다는 거예요.”

“또 자기 연민에 빠지려고 그러는 거지? 뭔가 기분 상하는 일이 있었나 보구나. 네가 남자들의 사랑에 대해 한 말, 어느 정도는 일리가 있어. 그렇지만 세상 모든 남자가 다 그런 건 아니야. 해럴드는 그런 사람이 아니란다. 난 그 애가 어릴 적부터 봐왔어. 그래서 누구보다 그를 잘 알아. 난 확신해, 해럴드는 너를 진심으로 사랑하고 있어. 솔직히 말해봐. 그의 청혼을 받아들일 생각, 있니?”

“청혼을 받아들이다니요?” 나는 되묻듯 말하며 웃음을 터뜨릴 뻔했다.

“그런 일은 단 한 번도 상상해본 적 없어요. 전 누구하고도 결혼할 생각이 없어요.”

“그럼 해럴드에 대한 마음은 어때? 조금이라도, 좋아하지 않니? 잘 생각해봐.”

“제가 왜 그 사람을 좋아하겠어요?”

“좋아할 이유야 많고도 많지. 그는 젊고, 다정하고, 참 친절한 사람이야. 키도 크고, 외모도 아주 준수한 편이고. 무엇보다 중요한 건, 결코 무시나 경멸을 당할 사람이 아니라는 거지. 다른 사람들이 그를 무시하거나 경멸할 구석이 단 한 군데도 없어. 그리고 더 중요한 건… 그는 진실한 사람이라는 거야. 그게 바로 모든 덕목의 바탕이 되지.”

“그렇지만 자존심이 너무 강하잖아요.” 나는 투덜거리듯 말했다.

“그렇다고 그게 덜 사랑스러운 사람이라는 뜻은 아니잖니. 나도 아주 자존심 강한 여자애를 알고 있어. 하지만 그 애를 무척 사랑하고 있단다.” 이모는 그렇게 말하며 애정 어린 미소로 나를 바라보았다. “해럴드에 대해 네가 불만스러워하는 그 점은, 지금껏 그가 너무 순탄하게 살아온 덕분인데, 그건 시간이 지나면 사라질 거야.”

“하지만 이모, 그 사람은 자기가 마음만 먹으면 어떤 여자든 가질 수 있다고 생각하는 게 분명해요.”

“글쎄, 선택할 수 있는 여자가 많긴 하지. 여자들은 그 애를 다들 좋아하니까.”

“그건 다 돈 때문이에요.” 나는 경멸스러운 어조로 말했다. “만약 그가 나도 자기가 원하면 가질 수 있다고 생각한다면, 큰코다치게 해줄 거예요.”

“시빌라, 절대로 사람의 마음을 가지고 장난치지 말거라. 남자의 마음을 가지고 노는 건 우리 여자들이 저지를 수 있는 가장 비열한 행동이야. 절대 해서는 안 될 짓이지.”

“저는 절대 남자와 장난치는 짓 따윈 하지 않아요.” 나는 단호하게 맞받았다. “남자 마음을 가지고 놀다니요! 그 말은 남자들한테 진짜 마음이란 게 있다는 얘기처럼 들리네요,

이모. 여자들이 할 수 있는 최악의 짓이라 해봐야 며칠간 그들의 자존심을 좀 상하게 하는 게 전부예요. 근데 맨날 듣는 그 '남자 마음 가지고 놀지 말라'는 설교, 정말 지긋지긋해요. 그런 말은 예전에 폐기되었어야 해요. 그리고 여자 쪽이 어떻게 무시당하고 조롱당하는지는 아무도 말 안 하잖아요. 그런 건 상관없다는 듯이 다들 그냥 넘어가죠."

"시빌라, 너 지금 너무 말을 막 하는구나. 남자들의 부족함이 네가 여자로서 해야 할 도리를 무시해도 된다는 핑계는 될 수 없어." 헬렌 이모는 조용하지만 단호하게 말했다.

19. 1896년 11월 9일

호주 오지에서는 웨일스 왕세자의 생일날 항상 캐더갓으로부터 약 21킬로 떨어져 있는 와얌비트 경마장에서 경마 행사가 열린다. 이렇게 연례적으로 열리는 경마 대회는 꽤 오래된 전통으로, 대회가 끝난 후 밤에는 지역의 지주들이 돌아가며 주최하는 하인들을 위한 무도회가 이어졌다. 작년에는 비첨 가, 재작년에는 보시에 가문에서 주최했으며, 올해는 야브트리의 제임스 그랜트 가의 양모 창고에서 열리기로 되어 있었다. 우리 집의 두 하녀와 정원사, 마부 조 슬로컴도 그 무도회에 갈 예정이었고, 이 지역의 다른 일꾼들 역시 모두 참석하기로 되어 있었다.

낮에 열리는 경마 대회는 지역 전체의 행사나 다름없어서 지주든 일꾼이든 거의 모두가 참석했는데 우리도 갈 예정이었다. 프랭크 호든이 자청해서 집에 남아 있겠다고 했고 우리는 아침 9시에 출발했다.

마차 앞자리는 할머니와 삼촌이 차지했고, 뒷자리에는 헬렌 이모와 내가 나란히 앉았다. 삼촌은 언제나 그렇듯 마차를 신나게 몰았다. 삼촌의 철학은 분명했다. 말은 당나귀처럼 아끼는 게 아니라 원 없이 몰라고 있는 것이며, 아끼다 닳으면 언제든 새 말을 구하면 된다는 것이었다. 이날도 예외는 아니었다. 마차는 쉴 새 없이 달렸고, 할머니는 속도를 줄이라고 잔소리를 하셨다. 속도 때문에 흙먼지가 자욱해서 못 견디겠다는 거였다. 하지만 나는 손뼉을 치며 외쳤다.

"좋아요, 미스터 보시에! 멋져요, 제이제이 삼촌! 우리 말 클랜시 만세!"

삼촌은 처음엔 내가 호주인의 기개를 제대로 물려받았다고 흐뭇해했지만, 이내 눈을 가늘게 뜨고는 계속 뒤에서 난리를 치면 코를 턱 위에 얹은 것처럼 얼굴 형상을 바꾸어놓겠다며 으름장을 놓았다. 할머니는 고개를 절레절레 흔들며 "기개는 좋은데 예절은 영 아니구나. 숙녀라고 하기엔 멀었어." 하고 중얼거리셨고, 헬렌 이모는 웃음을 참으며 "그 넘치는 기운을 가는 동안에 다 발산해버렸으면 좋겠구나. 그래야 도착해서는 조금이라도 얌전히 숙녀처럼 굴겠지." 하고 말씀하셨다.

우리는 무서운 속도로 내달렸다. 마차의 기세에 놀란 도마뱀이며 고아나들이 떼로 수십 마리씩 후다닥 도망쳐 나무를 타고 올라가선 우리가 지나가는 모습을 눈도 깜빡이지 않고 지켜보았다. 앞길 저 멀리, 점처럼 보이는 사람이나 마차가 있다 싶으면 우리가 순식간에 추월해 또 순식간에 그들이 배경 속으로 멀어지게 만들었다.

"삼촌, 저도 한번 몰아보면 안 돼요?" 내가 조심스레 청하자 삼촌은 단칼에 잘랐다. "안 돼. 네 할머니랑 나는 뒷자리에 절대 못 앉는다. 그렇다고 앞자리에 너 혼자 떡 하니 앉아 있으면, 우린 뒤에서 무슨 순한 앵무새마냥 있어야 하잖아. 해럴드한테 부탁해봐. 걔는 분명 괜찮다 할 거다. 틀림없이 예비석 하나 있는 2인용 마차를 끌고 왔을 테니까. 곧 우리가 따라잡을 테니 기다려보거라."

얼마 가지 않아 진짜 멀리 마차 한 대가 보였고, 예상대로 파이브밥 다운스의 마차였다. 그러나 가까이 다가가 보니, 2인용이 아니라 대형 마차였다. 해럴드는 마부석에 앉아 있었고, 그 외의 자리에는 모두 숙녀들이 타고 있었다. 그중 해럴드 바로 옆에 앉은 여자는 머리 위에 꽃과 깃털로 뒤덮인, 아주 거나한 모자를 쓰고 있었다.

"마차 좀 멈출까? 말이라도 걸어보게." 삼촌이 물었다.

"아니, 아니에요. 절대 안 돼요." 나는 단호하게 손을 저었다.

파이브밥 농장의 주인은 도로 한쪽으로 마차를 살짝 비켜주었고, 우리가 추월해서 지나오자마자 삼촌은 곧장 놀려대기 시작했다. "기죽은 거지? 그 여자 모자에 달린 꽃밭에 딱기가 꺾였구먼. 괜찮아, 기운내. 삼촌이 다음에 읍내 나갈 때 수레바퀴만 한 모자로 사다줄게. 우리 늙은 말 바니 꼬리 좀 잘라서 장식으로 달고. 그 정도면 해럴드가 넋 나가서 쳐다보지 않을 수가 없을걸?"

경마장에 거의 다다랐을 무렵, 말발굽에 돌이 끼어 바니가 절룩거리기 시작했다. 때문에 시간이 지체되었고, 그사이 파이브밥 마차가 우리를 따라잡았다. 우리는 거의 동시에 도착해 서로 약간 거리를 두고 말고삐를 잡으며 멈춰 섰다.

마부가 말 머리를 잡고 있는 동안, 해럴드는 손수 마차에 타고 있던 숙녀들이 내리는 것을 정중히 도와주었다. 헬렌 이모와 할머니는 그들과 인사를 나누러 다가갔지만, 나는 삼촌 곁에 남아 우리 말들을 마차에서 풀어 마구간으로 데려가는 걸 도와드렸다. 어쩐지 마음이 심란하고, 실망감이 밀려들었다. 해럴드 비첨이 혼자 올 것이라 기대하고 있었기 때문이었다. 요즘 들어 만날 때마다 그는 언제나 내 곁에 있어주었으며, 나도 모르는 사이에 나는 그를 온전히 나만의 사람처럼 여기게 되었다. 그런데 오늘은 자기가 데려온 숙녀들 틈에서 온종일을 보낼 것이 분명하니, 그가 없는 나의 하루는 왠지 허전하고 싱거울 것 같았다.

"조 그 자식한테 내가 도착하자마자 꼭 대기하라고 신신당부했건만, 그림자도 안 보이는군. 말들 물 좀 먹이려고 했더니 말이야. 게으르고 쓸모없는 녀석!" 삼촌이 버럭 소리쳤다.

"괜찮아요, 삼촌. 오늘은 그 사람도 좀 쉬게 해줘요. 아마 애인이랑 데이트라도 하고 싶었겠죠. 말한테 물 먹이는 건 제가 할게요." 내가 말했다.

"그래, 조 입장에선 그게 딱이겠지. 그렇다고 내가 너한테 그 일을 시키자고 그 자식 월급 주는 건 아니야. 내가 직접 할 테니 됐다."

삼촌이 말 한 마리를 이끌고, 내가 다른 한 마리를 맡아 우리는 마차에서 조금 떨어진 물터로 향했다.

"너는 얼른 할머니랑 이모한테 가 있어. 나 혼자 하면 돼." 삼촌이 말했지만 나는 계속 삼촌과 함께 걸었다.

삼촌은 눈을 찡긋하며 장난스러운 목소리로 말을 이었다. "그 50실링짜리 모자 때문에 아예 희망이 다 꺾였다고 생각하지 마라. 네가 조금만 더 밀고 나가면 파이브밥의 보스를 차지할 가능성은 네가 제일 크다."

"그게 무슨 뜻인지 도통 모르겠는데요, 보시에 씨." 나는 무뚝뚝하게 대꾸했다.

"이 아가씨, 삼촌이 아무것도 모른다고 생각하는구먼. 하지만 내 눈을 속일 순 없지. 지난 한 달 동안 너랑 해럴드 사이에 무슨 일이 있었는지 내가 다 지켜봤어. 다른 남자랑 그랬다면 내가 진작 단속에 나섰을 거다."

"삼촌?" 내가 입을 열려 하자, 삼촌이 말을 막았다.

"시빌라, 변명은 그만두렴. 해럴드를 마음에 둔다고 해서 나쁠 거 하나도 없어. 당연한 일이야. 나도 그럴 줄 알았지. 나는 그 애를 태어날 때부터 지켜봐왔거든, 정말 괜찮은 녀석이야. 생각도 똑바르고, 마음도 따뜻하고, 정말 곧은 아이지. 돈 아끼지 않고 네가 갖고 싶은 거 실컷 다 해줄 수 있는 사람이야. 그런 남자, 다신 못 만난다. 그러니까 그렇게 쉽게 기죽지 말고 네 자리 지켜. 내 조언은 그거다. 끝까지 밀고 나가서 이겨라. 그놈의 단점이라면, 성질머리 그거 하나뿐이지. 성깔만큼은 악마도 두 손 두 발 다 들 테니.".

"성질이요?" 내가 놀라서 되물었다. "그 사람은 항상 과묵하고 친절하잖아요."

"그래, 그만큼 자제를 잘하는 거지. 그 녀석은 철강처럼 단단한 의지력이 있어. 그게 바로 너한테 필요한 점이야. 너는 그게 너무 없으니까. 하지만 해럴드 비첨이 성질낼 땐 조심해라. 한번 폭발하면 사자처럼 날뛰고, 화가 가신 뒤에도 찌푸리고 뚱하게 지내. 그게 가장 보기 싫은 점이지. 그래도 뒤끝은 없어. 좀만 달래주면 금세 풀려."

"이제 삼촌 말씀이 끝났으니 제 차례예요." 나는 똑 부러지게 받아쳤다.

"삼촌은 제가 비첨 씨에게 친구 이상의 감정이 있다고 생각하시는 것 같은데, 절대 아니에요. 설령 그가 저를 좋아한다고 해도, 저는 결코 결혼 같은 건 안 할 거예요. 다들 제가 남자 재산 보고 결혼할 거라고 생각하는데, 그게 너무 지긋지긋해요. 저는 사랑하지 않는 한 왕과도 결혼하지 않을 겁니다. 남자를 차지하려고 애쓰는 짓, 저는 그런 행동을 경멸해요. 애초에 결혼할 생각이 없어요. 차라리 저한테 선물이나 그런 데 돈 쓰지 마시고, 평생 제 힘으로 살아갈 수 있는 일자리를 마련해주세요. 제 직업이요. 제 힘으로 살아갈 수 있는 기반이 필요해요."

"넌 참 별난 아이라니까. 그럼 당분간은 내 공식 동행자로 임명한다. 꽤 오래갈 만한 직업이지 않겠냐." 삼촌이 웃으며 말했다.

나는 진지했지만, 삼촌은 내 말을 그냥 우스갯소리로 넘기

시는 듯했다. 더는 말을 이어봤자 소용없겠다 싶어 나는 자리를 떠 할머니를 찾으러 나섰다. 할머니는 어느새 경마장 반대편 너머에 가 계셨는데, 대략 400미터는 떨어져 있었다.

그쪽으로 향하던 중에 파이브밥 농장의 견습생이자 나하고 친구가 된 조 아처와 마주쳤다. 그와 나는 문학에 대한 취향이 잘 맞아, 만나기만 하면 시간 가는 줄 모르고 책 이야기를 하곤 했다. 우리는 나무 그늘 아래 통나무에 나란히 앉아 경마도, 시간 가는 것도 완전히 잊은 채 그동안 읽은 책들에 대해 이야기를 나눴다. 그러다 문득, 해럴드 비첨의 목소리가 우리를 책 속 세계에서 현실로 끌어냈다.

"실례합니다, 멜빈 양. 할머니께서 절 보내셨어요. 점심을 먹으려는데, 도시락 가방의 행방을 아는 사람이 당신뿐이라네요."

"안녕하세요, 비첨 씨. 점심은 어디서 드실 건가요?"

"저쪽 회양목 숲속에서요." 그는 저만치 떨어진 완만한 언덕을 가리키며 대답했다.

"오늘 즐거운 시간 보내고 계시나요?" 그가 내 얼굴을 똑바로 바라보며 물었다.

"정말 대단히 즐겁게 보내고 있어요." 나는 익살스럽게 대답했다.

"경기 결과도 다 알고 계시겠군요?" 해럴드가 짓궂은 표정으로 조 아처를 흘겨보며 말했다. 조는 마치 몰래 연애편지를 읽다 선생님에게 들킨 여학생처럼 얼굴이 벌겋게 달아올라 안절부절못했다.

"글쎄요, 비첨 씨. 저랑 아처 씨는 대화에 너무 몰입해서, 경주 따위는 완전히 잊고 있었답니다." 나는 능청스럽게 받아쳤다.

"자네는 어서 가서 올드 복서(말 이름)가 어디 있는지 보게. 가만 놔두면 다른 말들을 걷어찰 수도 있으니 조심해야지." 해럴드가 자기 농장 견습생에게 눈길을 보내며 말했다.

"숙녀가 먼저죠." 내가 끼어들며 말했다.

"아처 씨는 저를 할머니한테까지 에스코트해주시기로 했어요. 그다음에 말을 돌보러 가도 늦지 않겠죠."

"제가 모셔다드리죠." 해럴드가 나섰다.

"감사하지만, 저는 아처 씨에게 부탁드렸는걸요."

"그렇다면 실례했습니다. 조가 에스코트하는 동안 그럼 제가 말을 살피러 가죠." 그는 모자를 살짝 들어 올려 인사하더니, 평소의 온화한 얼굴에 묘한 표정을 남긴 채 성큼성큼 자리를 떠났다.

"이런, 큰일 났다!" 조 아처가 숨죽이며 외쳤다.

"저 표정, 장난 아닌데요. 보스가 저런 얼굴을 할 때는 반드시 뭔가 있죠. 정말이에요. 지금 내 멱살 잡고 야브트리까지 걷어차고 싶은 눈치였어요."

"설마요!"

"진짜라니까요. 내가 보스가 시키는 대로 바로 안 해서 심기가 뒤틀린 거예요. 이런 일, 절대 그냥 넘기지 않아요. 보스는 '불복종'이라는 걸 제일 싫어해요. 말 안 들으면 짐 싸서 당장 떠나는 수밖에 없어요."

"그건 아니에요. 제가 바로 당신을 붙잡아둔 원인이었던 걸, 비첨 씨라면 충분히 이해할 거예요." 나는 차분하게 대꾸했다.

"그게 문제예요. 다른 여성이었으면 신경도 안 썼을 텐데, 아가씨가 끼면 난리가 나요. 그 사람, 누가 아가씨를 독점하면 분노합니다. 가끔은 불붙은 화약통 같다니까요."

"아처 씨, 표현이 좀 지나친 게 아닌가 싶네요. 하지만 그건 그렇고, 진짜 까놓고 묻겠는데요. 비첨 씨가 정말 그렇게 성격이 나쁜가요?"

"'성질 더럽다'는 말로도 부족하죠. 며칠 전엔 벤슨 영감이랑 한바탕 크게 터졌는데 진짜 난리도 아니었어요."

자꾸 해럴드 비첨의 성질 얘기를 듣게 되는데 나는 정작 그 모습을 한 번도 본 적이 없었다. 그는 언제나 태연했고, 가장 곤란한 상황에서도 늘 싱긋 웃으며 대처하는 사람이었다. 감정이라는 게 아예 없는 사람 아닐까 싶을 정도였다. 그래서 더더욱 그를 흔들어보고 싶었다. 그의 평정심을 무너뜨리고 싶었다.

할머니는 나를 보자마자 버럭하셨다. "시빌라, 넌 정말 속을 썩이는 아이로구나. 이 도시락 꾸러미들은 도대체 어디에 뒀던 거니? 다들 점심 먹자고 아우성인데 넌 어디로 사라졌던 거야?"

그 와중에 오거스타 비첨 양은 반갑게 나를 껴안고 입을 맞춰주었고, 그녀의 언니 사라 비첨 양도 포옹하며 나를 따뜻하게 맞아주었다. 나는 여러 신사 숙녀들을 소개받고, 아는 얼굴들과도 인사를 나눈 뒤 본격적으로 점심 준비에 나섰다. 파이브밥 다운스 팀은 거의 준비를 마친 상태였고, 우리와 힘을 합쳐 함께 음식을 차리기로 했다.

내 할 일은 거의 끝나갈 무렵, 해럴드 비첨이 숙녀 둘을 데리고 나타났다. 한 명은 밝은 흑갈색 머리 소녀였고, 다른 한 명은 키가 크고 창백한 금발 여성이었는데, 아침에 화려한 모자를 쓰고 마차 앞자리에 앉아 있던 바로 그 여자였다.

조 아처가 귓속말로 속삭였다. "저 여자, 멜버른에서 온 블랑쉬 데릭 양이래요. 멜버른에서도 알아주는 미녀라고 하던데…."

그 말을 듣자 난 그녀를 자세히 살펴보고 싶었지만, 기회가 없었다. 분주하게 사람들을 챙기느라 정식으로 소개받지도 못했고, 내가 한숨 돌렸을 때 이미 그녀는 저 멀리 통나무에 앉아 있었는데 해럴드가 그 옆에서 아주 정중하게 우산을 받쳐 든 채 햇볕을 막아주고 있었다.

오후엔 두 사람이 함께 자리를 떠나 산책을 나갔고, 나는 남은 음식 정리를 마친 후 조 아처를 붙잡았다. 그는 블랑쉬가 사흘 전 파이브밥에 도착했고, 해럴드를 단단히 낚아채려 하고 있다고 귀띔해주었다.

"그 여자, 정말 그렇게 예뻐요?" 내가 물었다.

"그야, 두말하면 잔소리지!" 조가 눈을 휘둥그레 뜨며 말했다.

"근데 아주 도도하고 거만한 스타일이라, 연 수입이 육칠천은 되는 남자 아니면 거들떠보지도 않는데요."

나는 이날 경마에 전혀 흥미가 생기지 않았다. 경주에 나선 말들은 거의 다 아는 녀석들이었고, 몇 마리는 우리 삼촌 소유였다. 삼촌은 직접 경마에 출전하진 않지만, 날랜 말들을 여럿 키워서 일꾼들에게 빌려주곤 했다.

하지만 그날 내 눈길을 끈 건 경마도 말도 아닌, 멀리 산책 중인 두 사람의 모습이었다. 그들은 마치 화가의 모델처럼 눈길을 사로잡았다. 키 크고, 어깨 떡 벌어진 들판의 사내는 느긋한 신사다움과 기수 복장의 날렵함을 겸비하고 있었고, 그 옆을 걷는 도시의 여인은 자신감 넘치는 태도와 세련된 스타일로 완전히 만개한 장미와 같아 참으로 잘 어울리는 한 쌍이었다.

문득 내 모습과 비교되었다. 아름다움과는 거리가 먼 얼굴, 155센티에 불과한 초라한 키. 내 옆에는 작고 어깨마저 구부정한 조 아처가 있었다. 우리 둘 다 가난한 집안의 아이들이라는 공통된 조건을 가진, 의지할 곳 없는 사람들이었다. 그에 비해 저 멀리 걸어가는 두 사람은 어쩌면 저리도 잘 어울릴 수 있을까? 그 극명한 대비가 비수처럼 마음을 찔러, 나도 모르게 쓰디쓴 웃음을 웃었다.

나는 조에게 양해를 구하고 꽃과 유칼립투스 잎을 따러 가자고 조르는 아이들을 따라나섰다. 한참 동안 자리를 비우고 돌아오는 길에 아이들은 깡충깡충 앞서 뛰어가고 나만 홀로 남았다. 그때 해럴드 비첨이 여느 때처럼 유쾌하고 부드러운 표정으로 걸어오고 있었다.

"할머니랑 삼촌이 절 기다리고 계신가요?" 내가 물었다.

“아니, 그분들 떠나신 지 한 시간도 넘었어요.” 그가 대답했다.

“벌써요? 그럼 전 어떻게 집에 가죠? 저를 두고 가셨다니, 화가 많이 나셨나 보군요. 뭐라고 하셨는데요?”

“전혀 그렇지 않았습니다. 아주 기분 좋으셨지요. 너무 신나게 놀다 좋아서 죽지만 말라고 전해달라 하셨습니다. 그리고 저더러 대신 굿나잇 인사 전하라 하셨고요. 한데 원래 그 인사는 키스하면서 하는 거 아닌가요?” 비첨 씨가 장난스럽게 덧붙였다.

“그럼 오늘 밤은 어디서 묵게 되는 건가요?”

“파이브밥 다운스, 즉 이 몸의 영지에서입니다.”

“전 만찬용 드레스도 없고, 아무 준비도 안 돼 있어요. 그냥 집으로 가겠습니다.”

“드레스는 저희 쪽에 차고 넘칩니다. 저희가 원하는 건 ‘멜빈 양’입니다.”

“정말이지, 남자들은 도통 옷이나 그런 건 모르시고… 무도회에도 그냥 가운만 입고 가면 된다고 생각하시나 봐요.”

“적어도 저희는 어떤 분을 꼭 모시고 싶을 때 그분이 뭘 입고 계시든 상관하지 않는다는 점만큼은 알려드리고 싶습니다.”

경마장에 다시 도착했을 때, 뜻밖에도 헬렌 이모가 아직 거기 남아 있었다. 이모에게서 들은 바에 따르면, 할머니와 삼촌은 정말로 귀가하셨고, 해럴드 비첨이 이모와 나를 하룻밤 파이브밥 다운스에 묵고 가라고 초대했으며, 할머니에게는 다음 날 직접 혹은 사람을 보내 우리를 집으로 데려다 주겠다고 약속까지 했다는 것이었다.

이모와 함께라면 나는 어디든 좋았다. 혼자였다면 다소 어색했을지도 모르지만, 이모가 곁에 있을 거라 생각하니 마음이 놓이고 즐거웠다. 나는 머릿속으로 언젠가 이모와 내가 영원히 함께 살게 되리라는 꿈을 꾸며 공중누각을 하나 지었다.

파이브밥 다운스로 가는 마차에 헬렌 이모는 해럴드와 블랑쉬 데릭과 함께 앞자리에 앉았고, 나는 뒷자리 비첨 양 옆에 끼어 앉게 되었다. 그녀는 내 손을 다정하게 토닥이며 말했다. "시빌라, 이렇게 다시 만나서 정말 기뻐요."

젊은 남녀들이 마차나 말을 타고, 혹은 걸어서 신나는 밤을 기대하며 야브트리로 향하는 모습이 눈에 들어왔다. 그 밤을 즐기기 위한 만반의 준비를 마친 듯 거의 모든 마차에는 바이올린, 콘서티나, 플루트, 아코디언 중 하나쯤은 실려 있었다.

20. 1896년 11월 9일 (계속)

파이브밥의 목장 일꾼들은 죄다 야브트리 무도회에 가고 없었다. 우리가 타고 온 말은 해럴드와 목장의 고참 관리자가 챙겨야 했고, 견습생들은 부엌에 불을 지피고, 하루 종일 잠겨 있던 창문과 문을 열어젖힌 뒤 신사 손님들의 편의를 살폈다.

헬렌 이모와 나는 같은 방을 배정받았다. 새로 갈아입을 드레스가 없으니, 지금 차림을 어떻게든 손보는 수밖에 없어 먼지를 털어내고는 땋았던 머리를 풀어 그대로 늘어뜨렸다. 이모도 마차를 타고 오느라 뒤집어쓴 먼지를 털어낸 후 장식을 할 수 있는 걸 찾아보았다. 마침 창문 너머로 고개를 내밀고 있던 진홍빛과 크림색 장미들이 우리의 장식 소품이 되어주었다. 이모는 그 장미 몇 송이를 따서 내 머리와 벨트에 꽂아주고, 목덜미에도 정성껏 핀을 꽂아주었다. 그렇게 우리는 준비를 마쳤다.

아침에 하녀들이 이미 음식을 준비해 상까지 차려두었으니 우리가 할 일은 없다고, 비첨 양이 장담했다. 우리는 손님들이 모이는 응접실로 가서 사람들이 오기를 기다렸다.

오래지 않아 손님들이 모습을 드러냈다. 먼저 나이 든 목장주 두 명이 큰 소리로 웃거나, 불룩한 배를 잔뜩 내밀며 들어섰고 이어서 오거스타 비첨 양, 그다음으로 조 아처와 다른 농장 견습생 둘이 들어왔다. 그리고 뒤이어 여자 가정교사 둘, 벤슨 씨 부부와 딸, 성직자 한 사람, 경매인, 쿠타먼드라에서 온 해럴드의 친구, 말 매입상, 양모 등급사, 사라 비첨 양이 들어오고, 마침내 데릭 양이 의기양양한 기세와 함께 드레스를 끌고 들어왔다. 바닷빛 비단 드레스를 걸치고 목이며 팔이며 머리카락에까지 보석을 주렁주렁 달아 온통 반짝였으며, 자신감에 찬 태도는 그간 수많은 남성의 마음을 정복해왔다는 암시로 가득했다. 키도 크고 그야말로 미인의 정석을 보여주는 것 같았다. 그 옆에서 나는 구겨진 흰 모슬린 드레스를 걸친 채, 비단과 벨벳으로 무겁게 수놓인 화려한 숄 곁에 놓인 작은 흰 손수건처럼 완전히 가려져버렸다. 마치 공주라도 되는 양 가장 좋은 자리를 배정받은 그녀는 아주 무심한 듯 자리에 앉아 팔목의 팔찌를 빙그르르 돌리고는 느릿하게 부채를 부치며 눈을 감았다.

"이런, 정말 멋진 여자가 아니오?" 내 옆에 앉은 신사가 열광적으로 속삭였다.

나는 그녀를 비평가의 눈으로 바라보았다. 그녀는 키가 매우 컸고, 뼈대가 곧게 발달한 몸매였다. 큼직하고 근사한 코,

길고 잘생긴 얼굴, 가느다랗고 곧은 입매, 그리고 텅 빈 듯한 옅은 빛의 눈. 누가 굳이 내 주의를 끌지 않았다면, 나는 그녀를 그 어떤 쪽으로도 눈여겨보지 않았을 것이다. 하지만 아름다움으로 지목된 이상, 나는 내가 생각하는 매력을 기준으로 그녀를 저울질했고, 내가 지금껏 눈에 담아본 사람들 가운데 그녀의 얼굴이 가장 밋밋한 축에 속한다고 결론 내렸다.

그녀는 남자들이 홀딱 반하기 쉬운 부류의 여자였다. 남자들 마음을 홀려놓고, 정작 본인은 감정에 휘둘려 바보 같은 짓을 저지를 일 따위는 없을. 그런 부류의 여자들에게는 감정이라는 게 애초에 결핍되어 있기 때문이다. 늘 확실한 자의식과 자신감으로 똘똘 뭉쳐 한 점의 동요도 없이 살아가는 여인.

남자라면 누구라도 그런 여인을 아내라 소개하며 저녁 식사 자리에 데려가는 걸 자랑스러워할 것이다. 그런 여자는 예쁘게 차려입고서 식탁 머리에 앉아 그 자리를 빛내줄 것이고, 어리석은 생각으로 남편을 괴롭히는 일도 없을 것이며, 결례를 범하거나 제멋대로 행동하는 일도 없을 것이다. 다만, 그녀는 결코 남편의 벗이 되지는 못할 것이었다.

남자들이 아내에게 진정으로 벗이 될 수 있는 자질을 바라기나 할까! 옛날에도 신화와 우화는 있었고, 지금도 마찬가지다. 남자가 아내를 벗으로 두고 싶어한다는 이야기는, 그저 허울 좋게 꾸며낸 이야기일 뿐이었다. 그런 생각에 잠겨 있는데, 우리의 호스트가 문간에 나타났다.

그는 발끝부터 목까지 흰옷으로 단정히 차려입고 있었다. 우리는 함께 식당으로 향했다. 남자 열셋에 여자 아홉, 모두 스물두 명이었다. 이모가 식탁 상석 가까이에 자리를 배정받았고, 또 하나의 상석은 미스 데릭 차지가 되었다. 나는 자연스럽게 어린애들 무리에 섞여 떠밀리듯 아래쪽으로 자리를 잡았는데 덕분에 우리 무리는 온통 수다와 장난, 웃음으로 가득 찬 즐거운 시간이 되었다. 각자 직접 음식을 서빙해야 했고, 모든 격식이 생략된 덕분에 피크닉 같은 분위기였다. 날씨는 몹시 더웠다. 창문과 문은 모두 활짝 열려 있었고, 커튼을 살짝 흔들며 이마의 땀방울을 식혀주는 가느다란 산들바람은 오래된 꽃밭에서 풍겨오는 향기로 가득했다. 가뭄 속에서도 정원은 놀라울 정도로 예쁘게 꽃을 피워내고 있었다.

식사를 마친 뒤에는 같이 설거지를 했다. 주방으로 접시를 나르며 왔다 갔다 하는 사이, 온 집안이 두런두런 말소리와 웃음소리로 넘쳐났다. 누구나 나서서 일을 돕고, 때론 훼방 놓고, 웃고, 장난치고, 놀리고, 즐기며 말 그대로 시끌벅적 즐거운 저녁이었다. 정리가 끝나자 춤을 추자는 제안이 나왔다. 나이 많은 이들과 좀 더 신중한 사람들은 날이 너무 덥다며 말렸지만, 젊은이들은 아랑곳하지 않았다. 해럴드는 반대하지 않았고, 데릭 양도 찬성했다. 벤슨 양은 당장이라도 무대에 설 기세로 준비 완료를 선언했고, 조 아처는 "몸이 들썩거린다"며 한껏 들떠 있었다. 우리는 춤을 추기 위해 무도회장으로 자리를 옮겼다.

첫 번째 카드리유* 댄스는 내가 피아노를 쳤고, 두 번째 무도곡은 헬렌 이모가 연주했다. 무척 즐거운 시간이었다. 홀 한쪽 끝에 테이블이 놓여 있었는데 거기에는 체리, 사탕, 케이크, 간식, 맥주, 시럽, 유리잔 등이 준비되어 있어 먹고 싶을 때마다 아무런 격식 없이 즐길 수 있었다. 그 길고 넓은 방에는 정원으로 통하는 문과 창이 몇 개나 나 있어 뱀을 무서워하지만 않는다면 아름다운 꽃들 사이를 거닐며 더위를 식힐 수도 있었다. 그날 밤은 조금만 움직여도 땀이 났다.

세 번째 춤이 끝난 후 두 명의 목장주, 말 중개업자, 성직자, 벤슨 씨가 사라졌다. 한 시간쯤 지나 돌아온 그들의 모습과 숨결에서 풍기는 독한 술 냄새로 미루어 보아, 그들은 식당 옆 술 보관고에 있던 모든 위스키를 맛보았음이 틀림없었다.

나는 춤을 잘 추지 못했지만, 여자가 부족했던 덕분에 파트너는 끊이지 않았다. 어떤 때는 남자들끼리 짝을 지어 춤을 추기도 했다.

"이제 좀 쉬면서 노래나 몇 곡 부르자. 춤은 그만." 누군가 그렇게 말하자 해럴드 비첨이 말했다.

"한 곡만 더 추고 긴 휴식과 새로운 프로그램으로 넘어가죠."

그는 조 아처에게 왈츠를 연주하라고 했고, 곧바로 몇 쌍의 커플이 무도장을 가득 채웠다. 해럴드는 오늘 밤 처음으

로 나에게 "춤 한 곡 청해도 될까요?"라고 말했다.

나는 망설였다. 하지만 그는 거절을 받아들이지 않는 사람이었다.

"정말이에요, 비첨 씨. 제가 자신 있었다면 거절하지 않았을 거예요. 저는 춤을 못 춰요. 분명 저랑 추면 재미없을 거예요."

"재미있을지 여부는 내가 판단하게 해주세요."

그는 조용히 그렇게 말하며 나를 춤추는 자세로 이끌었다.

그는 방 안에서 나를 한 바퀴 돌리고는, 곧장 열린 문을 통해 정원 쪽으로 데리고 나왔다.

"오늘 하루 당신을 제대로 챙기지 못해서 미안합니다. 내 방으로 같이 가요. 당신과 거래 하나 하고 싶어요."

그는 그렇게 말하며 앞장섰고, 나는 그를 따라 정원의 별채 쪽으로 향했다. 그곳은 해럴드만의 공간으로, 방이 세 칸 있었다. 하나는 서재 겸 사무실, 또 하나는 무기와 서류를 보관하는 방, 그리고 그가 나를 이끈 마지막 방은 일종의 응접실이었다. 피아노와 세면대, 탁자, 안락의자 등 갖가지 가구들이 놓여 있었다. 우리가 방에 들어섰을 때, 탁자 위에 밝게 켜진 램프 불빛이 벽에 걸린 시계의 유리면을 비추고 있었다. 시곗바늘은 10시 반을 가리키고 있었다. 우리는 탁자 옆에, 다소 거리를 두고 마주 섰다. 그는 내 쪽을 바라보며 조용히 말했다.

"이런 일에 길게 말을 끌 필요가 없겠죠. 내가 무슨 말을 하려는지 당신이 나보다 더 잘 알고 있을 거예요. 당신은 언제나 놀랄 만큼 남의 속을 훤히 들여다보잖아요. 그러니 말해줘요. 대답은 '예'인가요, '아니요'인가요?"

그것은 사랑의 고백이었다. 그러나 그는 붉게 달아오르지도, 창백해지지도, 노랗게 혹은 초록색으로 변하지도 않았다. 떨지도, 말을 더듬지도, 울지도, 웃지도, 격렬하거나 열정적이거나, 다정하지도 않았다. 그는 보통 때의 해럴드 비첨, 그대로였다. 그는 마치 피크닉에 초대라도 하듯 무미건조하게 말했다. 이건 내가 상상한 고백이 아니었다. 내가 읽고 듣고 바랐던 그런 방식이 아니었다. 이상하게도, 어쩌면 실망이었을까, 기묘한 감정이 나를 지배했다. 그의 너무도 무덤덤한 태도는 나를 당황하게 만들었다.

"너무 갑작스러운 거 아닌가요? 지금 무슨 말을 하는 건지 전혀 짐작도 못 하겠어요." 나는 더듬거리며 말했다.

"이제 더는 질질 끌 필요 없다고 생각했어요." 그가 답했다. "당신에게 처음 반했을 때부터 내가 어떤 마음인지 몰랐나요? 시간은 충분하니까, 재촉하려는 건 아니에요. 단지 당신과 먼저 약혼이라도 해두고 싶을 뿐이에요."

그는 특유의 느릿하고 코끝에서 울리는 억양으로, 영국 본토가 아니라 호주 식민지 출신이라는 정체성을 여실히 드러내며 말했다. 사랑이라는 단어 한마디 들어 있지 않았고, 내게서도 그런 말은 요구되지 않았다. 나는 그걸 그의 자만으로 여겼다. 그는 어떤 여자든 쉽게 얻을 수 있다고 생각하는 것 같았다. 아무 노력 없이도 나를 가질 수 있으리라 여긴다는 생각에 짜증이 났다. 나는 큰 소리로 말했다.

"좋아요, 당신과 약혼하겠어요." 그러나 속으로는 이렇게 덧붙였다. '약혼 기간은 아주 짧을 거예요. 그리고 깜짝 놀라게 해줄 겁니다. 당신의 자만심을 산산조각 내줄 거니까.'

지금에야 나는 그의 성격을 이해할 수 있게 됐다. 그건 자만이 아니었다. 그는 단지 조용하고, 허세 없는 방식으로 진심을 전한 것이었다. 그는 그런 행동으로 본인의 진심을 온전히 전했다고 생각했고, 나의 반응도 그 나름대로 받아들였다.

"고마워요, 시빌라. 그것만으로도 충분해요. 더 자세한 이야기는 나중에 하죠. 다음 주 일요일에 캐더갓으로 갈게요. 당신의 대답은 정말 놀라웠어요. 이렇게 쉽게 '예'라는 답을 들을 줄은 전혀 몰랐거든요. 보통의 다른 여자들처럼 그렇게 쉽게 말할 줄은. 당신과는 한바탕 전쟁이라도 치러야 할 줄 알았는데."

그는 웃으며 그렇게 말했다. 그러더니 내게 다가와 입을 맞추려 했다.

나는 내 행동을 설명할 수도, 충분히 비난할 수도 없었다. 그건 거의 히스테리였다. 과도하게 예민하고 긴장된 성격에서 비롯된 충동이었다. 아마 나는 자존심이 상했는지도 모른다. 누군가가 내 감정을 건드렸을 때 받아치는 습관이 발동한 것일 수도 있었다.

해럴드가 당연하다는 듯 나에게 다가오는 태도에 나는 불쾌감을 느꼈다. 아니면, 주일학교 교사들이 말하듯, 사탄이 내 마음을 뒤흔든 것일 수도 있다. 사실, 그의 손이 내 앞에 놓여 있던 긴 가죽 채찍 위를 스친 것도 한몫했다. 그가 고개를 숙여 입을 맞추려는 순간, 나는 순식간에 채찍을 집어 들고 있는 힘껏 그의 얼굴을 후려쳤다. 그 순간, 채찍이 떨어지자마자 나는 문기둥에 팔이라도 부딪혀 그 행동을 취소하고 싶었다.

하지만 이미 때는 늦었다. 햇빛에 그을린 건강한 얼굴에 커다란 선홍색 자국이 드러났으니까. 콧수염 덕분에 입술은 피해갔지만 코와 왼쪽 뺨, 눈, 그리고 관자놀이가 채찍에 맞았고, 거기서 떨어진 피로 그의 흰옷이 붉게 물들고 있었다. 잠시 그의 눈에서 분노의 섬광이 번쩍였고, 그는 숨을 들이켰다. 놀라움인지, 통증인지, 분노인지는 알 수 없었다. 그는 나에게 손을 뻗었고, 나는 그가 나를 때릴지도 모른다고 생각했다. 아니 실은, 진심으로 그가 나를 때려주기를 바랐다. 내가 저지른 끔찍한 행동 앞에서, 그의 분노는 오히려 구원이 될 수 있었다.

채찍이 내 손에서 떨어졌고, 나는 뒤쪽의 낮은 긴 소파에 주저앉아 무릎 위에 팔꿈치를 얹고 얼굴을 두 손에 묻었다. 내 머리카락은 부드럽게 어깨를 타고 흘러내려 바닥까지 닿았는데 그건 마치 나의 수치심을 감싸주는 커튼처럼 느껴졌다.

아, 해럴드가 나를 호되게 때려주기만 한다면! 그랬다면 나는 훨씬 덜 괴로웠을 것이다. 내가 무슨 짓을 한 것인지! 체격도 건강하고 힘이 센 남자, 그래서 작은 여자에게 보복도 할 수 없는 이 남자를 채찍질하는 말도 안 되는 짓을 저지르고 말았다. 정말 비열하고 여자답지 못한 짓을 저지르고

만 것이다. 그것은 자존심과 품위의 위반이었다.

나는 한 남자의 얼굴을, 무려 채찍으로, 그것도 고백을 막 마친 남자의 얼굴을 후려치고 말았다. 강건하면서도 한없이 부드러운 사람을. 그는 내 변덕과 말도 안 되는 짓들을 마치 새끼 고양이의 장난을 너그럽게 받아주는 덩치 크고 온순한 뉴펀들랜드 개처럼 포용해주던 사람이었다.

시계가 11시를 쳤다.

"이렇게까지 모질게 비난받을 일은 아니었을 텐데. 당신이 청혼을 받아들인 바로 그 남자의 아주 평범한 애정 표현을 이처럼 용서받지 못할 행동으로 받아들일 줄은 전혀 몰랐어요."

해럴드의 목소리는 또렷하고 차분했지만, 그 침착함은 오히려 날카로웠다. 그가 방 한쪽 끝으로 가서 물을 묻히는 듯한 소리가 났다. 나는 그에게, 그의 행동이 무례한 게 아니었다고 말하고 싶었다. 단지 내가 미쳐 있었을 뿐이라고, 내 행동을 나도 설명할 수 없다고 말하고 싶었지만, 말이 나오질 않았다. 숨이 막힐 듯했고, 가슴이 터질 것만 같았다. 물소리는 계속 들려왔다.

그는 분명 눈에 극심한 통증을 느끼고 있을 것이었다. 나는 훨씬 더 약한 타격에도 한밤을 뜬눈으로 지새웠던 기억이 있는데…. 그의 시력을 영구히 손상시킨 건 아닐까 하는 두려움이 엄습했다. 물소리가 멎고, 그의 발소리가 다가와 내 옆에 멈추었다. 그가 바로 곁에 있음을 느낄 수 있었지만, 나는 미동도 하지 않았다.

아, 이 끔찍한 침묵! 왜 그는 아무 말도 하지 않는 걸까?

그가 가볍게 내 머리에 손을 얹었다.

"괜찮아, 시빌라. 당신이 일부러 그런 게 아니란 거 알아. 당신은 아마 내 거칠고 시커먼 얼굴쯤이야 아무리 채찍질해도 끄떡없다고 생각했겠지. 내 덩치가 너무 크고 무뚝뚝해서 가끔은 손해라니까. 자, 일어나 봐요. 그렇지, 잘했어요."

나는 일어섰다. 현기증이 났고, 해럴드가 어깨를 잡아주지 않았다면 쓰러졌을 것이다. 나는 그를 올려다보며 용서를 구하려 했지만, 입에서 말이 나오지 않았다.

"세상에, 얼굴이 백지장이네! 내가 너무 심하게 말했지?" 그가 내 입에 물잔을 들이밀었고, 나는 순순히 물을 마셨다.

"이 정도는 아무것도 아니야. 너무 걱정하지 말아요. 당신이 일부러 그런 게 아니라는 거 알아요. 정말 사소한 실수였잖아. 그저 손에 채찍이 들려 있었던 걸 잊어버린 거죠."

그는 그 일을 대수롭지 않은 일로 만들며, 친절하게 나를 안심시켰다.

"정말로, 별거 아닌 이런 일에 너무 마음 쓰지 마요! 아무것도 아니니까. 이 손수건 좀 묶어줄래요? 그러고 나서 우리 다시 사람들한테 가요. 안 그러면 수색대가 우리를 찾으러 올지도 몰라요." 그는 혼자서도 손수건을 묶을 수 있었을 것이다. 하지만 그것은 오직 배려에서 나온 말이었다. 나는 그의 친절에 감사히 응했다.

그는 무릎을 꿇어 내가 손이 닿을 수 있게 했고, 나는 그의 상처 위로 하얀 손수건을 조심스럽게 묶어주었다. 그는 눈을 제대로 뜰 수조차 없었고, 뜨거운 눈물이 흘러내렸지만, 고통을 대수롭지 않게 여겼다. 나는 점차 안정을 되찾았고, 우리는 다시 무도회장으로 돌아갔다.

우리가 방을 나설 때, 시계는 11시 반을 알리고 있었다. 해럴드는 한쪽 문으로, 나는 다른 문으로 들어갔다. 나는 마치 줄곧 그 자리에 앉아 있었던 것처럼 슬그머니 자리에 앉았다. 대부분 이미 자리를 떠서 방 안에 남아 있는 사람은 몇 안 되었다. 사랑을 속삭이러 간 이들도 있었고, 카드놀이를 하러 간 이들도 있었다. 아직 자리에 남아 있던 비첨 양이 조카를 보자마자 외쳤다.

"세상에, 애야, 도대체 무슨 일이 있었던 거니?"

"떠돌이 거지한테 얻어맞은 모양이네." 이모가 웃으며 말했다.

"분명히 빨랫줄에 맞은 거야." 비첨 양이 자신 있게 말했다. 그녀는 붕대 아래를 슬쩍 들춰보았다.

"맞추셨으니 상이라도 드려야겠네요. 고모." 해럴드가 웃으며 말했다.

"빨랫줄을 쓰고 난 뒤에는 꼭 치우라고 했는데. 언젠가 사고가 날 줄 알았다니까."

"보통 키의 사람이라면 높이 매달렸을 수도 있죠." 조카가 대답했다.

"내가 좀 치료해줄까?"

"아니에요, 고마워요. 고모. 별거 아니에요." 그가 태연히 말했다.

그리고 사람들은 더 이상 이 사고에 대해서 입에 올리지 않았다. 해럴드 비첨은 일을 들쑤시는 사람이 아니었다. 사람들이 나를 주목하지 않는 틈을 타, 나는 조용히 자리를 빠져나와 생각에 잠겼다.

왜 마음만 먹으면 누구에게든 손수건을 던질 수 있는 젊은 술탄 같은 해럴드 비첨이 나 같은 여자를 선택했을까? 나에겐 그 어떤 매력도 없는데. 남자들이 아내로 삼고자 하는 여인에게 기대하는 덕목이 내게는 하나도 없었다.

무엇보다 나는 키도 작고, 엉뚱하고, 관습에 얽매이지 않는, 그저 말괄량이 소녀에 불과했다. 가장 치명적인 결격 사유로, 나는 못생겼다. 그렇다면 왜, 도대체 왜 그는 나에게 청혼을 한 걸까? 단순한 순간적 충동이었을까? 아니면 정말 진심이었을까?

밤은 부드럽고 어두웠다. 잠시 바깥 공기를 쐬러 나오니, 희미하게나마 덤불 뒤로 나무들과 꽃들이 어둠 속에서 실루엣을 드러냈다. 실내에서는 다시 음악이 흘러나오기 시작했다. 누군가 정원의 자갈길을 따라 다가오는 발소리가 들렸고, 해럴드가 낮게 나를 불렀다.

나는 그의 부름에 답했다.

"갑시다." 그가 말했다. "우리 춤추기로 했잖아요. 내 파트너가 되어줄래요?"

우리는 춤을 추었고, 이어서 노래와 살롱 게임이 이어졌다. 기나긴 밤의 끝자락, 우리는 작별 인사를 나누고 각자의 방으로 들어가 잠자리에 들었다.

헬렌 이모는 곧 잠에 빠져들었지만, 나는 쉽게 잠들지 못했다. 외양간 너머 덤불에서 들려오는 올빼미의 정겹고 깊은 울음소리를 들으며, 나는 그렇게 한참을 깨어 있었다.

21. 숙녀답지 못한 행동 한 가지 더 추가

다음 날 이모와 나를 집까지 데려다주는 일은 조 아처의 차지가 되었다. 집주인은 여전히 눈에 붕대를 감은 채로 우리를 배웅하면서, 조용히 내게 속삭였다. 이번 주 일요일에 캐더갓으로 오겠다고.

일요일 오후가 되자마자 나는 책 한 권을 들고 길을 따라 한참을 내려가서 가지가 굵은 버드나무에 올라앉아 그를 기다렸다.

얼마 지나지 않아 말을 타고 경쾌한 속도로 달려오는 그의 모습이 눈에 들어왔다. 말을 타고 오는 사람은 나무 위에 있는 나를 보지 못했지만, 달려오던 말은 나를 알아보고 급히 멈추며 콧김을 내뿜고 뒷걸음질을 쳤다. 해럴드는 영문을 모른 채 다시 달리라고 말에 박차를 가했지만 말은 앞으로 나가기를 거부하며 날뛰었다. 그제야 해럴드는 나무 위에 있는 나를 알아보고 외쳤다.

"아, 말을 이렇게 놀래키다니! 이러다가 말이 저를 던져버릴지도 모릅니다. 안장에 밀치끈도 없고, 가슴걸이도 안 했거든요!"

"왜 안 하셨어요? 꽉 붙들고 계세요. 말이 저렇게 날뛰는데도 타고 있는 모습, 정말 맘에 드는데요."

그는 말에서 내려 고삐를 울타리 기둥에 걸었다.

"너무 더워서요. 안장 끈 하나만 달고 왔는데 그것마저 느슨해서 이놈이 날뛰는 통에 정말 까딱하면 떨어질 뻔했어요. 잘못하면 황천길 갈 수도 있었던 거 알죠?" 그가 유쾌한 목소리로 말했다.

"그랬다면 내 앞날에 탄탄대로가 열렸을 텐데요." 내가 대답했다.

"그건 또 무슨 소리예요? 여전하네, 정말이지 항상 나한테 칭찬이 넘친다니까."

"제가 그런 쪽으로 해결사가 된다면 모든 사람이 날 고용하고 싶어할 거예요. 잡초 제거나 해충 방제 전문가로 말이에요." 내가 답했다. 이어 나는 그에게 내 옆자리로 올라오라고 손짓했고, 그는 능숙하게 나무를 타고 올라와 내 곁에 앉았다. 오랜 세월 튼튼한 덩치를 키워온 버드나무 가지는 우리 둘을 충분히 품을 수 있을 만큼 너그러웠다. 그가 자리를 잡고 나서 말했다.

"자, 시빌라. 난 준비됐어요. 말해봐요. 아, 잠깐만. 맘에 들어할지 모르겠지만 내가 가져온 게 있어요."

그가 주머니를 뒤적이는 동안 그의 얼굴을 살펴보니 눈에

난 상처는 거의 다 회복이 되어가고 있었다. 다만 뺨에 약간의 자국이 남아 있었다. 그는 내게 조그마한 모로코가죽 상자를 건넸고, 뚜껑을 열자 값비싼 반지가 드러났다. 나는 물건값에 대해 칠면조만큼이나 무지해서 그 반지가 얼마만큼의 가치가 있는 것인지 전혀 알 수 없었지만 아주 무거웠고, 가운데에는 큰 다이아몬드가 박혀 있었으며 양옆으로는 큼지막한 사파이어가 하나씩, 그 주위로는 작은 보석들이 박혀 있었다.

"손가락에 맞는지 좀 봅시다." 그가 말하며 내 손을 잡으려 했지만, 나는 손을 뺐다.

"안 돼요. 이거 끼워주면 우린 돌이킬 수 없이 약혼하게 되는 거잖아요."

"우리, 합의한 거 아니었어요?" 그가 놀란 듯 말했다.

"지금 당장은 아니에요. 바로 오늘 그 말을 하려던 거였어요. 우리 앞으로 석 달 동안 집행유예 기간을 가져요. 그 시간 동안 우리가 잘 지내면, 그때 진짜 약혼하는 걸로. 그 전까진 지금처럼 지내는 거예요."

"그럼 그동안 난 어떻게 하죠?" 그는 입꼬리에 재미있어 죽겠다는 미소를 지으며 물었다.

"뭘 딱히 하실 건 없어요. 그냥 평소처럼 행동하면 돼요. 하지만 날 특별히 대우하면 그날로 끝이에요."

"그건 또 왜죠?"

"다른 사람들 눈에 띄어 알려지면 우리만 바보 되는 거잖아요. 마음이 바뀔 수도 있는 거니까요."

"좋아, 그렇게 하죠." 그는 웃으며 말했다. "역시 다른 여자들과는 다르게 나올 거라고 생각했어요. 하지만 반지는 받아줄 수 있지요? 내가 끼워줄게요."

"안 돼요. 약속한 석 달이 끝날 때까진 내 손가락에 손도 대지 마세요. 석 달 후 서로 확실히 마음이 서면 그때 끼워줘요. 그 전까진 우리가 어떤 관계인지에 대해 아무한테도 한마디도 해서는 안 돼요. 그냥 반지를 주세요. 저 혼자 가끔 껴볼게요."

그는 반지를 다시 내게 건넸고, 나는 그것을 직접 껴보았다. 약간 컸다. 해럴드가 반지를 가져가 자기 손가락에 껴보려 했지만, 새끼손가락 마지막 마디에만 겨우 들어갔다. 우리는 서로의 손 크기 차이를 두고 한참을 웃었다.

"좋아, 약속 지킬게요. 그래도 어쨌든 나랑 약혼한다는 데엔 변함없는 겁니다?"

"네. 그런 조건하에선 좋아요. 그러면 다투더라도 상관없으니까. 아무도 모를 테니까 말이에요."

내가 이제 집에 가야 할 시간이라고 하자 그는 가지를 잡고 나무에서 훌쩍 뛰어 내려갔고, 나를 도와주기 위해 기다렸다. 나무에서 내려오는 건, 주위에 누가 없을 때는 아무 문제도 없이 잘할 수 있는 일이었지만, 그가 있는 자리에선 왠지 어색했다.

"말 좀 밑으로 데려와주세요. 그 위에 올라서면 쉽게 내려갈 수 있을 테니까." 내가 말했다.

"말도 안 돼요! 워리걸은 그런 장난 안 받아줘요. 내가 있

238

잖아요. 날 타고 내려와요. 그 몸집으로 날 깔아뭉개진 못할 테니." 그렇게 말하며 그가 개구리뛰기 자세를 취했다. 나는 그의 등에 올라타 쉽게 땅으로 내려왔다.

그날 오후, 집을 나설 때 개 한 마리가 따라왔고, 내가 나무에 올라간 뒤론 그 개가 물도롱뇽을 쫓아다니며 놀고 있었는데 물도롱뇽마저 나무 위로 올라가버리자 아래서 끈질기게 짖어댔다. 그 소리에 베란다에서 책을 읽고 있던 할머니가 큰 양산을 들고 무슨 일인지 보러 나오셨다가 하필 내가 해럴드 비첨의 등을 딛고 나무에서 내려오는 장면을 목격하고 말았다. 할머니는 종종 이른바 나의 '깡다구'에 불쾌함을 드러내곤 하셨지만, 이번만큼 분노한 적은 없었다. 할머니는 양산을 접어서 내게 삿대질하듯 들이밀며 말했다.

"부끄러운 줄 알아라! 이 못된 것! 이런 뻔뻔하고 사리 분별 못 하는 년! 너 같은 애는 분명 나중에 큰일을 저지를 거다. 당장 들어가서 오늘 하루 종일 방에 틀어박혀 나오지 마. 내일 아침까지 절대 아무것도 먹지 말고 금식하면서 좀 더 나은 사람이 되게 해달라고 하느님께 기도해라. 도대체 뭘 먹고 이렇게 대담해진 건지. 쯧쯧. 네 어머니나 이모는 한 번도 이런 짓을 한 적이 없었는데!"

할머니는 머리끝까지 화가 나서 나를 밀쳐냈고, 나는 말없이 뒤돌아 집으로 향했다. 뒤에서는 할머니가 내 행동을 나무라며 해럴드와 논쟁을 벌이는 소리가 들려왔다. 해럴드는 조용하면서도 단호하게 반박했다.

어릴 적부터 어떤 종류의 벌도 나에게 좋은 영향을 준 적은 없었다. 그러나 사랑하는 할머니는 본인의 신념에 따라 나에게 속죄의 시간을 주려 한 것이었고, 나는 할머니에 대한 원망보다는 애정을 품은 채 방 안으로 들어갔다. 그리고 조용히 생각에 잠겼다. 정말 내가 한 행동이 그렇게 뻔뻔하고 사리 분별이 없는 행동이란 말인가? 의도적으로 뻔뻔하고 사리 분별 없는 짓을 하고 싶은 마음은 눈곱만큼도 없었는데. 남자들과 어울릴 때 나는 성별의 차이 따위는 아무런 장벽도 되지 않는다고 생각했다. 성별 자체를 의식조차 하지 않았다. 남자들과 친하게 지내는 건 여자들과 친하게 지내는 것만큼이나 자연스러웠고, 남자들도 나를 존중해주었다.

산책을 마친 할머니는 내 방으로 와서 설교조의 책들을 주시며, 지금이라도 잘못을 뉘우치고 용서를 구하면 당장 가족들과 함께 식사할 수 있다고 말씀하셨다.

"할머니, 제가 아까 한 행동에 대해 잘못했다고 하지 않을 거예요. 고치겠다고 약속할 수도 없어요. 제 양심에는 아무 거리낌이 없거든요. 예의에 어긋난 행동을 하겠다는 의도 같은 것도 없었어요. 하지만 할머니 마음 상하게 해드린 건 정말 죄송해요." 내가 말했다.

"나를 속상하게 한 게 죄는 아니야. 회개하지 않는 그 마음이 문제인 거지. 정말 네 미래가 걱정이구나. 혼자 생각할 시간을 주마. 네가 그나마 괜찮은 점이라면, 마음에도 없이 잘못을 빌지는 않는다는 거지." 할머니는 슬프게 고개를 저으며 방을 나섰다.

오후는 금세 흘러갔다. 나는 책장에서 재미있는 책을 꺼내

읽다 중간중간 해럴드가 준 아름다운 반지를 감상하며 시간을 보냈다.

차를 마시러 사람들이 들어오는 기척이 들려왔다. 나는 해럴드가 이미 떠난 줄로만 알았다. 그러나 삼촌이 그에게 말을 거는 소리가 들려와 해럴드가 아직 집으로 가지 않았음을 알았다. "조 아처가 그러던데, 자네가 경마 날 빨랫줄에 걸려 봉변을 당했다고. 그 일 이후로 우리 어머니는 우리 집 빨랫줄에 대해 난리를 치고 계시지. 거의 3미터는 족히 되는 지주를 세워놨으니, 모르는 사람이 보면 천국에 있는 성 베드로에게 전보라도 치려는 줄 알 거야."

나는 피식 웃음이 새어 나왔다. 장차 자신의 아내가 될 여자가 '말썽꾸러기' 짓을 한 벌로 방에 갇혀 있는 모습을 보며, 해럴드는 과연 무슨 생각을 하고 있을까? 그 우스꽝스러운 상황을 상상하니 웃음이 나왔다.

9시경, 그는 내 방 창문을 두드리며 낮은 목소리로 속삭였다.

"걱정 마, 시빌라. 풀어주려 했지만 소용없었어요. 어른들이란 괜히 고지식한 데가 있어서. 한데 내일이면 다 잊어버리실 거예요."

나는 끝내 대답하지 않았다. 그러자 그는 흔들림 없는 발걸음으로 멀어져갔다. 잠시 뒤, 어둠 속에서 그가 탄 말발굽 소리가 점점 멀어져갔고, 집안 곳곳에서는 사람들이 하루를 마감하며 문을 닫고 자물쇠를 채우는 소리가 들려왔다. 깊어가는 적막 속에 나 홀로 고요히 갇혀 있었다.

다음 이 주 동안 나와 해럴드는 크리켓 경기며 야생 토끼 사냥 등지에서 여러 번 마주쳤다. 하지만 그는 나에게 특별한 관심을 보이지 않았다. 나는 다른 남자 친구들과 가볍게 장난도 치고 살짝 눈짓도 하며 유쾌하게 어울렸지만, 해럴드는 개의치 않는 눈치였다. 그는 열정적인 연인도, 질투심 많은 연인도 아니었다. 오히려 너무도 냉정하고 사무적인 태도에 나는 석 달이 빨리 지나가기만을 바랐다. 그래야 그와의 관계를 끝낼 수 있을 테니까. 나는 그가 어떤 감정이나 열정도 결여된 사람이라는 결론에 도달했다.

22. 달콤한 열일곱

월요일이 다가왔다. 11월의 마지막 날이자 내 열일곱 번째 생일이었다. 나는 그날을 정말 멋지게 축하했다.

그날은 또한 커마벨라에서 매년 진행되는 가축몰이가 열리는 날이었다. 커마벨라는 캐더갓에서 동쪽으로 27킬로 떨어진 목장인데 우리 집 남자들이 모두 그곳에 동원되어 가축몰이를 하고 있었다. 소문에 따르면, 그 무더기로 모인 가축 중 상당수가 보시에 가문의 브랜드가 새겨져 있다고 했다. 그래서 일요일 오후, 삼촌도 그곳으로 가서 월요일 아침 일찍 진행될 최종 가축 선별 작업을 준비했다.

그 결과 우리 집에는 남자가 없었다. 프랭크 호든은 손목 탈구 부상으로 일할 수 없어 완쾌될 때까지 굴굴에 머물고 있었기 때문이다.

삼촌이 집을 비운 뒤 한 시간도 안 되어 가축몰이꾼들 중 한 사람이 찾아와 다음 날 양 떼 2만 마리가 지나갈 거라는 소식을 전해주었다. 풀이 귀했다. 가축몰이꾼들이 마음대로 양들을 풀어놓아 풀을 다 뜯어 먹어버리면 큰일이었다. 그런데 이를 관리하러 현장에 나갈 사람이 없어 할머니는 걱정하며 초조해했다. 그래서 내가 자원해 돕겠다고 나섰다. 처음에는 말도 안 된다고 하셨지만 뾰족한 수가 없던 할머니는 결국 내가 가도록 허락을 하셨다.

할머니는 단호하고 분명하게 행동할 것을 여러 번 당부하셨다. 그렇게 나는 월요일 아침 일찍 길을 나섰다. 시원한 블라우스에 홀랜드 리넨 승마 스커트를 입고, 큰 밀짚모자를 쓰고, 큰 밤색 말에 올라탔다. 훌륭한 양치기 개를 대동한 채, 길고 무거운 가축용 채찍을 들고서.

나는 점잖게 행동해야 한다는 생각은 까맣게 잊은 채 말을 타고 달리면서 노래를 부르고 채찍을 내리쳤다. 얼마 가지 않아 양 떼를 만났다. 맨 앞에는 검은 피부의 소년이 있었다. 나는 그에게 양 떼의 우두머리가 누구냐고 물었다. 아이는 당나귀 모자를 쓴 남자를 가리켰다. 나는 양 떼 사이를 지나 그에게 다가가 양 떼의 책임자가 맞느냐고 물었다. 그는 그렇다고 대답했다. 나는 내 소개를 했다. "나는 보시에 씨의 조카입니다. 남자들이 모두 바빠서 오늘은 제가 양 떼 지나가는 걸 도와드리게 되었습니다."

"알겠습니다, 아가씨. 양 떼를 잘 관리해서 폐를 끼치는 일이 없도록 하겠습니다." 그는 정중히 모자를 들어 인사하며 미소를 지었다.

그는 말에서 내려 다른 일꾼들에게 엄격하게 양 떼를 통

제해 멈추지 말고 계속 이 속도대로 행진하라고 외쳤다.

"네, 대장님!" 일꾼들이 대답했다. 이어 그가 내 곁으로 돌아와 조지 레드우드라고 자기를 소개하며 긴 가뭄 이야기를 꺼냈다. 우리는 먼지와 햇볕을 피할 수 있는 응달을 찾아 말을 몰며 대화를 나누기 시작했다. 나는 양들이 어디서 왔으며 어디로 가는지, 또 얼마나 오랫동안 온 것인지 등의 질문을 했고, 의례적인 대화가 끝나자 우리는 진지하게 진짜 이야기를 나누기 시작했다.

그는 광활한 건조내륙 목초지와 멀가, 마이알 숲을 지나며 지난 몇 주 동안 낮에는 태양, 밤에는 별 아래에서 지낸 이야기, 퀸즐랜드에서 원주민들과 마주친 일화, 그리고 한때 버크 너머 외딴 내륙에서 양털깎이 숙소의 책임자였을 때 겪은 대규모 파업에 관한 이야기를 생생하게 들려주었다. 말하는 게 교양 있는 신사 같았다. 사실 가축몰이꾼들 대부분이 이 사람과 비슷한데 어쩌다 이렇게 길 위를 떠도는 신세가 된 것일까? 이런 사람은 방랑벽을 타고난 것인가 하는 의문이 들었다. 그리고 그에게선 얽매이지 않고 살아가는 사람들 특유의 매력이 느껴졌다.

정오가 되었다. 날은 뜨겁고 먼지가 이는 한낮이었다. 우리는 캐더갓에서 1.6킬로쯤 떨어진 곳에 멈춰 점심을 먹었다. 집에 가서 먹을 수도 있었지만, 가축몰이꾼들과 식사하는 것도 재미있을 것 같아 그들과 함께했다.

몰이꾼들은 냄비에 물을 끓이고 양철 컵에 차를 대접해주었다. 점심 메뉴는 양철 접시에 올린 통조림 생선과 숯에 구운 빵이었다. 나는 몰이꾼 무리와 조금 떨어진 곳에서 조지 레드우드와 함께 차를 마셨다. 숲속 불가에서 끓인 차는 향긋했고, 나는 내 생일날 점심상을 그렇게 멋지게 즐겼다.

식사가 끝나자 주방 일을 맡은 사람은 물건을 챙겨 짐수레에 실었고, 우리는 다시 말을 타고 느긋하게 술래잡기하듯 양 떼를 몰기 시작했다. 마지막 양 떼가 캐더갓 목장을 지날 즈음 시간은 거의 2시가 다 되어 있었다. 조지 레드우드와 나는 언젠가 다시 만나자는 말과 함께 작별 인사를 나누었다.

돌아서서 집으로 향하는데 뒤를 돌아보니 가축몰이꾼이 나를 바라보고 있었다. 내가 손을 흔들자 그는 모자를 들어 보이며 미소 지었다. 햇볕에 그을린 얼굴에 하얀 이가 반짝였다. 나는 그에게 손키스를 보냈고 그는 허리를 깊이 숙여 답례해주었다. 내가 휘파람을 불자 우리 개는 다시 천천히 움직이는 양 떼를 뒤로하고 내게로 뛰어왔다. 나는 말을 타고 전속력으로 달려 먼지투성이에 덥고 피곤한 모습으로 우리 집 대문 앞에 도달했다. 2시 30분이었다.

할머니가 나와서 양 떼의 성별, 나이, 상태, 종류, 목적지 같은 걸 물으셨고 또 그들이 풀을 찾으러 가는 건지 아니면 판매용인지, 풀을 얼마나 먹었는지, 남자들이 예의 바르게 행동했는지 등을 물어보셨다. 나는 할머니가 만족할 때까지 모든 걸 다 답해드렸다. 그러자 할머니는 밥 먹고 목욕을 한 뒤 옷을 갈아입으라고 하셨고, 남은 시간은 쉬어도 좋다고 하셨다.

머리카락 사이사이 온통 먼지가 끼어 희끗희끗했기에 나는 몸을 씻고 시원한 흰 드레스로 갈아입었다. 그리고 베란다에 있는 편한 의자에 몸을 던지고 머리를 의자 등받이에 늘어뜨려 말렸다. 무릎 위에는 고든, 켄달, 로슨의 시집이 놓여 있었지만 몸이 편안하고 노곤한 상태가 너무 만족스러워 그들과는 잠시 거리를 두었다.

나는 이 순간 살아 있다는 기쁨에 내 몸을 온전히 내어주었다. 길가에는 햇빛이 찬란히 반짝이며 춤을 추고 있었고, 유칼립투스 나뭇잎들은 보석처럼 빛났다. 멀리 언덕 위로 흰 새 떼가 날아올라 원을 그리며 춤을 추었다. 코카투 앵무새였는데, 새들은 점점 우리 집 쪽으로 가까이 날아와 시끄러운 울음소리를 들려주었다.

넓은 베란다를 가득 덮은 담쟁이, 관목, 나무 잎사귀 덕에 그늘이 져 있었지만, 벽에 붙은 온도계는 40도를 가리키고 있었다. 졸졸졸 개울가의 물 흐르는 소리, 꽃들이 가득한 정원의 향기, 그리고 과수원에서 몰려드는 파리 떼를 떨쳐내려고 말이 발굽을 구르는 소리가 내 오감을 가득 채워주었다. 따뜻한 온기가 너무 좋았다. 여름은 천국이며 인생은 기쁨이었다.

정교한 자수를 놓는 헬렌 이모의 가느다란 손가락은 예술이었다. 화려한 색을 자랑하는 나비들이 정원을 날아다니고, 수천 마리의 벌들이 꽃들 사이를 여유 있게 윙윙거리며 서성거리듯 날아다녔다. 나는 눈을 감았다. 나의 온 존재가 이 모든 아름다움으로 가득 채워지는 듯했다.

할머니가 탁자 옆에서 크리스마스 준비물 목록을 적느라 펜을 바쁘게 놀리는 소리가 들렸다.

"헬렌, 건포도 한 푸대면 충분하겠지?"

"네, 그 정도면 충분해요."

"무표백 면직물 7타스 정도면 될까?"

"네, 좋아요."

"어떤 찻잔 세트를 주문했지?"

"2번 세트요."

"너나 시빌라가 또 원하는 건 없니?"

"파라솔, 장갑, 그리고 책이요."

"책? 호던 상점에 가면 있을까?"

"네."

할머니의 목소리가 점점 멀어지고 내 생각은 제이제이 삼촌 쪽으로 옮겨갔다. 삼촌은 내 생일에 맞춰 돌아오기로 약속했으니 분명 선물도 사오실 것이다. 뭘 사오실까? 좋은 것이겠지. 삼촌은 커마벨라에서 누군가를 데리고 올 것이고, 우리는 게임도 하고 신나게 즐거운 시간을 보낼 터였다. 나는 이제 막 열일곱, 아니 겨우 열일곱 살이 되었다. 앞으로 긴 인생이 남아 있었고, 그 인생을 마음껏 즐길 것이다. 아, 살아 있다는 건 정말 좋은 일이었다! 세상은 얼마나 멋진 곳인가! 나는 오렌지를 짜기만 하면 되었고, 그러면 달콤한 과즙이 흘러나올 것이다.

개울 소리가 멀리서 들렸고, 햇빛은 찬란히 춤추고 있었다. 할머니의 목소리는 너무나 달콤했고, 코카투 앵무새들은 집 위에서 날아다니다 서쪽으로 사라져버렸다. 여름은 천국이고, 인생은 기쁨이라고 나는 다시 한번 되뇌었다. 기쁨! 환희! 녹색과 붉은색의 앵무새들이 대문 옆 장미 덤불 위에서 잠시 머물다가 여름날 속으로 휙 날아갔다. 햇빛 속 반짝임에도 기쁨이 있었고, 벌들이 윙윙거리는 소리에도 환희가 있었다. 그리고 내 마음도 함께 뛰었다. 길가 전신줄 위에 앉아 있던 쿠카부라 새가 기쁨에 겨운 웃음을 터뜨렸다. 울음소리가 마치 사람 웃는 소리 같았다. 인생의 기쁨과 환희!

여름은 황홀한 꿈이고, 인생은 그 자체로 기쁨이라고 나는 마음속으로 중얼거렸다. 나는 그 말을 되풀이하고 또 되풀이했다. 그건 수없이 반복해도 좋을 만큼 충만한 행복의 선율이었다. 개울의 잔잔한 소리가 멀어졌고, 시집들이 무릎에서 미끄러져 바닥에 떨어졌다. 그러나 나는 개의치 않았다. 너무 행복해서 지금은 책에서 위로를 찾을 필요가 없었다. 청춘! 환희! 여름!

정원으로 들어오는 문이 덜컹하고 닫히는 소리 덕분에 나는 달콤하고 몽롱한 잠에서 깨어났다. 할머니는 베란다에서 나가셨고, 헬렌 이모는 꽃병에 양치식물과 라 프랑스 장미를 꽂고 있었다. 식당에서 들려오는 경쾌한 소리는 내 생일 파티 준비가 한창임을 알려주었다. 넓은 베란다 끝에 누워 있던 노란 햇살은 그림자를 길게 그리며 서쪽으로 기울어가고 있었다. 나는 석양이 지는 것을 느끼며 모기장을 바로 폈다. 누군가 — 아마 이모였을 것이다 — 내 얼굴을 파리로부터 보호하려고 모기장을 씌워두었던 모양이다.

나는 아직 잠든 척하며 몸을 웅크렸다. 정원의 돌 징검다리를 밟고 들어오는 발소리를 듣고 나는 해럴드 비첨이 도착했다는 것을 알았다.

"안녕하세요. 제 친구 아치 굿첨을 소개합니다. 오늘 날씨 정말 덥지 않나요? 그늘에서도 38도라니 정말 끔찍해요!"

헬렌 이모가 인사하며 손님들에게 자리를 안내하고는 말했다.

"해럴드, 예술적인 감각을 발휘해서 이 꽃들 좀 이쁘게 꽂는 걸 도와줄 수 있겠어요? 굿첨 씨도 원한다면 함께 해도 좋고요."

해럴드는 좋다고 하며 말했다. "조카분은 왜 이렇게 조용한가요? 이렇게 조용한 적이 없는데."

"네, 보통은 그렇죠. 우리 집안의 활기를 담당하는 폭풍 같은 아이죠. 하지만 오늘은 좀 피곤한 모양이에요. 자고 있어요. 아까 낮에 양 떼를 몰았거든요."

"뭔가 가져다가 간질이면 재미있을 거 같은데?" 굿첨 씨가 말했다.

"그래, 해봐." 해럴드가 말했다. "하지만 화낼 수도 있으니 조심하고. 아주 까칠하거든."

"괜히 기분 나빠할 수 있으니 그럼 안 되겠군요."

"아니요." 이모가 끼어들었다. "본인이 가장 재밌어할 거예요."

나는 모기장 아래에서 반쯤 눈을 뜨고 그가 다가오는 모습을 지켜보았다. 장미 가지를 쥐고 다가왔는데 나는 간지럼에 매우 예민해, 귓불 아래를 간질이자마자 의자에서 펄쩍 뛰어올라 일어나버렸다. 그는 스무 살쯤 돼 보이는 쾌활한 젊은이였다. 왠지 낯익은 얼굴이었다. 그는 아주 상냥하게 웃으며 다가와 손을 내밀며 말했다.

"드디어 만나게 됐군요!"

그 말에 주변 사람들이 모두 놀란 눈으로 그를 바라보았고, 해럴드는 의심스럽다는 투로 말했다.

"멜빈 양을 모른다고 해놓고… 소개가 필요 없는 모양이네."

"아, 아니, 필요해." 굿첨 씨가 속사포처럼 덧붙였다. "이름을 몰랐거든."

"그럼 모르는 사이가 맞는 거야?" 해럴드는 의아해하며 말했다. 할머니가 마침 들어오셔서서 엄하게 꾸짖으며 말했다.

"초면인데 그런 장난을 친다고?"

굿첨 씨가 급히 설명했다. "아닙니다. 손녀분을 몇 번 보긴 했습니다. 전 은행에서 일하고 있는데요, 한번은 자전거를 타고 가다가 손녀분의 말 장비가 부러진 걸 제가 주머니칼과 끈으로 고쳐준 적이 있습니다. 그래서 제가 꽤 유용한 사람이라는 것을 증명했죠. 그 후로 손녀분이 누군지 알아내려했지만 실패했어요. 해럴드한테서 멜빈 양이 골번 출신이라고 들었을 때도 전혀 그때 그분이라고는 생각도 못 했죠."

"참 로맨틱하네요." 헬렌 이모가 웃으며 말했다.

나는 굿첨 씨가 내가 누구인지 지금까지 몰랐다는 사실에 안도했다. 지금 나는 캐더갓의 보시에 부인의 손녀 시빌라

멜빈이고, 파이브밥 다운스 목장의 호화로운 비첨 가문의
절친이지만, 골번에서는 단지 술주정뱅이, 동네에서 술집을
전전하던 사람으로 유명한 농부 딕 멜빈의 딸이었으니까.

굿첨 씨는 이런 시골에는 생전 처음 와보았다며 매우 즐
거워했다. 캐더갓 근처의 골짜기들이 양치식물이 아름답기
로 유명하다고 들었다며 가보고 싶다고도 했다. 이에 헬렌
이모는 산책을 제안했고, 산책을 나가기 전에 집안일을 마
무리하고 오겠다며 서둘렀다. 이모를 기다리는 동안 해럴드
가 오늘이 내 생일임을 언급했고, 굿첨 씨가 예의상 축하 인
사를 건네며 말했다.

"오늘부로 몇 살이 되었는지 묻는다면 실례가 될까요?"

"열일곱이에요."

"아, '달콤한 열일곱, 아직 입맞춤을 해본 적이 없다네'라
는 노래 가사도 있지만, 설마 멜빈 양도?"

"맞아요. 사실이에요."

"그렇다면 오래가지 못할 거예요." 그는 은근한 몸짓을 보
여주며 내 쪽으로 다가왔다. 나는 도망쳤고, 그가 뒤따랐다.
할머니가 식당에서 나오시며 내가 정원 문을 쾅 닫고 도망
치는 걸 보고 물었다.

"또 무슨 일이야?"

하지만 굿첨 씨는 위협을 실행하지 않았고, 우리는 근처
양치식물이 있는 곳으로 걸어갔다. 해럴드와 헬렌 이모도
우리 뒤를 따랐는데 이모는 나를 위해 모자까지 들고 나오
셨다. 우리가 골짜기를 한참 올라갔을 무렵, 헬렌 이모가 소

리쳤다. "우린 여기서 좀 쉬고 있을게. 너는 저기 양치식물 있는 굴 안을 안내해드리렴."

나는 굿첨 씨와 함께 계속 걸었고 이모와 해럴드의 모습은 시야에서 사라졌다.

"껍질이 아주 부드러우니 저기 유칼립투스 나무에 우리 이름을 새겨보는 건 어때요?" 은행원 청년이 그렇게 말했고, 나는 그 제안을 흔쾌히 받아들였다.

"상징적으로 새겨야겠어요." 그가 말하며 조각을 시작했다.

그는 작은 칼을 능숙하게 다뤘고, 몇 분도 채 안 되어 'S. P. M.'과 'A. S. G.'라는 이니셜을 새긴 뒤, 그것들을 원 안에 넣고 두 개의 하트를 교차해 곁들였다.

"이 정도면 아주 그럴듯하네요." 그가 말하며 몸을 돌리다가 나를 보곤 덧붙였다. "이런, 그러다가는 일사병 걸리겠어요. 제 모자 좀 쓰세요."

사양했지만 거듭 권하길래 나는 그럼 내가 그의 머리에 손수건을 두르게 해준다면 모자를 쓰겠다고 조건을 걸었다.

나는 그의 모자를 받아 쓰고 나서 그의 머리 위로 실크로 된 커다란 손수건을 덮어 턱 밑에서 매어주었다. 그때, 가지 하나가 뚝 부러지는 소리가 들렸다. 고개를 들자 그 순간, 해럴드 비첨이 서 있는 게 보였다. 그의 얼굴엔 나를 놀라게 할 만큼 뜻밖의 표정이 떠올라 있었다.

"이모님께서 이 모자를 갖다주라 하셔서서." 그의 말투는 어딘지 모르게 퉁명스러웠다.

"이제 그 모자는 당신이 쓰세요. 전 벌써 진급했거든요."

나는 건들건들 모자를 들어 그를 향해 인사하며 익살스럽게 말했다. 하지만 그는 평상시와는 다르게 웃어넘기지 않고, 오히려 눈살을 찌푸렸다.

"우리가 이름을 새겼어. 적어도 나는⋯." 굿첨이 말하며 조심스레 분위기를 풀어보려 했다. 그러나 해럴드는 내 모자를 툭 땅바닥에 던지고서 짧게 말했다.

"가자, 굿첨. 우리 이제 그만 돌아가야지."

"어머, 가지 마세요, 비첨 씨. 제 생일 파티에 오신 거 아니었어요? 이모가 아주 엄청나게 큰 케이크를 구우셨어요. 꼭 계셔야 해요. 제 생일인데 빠지시면 말이 안 되죠."

하지만 그는 "생각이 바뀌었소."라고 무뚝뚝하게 말하고는 성큼성큼 걸음을 옮겼다. 그의 걸음이 너무 빨라서 우리 둘은 가까스로 따라붙어야 했다.

내가 돌려준 모자를 다시 쓰면서 굿첨이 속삭였다. "보스가 불개미한테 물렸나 봐요."

집에 도착하니, 이미 다른 손님들이 와 있었다. 커마벨라에서 온 굿제이 청년과 그의 여동생, 여동생의 가정교사, 그리고 농장 견습생 두 명이 베란다에 앉아 있었다. 식당 문 쪽에서는 제이제이 삼촌이 셔츠 차림으로 집에서 만든 진저에일 여섯 병을 양팔에 안고 나오고 있었다. 삼촌은 병들을 바닥에 턱 내려놓고, 셔츠 주머니에서 술잔 두 개를 꺼내며 말했다. "자, 누가 맥주 한잔하겠나? 이 더위에 다들 목이 바짝바짝 탈 텐데. 해럴드, 너도 한잔해. 더위에 성질까지 났구

나. 아, 아치도 왔네! 여기 한 병 마셔봐. 오는 길에 술집이 줄지어 있었다면 내가 다 말려버렸을 텐데. 이렇게 미치도록 목이 마른 건 생전 처음이야."

"줄리어스, 정말!" 삼촌이 가정교사에게 큰 맥주잔을 내밀자 할머니가 말씀하셨다. "크래독 양은 그런 파인트 잔에는 못 마셔."

"내 잔이 마음에 안 들면 자기 잔을 가져오라고 해요." 개구쟁이처럼 웃는 삼촌은 기분이 좋을 때면 익살스러운 광대가 되곤 했다.

나는 잔을 가지러 갔고, 술병이 다 비자 삼촌은 아직 햇빛이 남아 있을 때 테니스 게임이나 한판 하자고 제안했다. 모두들 좋다고 하며 테니스 코트로 향했다. 집으로 돌아가려던 계획을 바꾼 듯 해럴드도 함께했다.

과수원에는 딸기와 잘 익은 체리가 지천이었다. 삼촌은 나에게 과일을 따오라고 심부름을 시켰고 나는 기꺼이 바구니를 들고 나섰다. 굿첨 씨가 동행하겠다고 나섰지만, 해럴드 역시 전쟁터라도 가는 듯한 결연한 자세로 같이 가겠다는 의지를 보였다. 굿첨 씨는 장난스럽게 윙크하며 말했다.

"보라, 우리의 영웅이 타오르는 광산으로 내려간다!"

23. 아, 한 시간의 뜨거운 사랑은 백 년 동안의
차가운 존경과도 바꿀 수 없으리니!

우리는 한마디도 하지 않고 걸었다. 해럴드는 내가 들고 있는 작은 바구니를 들어주려고도 하지 않았다. 나는 감히 그의 얼굴을 쳐다보지 못했다. 무언가 내게 그 덩치 큰 남자의 표정이 심상치 않을 거라고 말해주고 있었다. 나는 손가락에 끼고 있던 반지를 돌렸다. 때때로 그가 준 반지를 손바닥 쪽으로 돌려 끼곤 했는데, 그러면 그것이 이 집에 머무는 동안 이모가 끼고 있어도 좋다고 허락해준 두세 개의 반지들 중 하나라고 착각하지 않을까 싶어서였다.

캐더갓 과수원의 면적은 25만 평방미터에 달했고, 집에서 멀리 떨어진 과수원 끝에 체리나무들이 자라고 있어서 우리가 그곳에 도달하는 데 시간이 좀 걸렸다. 나는 우리 목적지로 향해 앞장서서 걸었다. 그곳은 포도 덩굴이 무화과나무를 타고 올라가고, 구스베리 덤불이 체리나무들의 낮은 가지와 맞닿은 외진 곳이었다. 푸른색과 노란색 루핀 꽃들이 무릎 높이까지 자라고 있었고, 그 사이에 야생 딸기가 자라고 있었다.

우리는 여전히 어떤 소리도 내지 않았고, 나는 그 사람을 한 번도 돌아보지 않았다. 목적지에 다다라 내가 멈춰 서자 그가 갑자기 방향을 틀어 내 손목을 움켜잡았고, 그 바람에 바구니는 내 손에서 빙빙 돌며 떨어졌다. 나는 그의 얼굴을 올려다보았다. 그 얼굴은 열정으로 타오르고 있었다. 자연과 태양이 준 어두운 빛보다 더 어두운 색조로 물들었고, 부드럽게 접힌 칼라 아래 잘 다듬어진 목과, 땀에 젖은 빽빽한 검은 머리카락이 넓은 이마에 드리워져 있었다.

"놓으세요, 이 손!" 나는 단호하게 말했다. 몸을 비틀어 빠져나오려 했지만, 사자를 떼어놓는 게 더 쉽지 않을까 싶었다.

"놓으라고요!" 나는 다시 말했다.

그는 오히려 더 단단히 내 팔을 붙잡았다. 한 손은 팔꿈치 위를 꽉 쥐었고, 다른 손은 어깨를 움켜쥐어 내 얇은 옷 위로 그의 강한 손가락이 느껴졌고, 몸에 멍이 들 것 같았다. 다른 때 같았다면 나는 비명을 지르며 몸부림쳤을 것이다.

"어떻게 감히 내 몸에 손을!" 그는 내가 하는 말에 아랑곳하지 않고 자신의 얇은 셔츠를 내 몸에 밀착시켰다. 나는 그의 뜨거운 체온과 미친 듯이 뛰는 그의 심장 소리를 느낄 수 있었다.

드디어! 드디어! 나는 이 고요한 침묵 속에 침잠하던 거인을 깨운 것이었다. 수많은 무의미한 몸부림 끝에 나는 조금이나마 진짜 사랑, 혹은 열정, 혹은 어떤 이름을 붙여야 좋을지 모르겠는, 야생적이고 뜨겁고 짜릿하게 살아 있는 무언가를 느꼈다. 그것은 온몸에 전율을 선사하는, 전기에 감전된 것처럼 절묘한 감각이었다.

나는 그 상황을 온전히 즐겼지만, 겉으로는 내색하지 않았다. 그 상태로 몇 분이 지나도 그는 입을 열지 않았다.

"비첨 씨, 해명해보세요. 이게 무슨 짓이에요. 어떻게 감히 내게 손을?"

"해명이라니!" 그는 말을 한다기보다 거친 숨을 내쉬었다. 분노가 극에 달한 어조였다. "해명을 해야 할 사람은 그쪽입니다. 해명이 흡족하지 않으면 당신을 담장 너머로 던져버릴 것이오."

"내가 뭘 해명해야 하는 거죠?"

"다른 남자들에게 한 당신의 행동. 어떻게 감히 딴 남자의 관심을 끌고 그렇게 친밀하게 지낼 수 있는 거죠?"

"난 당신의 허락 없이 행동할 권리가 있다는 걸 기억해주세요."

"난 내 약혼반지를 낀 여자가 당신처럼 행동하는 걸 용납할 수 없어요. 나는 당신 약혼자이기 때문에 이렇게 행동할 권리가 있다고 생각합니다. 난 훌륭한 여성을 얼마든지 찾을 수 있고, 그 사람들은 내 반지를 끼고 그렇게 행동하진 않을 거예요." 그는 격렬하게 말했다.

나는 머리를 거만하게 젖히며 말했다. "나를 놓아줘요. 그럼 나 스스로 그리고 당신도 이해할 수 있도록 상황을 설명해줄게요. 해럴드 비첨 씨."

그러자 그가 나를 놓아주었고, 나는 몇 걸음 물러서서 값비싼 반지를 손가락에서 빼 무심하고 경멸스러운 태도로 그의 발치에 던졌다. 떨어진 반지 주변으로 으깨진 딸기가 땅바닥을 적시고 있었다. 나는 그를 향해 비웃으며 말했다.

"이제 당신의 약혼반지를 끼게 될 여자에게 가서 말해보시죠. 나는 더 이상 그 반지를 끼고 내 품위를 떨어뜨리지 않을 거니까. 당신 스스로 생각하는 것만큼 내가 당신을 대단한 사람이라 여긴다고 믿는다면, 그건 착각이에요, 비첨 씨. 하하하! 미래에 당신의 노예가 될 사람이니, 나를 꾸짖을 권리가 있다고 생각했나요? 세상에! 나는 당신이랑 결혼할 생각이 조금도 없었어요. 당신이 너무 거만해서 그걸 좀 고쳐주려고 했던 거지. 결혼이라니! 하하! 사회적 규범 때문에 여자들이 결혼에 목을 매고 안락한 생활을 위해 남자를 구해야 한다고 해서, 모든 여자들이 당신 재산 때문에 참아야 할 귀찮은 존재인 당신을 노리고 있다고 생각하지는 마세요. 그리고 제 한 몸 누일 곳을 찾기 위해 결혼을 하는 여자들이 있을지라도, 모든 여자들이 다 그런 건 아니랍니다. 설명이 되었나요? 비첨 씨? 하하하!"

내 말을 듣고 있는 그의 얼굴에서 질투와 분노가 사라지고, 그 자리를 무서운 창백함과 떨림이 대신하고 있었다. 나는 내가 비웃어 마지않았던 사랑에 대한 묘사들이 어느 정도는 사실일지도 모른다는 생각이 들기 시작했다.

"진심입니까?" 그는 시체와 같은 차분한 목소리로 물었다.

"진심이고 말고요."

"그렇다면, 멜빈 양, 나는 당신을 별로 존중하지 않는다고 말할 수밖에 없겠습니다. 나는 여성들이 세 부류가 있다고 생각합니다. 돈만 있다면 흑인과도 결혼하는 여자, 뻔뻔한 바람둥이, 그리고 순수하고 진실해서 남자가 목숨을 걸고 숭배할 수 있는 여자. 난 당신이 그 세 번째 부류라고 생각했는데, 착각이었나 봅니다. 당신은 항상 무심하고 스스로를 별 볼 일 없는 사람인 척하지만 그건 젊음과 치기일 뿐, 그 바탕에 좋은 마음씨를 가진 사람이라고 생각했는데. 하지만 내가 틀렸군요." 그는 조용하게 경멸을 담아 본인이 하고픈 말을 했다.

그의 얼굴은 평정을 되찾았고, 부드러운 수염 아래 선명한 입술은 굳게 닫혀 있었다. 그는 화해를 먼저 청하지 않을 것이다. 목숨이 걸려 있다고 해도 안 할 것이었다.

"휴!" 나는 비꼬며 말했다. "우린 다 착각 속에 사는 모양이네요. 아름다운 여자를 구해 그 반지를 끼워주고 당신 성을 따르게 하세요. 적절한 때에 '예'와 '아니요'를 말할 줄 알고, 격식에 맞게 옷도 제대로 입고, 다른 여자들이 하지 않는 일은 자신도 절대 하지 않고, 좋은 식료품 사는 법도 알고, 당신 재산을 위해 스스로를 팔아넘길 준비가 되어 있는 그런 여자 말이에요. 그런 여자가 남자들에게 딱이잖아요. 그런 여자 넘쳐납니다. 제발 어디 가서 그런 여자나 구하고 나 좀 귀찮게 하지 말아요. 나는 키도 작고 어리고 별 볼 일 없는 여자니까. 당신이 나를 그렇게 생각했다는 건 당신 감각이나 취향에 큰 문제가 있는 게 분명해요. 그럼 안녕히 가세요, 비첨 씨." 나는 비웃으며 뒤돌아 걸어갔다.

과수원의 절반쯤 내려가다, 나는 사과나무 아래서 잠시 멈췄다.

나는 사랑을 갈구하는 쓰라린 마음에, 또 내가 당한 고통에 복수하는 기분으로 독설을 내뱉었고, 상대방의 얼굴에 나와 같은 감정이 비치는 걸 보며 잠시나마 희열을 맛보았다. 하지만 이제 마음이 평정을 되찾고 냉정해지자, 나 자신보다 해럴드를 먼저 생각하게 되었다.

나는 그를 시험해보고 싶었다. 늘 침착한 그의 태도를 보고 내가 그의 마음을 흔들 수 있을지 궁금했다. 나는 그가 감정이 없을 거라 생각했지만, 그는 강인하면서 깊은 감정을 가진 남자였다. 그런 사람이라면 열정적인 사랑 또한 가능하지 않을까? 그리고 그의 분노는 인색하거나 잔인하지 않았고, 정당했다. 내가 그의 청혼을 받아들임으로써, 그는 내가 그의 뜻에 반하는 행동을 하면 이의를 제기할 권리를 갖게 되는 셈이었다. 반면 나는 그의 기분을 맞추어주거나 아니면 약혼을 끝낼 자유가 있었다.

남자의 사랑이 거절당하거나 멸시받았을 때 단순한 자존심 문제 이상의 무언가가 있을 수 있다. 해럴드는 실망하고 고통받는 것 같았다. 명백히 잘못한 쪽은 나였고, 난 그에게 그런 폭언을 할 권리가 없었다. 해럴드 비첨이 아무리 거만을 떤다 해도, 내가 그의 심판관 노릇을 할 권리는 없었다. 그를 바로잡으려는 책임을 내가 떠맡을 이유도 없었다. 여기까지 생각이 미치자 내 행동이 부끄러웠고, 누군가의 마음을 아프게 해서 미안했다.

나는 사람들과 사이가 나빠지는 걸 참지 못하고, 다투고 나면 언제나 내가 먼저 화해를 청하는 편이었다. 토라져 있는 것보다 그편이 훨씬 수월할뿐더러, 그렇게 하면 상대는 제법 뿌듯해하며 스스로 만족해하는데 그 모습이 우습기도 하니까. 무엇보다 나는, 나는 해럴드 비첨을 너무 좋아하고 있었다.

나는 몸을 돌려 조용히 과수원 쪽으로 다시 가기 시작했다. 그는 내게서 등을 돌리고 있었고, 초록 잎 사이로 살짝 보이는 울타리 기둥에 팔꿈치를 기댄 채 이마에 손을 짚고 있었다. 그 모습에 낙담이 고스란히 드러났다. 아마도 깨진 이상에 대한 고통을 겪고 있으리라.

그의 오른손은 힘없이 옆으로 늘어져 있었다. 내가 다가가는 인기척조차 느끼지 못하는 것 같았다. 내 심장은 빠르게 뛰었고, 나는 그가 나를 거부할까 두려워 망설였다. 그러나 만약 그가 날 거부한다면 내가 한 짓이 있으니 그를 탓할 수 없다고 스스로 다독였다. 내가 그에게 무례했으니, 그도 보복할 권리가 있었다. 나는 내 행동이 무시당하거나 거부될 거라 예상하고 아주 조심스럽게 내 손가락을 그의 손바닥에 넣었다. 하지만 걱정할 필요가 없었다. 갈색으로 그을린 단단한 손, 결코 비겁하게 남에게 타격을 가해본 적 없는 그의 손이 내 손을 부드럽게 감싸 쥐었다.

"비첨 씨⋯. 해럴드, 내가 너무 끔찍한 말을 한 것 같아요.

미안합니다. 입에 담아서는 안 될 말을 했어요. 용서해주겠어요? 그리고 우리 다시 시작해요.” 나는 속삭였다. 경박함, 쓰라림, 장난기는 전부 사라졌다. 진지했고 진심이었다.

그가 한참 내 눈을 들여다보더니 만족한 듯 입가에 늘 그랬던 사랑스러운 표정을 지으며 말했다.

“진심이에요? 이게 바로 내가 아는 여자의 진짜 모습이지.”

“진심이에요. 용서해줄 거죠?”

“용서하고 말 것도 없어요. 당신이 그런 무시무시한 말들을 의도적으로 한 게 아니었고, 기억도 못 할 거라 확신하니까.”

“하지만 어떤 면에서는 정말 그랬고, 또 어떤 면에서는 아니기도 해요. 어쨌든 우리 다시 시작해요.”

“어떻게 다시 시작한다는 거죠?”

“다시 친구가 되자는 뜻이에요.”

“친구라니!” 그는 화들짝 놀란 듯 말했다. “나는 그 이상을 원해요.”

“좋아요, 내가 그 이상이 될게요. 당신이 날 그렇게 만들려고 노력만 한다면.” 내가 대답했다.

“어떻게? 그게 무슨 뜻이에요?”

“당신은 내가 당신을 좋아하게 만들려는 노력을 하지 않았어요. 사랑한다는 말 한마디도 해본 적이 없잖아요.”

“세상에!” 그는 놀라며 소리쳤다.

“사실이에요. 나는 당신이 나에 대해 신경 쓰는지 알아보려고 바람둥이 짓만 했는데, 당신은 전혀 개의치 않았잖아요.”

"감정을 드러내지 말라고 한 거, 그쪽이 한 말 아닌가요? 신경을 안 쓰다니… 지난 2주 동안 나는 당신과 나를 다 죽여버리고 싶을 만큼 괴로웠는데. 지금까지 겨우 감정을 억눌러온 거라고요. 내가 준 반지 다시 낄 겁니까?"

"아뇨. 제가 당신과 결혼할 만큼 당신을 사랑하지 못하는 걸 가지고 날 바람둥이라고 하지 말아요. 하지만 최선을 다할게요."

"날 사랑하는 거 아닌가요? 난 처음 본 순간부터 밤낮으로 당신 생각만 했어요. 한데 당신은 나한테 눈곱만큼도 신경을 쓰지 않은 거예요?" 그의 얼굴에 고통스러운 표정이 떠올랐다.

"해럴드, 신경을 안 쓰기는요. 오히려 사랑하는 쪽에 훨씬 가까워요. 하지만 너무 서두르지는 마세요! 뭐하면 우리 둘이 몰래 약혼한 걸로 생각해도 좋아요. 하지만 반지는 안 낄 거예요. 우리 사이가 어떻게 되는지 지켜보고 나중에 생각해요." 나는 반지를 찾아 나섰고, 몇 걸음 떨어진 곳에서 찾아낸 반지를 주워 그에게 건넸다.

"내가 그렇게 끔찍하게 분노를 드러냈는데 그런 나를 다시 믿을 수 있겠어요? 난 가끔씩 그래요, 알겠지만." 그가 말했다.

"믿을지 모르겠지만, 나는 그게 너무 좋았어요. 앞으로도 그렇게 화를 내줬으면 해요. 난 절대 감정을 드러내지 않는 사람은 견딜 수 없으니까. 아니, 가슴속에 아무것도 없어서 빈 껍데기 같은 사람을 보면 너무 답답해요."

"하지만 난 진짜 무서운 성질이 있어서 사탄만이 내가 무슨 짓을 할지 알 거예요. 그래도 내가 무섭지 않아요?"

"무섭긴요." 나는 웃으며 말했다. "난 반항할 거예요."

"참새도 나에게 반항할 수 있겠지." 그는 재미있다는 듯 말했다.

"그럼요. 당신이 아무리 덩치가 커도 참새는 훨씬 더 움직임이 자유로우니 당신에게 반항하고 도망갈 수 있지요." 내가 답했다.

"그렇지, 새장에 갇히지만 않는다면." 그가 말했다.

"그런데 만약 당신이 절대 새장에 넣지 못한다면?" 내가 물었다.

"무슨 뜻이죠?"

"무슨 뜻일까요?"

"글쎄. 당신 말엔 항상 서너 가지 뜻이 있어서."

"오, 고마워요, 비첨! 정말 영리한 분이셔요. 나는 내가 하는 쓸데없는 말 중에 뜻을 겨우 하나라도 뽑아낼 때마다 감사한 마음인데."

찬란한 여름날이 수평선 위에 잠들고, 황혼이 어스름히 지고 있었다. 우리는 체리와 딸기로 채워지지 않은 빈 바구니를 들고 테니스 코트로 돌아왔다. 선수들은 막 경기를 끝내고, 코트를 입고 있었다. 해럴드는 자기 코트를 가져와 팔을 집어넣었고, 사람들은 우리에게 장난기 어린 말들을 쏟아내었다.

내 생일 만찬은 성공리에 끝났고, 식사 후 우리는 응접실에 모여 즐거운 시간을 보냈다. 삼촌은 선물이 들어 있다며 큰 상자를 내게 건네셨다. 모든 사람들의 뜨거운 관심 속에 상자를 열었는데, 그 안에는 인형과 인형 옷을 만들 재료가 들어 있었다! 나는 크게 실망했지만 삼촌은 그게 내게 딱 맞는 선물이라며, 부랑자나 정치 문제를 걱정하는 것보다 인형을 가지고 노는 편이 훨씬 낫다고 하셨다.

나는 저녁 내내 예의 바르게 행동했고, 작별 인사가 한창일 때 해럴드와 마지막 인사를 할 기회가 있었다. 그가 작별 인사를 하기 위해 몸을 숙였을 때 나는 이렇게 속삭였다.

"당신 마음을 알았으니, 더 이상 바람둥이 짓으로 괴롭히지 않을게요."

"그런 말 하지 마요. 아깐 잠깐 화가 나서 그런 거였어요. 수녀처럼 살지 말고, 마음껏 즐겨요. 내가 그렇게 이기적인 사람은 아니니까. 이렇게 작고 어린 사람을 괴롭히는 건 너무 잔인한 짓이지. 그리고 내가 그렇게 미친 듯이 화를 냈는데도 진짜로 내가 싫어지지 않았어요?"

"아뇨, 오히려 나는 그 점이 맘에 들었어요. 좋은 밤 되세요!"

"그럼 안녕히." 그가 말했다. 그리고 내 두 손을 꼭 잡으며 덧붙였다. "당신은 세상에서 가장 좋은 여자예요. 앞으로 당신의 모든 생일을 함께 보낼 수 있게 되길 바랍니다."

"오늘 오후 멜빈 양이 무슨 말을 했는지 모르겠지만 아무래도 그게 약효가 있었나 보네요. 해럴드가 조금 더 다정해진 걸 보니." 옆에 있던 굿첨이 말했다.

이어서 모두가 인사를 나눴다. 보시에 씨 안녕히 계세요. 해럴드도 안녕, 아치, 안녕. 멜빈 양도 좋은 밤 되기를. 모두 모두 좋은 밤 되세요.

나는 그날 밤 책상 앞에 오래 앉아 있었다. 깊고 긴 생각들, 어리석은 생각들, 슬픈 생각들, 즐거운 생각들, 철든 생각들, 그리고 젊음과 사랑의 달콤하고도 순수한 생각들이 넘쳐흘렀다. 남자들은 내가 생각했던 것만큼 무적도 아니고, 상처받지 않는 존재도 아니라는 생각이 들었다. 그들도 결국에는 감정과 애정을 지닌 존재였다.

나는 옷을 갈아입다가 내 몸을 보고 기쁜 마음에 혼잣말을 했다. "해럴드, 우리 이제 비겼어." 부드럽고 하얀 내 어깨와 팔에는 파랗고 검은 멍 자국이 군데군데 생겨 있었다.

그날은 정말 행복한 하루였다.

24. 오늘 하루 무슨 일이 닥칠지
아무도 모를지니

해럴드 비첨을 다시 만난 것은 12월 13일 일요일이었다.
작은 울타리 안, 길가 쪽에 심어진 나무 아래 해먹이 매달려
있었는데 나는 앞뒤로 흔들리는 해먹에 몸을 맡기고 재미있
는 책을 읽으며 맛있는 구스베리를 즐기고 있었다. 그러다
가 해럴드가 다가오는 것을 보고는 자고 있으면 혹시 은근
슬쩍 자는 내 얼굴에 키스라도 해줄지 모르니 일부러 잠든
척했다. 하지만 그럴 사람이 아니었다. 그는 말을 울타리에
매고는 울타리를 훌쩍 넘어 내게 다가와 내 머리카락을 흔
들며 깨웠고, 내가 잠을 깬 척하자 내가 너무 곤히 잠들어 있
어 깨우느라 애를 먹었노라고 했다.

나는 그가 헝클어놓은 머리를 문제 삼으며 원상 복귀를
해놓으라고 요구했지만 그는 나의 머리가 아무 문제 없이
말짱하다며 도대체 어떻게 해달라는 말인지 이해하지 못하
겠다고 했다. 그저 "좀 흐트러져 보일 뿐" 멀쩡하다면서.

"남자들은 참 이상해요." 내가 투덜거렸다. "어떤 면에서는 놀라운 두뇌를 가졌지만, 사소한 일에서는 부엉이 머리가 낫지 않을까 싶을 지경이에요. 지질학, 광물학, 해부학처럼 나에겐 두통만 일으키는 것들을 거뜬히 배우고, 정치를 꿰뚫어 보며, 대규모 저수조 계획 같은 것을 세우고, 한번에 농장 다섯 곳을 관리할 수 있지만, 단추를 달거나 머리를 매만지는 일은 절대 못 하니 정말 이상하죠."

어떻게 이런 소문이 퍼졌는지 알 수가 없었다. 그 무더운 오후에 해럴드 비첨이 해먹을 타고 있던 나를 놀라게 한 이야기가 오랫동안 마을의 공공연한 화젯거리가 되었기 때문이다.

그는 나에게 지금 자신이 처한 상황을 설명하기 위해 캐더갓에 왔다고 했다. 그리고 이제야 온 이유는, 그동안 다시 재기할 수 있을 거란 희망을 가지고 마지막 순간까지 기다렸기 때문이라고 했다. 내게 사업이라는 것은 큰 미스터리였고, 그 분야에 관심도 없었다. 그러니 그날 오후, 내가 해먹에 누워 있을 때 해럴드가 나무에 기대어 서서 나를 내려다보며 들려준 이야기를 정확히 재현할 자신도 없다.

위조 채권, 투자 실패, 부채와 자산, 개인 재산, '공식 수탁인(그게 뭔지 모르겠다)', 자발적 재산 압류, 그리고 바르쿠 변호사도 머리가 아플 만한 온갖 용어들이 쏟아졌다. 거기다 자발적 파산 선고 같은 말도 튀어나왔는데 아무튼 말끝마다 그런 법률 용어들이 한가득 섞여 있었다. 종합해보건대 내가 파악한 결론은, '행운아'로 불리며 부러움의 대상이었던 해럴드 비첨이 유례없는 불운의 연속에 시달리고 있다는 것이었다. 그는 사람들이 생각했던 만큼 부유하거나 탄탄한 상황이 아니었다.

그는 몇 년 전 은행이 도산한 사건 때문에 크게 흔들렸고, 진드기병으로 퀸즐랜드의 재산이 거덜났다. 가뭄 때문에 뉴사우스웨일스의 상황도 거의 파탄에 이를 지경이었으며, 작년 화재 때 양모가 불에 타고, 그 양모를 맡겼던 중개인이 파산하면서 상황은 더욱 악화되었다. 그리고 이제 그의 유일한 버팀목이던 건축조합마저 망하면서 완전히 몰락했다. 그는 재산을 압류당했고, 가능한 빨리 법원에 파산 신청을 할 예정이었다. 그 큰 재산 중에서 그나마 남은 개인 자산은 고모 두 분에게 넘겨서 남은 생을 사실 수 있도록 할 생각이었고 본인은 이제 파이브밥 다운스에서 경계 순찰을 하는 일꾼과 다를 바 없는 처지가 되었다고 했다.

나는 할 말이 없었다. 해럴드가 수많은 여타 호주 국민들에 비해 크게 불쌍한 사람은 아니었지만, 한편으로 부유한 집안에서 태어나 주인으로 자란 그가 갑자기 노동자와 동등해진 것은 매우 가혹한 일이었다.

"오, 해럴드, 정말 안타까워요!" 나는 떨리는 목소리로 겨우 이렇게 말했다.

"내 걱정은 말아요. 백만장자라도 병이 들거나 불구라면, 나처럼 서서 걸을 수 있는 몸만이라도 보존할 수 있는 것에 가진 걸 다 내놓으려 할 테니까." 그는 훌륭한 몸매를 꼿꼿이 세우며 이렇게 말했는데 얼굴에는 진지한 자부심이 가득했다. 해럴드 비첨은 울보가 아니었다. 누구에게도 비참한 자신의 심정을 털어놓지 않을 사람이었다. 하지만 살던 집마저 내놓게 된 이런 갑작스러운 몰락은 그에게 큰 충격이었음이 틀림없었다.

"시빌라, 나는 몇 년 전부터 이런 날이 올지도 모른다는 걸 알았어요. 이제 끝났으니 오히려 씁쓸한 해방감이 들 정도예요. 가장 괴로운 건 당신에 대한 희망을 버려야 한다는 사실이죠. 내가 당신이 원하는 걸 다 해줄 수 있는 부자라고 생각했을 때도 날 좋아하지 않았다면, 지금 거지꼴이 된 마당에 뒤도 돌아보지 않겠지요. 난 내가 당신을 행복하게 해주려 했던 것만큼, 나 대신 당신을 행복하게 해줄 남자가 꼭 나타나길 바랄 뿐이오."

나는 내 눈앞에 있는 남자의 놀라운 자제력에 할 말을 잃었다. 이런 파국을 앞두고 얼마나 많은 걱정을 했을까? 그러나 나는 그동안 그가 괴로운 상황에 처해 있다는 사실을 전혀 몰랐고, 고뇌에 차 있다는 낌새조차 알아차리지 못했다. 다만 그의 이마 위에 드리운 것은 뜻밖에도 배신의 그림자였다.

"잘 있어요, 시빌라." 그가 말했다. "이제 난 아무것도 없는 빈털터리가 되었지만, 혹시라도 도움이 될 일이 있으면 언제든 부탁해도 좋아요."

그는 내가 힘없이 내민 손을 꽉 잡았다. 그리고 천천히 울타리를 넘어갔다. 그가 넓은 어깨를 축 늘어뜨리고 천천히 말을 타고 가는 모습을 보자 나를 정신을 차렸다. 나는 그저 해럴드에게 닥친 불운한 소식에만 온 정신이 쏠려 있었고, 그가 나에 대해 어떤 식으로든 마음을 쓸 만큼 내가 중요한 존재일 거라는 생각은 해본 적이 없었다. 그런데 해럴드가 분명 그렇게 말했다는 사실이 떠올랐다. 그리고 그는 결코 빈말을 할 사람이 아니었다.

그에게 행운의 여신이 미소 짓고 있을 때는 그의 사랑을 가지고 놀았지만, 행운의 여신이 인상을 쓰자 단 한 마디 우정의 인사도 없이 그를 놓아주었다. 나 역시 가난했기 때문에 나는 그를 기다리고 있는 것이 무엇인지 알았다. 환심을 사려고 아부하던 이들이 가장 먼저 등을 돌릴 것이다. 그는 사랑과 우정의 신화가 얼마나 허망한지 알게 될 것이고, 냉소적이고 악에 받쳐, 인간 본성에 순수한 선이 있다는 말 따위는 믿지 않게 될 것이다. 나 역시 그런 냉혹한 세상에 지쳐 있었기에, 해럴드 비첨이 그런 운명을 맞지 않도록 무엇이든 해주고 싶었다. 아직 젊은 나이에 그런 쓴맛을 보게 하는 것은 마음 아픈 일이었다.

울타리 너머 길까지 가는 지름길이 있었고, 그 지름길이 떠오르자 나는 모자도 쓰지 않은 채 머리칼을 흩날리며 온 힘을 다해 달렸다. 숨을 헐떡이며 울타리에 올라서니 그가 지나가는 게 보였다.

"해럴드. 해럴드!" 내가 불렀다. "잠깐만요. 돌아와요. 돌아와!"

그가 천천히 말을 돌렸다.

"시빌라, 무슨 일이죠?"

"오, 해럴드! 아까는 너무 많은 생각이 한꺼번에 밀려와서 아무 말도 할 수 없었어요. 하지만, 설마 정말로 내가 당신의 재산에나 신경 쓰는 그런 얄팍한 여자라고 생각한 건 아니죠? 만약 당신이 진심으로 나를 원한다면… 내가 스물한 살이 되면, 당신이 가난하더라도 결혼하겠어요."

"내 귀를 믿을 수가 없군요. 난 당신이 날 좋아하지 않는 줄 알았는데. 시빌라, 그게 무슨 뜻이죠?"

"말 그대로예요."

나는 아무 말도 덧붙이지 않고 펜스에서 뛰어내려, 왔던 길을 다시 전속력으로 달려 돌아갔다.

뛰다가 멈추고 뒤돌아보니, 해럴드가 기운차게 달려가며 즐겁게 휘파람을 불고 있었다. 결국, 남자들이란 어떤 면에서는 참으로 단순하고 나약한 존재였다.

나는 오래도록 냉소적인 웃음을 흘리며, 나 자신에게 빈정거리듯 말했다.

"시빌라 페넬로페 멜빈, 네 자만심은 정말 놀랍고도 가관이구나! 네가 감히 한 남자의 인생에 도움이 될 수 있을 거라고, 그것도 진심으로 믿었단 말이야? 그 남자는 키가 188센티나 되는 건장한 청년이야. 냉철한 사업가이고, 사회적으로도 유력한 인물이며, 흠잡을 데 없는 인품에 영향력 있는 인맥까지 갖췄고, 호주 황야에 능통한 경험 많은 남자야. 이성적인 사람이고 그 무엇보다도 '상남자'야. 세상은 남자들을 위해 만들어졌다고!"

"하하! 시빌라, 그런 생각을 했단 말이지! 못생기고 가난하고 쓸모없고, 대단한 건 하나도 없는 십 대 소녀가. 가진 거라고는 꼴랑 몸뚱어리 하나가 전부인 네가. 게다가 여자의 몸으로 누군가의 버팀목이 될 수 있을 거라 생각하다니! 바닥까지 타락하고 버림받은 남자가 아닌 한 너의 도움 따위 필요 없을 거야! 하하! 오만함의 극치여!"

25. 왜?

비첨 가족은 신속하게, 크리스마스도 되기 전에 파이브밥을 떠나기로 했다. 할머니, 헬렌 이모, 그리고 제이제이 삼촌이 작별 인사를 하러 갔다. 해럴드의 고모 두 분은 파이브밥에서 쫓겨나는 일이 너무 속상했지만 조카가 일을 정리하고 새출발을 할 수 있도록 지지해주었고, 멜버른으로 거처를 옮겨 없는 듯이 숨어 지낼 생각이라고 말했다.

해럴드는 채무 문제가 정리될 때까지 시드니에 붙잡혀 있어야 했고 그 뒤에는 닥치는 대로 무엇이든 할 계획이라고 했다. 당국에서 그에게 파이브밥 관리직을 맡아줄 것을 제안했지만, 그는 자기가 주인으로 군림했던 곳에서 관리자로 일하는 상황을 받아들일 수 없었다. 이제 더 이상 파이브밥이 자기 소유가 아니었기 때문에 그는 옛 인연들과 최대한 멀어지고 싶어했다.

그는 고모 두 분이 먼저 이사 나가는 것을 도와주고, 가축을 최종 점검하고, 모든 직원들을 해고했다. 그리고 1896년 12월 21일 월요일, 해럴드 오거스터스 비첨은 파이브밥의 주인 자리에서 내려와 영원히 떠났다. 떠나기 전날인 12월 20일 일요일, 그는 우리에게 작별 인사를 하러 왔고, 그로부터 일주일 전 일요일에는 내가 그에게 했던 말을 확인하기 위해 찾아왔다. 이상하게도 할머니는 우리 사이에 무슨 일이 있을 거라고는 전혀 의심하지 않았다. 해럴드는 감정을 잘 드러내지 않는 사람이었고, 캐더갓에는 언제든 수시로 다녀갔기에, 할머니는 내가 그와 연인 사이가 될 수 있다는 가능성을 간과했고, 우리를 거의 남매나 사촌처럼 자유롭게 놔두었다.

그날 오후, 우리는 할머니와 셋이서 대화를 나누고 있었지만 나는 그가 나와 단둘이 이야기하고 싶어하리라는 것을 알았기에 복숭아밭으로 가서 구스베리를 따자고 제안했다. 아무도 반대하지 않았고, 곧이어 우리는 출발했다. 집에서 멀어지자 해럴드는 내가 했던 말이 진심인지 물었다.

"물론이죠." 내가 대답했다. "당신이 정말 세상 모든 여자들 중에서 나를 사랑하고 나를 선택하는 게 현명하다고 생각한다면."

그가 말로 표현하기 전에 나는 이미 그의 맑은 갈색 눈동자에서 그 대답을 읽었다.

"시빌라, 내 마음을, 내가 무얼 바라는지, 너무 잘 알 거예요. 하지만 나 좋자고 당신을 받아들여서 당신을 고생하게 만드는 건 너무 이기적인 일 같아요."

나는 바보가 아니라 현명하고 통찰력 있는 사람과 대화하고 있음을 잘 알았기에, 그가 곤궁한 상황에 처했기 때문에 결혼하겠다고 약속한 거라는 인상을 받지 않도록 신중히 표현하려 애썼다.

"해럴드, 돈을 잃었다고 해서 나를 내버려두고 가려는 게 이기적이라고는 생각 안 해보았어요? 당신은 젊고 건강하며 성격도 좋고 영향력 있는 인맥도 많고 능력과 분별력도 충분해요. 그러니 얼마든지 다시 일어설 수 있을 거예요. 세상과 용감히 맞서서 당신 모습에 충실하게 사세요. 설령 잘 안 돼서 실패해도 상관없어요. 내가 스물한 살이 될 때 결혼해요. 그리고 서로 도우며 살아요. 나는 젊고 강하며 힘든 일에 익숙해서 가난쯤이야 하나도 두렵지 않아요. 당신이 나를 원하는 한 나도 당신을 원해요."

"시빌라, 당신 같은 완벽한 사람한테 내가 어떻게 힘든 삶을 강요하는 짓을 하겠어요. 당신의 웃긴 변덕과 반항심 속에 진실한 마음이 숨어 있다는 걸 이미 알고 있었어요. 하지만 내가 지금 이렇게 가난뱅이가 되어버렸는데 그래도 정말 날 사랑할 수 있겠어요?"

나는 힘주어 대답했다.

"내가 돈 좀 있다고 사람을 좋아하는 그런 여자라고 생각해요? 그런 건 내가 늘 끔찍하게 싫어하는 거였어요. 남자가 귀족이든 백만장자든 내가 사랑하지 않으면 원하지 않아요. 하지만 사랑한다면 가난한 불구자라도 결혼할 거예요. 내가 당신을 좋아한 건 당신이 파이브밥을 소유해서가 아니라,

넓고 따뜻한 마음을 가진 사람이어서였어요. 진실하고, 친절하고….” 나는 여기서 내 목소리가 떨리는 걸 느꼈다. 눈물이 나올까 봐 겁이 나 말을 멈췄다.

“시빌라, 상황이 좀 정리되어 집을 구하면 그때 청혼할게요.”

“집을 구하든 구하지 못했든 당신의 마음이 원하면, 청혼하세요. 단, 한 가지 조건이 있어요. 우리가 약혼했다고 아무에게도 말하면 안 돼요. 그리고 당신도 자유의 몸이라는 걸 기억하세요. 만약 나보다 더 좋은 여자를 만나면, 나에게 ‘충실해야 한다’는 바보 같은 생각은 하지 않겠다고 약속해줘요.”

“그래, 약속할게요.” 그는 쉽게 대답했다. 아마도 예전에 많은 연인들이 그랬던 것처럼 그러한 약속은 일고의 가치가 없는 거라 생각했을 것이다.

“나는 앞으로 4년 동안 다른 남자를 결혼 상대로 생각하지 않겠다고 약속할게요. 그러니 당신은 걱정하거나 질투할 필요 없어요. 해럴드, 날 믿을 수 있죠?”

그는 내 손을 잡고 세상을 다 가진 듯한 눈빛으로 나를 바라보았다. 그 모습에 나도 모르게 감동했다.

“세상 끝까지, 당신을 믿어요.”

“고마워요, 해럴드. 우리가 나눈 말은 그대로 합의된 걸로 해요. 물론, 지금 상황대로 전개된다는 전제하에서요. 혹시 이 약속을 뒤흔들 만한 일이 생긴다면, 그땐 전혀 돌이킬 수 없는 것도 아니고, 더 나은 계획을 세울 수 있을 거예요. 4년은 그리 긴 시간이 아니에요. 그때쯤이면 저도 좀 더 사리 판단을 할 수 있는 분별력이 생길 거예요. 조금이라도요. 우리 서로 편지도 쓰지 말고, 어떤 연락도 하지 않기로 해요. 그러니 당신은 전적으로 자유로운 거예요. 만약 저보다 더 나은 사람을 만나게 된다면, 주저하지 말고 사랑을 쟁취하세요. 그렇게 합의하는 거예요. 알았죠?"

"물론입니다. 그런 건 당신이 편한 대로 정해요. 난 당신만 곁에 있다면 그걸로 충분하니까. 그게 내가 바라는 전부예요. 옛 생활을 다 정리하고 떠나는 건 힘들지만, 당신이 내 곁에 있어준다면 그게 내겐 정말 큰 의미 있는 시작이 될 겁니다. 지난 일요일에 했던 말, 다시 한번 해주겠어요? 시빌라, 내 아내가 되겠다고 한 말."

내가 했던 말을 그가 그런 식으로 표현하고 받아들였을 거라고 예상은 했었다. 나는 늘 모가 아니면 도를 택했기에, 그의 손을 잡고 그가 원하는 대로 약속할 작정이었다. 하지만 '아내'라는 단어가 나를 무너뜨리고 말았다. 난 해럴드를 정말 많이 좋아했고, 내게 재산이 있었다면 기꺼이 몽땅 주었을 것이다. 그를 위해 평생을 바칠 자신도 있었다. 그를 사랑했으니까. 그는 건장하고, 남자답고, 따뜻하고, 머리끝부터 발끝까지 내 눈에는 너무 선하고 멋진 사람이었다. 하지만… 그의 아이를 낳고 싶다는 마음은 없었다. 그를 너무 사랑했지만 그런 마음이 생기지는 않았다.

그런 내 마음을 어떻게 설명할까? 하! 내가 뭐라고 하든 그는 웃으면서 또 내 특유의 변덕이라고 넘겨버렸을 것이다. 그는 모든 걸 늘 현실적이고 평범하게 받아들이는 사람이니까. 그에게 설명해봤자 아무 소용이 없으리란 것도 나는 알았다. 결국 난 그냥, 다른 여자들과는 다른 부류의 여자였으니까. 하지만 그는 내 말을 기다리고 있었다. 부여잡은 손을 이제 와서 놓을 순 없었다. '아내'라는 말은 차마 입 밖에 낼 수 없었지만, 나는 그의 손을 잡고 똑바로 바라보며 말했다.

"해럴드, 지난 일요일에 했던 말은 진심이었어요. 만약 당신께 제가 필요하다면… 제가 성인이 되면 결혼하겠습니다."

그는 만족한 듯 보였다.

그날 오후 그는 우리 가족 모두에게 작별 인사를 했다. 다음 날 이른 아침 파이브밥을 떠날 예정이었고, 떠나기 전 처리해야 할 일이 몇 가지 남았다고 했다. 나는 그를 배웅하며 따라갔고, 그는 말을 끌고 걷다가 오래된 버드나무 아래서 작별 인사를 하고 헤어졌다.

"안녕, 해럴드. 제가 한 말은 모두 진심이에요."

나는 얼굴을 들어 올렸다. 그는 몸을 숙여 한 번, 딱 한 번, 가볍고 부드럽고 수줍은 키스를 했다. 그러고는 아무 말 없이 오래도록 나를 바라보다가 말에 올라타 모자를 살짝 들어 작별 인사를 하고 그대로 떠났다.

나는 그가 하얗게 먼지가 이는 길을 따라 떠나는 모습을 지켜보았다. 그 길은 한여름 햇살 아래 긴 뱀처럼 구불거리며 반짝이다가 이내 그와 함께 저 멀리 수평선을 이루는 메스메이트 나무와 히코리 나무들 사이로 사라졌다.

나는 멀리 푸른 꿈결처럼 저녁 안개가 내려앉은 언덕을 바라보았다. 갑자기 눈물이 볼을 타고 흘렀다. 나는 잘 우는 사람이 아니었다. 왜 눈물이 났을까? 나도 몰랐다. 해럴드가 떠나서일까? 많이 그립겠지만 그건 아니었던 것 같다. 사랑에 실망해서일까? 나는 스스로 그렇게 설득했다. 해럴드를 사랑한 만큼 다른 사람을 사랑할 수는 없을 것이다. 그렇게 사랑한 사람을 그 사람이 나를 필요로 하는 순간 버릴 수는 없었다. 그러나, 그러나, 그러나, 나는 결혼은 하고 싶지 않았다. 해럴드가 나에게 결혼 외에 다른 것을 청했으면 좋았을 텐데. 왜냐하면, 아니 왜인지 모르겠지만, 나는 너무 이기적인 겁쟁이여서 내 작은 욕망을 희생하는 것이 싫었다.

"예전엔 해럴드가 결국 마음을 정할 거라고 확신했는데. 하지만 요즘은 그 아이, 짧은 치마에 땋은 머리 하나 달고 다니는 어린애한테까지 신경 쓸 겨를 없이, 이것저것 너무 바쁜 모양이야." 그날 밤 삼촌이 그렇게 말했다.

"그래, 시빌라. 불쌍한 해럴드는 떠났구나. 우리 모두 그를 무척 그리워하게 될 거야. 너도 물론일 테고. 한때는 그 아이가 너를 좋아하는 것 같다고 생각했단다. 혹시나 재정적 실패 때문에 우리한테 말을 꺼내지 못했을지도 모르지. 아니면, 어쩌면 내가 착각했던 걸 수도 있고." 헬렌 이모가 나에게 잘 자라고 인사하며 말했다.

나는 아무 말도 하지 않았다.

26. 내일을 장담하지 말라

비첨 가족이 떠난 후 우리는 그 사람들이 몹시, 몹시 그리
웠다. 사람뿐 아니라, 문 닫힌 파이브밥을 생각하면 너무나
슬펐다. 널찍하고 쾌적하며 다정했던 파이브밥에는 이제 부
도 사태가 정리될 때까지 남아 있기로 한 관리인 한 명밖에
없었다. 넓고 오래된 정원에는 꽃들이 씨앗을 맺으며 방치
되었고, 잔디밭은 누렇게 변해갔으며, 넓은 과수원에는 엄청
난 양의 과일이 썩어가고 있었다. 개집, 마구간, 닭장, 소 우
리도 텅 빈 상태로 버려져 있었다. 그러나 무엇보다도 우리
는 캐더갓을 찾아와 우리와 함께했던, 조용하고 햇볕에 그
을린 피부가 건강해 보였던 거구의 젊은 신사, 해럴드가 몹
시 그리웠다.

다행히도 크리스마스 준비 때문에 발바닥에 땀이 나게 뛰
어다녀야 해서 그를 그리워하며 우울해할 시간이 많지 않았
다. 게다가 삼촌이 여행 준비로 부산을 떨어서 온 집안이 늘

수선스러웠다.

크리스마스 당일 우리는 연이어 들이닥치는 손님맞이로 분주했다. 굴굴에서 온 은행 사무원들과 젊은 사무직 남성들, 인근 목장에서 온 젊은 초보 일꾼들과 가정교사들이 모두 함께 모여 흥겹고 즐거운 시간을 보냈다.

선물을 나누어주는 박싱 데이 아침에는 삼촌이 뉴질랜드로 출장을 떠나셨다. 일과 휴식을 겸한 여정이었는데, 만약 조건이 맞는다면 우량 종마도 들여올 생각이셨다. 그해 박싱 데이는 토요일이었고, 우리 집에 머물던 마지막 손님은 일요일 아침에 떠났다.

몇 주 만에 처음 찾아온 조용한 시간이어서 나는 오후 나절 해먹에 누워 세상사에 대해 이런저런 생각을 하기 시작했다. 무화과와 살구, 오디를 넉넉히 챙겨 들고 울창한 쿠라종 나무와 삼나무 그늘 아래 시원하고 짙은 그늘 속에 기대어 한껏 느긋한 시간을 맘껏 누리고 있었다.

우선 해럴드 비첨이 떠난 것이 떠올랐는데, 나는 매 순간 그가 그리웠다. 약혼한 사실은 그리 마음에 걸리지 않았다. 어차피 앞으로 4년이나 남은 일이니 그사이 해럴드가 다른 사람에게 마음을 줄 수도 있고, 그러면 나는 자유로운 몸이 될 터였다. 또 그사이 해럴드가 세상을 떠날 수도, 아니면 내가 먼저 떠날 수도 있었다. 우리 둘 다 죽거나 사라져버리거나 통곡을 하거나 한숨짓거나, 뭐든지 일어날 수 있는 법이었다. 그보다 지금은 다른 일로 내 마음이 기대에 부풀어 있었다.

우선 2월 말에는, 할머니가 주최하는 사격과 캠핑 모임이 예정되어 있었다. 헬렌 이모와 할머니, 프랭크 호든, 나, 그리고 여러 신사 숙녀들이 함께 멀리 푸른 언덕 너머로 떠나 열흘에서 보름간의 야영 생활을 즐길 계획이었다. 그 언덕에는 극락조, 머스크, 고사리, 그리고 끝내주는 경치가 기다리고 있으니 그곳에서 우리는 완벽한 추억을 만들 것이었다.

그 캠핑이 끝난 후 이모와 나는 3개월간 시드니 여행 계획이 잡혀 있었다. 그곳에서는 에버러드 그레이가 가이드 역할을 맡아 함께 맨리에서 파라마타까지, 사이클로라마부터 동물원, 극장과 교회, 레스토랑에서 감옥, 그리고 앤서니 호든 백화점부터 패디 마켓까지, 정말 모든 것을 다 보고 즐길 생각이었다.

그때 무슨 일이 일어날지 누가 알겠는가? 에버러드는 내 재능을 전문가에게 평가받게 해주겠다고 약속했다. 혹시 내가 오랫동안 품어온 꿈, 음악계에 진출하는 꿈이 이루어질지도 모른다. 아, 얼마나 기쁜 일인가! 그렇게 된다면, 나는 결혼이 아닌 다른 방식으로 해럴드를 도울 수 있지 않을까?

그래, 삶은 이제 내게 참으로 유쾌한 것이었다. 나는 한때 그렇게도 사무쳤던 막막한 야망들을 잊고, 하루하루의 작은 기쁨 속에 만족하며 살았다. 글을 써야겠다는 생각은 단 한 번도 떠오르지 않았다. 가끔씩 머릿속에서 짧은 이야기가 떠오르곤 했지만, 그것이 종이에 옮겨졌다면 기쁨과 사랑으로 가득한 이야기, 말하자면 내가 마주한 삶의 향기로 넘쳐나는 글이 되었을 것이다.

편안하고 안락한 삶이라는 건 참 좋았다. 그리고 신사 숙녀들 사이에서 지내는 것, 스스로를 점잖게 다스릴 줄 알고, 진심을 담아 예의를 베풀되 그것이 빈말을 늘어놓는 것으로 비아냥받을 걱정 없이 그런 사람들 속에서 함께 지내는 삶은 더할 나위 없이 좋았다.

나는 무화과 하나, 살구 하나, 오디 두어 알을 더 집어먹고는 책을 읽고 있었다. 그런데 길가에서 급한 말발굽 소리가 요란하게 들려와 독서를 방해했다. 나는 누가 그렇게 정신없이 달려오나 싶어, 궁금증에 울타리 위에 올라섰다.

기수는 바로 내 앞에서 고삐를 당겨 말을 세웠고, 나는 그가 도그트랩 마을 사람이라는 걸 알아보았다. 그는 셔츠 차림이었고, 그의 말은 온통 땀에 흥건하게 젖어 있었는데 벌겋게 달아오른 콧구멍이 활짝 열려 있었으며 숨은 거칠고 빠르게 오르내렸다.

"아가씨, 사람들 좀 빨리 불러주세요!" 그는 숨을 몰아쉬며 다급히 말했다.

"와얌비트 쪽에 산불이 크게 났는데 불 끌 사람이 더 필요해요. 전 빔발롱 사람들에게도 알리러 갈게요."

"잠깐만요." 내가 말했다. "여긴 지금 남자가 한 명도 없어요. 조 슬로컴뿐인데, 아까 연기가 난다며 강 쪽으로 내려가보겠다고 나갔죠. 그러니 그 사람은 이미 그쪽에 가 있을 거예요. 호든 씨랑 다른 남자들은 일이 있어서 나갔고 오늘 늦게야 돌아올 거예요. 그러니 얼른 다시 돌아가세요. 제가 빔발롱에 가서 사람들을 모아볼게요."

"알겠어요, 아가씨. 여기 편지 두 통이 왔어요." 그는 이렇게 말하며 나에게 편지를 건넸다. "도그트랩에서 늙은 말이 편자 하나를 날려먹고 다리를 절뚝거려 다른 말에 안장을 얹고 준비하는 동안 버틀러 부인이 이 편지를 내 주머니에 넣어주셨어요."

그는 편지 두 통을 울타리 너머로 휙 던지고는 말을 돌려 왔던 길로 전속력으로 달려갔다. 편지는 주소가 보이는 쪽이 위로 오게 땅에 떨어졌는데 하나는 나에게, 다른 하나는 할머니 앞으로 온 것이었다. 둘 다 어머니의 필체였다. 어머니가 내게 보내는 편지의 내용은 늘 비슷했다. "네가 나에게 했던 것보단 할머니께 착한 손녀딸이었으면 좋겠다"는 바람. 하지만 그런 말은 내게 별다른 흥미를 주지 못했다.

"어디 가니?" 내가 서둘러 집을 나서자 할머니가 물었다.

나는 상황을 설명했다.

"무슨 말을 탈 거니?"

"늙은 태드폴이요. 지금은 그 말밖에 없어요."

"조심해. 폴리 크리크 언덕길에서 너무 급하게 몰지 마. 그 녀석은 너무 뚱뚱하고 나이가 많아 자칫하면 거기서 픽 고꾸라져 죽을 거다."

"알겠어요." 나는 대답하며 마구를 챙겨 들고 과수원으로 달려갔다. 거기엔 비상용으로 남겨둔 늙은 말 태드폴이 있었다. 나는 허겁지겁 말 등에 여성용 안장을 얹고 머리에 모자만 툭 얹은 채, 옷도 갈아입지 않고 말에 올라탔다. 그러고는 10여 킬로 떨어진 빔발롱을 향해 죽을힘을 다해 달렸다.

플리 크리크 언덕길에선 말을 조금 느긋하게 몰았지만, 그 구간을 제외하면 서둘렀기에 30분 만에 목적지에 도착할 수 있었다. 나는 그곳의 남자들을 불러내 불이 난 방향으로 보내고, 잠시 오후 차를 마시며 쉬었다가 천천히 집으로 돌아왔다.

해가 막 질 무렵, 나는 캐더갓 집이 보이는 지점에 도착했다. 남자들이 아직 돌아오지 않았을 것이기 때문에 내가 소들을 우리에 넣어야겠다 싶어 말을 몰아 들판을 가로질러 소 떼 쪽으로 갔다. 소 떼를 몰아 집으로 데려와서 송아지들을 따로 가둬두고, 안장을 풀어 말을 과수원에 데려다 둔 뒤 나는 언덕에 서서 눈앞의 풍경을 감상했다.

그날 오후는 지독히도 더운 날이었고, 말라붙은 바람은 대지를 불태워버릴 기세로 몰아쳤지만, 해가 지며 바람도 조용히 잠들었고 공기마저 차분하게 식어 있었다. 푸른 연기가 구릉과 계곡을 아름다운 베일처럼 부드럽게 감싸고 있었고, 그날 오후 가뭄에 타들어간 땅을 지나왔음에도 불구하고 캐더갓 집 주변에서는 메마른 계절의 흔적을 전혀 찾아볼 수 없었다. 관개 농업 덕분에 이곳은 생기와 아름다움이 넘쳤고, 나는 발목까지 오는 토끼풀 속에 서 있었다.

아, 이 오래되고 들쑥날쑥하게 지어진 집들을 나는 얼마나 사랑했던가. 여기저기 낮은 철제 지붕이 초록 잎사귀와 꽃, 과일 사이로 살짝살짝 모습을 드러낸 곳, 내가 태어난 곳, 내 고향. 졸졸 시냇물 흐르는 소리가 들리고, 여름 저녁 특유의 향기롭고 온화한 정적이 모든 것을 감싸고 있었다. 나는 옆에 있던 오디나무에서 열매 하나를 땄다. 금세 손가락에 물이 들었고, 이어 입술과 이까지 진한 단물로 물이 들었다. 어스름 속 그림자가 짙어지자 나는 말안장을 들고 집 쪽으로 향했고, 무화과와 살구가 무겁게 익어 터지기 직전까지 이른 나무들 사이의 마구실 제자리에 안장을 놓아두었다.

그날 아침 집안일을 돌보는 하녀 두 명이 크리스마스 휴가를 떠났기 때문에 집에 남아 있는 식구는 할머니와 이모뿐이었다. 그런데 집 안 어디에서도 두 사람의 모습이나 기척이 없기에 나는 산책을 나가셨겠거니 짐작하고 손을 씻고 등불을 켜 식탁에 차려져 있던 저녁상 앞에 앉았다. 그러다 문득, 정말이지 평소 내 부주의함을 생각하면 놀라운 일도 아니지만, 해먹에 두고 온 책이 생각났다. 표지가 아주 예뻤는데, 이슬에 젖으면 망가질 게 뻔했다. 그래서 저녁 식사는 잠시 뒤로하고 책을 가지러 나갔다. 그때 점점 어두워지는 빛 속에서 작고 하얀 편지 봉투 두 개가 눈에 들어왔다. 나는 책과 함께 편지도 주워들었고, 안으로 들어와 불빛 아래에서 내 앞으로 온 봉투를 열어 읽기 시작했다.

아마 이 편지는 네 마음에 들지 않겠지. 하지만 이제는 놀기만 할 때가 아니라, 네 인생에 책임을 좀 져야 할 때가 됐다고 생각한다. 네 아버지는 여전히 게으르기만 하고, 술은 더 늘었단다. 결국 또 큰 빚을 지고 엉망이 됐는데, 피터 맥스왓이 도와주지 않았으면 벌써 전 재산 다 날렸을 거야. 피터 맥스왓 아저씨 기억하지? 그 사람이 네 아버지한테 500파운드를 빌려줬어. 이자는 4퍼센트, 그러면 1년에 20파운드를 이자로 내야 해. 근데 네 아버지가 그걸 갚을 능력이 어디 있겠니. 고양이한테 생선을 맡기는 거랑 다를 바 없지.

이제 중요한 얘기를 할게. 네 아버지와의 우정 덕분에, 피터 맥스왓 씨가 이자 대신 너를 자기 아이들 가르치는 가정교사로 받아주기로 했어. 네가 1897년 1월 8일 금요일에 야녕에 도착한다고 말해놨다. 그때 만나기로 했으니까, 날짜 꼭 기억해서 맞춰 가도록 해라.

시일이 너무 촉박해 안됐지만, 그 사람이 아이들 수업을 빨리 시작하길 바라니까, 나도 부득이하게 서둘러 일정을 잡았단다. 그리고 그 사람은 너한테 충분히 좋은 대우를 해주는 거야. 캐더갓만큼 편하진 않겠지만, 휴가도 제법 준다고 했고, 보수도 20파운드어치니까 요즘 같은 때에 큰돈이야.

게다가 너보다 훨씬 괜찮은 애들을 절반 값에 쓸 수도 있고, 그렇게 하면 네 아버지한테 이자도 받을 수 있었을 텐데 굳이 너를 써주는 건 고마운 일이지. 집안일이랑 바느질도 해서 맥스왓 부인도 도와야 해. 그렇게 하는 게 너한테도 도움이 될 거고, 최선을 다해서 노력했으면 해. 이 내용은 할머니한테도 따로 편지를 썼다.

편지를 읽는 순간, 내 앞에 놓인 맛있는 음식에 대한 식욕은 단 한 점도 남김없이 사라졌다. 맥스왓 집이라니! 날 맥스왓 집에 보낸다고? 믿을 수가 없었다. 이건 악몽일 거야. 맥스왓이라니!

물론 나는 맥스왓 아저씨 집에 가본 적은 없었지만 다녀온 사람들 모두 입을 모아 말하길, 맥스왓 부인은 완전히 무식하고, 집안이 너무 더럽고 궁색해서 그 집에 가는 것 자체가 금기시될 정도라고 했다. 정말, 상상만 해도 숨이 턱 막히는 곳이었다.

어머니의 편지는 마치 날카로운 칼날처럼 내 마음을 깊숙이 찔렀다. 왜, 왜 나한테 이런 걸 강요하면서 일말의 미안함도, 안타까움도 보이지 않는 걸까? 오히려 그 편지에는 내가 캐더갓에서 누리고 있던 행복한 생활을 끊어내게 된 걸 내심 흡족해하는 뉘앙스가 묻어나 있었다. 어머니는 예전부터 내가 뭔가 즐기거나 기뻐하는 걸 꼭 아까워하는 사람 같았다. 나는 그 이유를 내 못생긴 외모의 저주 탓이라고 쓴웃음을 지으며 생각했다. 왜냐하면 어머니가 거티에 대해 얘기할 땐 늘 이렇게 말하곤 했으니까. "거티를 무슨 행사에 보내줬어. 사실 형편상 여유는 없지만, 불쌍한 아이가 나이에 비해 즐길 게 없잖니."

하지만 거티보다 몸집이 작은 데다 고작 열한 달밖에 차이 안 나는 나에겐 항상 이랬다. "너는 이제 노는 것만 생각할 나이가 아니란다."

못생긴 소녀의 운명은 기쁨과는 거리가 멀어야 한다. 그리고 그런 소녀들이 인생에서 뭔가 기쁨을 기대한다는 건, 말도 안 되게 낙천적인 천성을 타고나지 않고서는 불가능한 일이다.

나를 맥스왓 집에 보낸다는 건 정말 너무한 짓이었다. 잔인하고, 비열하고, 끔찍했다. 나는 절대 안 갈 것이다! 하루에 50파운드를 준다 해도 안 가! 안 간다고! 절대로! 무슨 일이 있어도 안 가!

나는 참을 수 없는 분노와 초조함 속에 이리저리 발을 구르며 집안을 돌아다녔다. 그러다 마침내 할머니가 나타나셨을 때, 나는 두 통의 편지를 모두 건네드리고는 숨도 제대로 못 쉬며 할머니의 결단을 기다렸다.

"그래서, 애야, 넌 어떻게 할 거니?"

"어떻게 하다니요? 전 안 가요! 못 가요! 제발, 할머니, 절 거기 보내지 마세요… 차라리 죽는 게 나아요."

할머니는 조용히 말씀하셨다. "사랑하는 시빌라, 나도 널 보내고 싶지 않단다. 하지만 어머니와 딸 사이의 일에 내가 끼어들 수는 없어. 누가 나에게 그랬다면 나도 용납하지 않았을 테고, 그렇기 때문에 내 딸이라고 해도 똑같은 입장을 지켜야 한다고 생각한다. 하지만 출발 때까지는 아직 시간이 좀 있으니까 내가 편지를 써서 어떻게 좀 해볼게."

다정하고 자상한 우리 할머니는 늘 그렇듯 신속하고 실무적인 태도로 그 자리에서 바로 편지를 쓰기 시작하셨다. 나도 함께 편지를 썼다. 어머니에게 간절히 호소했다. 그 결정을 거둬달라고, 나를 캐더갓에 그냥 있게 해달라고, 맥스왓 집 가정교사 일은 도저히 잘해낼 수 없을 거라고.

그날 밤 나는 한숨도 자지 못했고, 이른 새벽 누구보다 먼저 일어나 처음 지나가는 사람을 붙잡아 지난밤 쓴 편지를 부쳐달라고 부탁했다.

우리는 예상보다 훨씬 빨리 답장을 받았다. 적어도 할머니는 그랬다. 어머니는 나에게는 답장도 하지 않았으니까. 할머니에게 보낸 편지 속 나는 형편없이 이기적인 아이로 묘사되어 있었다. 어린 동생들을 전혀 생각하지 않고, 쓸모도 없고, 오직 게으름과 편안함만을 추구하는 아이. 그리고 무엇보다도, 어머니가 이미 약속을 한 이상 내가 맥스왓 집에 가는 걸 피할 수 없다는 내용이었다.

"안됐구나." 할머니가 말씀하셨다. "어쩔 수가 없구나. 거기서 2~3년만 지내면 다시 여기로 데려오마."

나는 그 말을 도저히 받아들일 수 없었다. 어떤 이성적인 말도 귀에 들어오지 않았고, 울며불며 절망했다. 아, 삼촌이 집에 있기만 했더라면 날 구해주셨을 텐데! 그러던 중 헬렌 이모가 조심스럽게 말문을 열며 나를 설득하기 시작했다. 그건 어린 동생들을 위해 내가 감당해야 할 몫이고, 너무 벅찬 일이란 걸 알지만 그럼에도 해야 할 일이라는 것이었다. 마음 한편이 무너져 내리기 시작했다.

캐더갓을 떠난다는 건 정말 가슴 찢어지는 일이었다. 안락하고 우아한 곳, 이 안식처로부터 떨어져 나가야 하다니. 출발일까지 남은 날들이 하루하루 줄어들수록 나는 간절히 바랐다. 시간이라는 무정한 수레바퀴에 내 몸무게를 실어 되돌릴 수만 있다면 얼마나 좋을까! 나는 밤마다 잠을 이루지 못하고 베개를 눈물로 흠뻑 적셨다. 할머니와 헬렌 이모, 내가 경외하듯 사랑하는 이 두 분 곁을 떠나는 일, 그리고 캐더갓을 등지고 떠나는 일은 생각만 해도 너무나 고통스러웠다.

어쩌면 내가 캐더갓을 향해 품고 있는 깊고 격렬한 사랑이 만들어낸 착각일지도 모르지만, 내게는 거기서 피는 꽃들이 유독 더 향기롭게 느껴졌다. 그리고 그 고즈넉한 오래된 집을 감싸는 그림자는 얼마나 부드럽고 다정하게 스며드는지! 푸른 봉우리 너머로 커다란 해가 지는 순간에는, 그 고요한 풍경 속에 내가 오롯이 안기는 듯했다. 양쪽에 고사리가 우거지고 그 사이로 끊임없이 흐르는 수정처럼 맑은 시냇물, 내 귓가에는 지금도 그 물소리가 들리는 듯하다. 그리고 저녁 햇살이 마당 끝 베란다에 걸린 거울에 닿을 때, 그 빛이 거울 위를 불타는 장막처럼 물들일 때의 그 장관. 그 거울 앞에서 역마살 든 일꾼들이 세수를 하고 머리를 빗던 광경까지 생생히 떠오른다.

아아, 끝없이 밀려드는 추억들! 베란다 기둥을 타고 오르며 정원 문 너머로 얼굴을 내미는 장미꽃 향기까지 지금 내 코끝에 어른거리는 듯하다. 이 글을 쓰는 지금, 눈앞이 뿌예져 글씨조차 제대로 보이지 않는다.

마침내 출발해야 할 날이 다가왔다. 그날은 수요일 오후, 그늘에서도 무려 43도를 찍은 찜통더위였다. 프랭크 호든이 그날 저녁 나를 굴굴까지 태워다줄 예정이었고, 다음 날 아침 나는 굴굴에서 역마차를 타게 되어 있었다. 목적지인 야닝에는 목요일 밤 12시에서 새벽 1시 사이 도착할 예정이었고, 맥스왓 씨가 역에서 나를 기다리고 있다가 그날은 근처 호텔로 데려가고, 다음 날 그의 집으로 가는 것이 전체 일정이었다.

짐가방과 내 물건들은 모두 마차에 실려 있었다. 마차에 매여 있는 살찐 말 두 마리가 울창한 쿠라종 나무 그늘 아래서서 파리를 쫓아내며 한가하게 꼼지락거리고 있는 가운데 프랭크 호든이 고삐를 쥐고 나를 기다리고 있었다.

나는 집 안을 돌아다니며 마지막 인사를 건넸다. 소중한 집의 구석구석, 사랑스러운 그림 하나하나를 모두 눈에 담고 있던 그때, 헬렌 이모가 내 손을 꼭 잡고 입을 맞추며 말했다.

"네가 없으면 이 집이 빈집처럼 쓸쓸할 거야. 시빌라, 힘내야 해. 그리고 네가 걱정하는 것만큼 나쁘지는 않을 거야. 반쯤은 괜한 두려움일 거야, 꼭 그럴 거야."

나는 대문을 나서며 뒤를 돌아봤다. 그 순간, 이모는 베란다의 의자에 몸을 던지듯 주저앉아 두 손으로 얼굴을 감쌌다. 존경하고 사랑하는 이모! 나는 바랐다. 이모도 나와 헤어지는 이 이별에 조금은 아파하고, 조금쯤은 허전하게 느껴주길. 왜냐하면 나는 아직까지도 이 이별의 슬픔을 다 떨쳐내지 못하고 있으니까.

할머니는 나를 따뜻하게 안아주시며 여러 번 입맞춤을 하셨다. 나는 마차의 앞자리에 올라 나를 에스코트해줄 프랭크 호든 곁에 앉았다. 그가 고삐를 올리자 먼지가 피어오르면서 바퀴가 윙 소리를 내며 돌았고, 우리는 그렇게 캐더갓을 뒤로한 채 길을 떠났다!

노래하듯 졸졸 흐르는 시냇물을 건넜다. 강 양옆엔 이 계절 마지막 야생화인 검은 가시나무 덤불이 무성하게 우거져 있었고, 그 위엔 크림빛 꽃송이들이 흐드러지게 피어나 여름의 더운 공기 위로 진한 향을 뿜어내고 있었다. 햇살은 익숙하고도 사랑스러운 풍경 위에서 반짝이며 춤추듯 퍼지고 흩어졌다. 언덕 하나를 넘어서자 집은 시야에서 완전히 사라졌고, 이윽고 맑은 시냇물과도 작별이었다.

왼편 너머 멀리로는 파이브밥 다운스의 나무들이 시야에 들어왔다. 그곳에서 얼마나 많은 밤을 음악과 꽃, 젊음과 빛, 사랑과 여름의 따뜻함 속에 즐거운 시간을 보냈던가. 그 순간이 마치 내 삶이 절정에 달했던 순간처럼 느껴졌다. 그런데 지금은… 해럴드 비첨은 어디에 있을까? 불과 한 달 전까지만 해도 그를 '보스'라 부르며 그의 말 한마디에 분주히 움직이던 서른 명이 넘는 목장 일꾼들은 또 어디로 갔을까?

모든 것이 끝났다. 캐더갓에서의 내 행복했던 삶은 점점 과거로 물러나고 있었다. 마치 그곳을 감싸던 언덕들이 서서히 푸른 안개 속에 녹아 사라져가는 것처럼.

27. 나의 여정

대형 승합마차라는 건 큰 규모의 운송 수단으로, 모양새는 버스를 닮았지만 바퀴 방향을 따라 길게 놓인 차양과 좌석이 있었다. 뒤쪽에는 문 대신 커다란 꼬리판이 달려 있었는데, 이는 마치 짐마차처럼 아래로 내려지는 방식이었다. 우리가 힘겹게 그 꼬리판을 넘어 좌석에 올라타면, 꼬리판은 반쯤 들어 올려진 채 고정되었고, 그 위에 짐들이 산처럼 쌓여 단단히 밧줄로 묶였다. 이렇게 짐을 다 실은 뒤 지상에서 보면 짐 더미 위로 승객들의 머리만 겨우 보일 뿐이었다. 만약 이 승합마차가 전복이라도 된다면 정말 큰일이었다. 유일한 탈출구라 해봐야 가슴 높이까지 올라와 있는 박스 좌석 뒤쪽을 기어올라 나가는 것뿐이었는데, 그건 여간해서는 해내기 어려운 일일 터였다.

프랭크 호든과 나는 좋은 친구 사이가 되어 작별 인사를 나누었다. 나를 내려주고 돌아가는 그를 바라보며 나는 몸을 기울여 손수건을 흔들었고, 그가 길모퉁이 너머로 모습을 감출 때까지 그렇게 마지막 인사를 했다.

정오 무렵, 그늘에서도 온도계는 섭씨 44도까지 올라갔고, 앞이 보이지 않을 정도로 심하게 먼지가 일었다. 회색빛 두터운 먼지구름 때문에 우리를 끌고 가는 바로 앞의 다섯 마리 말조차 잘 보이지 않을 때가 많았고, 그로 인해 마주 오는 마차와 충돌할 위험도 있었다. 승객은 무려 열여섯 명이나 되어 자리도 비좁았는데 자리를 잡고 보니 나를 빼고 모두 남자였다. 내 자리 한쪽으로는 싹수 노래 보이고 도도한 십 대 청년이, 또 한쪽에는 중국인이 앉아 있었고, 맞은편에는 흑인과 붉은 수염의 사내가 자리하고 있었다. 조금 떨어진 자리에는 국회의원이 있었는데, 그는 자신의 지역구에서 열린 새해 경마 행사를 둘러보고 오는 길이라며 옆에 앉은 동행에게 '국회 안팎 사정'을 큰 소리로 떠벌리고 있었다.

그 도도한 청년은 알고 보니 기수였고, 내가 한때 명마를 길렀던 딕 멜빈의 딸이라는 얘기를 듣자 매우 반가워했다. 그는 좌석 아래 철제 상자에서 사과 두 개를 꺼내 나에게 건네주기까지 했다. 또한 상자에서 채찍도 꺼내 보여주며 이렇게 말했다.

"그 냄새 나는 '차우'* 때문에 힘드시면 제 자리와 바꾸시죠, 아가씨. 저는 여기저기 많이 굴러다녀서 좀 심한 냄새에도 끄떡없어요."

---

* 중국인을 멸시하는 칭호. 짱깨와 비슷하다고 볼 수 있음.

나는 그에게 목소리를 좀 낮추라고 조심스럽게 말하며, 그런 말을 듣는 사람은 기분이 나쁠 거라고 했다. 그러자 그는 내 말이 아주 재미있는 농담이라도 되는 양 한참 웃더니 몸을 앞으로 숙여 붉은 수염의 사내에게 이렇게 전했다.

"이 아가씨 말이오, 내가 그 차우 기분을 상하게 할까 봐 걱정하신대요. 이봐요. 차우가 감정이란 걸 갖고 있다니, 어이가 없지 않아요?"

붉은 수염의 사내도 그 말을 농담으로 받아들였는지 같이 웃었다. 나는 결국 기수와 자리를 바꾸었고, 그 덕분에 문학적 기질을 지닌 젊은 신사 옆에 앉게 되었다. 바퀴가 구르는 소음과 흙먼지, 그리고 옆자리 남성의 경마 이야기 틈틈이 나는 그와 책에 대한 대화를 나누었다. 동승한 승객들은 모두 나에게 친절했다. 과일도 나눠주고, 물도 구해다 주었으며, 짐 사이에 마땅히 둘 자리가 없던 내 소중한 모자를 차례로 안아 지켜주기도 했다.

가야 할 길을 반도 채 못 갔는데 말들이 지쳐 쓰러질 지경이 되어 결국 남자 승객 전원이 땡볕 속 먼지를 뒤집어쓰며 언덕길을 수 킬로나 걸어 올라가야 했고, 이런 악조건에 사람들의 기분이 좋을 리 없었다. 마부에 대한 신랄한 비난이 섞인 농담과 불만이 쏟아졌다. 마부는 말들을 다그치느라 채찍 두 개가 다 닳아버렸고, 무더위와 고된 노동 탓에 땀이 줄줄 흘러내려 먼지로 뒤덮인 얼굴 위로 진흙 자국까지 생기고 말았다. 기수는 자기의 채찍까지 꺼내서 도왔고, 일부 승객은 나뭇가지로 말을 후려쳤으며, 모두가 작게 욕설을 내뱉었다. 그 와중에 마주 오던 소몰이꾼이 도와준답시고 자기 채찍을 무시무시하게 휘둘렀는데, 얼마나 심했는지 지친 말들의 몸에서 땀과 함께 피가 흘러내릴 정도였다.

"도대체 왜 제대로 된 말을 안 쓰는 거지?" 붉은 수염의 남자가 물었다.

마부는 우리에게 사정을 설명해주었다. 정부 측 인사들이 광산 시찰을 위해 최고 마차팀을 데려갔고, 동료 마부 하나도 말이 모자라 두 마리를 빌려갔다고. 결국 그는 잠시 방목 중이던 말들로 마차를 끌 수밖에 없었고, 이 엄청난 더위와 과적過積이 오늘의 소동을 낳은 원인이라고 덧붙였다.

그럼에도 불구하고 우리는 간신히 기차 시간에 맞춰 도착했고, 덕분에 잠시 목을 축일 새도 없이 황급히 플랫폼으로 뛰어 들어가야 했다. 우리 몰골은 참 볼 만했다. 머리에는 먼지가 하얗게 쌓이고, 얼굴은 시커멓게 더러워져 있었다. 남자 승객들은 마치 내가 그들이 보호해주어야 할 뭐라도 되는 것처럼 나를 돌봐주었다. 어떤 이는 내 기차표를 사다 주었고, 다른 이는 자리를 맡아주었으며, 또 다른 이는 내 짐을 챙겨주었다. 중간에 열차를 갈아탈 때도 그들의 배려에는 변함이 없었다.

마침내 열차가 출발했다. 할머니는 나를 위해 상자에다가 온갖 맛있는 음식을 한가득 싸주셨다. 내가 큼직한 간식 상자를 꺼내놓자 남자들이 마실 것을 준비했고, 우리는 모든 창문을 활짝 열어 시원한 바람을 맞으며 마치 피크닉이라도 온 듯 즐거운 시간을 보냈다.

나는 기차가 돌진하는 소리와 뒤따르는 요란한 굉음을 사
랑한다. 그날따라 더더욱 기차가 멈추지 않고 영원히 달려
줬으면 좋겠다고 바랐다. 아무 생각도 하지 못하게, 아무 데
도 멈추지 않고 달려주었으면…. 하지만 아쉽게도 1시 20
분, 우리는 야녕역에 도착했고, 그곳에서 한 남자가 "멜빈 아
가씨를 찾습니다."라고 소리치며 차내로 올라왔다. 일행이
내 짐을 챙겨주었고, 나는 열차에서 내렸다.

"안녕히 계세요, 신사 여러분. 정말 고마웠어요."

"잘 가요, 아가씨. 또 어딘가에서 마주칠지도 모르죠. 잘
가요!"

기차는 요란한 기적 소리와 함께 한 번 툭 하고 흔들리더
니, 이내 어둠 속을 향해 굉음을 내며 달리기 시작했다. 나는
작고 초라한 승강장에 홀로 남겨졌다. 내가 얼마나 외롭고
불행한지, 그런데 그 사실을 아무도 모르고 아무도 관심 없
다는 사실이, 뼈저리게 느껴졌다.

맥스왓 씨는 내 짐 대부분을 어깨에 짊어졌고, 나는 나머
지를 들었다. 우리는 말 한마디 하지 않고 어둠 속을 뚜벅뚜
벅 걸었다. 그가 여관 주인에게 미리 열쇠를 받아둔 덕에 우
리는 아무도 깨우지 않고 여관 안으로 조용히 들어갈 수 있
었다. 그는 나를 침실까지 안내해주었고, 나는 쓰러지듯 침
대에 몸을 던졌다.

28. 삶이여

그날의 기억은 왕실의 기쁨이나 시인의 꿈을 능가하는 명예, 환희, 흥분 그 어떤 것으로도 결코 지워질 수 없을 만큼 선명하게 내 마음에 각인되어 있다. 설령 내가 불행히도 백 살까지 긴 생을 산다 해도, 결코 흐려질 수 없는 기억. 지금 나는 그날을 있는 그대로, 하나도 빠뜨리지 않고 그려보려 한다.

야닝에서 바니스 갭까지는 42킬로에 달하는 거리였다. 이 농장으로 나를 데려가기 위해 맥스왓 씨는 가벼운 2인승 마차를 끌고 왔다. 마차를 타고 가는 동안, 나는 내 주인이 제법 마음에 들었다. 물론, 우리 둘은 성향이 너무도 달라서 진정한 의미의 동료가 될 수는 없었지만, 그가 살아온 인생의 범주 내에서 보여주는 건실한 상식과 무뚝뚝하지만 솔직하고 제법 너그러운 태도는 내가 충분히 받아들일 수 있는 것이었다. 그는 철저히 무지한 남자였고, 그의 세계관은 그가 살아가는 환경에 꼭 맞는 작은 틀에 갇혀 있었지만, 그럼에도 불구하고 그는 나름 괜찮은 사람이었다.

그와 내 아버지는 어릴 적 친구 사이였다고 한다. 아주 오래전, 맥스왓 씨의 아버지는 우리 집 목장에서 대장장이로 일했고, 그 시절 어린 두 소년은 함께 어울려 놀았다. 그 당시에도 신분 차이는 있었지만 두 소년은 우정을 쌓았고, 그 우정은 시간이 흘러 지금 이 순간까지 이어져 결실을 맺은 것이다. 나는 그들의 어린 시절 관계가 우정이 아니라 적대적인 원수였더라면 좋았을걸 하고 생각했다. 이들이 친구였다는 사실이, 지금의 내 안타까운 현실로 이어지는 다리가 되었으니 말이다.

우리는 아침 9시에 야닝의 여관을 떠났고, 오후 2시쯤 목적지에 도착했다. 나는 그사이 꽤나 기분이 풀어져 상황을 이성적으로 바라보려 노력했다. 인생의 총구 앞에 언젠가 나서야만 한다면, 지금 나서는 것도 나쁘지 않을 것이란 생각이 들었다. 맥스왓의 집이 생각보다 나쁘지 않을 수도 있었다. 아무리 지저분하더라도 내가 약간의 요령만 부린다면 개선의 여지가 있지 않겠는가? 일하는 게 두렵지 않으니 열심히 해보자. 얼마든지 열심히 일할 자신도 있었다.

하지만 이런 생각들은 얼마 못 가 송두리째 무너졌다. 마치 낙농업자가 여분의 송아지들을 망치로 내리치듯 말이다. 바니스 갭에 도착해 집으로 내려가는 거친 길에 접어들자 펼쳐진 풍광은 충격적이었다. 집은 풀 한 포기 없는 돌산들 사이, 좁고 깊은 협곡 한가운데 지어져 있었고, 그 산들은 잿

빛 바위 절벽처럼 위압적인 모습으로 솟아올라 있었다. 그 모습은 황량하고 음침했으며, 마치 감옥처럼 폐쇄적인 분위기를 자아냈다. 그런 곳에서 개 여섯 마리, 애완 양 두 마리, 돼지 두세 마리, 닭 스무 마리쯤, 거기에 열두 명처럼 느껴지는 여덟 명의 아이들, 그리고 맥스왓 부인이 우리가 도착하자마자 뒷문을 통해 우르르 쏟아져 나왔다.

그 아이들은 가난해서 그런 꼴을 하고 있었던 게 아니었을 것이다. 맥스왓은 제법 든든한 은행 잔고를 자랑스럽게 이야기하곤 했으니 말이다. 그저 무지와 지독한 게으름 탓에 내가 여태껏 본 아이들 중 가장 지저분하고 더러운 꼴을 하고 있었다. 입고 있는 옷은 너무나도 해져서 가려야 할 부분이 훤히 드러나 있었고, 대부분 붉은 머리에 입을 헤벌린 채 뭐라 지껄이고 있었다.

맥스왓 부인은 덩치가 크고 뚱뚱하며 무식하지만 어딘지 인상이 순한 여자였는데, 더러움과 너저분함에 있어서는 가히 충격적일 정도였다. 헐거운 부츠 위로는 맨발에 축 늘어진 살덩이가 쏟아져 나왔고, 목둘레 단추가 풀린 채 찢어진 옷 사이로는 내가 평생 한 번도 본 적이 없는 더러운 목덜미가 드러나 있었다. 그녀는 팔에 끼고 있던 아기가 목이 터져라 울어대는 것도 개의치 않았고, 나머지 꼬마들은 그녀의 치맛자락에 매달려, 마치 에뮤 새끼들처럼 옷 주름 속으로 머리를 파묻으려 하고 있었다.

그녀는 나에게 다가와 나를 덥석 껴안고 소리 나게 뺨에 키스를 해주었다. 그러고는 열서너 살쯤 되어 보이는 맏딸에게 아기를 맡기더니, 내 여행용 트렁크를 깃털처럼 번쩍 가볍게 들어 올려 쿵쿵대는 무거운 발걸음과 함께 집 안으로 들어갔다. 그러곤 곧 다시 밖으로 나온 그녀는 내게 안으로 들어오라 했고, 그녀를 따라 들어가는 나의 뒤로 아이들이 졸졸 따라붙었다. 나는 세상에서 가장 지저분한 복도를 지나, 세상에서 가장 지저분한 방에 도착했고, 방 안에 들어서서는 또 세상에서 가장 지저분한 의자에 앉아 또다시 세상에서 가장 더러운 가구들을 마주하게 되었다.

방 안을 둘러보는 순간 나를 둘러싼 이 지저분함, 비참, 무지함에 정신이 아득해졌고 전신이 떨리며 억눌린 감정이 북받쳐 올랐다. 그리고 나는 단 하나의 열망으로 가득 찼다. 캐더갓으로 돌아가고 싶다는. 순간 깨달았다. 나는 여기서, 절대로, 절대로 살 수 없다는 것을.

"저녁은 드셨수?" 미래의 안주인이라고 할 수 있는 여자가 거칠고 세련되지 못한 목소리로 물었다.

나는 "아직"이라고 대답했다.

"그래, 배고파 죽겠구먼. 금방 차려줄게요."

그녀는 말도 안 되게 더러운 천 조각을 먼지투성이 식탁 위에 삼각형 모양으로 던지듯 펼치더니 그 위에 더러운 나이프와 포크 두 개, 금이 간 접시 둘, 무늬가 다 벗겨진 찻잔과 이가 빠진 받침 접시 두 쌍을 털썩 내려놓았다. 그다음엔 식초 냄새가 진동하는 붉은 염장 고기를 담은 접시와 새카맣고 마르다 못해 눅눅해진 빵이 담긴 접시가 나왔다. 그러고서 그녀는 차를 끓이겠다며 부엌으로 사라졌고, 그사이 어린 사내아이 두 명이 싸움을 벌이기 시작했다. 싸우는 도중 한 녀석이 식탁보를 움켜쥐는 바람에 식탁 위의 모든 것이 요란하게 쏟아졌다. 고기 접시가 나동그라져 깨지며 고기는 먼지투성이 바닥에 나뒹굴었다. 고양이와 닭들이 이 순간을 놓칠 리 없었다. 마치 이런 기회를 노린 듯 녀석들이 황급히 달려들었다.

그때 맥스왓 부인이 찻주전자를 들고 돌아왔는데, 주전자에서는 찻물이 철철 흘러내리고 있었다. 그녀는 두 아이의 머리를 쿵 하고 한 대씩 때려 혼을 냈고, 아이들은 전설 속 황소처럼 울부짖으며 달아났다. 나는 그 아이들의 고막이 무사할지 걱정되었다. 아이들 어머니는 혹시 자식들에게 고막이 있다는 사실을 알고는 있을까?

그녀는 떨어진 고기를 움켜쥐더니 기름때가 절은 앞치마로 툭툭 털어내며 그걸 손에 든 채 돌아다니다가, 접시 하나를 찾아냈다. 그사이 아이들이 떨어진 접시를 주워 담았다. 컵 하나는 깨졌고, 대신 금이 간 컵 하나가 그 자리에 놓였다.

그때 맥스왓 씨가 나타났다. 그는 찬장 구석에서 럼주 병 하나를 꺼내 꿀꺽 들이켠 뒤, 나를 향해 식사하자며 자리에 앉으라고 했다.

우유는 없었다. 맥스왓은 양을 중심으로 목축을 하고 있었고, 집에서 쓰기 위한 용도로 소 몇 마리를 따로 키우고 있었다. 하지만 가뭄 탓에 그 소들조차 몇 달째 젖이 말라버린 상태였다. 설탕도 없었다. 맥스왓 부인은 미안하다며, 설탕이 다 떨어졌는데 새로 주문하는 걸 깜빡했다고 말했다.

"이런 멍청한 년 같으니라고. 내가 마차 몰고 읍내 갈 때 말을 했었어야지? 그런 기회를 놓치다니! 몇 달 후에나 다시 읍내 나갈 텐데. 하지만 설탕이 뭐 대수야? 그런 쓸모없는 사치를 잠깐 못 참는다면 세상살이에 성공할 재주도 없는 거지." 맥스왓 씨는 점잖게 결론을 내렸다.

아이들은 줄지어 앉아 입을 헤벌리고서 호기심 가득 담은 눈은 깜박이지도 않고 나를 바라보았다. 나는 당장이라도 어디론가 달려가 절규라도 해서 이 미친 감정을 쏟아내고 싶었다. 그러나 억지로 참고, 아이들이 다 모인 거냐고 물었다.

"피터만 빼고 다 있지. 피터 어디 갔니, 메리 앤?"

"빨간 언덕에 양 치러요. 해 지면 돌아올 거예요."

"피터 형은 어른이야." 남자아이가 자랑스럽게 말했다.

"응, 피터 오빠는 스물한 살이고 콧수염도 있어. 면도도 해." 장녀는 마치 내가 들으면 놀랄 거라고 기대하듯 말했다.

"피터를 보면 놀랄걸." 또 다른 여자아이가 내가 들릴 정도로 속삭였다.

맥스왓 부인은 피터와 라이저 사이에 태어난 아이 세 명이 죽었다고 알려주었고, 그래서 피터가 나머지 아이들과 나이 차이가 많이 난다고 했다.

"그럼 총 열두 명의 아이를 낳으신 거군요?" 내가 물었다.

"그치." 그녀는 마치 재밌는 농담이라도 들은 것처럼 싱글거리며 대답했다.

"오늘 아침에 애들이 나무에서 벌집을 발견해 꿀을 훔쳐 왔다우." 맥스왓 부인이 말을 이었다.

"네, 그런 것 같네요." 내가 대답했다.

여기저기 꿀 자국 천지였다. 그 끔찍하게 냄새나는 식탁보 위, 바닥, 문, 의자, 아이들의 머리, 찻잔, 모든 곳에 꿀이 묻어 있었다. 맥스왓 부인은 만족스럽다는 듯, 꿀 자국이 옅어지려면 이틀은 걸린다고 말했다.

저녁 식사 후 나는 잉크병과 종이를 달라고 하여 할머니와 어머니께 도착 소식을 알리는 짧은 편지를 썼다. 나는 당장 이 바니스 갭에서 나가고 싶다는 탄원을 하기 전, 마음을 가다듬는 시간을 가지기로 했다.

나는 맥스왓 부인에게 내 방이 어디냐고 물었고, 그녀는 나를 그나마 괜찮아 보이는 작은 방으로 안내해주었다. 그 방은 내가 혼자 쓰는 것인데, 혼자 자는 게 외로워서 싫다면 로즈 제인과 함께 자도 된다고 했다. 크고 부드러운 눈을 지닌, 그렇지만 때에 절은 아이, 로즈 제인을 쳐다보며 나는 부인을 향해 "외롭지 않다"고 정중히 사양했다. 내 마음속에 가득 찬 그 절망적인 외로움은 그런 지저분하고 제멋대로인 아이와 함께 자는 것만으로 치유될 수 없는 것이었다.

혼자 남겨지자마자 나는 문을 잠그고 침대에 몸을 던졌다. 그리고 울기 시작했다. 뺨을 데워버릴 듯 뜨겁게 흘러내리는 눈물, 온몸을 흔드는 격렬한 흐느낌, 그리고 이내 머리를 쿵쿵 짓이기는 듯한 두통. 나는 서럽고 격하게 울었다. 아, 내 귀에 들려오는 그 거칠고 삐걱거리는 소리들도 모두 얼마나 고역이었는지!

이 집에서 교양이라고는 털끝만큼도 찾아볼 수 없었다. 그건 사람들의 무거운 발소리와 날카롭고 거친 목소리에서도 고스란히 느껴졌다. 얼마 전까지만 해도 나는 캐더갓의 방에서 할머니의 경쾌하고 유쾌한 음성이나, 헬렌 이모의 낮고 세련된 말투를 들으며 앉아 있었는데… 나는 이런 차이를 누구보다도 민감하게 느끼는 사람이었다. 그러나 나는 마음을 추슬렀고, 우는 나 자신을 바보 같다고 꾸짖었다.

할머니와 어머니께 다시 편지를 써서 여기의 상황을 설명해야겠다고 마음먹었다. 그분들은 지금 이곳이 어떤 상태인지 전혀 모르고 있으니, 사정을 설명하면 내 말에 귀를 기울여줄 것이다. 조금만 참고 기다리면 다시 캐더갓으로 돌아갈 수 있을 것이고, 그때 나는 그곳에서 누리는 모든 즐거움이 얼마나 귀한 것인지 이전보다 더 깊이 느끼게 되리라. 왜냐하면 바니스 갭은 내가 악몽 속에서 상상했던 것보다도 훨씬 더 끔찍했으니까. 집은 널빤지로 지어졌고, 석회칠도 안 되어 있었으며, 지붕은 낮은 철판으로 덮여 있었다. 주변에 나무 한 그루 없어서 열기는 더더욱 견디기 어려웠다. 양쪽으로 솟아오른 바위들에서 반사된 열기가 집중되어 집이 마치 오븐 같았고, 베란다 온도는 섭씨 50도에 달했다. 맥스왓이 왜 이런 구덩이 같은 곳에 집을 지었을까 궁금했는데, 그의 판단 기준은 '물이 가까이 있는 곳'이었다고 한다. 곧 이곳을 떠날 수 있을 것이라는 희망 속에 나는 통통 부은 눈을 씻고 조금이라도 시원한 장소를 찾아 집을 나섰다.

아이들은 내가 나가는 것은 보았지만 돌아오는 것은 보지 못했는지, 내 방과 붙어 있는 식당에서 나를 두고 나누는 이야깃소리가 들려왔다. 피터가 돌아왔고, 아이들은 그에게 나에 대한 소식을 전하고 있었다.

"그 여자 왔어?"

"응."

"어떻게 생겼는데?"

"라이저보다도 작아. 완전 쪼끄매."

"그리고, 형, 손이 눈처럼 하얗고 작아. 엄마가 얻어온 그 그림 속 여자처럼 말이야."

"맞아." 다른 아이가 거들었다. "그리고 발도 너무 작아서 걸어다닐 때 소리가 안 나."

"그건 발이 작아서가 아니라 예쁜 구두를 신었기 때문이야. 그림 속 구두처럼 생긴 거 말이야." 또 다른 아이가 덧붙였다.

"머리에 리본을 두 개나 달았어. 하나는 머리 위쪽, 또 하나는 아래쪽에. 라이저가 '언젠가 읍내 갈 날'을 대비해서 상자에 고이 넣어둔 그 빨간 리본보다 훨씬 이뻐."

"그려." 맥스왓 부인의 목소리가 이어졌다. "머리는 무릎까지 치렁하게 내려오는디, 팔뚝만 하게 굵게 땋았대? 편지를 쓰는데 손이 얼마나 잽싸게 움직이던지, 내 이 두 눈으로 도저히 따라갈 수 없었다니께. 말도 엄청스레 고급진 단어들을 쓰더구먼. 배운 사람 아니면 알아들을 수도 없겠더라고."

"브로치가 세 개나 되고, 넥타이는 오빠가 수지 더피 만나러 갈 때 매는 최고 넥타이보다도 훨씬 좋아."라며 라이저가 낄낄댔다.

"수지 더피 한 번만 더 들먹거렸단 귀싸대기 맞을 줄 알아!" 피터가 버럭했다.

"엄마랑은 달라. 위는 통통한데 허리는 툭 들어가 있어서 금방이라도 부러질 것 같아."

"허 참! 엄청난 아이로군." 피터가 말했다. "지미, 너 이제 꼼짝 못 하게 됐다. 내가 장담한다."

"내가 그 애를 꼼짝 못 하게 만들겠지." 라이저 옆에 앉아 있던 지미가 대꾸했다. "지가 뭐 대단한 줄 아는데, 기껏해야 그 멜빈 영감 딸 아니냐고. 우리 아빠가 돈 대줘야 하는 집안 말이야."

"오빠." 다른 아이가 말했다. "걔 얼굴엔 오빠처럼 주근깨도 없고, 라이저처럼 까맣지도 않아. 진짜 하얗고, 볼은 분홍빛이야."

"난 걔 피부색이 어떻든 상관 안 해. 하지만 날 무시하게 두진 않을 거야." 피터가 시큰둥하게 대답했다.

그날 오후 늦게, 피터가 얼굴 가득 건방지고 건들건들한 웃음을 띤 채 나에게 다가와 악수를 청한 것도 분명 그런 생각 때문이었을 것이다. 나는 일부러 그에게 아주 친절하게 대했고, 정중한 태도로 무더운 날씨에 대해 유쾌하게 말을 건넸다. 그가 당황해하며 대화를 마치고 도망치듯 자리를 뜰 때 나는 속으로 웃음을 지었고, 이젠 피터 때문에 문제가 생길 일은 없겠구나 싶었다.

차를 위한 식탁은 지난번과 똑같이 차려졌고, 불빛은 질 나쁜 기름으로 만든 수지 양초 두 개가 전부였다. 그 냄새는 전날 기수 친구가 표현했던, 참을 수 없는 그 '역한 냄새'보다 더한 것이었다.

"피아노 한 곡 들려줘봐유." 식사 후 라이저와 로즈 제인이 접시를 치운 뒤 맥스왓 부인이 말했다. 남은 차와 음식 찌꺼기는 아침에 닭들이 먹게 하려고 바닥에 그대로 둔 채였다.

아이들은 밤이 되자 낡은 소파와 의자 위에 널브러져 잠이 들어버렸다. 그러다 부모가 잠자리에 들 시간이 되자 아이들을 깨워 침대로 옮겼고, 그 과정에서 여기저기서 울음보가 터졌다. 아이들은 씻지도 않고 옷도 갈아입지 않은 채 그대로 그렇게 자리에 눕혀졌다.

그 집에 머물러야 한다면 적어도 한 가지 정도는 위안거리가 있었으면 했는데, 피아노를 마음껏 쳐도 좋다는 부인의 제안이 그 답이 될 거라 생각했다. 나는 피아노 뚜껑을 열고 손수건으로 건반 위 먼지를 조금 털어낸 뒤, 코발스키의 「헝가리 행진곡」 도입부를 연주하기 시작했다.

예전에 언젠가 피아노 소리가 양철 접시 소리 같다고들 하는 말을 들은 적 있지만, 이 피아노 소리는 양철 접시 소리에도 미치지 못할 정도였다. 한 번 누른 건반은 다시 올라올 줄을 몰랐고, 간신히 끌어올린 뒤에도 들려오는 소리는 갈라지고 찢어진 잡음뿐이었다. 음이 부딪혀 서로 엉켜버리거나 덜그럭거리는 소리는 차마 말로 표현할 수조차 없었다. 이건 처음부터 형편없는 악기였던 데다, 오랜 시간 먼지, 열기, 바람 속에 방치된 탓으로 이 피아노에 음악이라는 것이 한때 깃들어 있었는지조차 의심스러운 상태였다.

나는 깊은 절망감을 느끼며 피아노 뚜껑을 닫았고, 쏟아지
는 눈물을 겨우 참았다.

"못 치겠소?" 맥스왓 씨가 물었다.

"네. 건반이 올라오지 않아요."

"그럼, 로즈 제인. 아가씨가 피아노를 칠 동안 건반을 하나
하나 들어올려라."

나는 다시 연주를 시도했고, 로즈 제인은 옆에서 건반을
주워 올렸다. 그들 중 누구도 음악에 대한 귀나 감각이 전혀
없다는 걸 난 금방 알아차릴 수 있었다. 그래서 나는 두 손,
아니 온 손가락으로 미친 듯이 피아노를 두드렸고, 내가 큰
소음을 내면 낼수록 그들은 더 좋아했다.

29. 삶이여(계속)

숨이 막힐 듯 무덥고 영원처럼 느껴졌던 첫날, 맥스왓 씨는 친절하게도 내게 월요일 아침부터 일을 시작하면 된다며, 토요일과 일요일은 쉬라고 했다. 나는 짐을 정리하고 여행복의 먼지를 털고 몇 가지 옷을 수선하며 토요일 하루를 보냈다. 다음 날 아침, 신의 가호와도 같은 비가 내렸다. 몇 달 만에 내린 비이자, 나로서는 바니스 갭에서 지내는 동안 맞은 처음이자 마지막 비였다.

일요일 그 집의 풍경은 끔찍했다. 부모는 아무 말도 없이 아이들을 방치했고, 아이들은 빗속으로 서로를 밀치며 놀았다. 당연히 나이가 더 어린 아이들이 형과 누나에 치여서 옷이 흠뻑 젖어 으슬으슬 추워지자 바닥에 주저앉아 소리를 지르며 울어댔다. 피터는 일요일이면 말을 타고 돌아다니곤 했지만, 이날은 비 때문에 외출을 포기하고 잠을 자거나 개 입마개를 만들며 시간을 보내고 있었다.

나는 아침 식사 후 점심때까지 침실에 틀어박혀 어머니와 할머니에게 편지를 썼다. 흥분하거나 과장하지도 않았고, 어른에게 해서는 안 될 말을 하지도 않았다. 냉정하고 조심스럽게 현재 상황을 있는 그대로 설명하고, 할머니께 바니스 갭에서의 삶을 도저히 견딜 수 없으니 다시 캐더갓으로 데려가달라고 부탁했다. 어머니에게도 같은 내용으로 편지를 쓰고, 만약 할머니가 나를 다시 데려가는 게 마땅치 않다면 다른 일자리라도 구해달라고 부탁했다. 맥스왓 집안에서 벗어날 수만 있다면 어떤 일이든 상관없었다. 나는 편지에 우표를 붙이고 주소를 적은 후, 부칠 기회를 기다리며 보관해 두었다.

맥스왓 씨는 긴 단어는 철자대로 읽고 짧은 단어는 더듬더듬 읽을 줄 아는 수준이었는데 그날 아침부터 오후 내내 이 지역에서 유일하게 접할 수 있는 문헌인 지방 신문을 읽으며 시간을 보내고 있었다. 이번 호에는 가축과 농산물 가격이 길게 나열되어 있었는데, 그는 그 목록에 완전히 매료된 듯했다. 취향에 맞는 시인의 작품을 처음 접한 지성 있는 예술가의 그 어떤 황홀경도, 맥스왓이 그 가격표 항목들을 음미할 때의 완전한 정신적 만족감과는 비교할 수 없을 것이다.

"젠장, 돼지 가격이 지난 화요일에 올랐네! 돈 벌 기회야!"

"밀이 부셸당 1실링이나 올랐군! 젠장, 올해는 농사를 두 배로 늘려야겠어."

그는 목록을 끝까지 읽고 나서는 다시 처음으로 돌아가

반복해서 읽었다. 그의 아내는 오후 내내 한자리에 앉아 아무 말도 하지 않고, 아무것도 하지 않았다. 나는 읽을거리를 찾았지만, 집 안에 있는 책이라고는 한 번도 펼쳐보지 않은 성경과 맥스왓 씨가 정성스럽게 기록한 일지뿐이었다. 나는 그 일지를 읽어도 되느냐고 물었고, 허락을 받고 펼친 일지에는 이렇게 적혀 있었다.

9월

　1일. 맑음. 보기 크리크에 소 찾으러 감.

　2일. 맑음. 밤색 암말 편자 박음.

　3일. 맑음. 배심원 출석.

　4일. 맑음. 새끼양 꼬리 자름. 암양 60마리, 숫양 52마리.

　5일. 흐림. 더피네 감.

　6일. 맑음. 데이브 더피가 옴.

　7일. 맑음. 붉은 암망아지 밧줄로 묶음.

　8일. 소나기. 회색 암말 새끼 팜.

　9일. 맑음. 붉은 언덕으로 말 찾으러 감.

　10일. 맑음. 스퀘어 목장에서 양 세 마리 시체로 발견.

나는 한숨을 쉬며 일지를 덮고 제자리에 올려두었다. 이 짤막한 기록은 저자의 단조롭고 협소한 삶을 완벽하게 보여주는 초상이었다. 몇 주, 몇 달 후의 일지도 똑같은 단조로운 내용의 반복이었다. 그런 삶을 오래도록 살아야 한다면 나는 미쳐버릴 것이었다.

"아빠 일기 많아. 더 보고 싶어?"

아이들은 일지를 여러 권 가져다주었고, 나는 맥스왓 씨에게 가장 활기찬 계절이 언제인지를 물었다. 그는 양털 깎기와 탈곡 시즌이라고 말했고, 나는 11월을 펼쳤다.

1896년 11월

　1일. 맑음. 양 떼 몰이 시작.

　2일. 맑음. 양 수 세었음. 먼지 심함. 20마리 부족.

　3일. 맑음. 양털 깎기 시작. 조 해럴드스가 손을 심하게 베어서 집에 감.

　4일. 소나기. 비 때문에 양털 깎기 중단.

그다음 12월로 건너뛰었다.

1896년 12월

　1일. 맑고 더움. 밀 탈곡. 60포대.

　2일. 맑음. 뱀 한 마리 죽임. 매우 더운 날.

　3일. 맑음. 너무 더워서 모두 강가에서 목욕함.

　4일. 날씨 맑음. 양모 수확량 나옴. 플리스 7과 1/2파운드, 배 부위 5와 1/4파운드.

　5일. 맑음. 몹시 더움. 테이터설 경매장에서 온 전단지 우편으로 받음.

　6일. 맑음. 더피네서 조 해럴드스 만남.

일지들에서는 아무 즐거움도 얻을 수 없었기에 나는 맥스왓 부인과 대화를 시도해보기로 했다.

"무슨 생각 하세요?"

"비 오는 거 보고 있었지. 계속 오면 양 값이 두당 몇 실링은 더 오르겠구먼."

도대체 무엇을 하며 하루를 보내야 할지 막막했다. 나는 원래 바쁜 와중에도 안절부절못하는 성격이었다. 제이제이 삼촌은 늘 내가 동에 번쩍, 서에 번쩍, 단 5분도 가만히 앉아 있지 못하는 병에 걸렸다고 놀리곤 했다. 그런 나에게 읽을 책도 없고, 찬송가라도 칠 수 있는 피아노도 없고, 밖은 너무 질퍽해 걸을 수도 없고, 말벗도 없고, 그렇다고 잠도 오지 않는 그 하루는 그야말로 고문과 같았다. 졸리기라도 하면 좋았겠지만, 일부러 일찍 자고 너무 늦게 일어났기 때문에 잠도 오지 않았다. 그저 앉아 있을 뿐이었다. 나는 아무것도 하지 못하고 앉아 미칠 듯한 후회와 공허함에 시달렸다. 지금쯤 캐더갓에선 무슨 일이 벌어지고 있을지, 지난주 이맘때 무엇을 하고 있었는지 떠올리다 보니 점점 더 고통스러웠다.

월요일부터 아이들 수업을 시작했다. 수업 전에는 식탁을 차리고, 침대를 다 정리하고, 먼지를 털고, 바닥을 쓸며, 여자애들 머리를 손질해줘야 했다. 수업이 끝난 후에는 헌 옷을 기워야 했고, 바느질하고, 다시 식탁을 차리고, 아기 돌보는 일을 돌아가며 맡았고, 세탁을 한 날에는 다림질도 했다. 얼핏 들으면 바쁠 것 같지만 사실 그리 할 일이 많지도 않았다. 식탁 차리기는 아주 간단했다. 차릴 게 거의 없었기 때문이다. 다림질도 내 것 외에는 몇 개 없었는데, 맥스왓 씨와 피터는 흰 셔츠를 입지 않았고, 종이 칼라를 사용했기 때문이다. 맥스왓 부인은 세탁과 약간의 청소를 하고, 매주 똑같이 삶은 소고기와 빵을 요리했는데, 고기와 빵이 우리의 고정 식단이었다. 보통 아홉 명이나 되는 아이들을 둔 농가의 어머니들은 손 쉴 틈 없이 바쁘기 마련이지만, 맥스왓 부인은 꼬질꼬질한 아기를 끌어안고 흐트러진 침대 위에서 뒹굴며 하루를 보내곤 했다. 아기는 엄마처럼 통통하고 순둥이였다.

월요일 아침, 나는 열네 살 라이저, 열두 살 지미, 그리고 더 어린 토미, 사라, 로즈 제인 이렇게 다섯 명의 제자들을 이끌고 교실 겸 밀가루와 암염 저장고로 쓰이는 작은 뒤채로 향했다. 본채와 마찬가지로 이곳도 푸른 나무판자로 지어졌는데, 건축 당시에는 나무가 덜 말라 있었던 데다 더위 때문에 판자들이 수축해 틈이 벌어져, 그 틈 사이로 팔 하나쯤은 거뜬히 꺼냈다 뺄 수 있을 정도였다. 전날 왔던 비가 그친 뒤로 바람이 불기 시작했는데, 창 사이로 들이치는 바람은 뼛속까지 시릴 만큼 매서웠다. 그러나 주 중반이 되자 다시금 여름 가뭄이 무자비한 기세를 되찾았고, 거친 돌풍까지 불었다. 둘풍이 몰고 온 먼지와 자갈 때문에 방 안도 정신을 차릴 수가 없었고, 우리는 바람이 가라앉을 때까지 머리에 천을 뒤집어쓰고 견뎌야 했다.

화요일에 순경 하나가 찾아와 통계 자료를 수거해 갔는데,

그때 나는 그에게 편지를 부쳐달라고 부탁했다. 그리고 답장을 애타게 기다렸다. 그 편지야말로 나를 이 지옥 같은 생활에서 벗어나게 해줄 구원의 열쇠였기 때문이다.

가장 가까운 우체국은 13킬로 떨어져 있었고, 지미가 말을 타고 일주일에 두 번 우편물을 가지러 다녀왔다. 그렇게 우편물이 오는 날이면 나는 가슴을 졸이며 굽이굽이 길을 따라 집으로 돌아오는 아이를 기다렸다. 그러나 돌아오는 말은 늘 똑같았다. "선생님한테 온 편지는 없어요."

일주일, 그리고 또 이 주일이 흘렀다. 아, 끝없이 이어지는 그 끔찍한 나날들! 그렇게 삼 주가 지난 어느 날, 맥스왓 씨가 나도 모르는 사이 우체국에 다녀와서는 편지 두 통을 건넸다. 내가 간절히 기다리던 어머니와 외할머니의 필체가 적힌 봉투였다. 편지를 손에 쥐었을 때, 나는 누군가가 지켜보는 앞에서 봉투를 열 용기가 나지 않았다. 하루 종일 그 편지를 가슴에 품고 다니다가 일이 끝난 후에야 방으로 들어가 봉투를 거의 찢어버릴 듯이 열고, 먼저 외할머니의 편지를 펼쳤다. 그 안에는 두 통의 편지가 들어 있었다.

외할머니의 편지

사랑하는 시빌라,

편지에 답이 늦은 건 네 어머니와 상의하느라 그랬단다. 나는 너를 다시 데려오고 싶었지만, 네 엄마가 동의하지 않으니 어쩔 수가 없구나. 나는 이 일에 내 마음대로 개입할 수가 없단다. 그러니 네가 있는 그 자리에서 최선을 다해라. 이 세상은 우리가 원하는 대로 되지 않으며, 하느님의 뜻에 순응해야만 한단다. 하느님께서는 언제나 네 곁에 계신다.

어머니가 외할머니께 보낸 편지

사랑하는 어머니,

시빌라가 그런 편지를 써서 어머니를 괴롭히다니 정말 유감이에요. 그 애 말은 대수롭지 않게 넘기세요. 아직 그곳 생활에 익숙하지 않아서 그런 것뿐이에요. 곧 익숙해질 겁니다. 그 아이는 항상 골칫거리였고, 늘 불평불만이 많은 아이였어요. 허니 그 애 말을 다 믿을 필요는 없어요. 집에서도 항상 불만투성이였어요. 그렇게 반항적인 기질을 타고나 앞으로 그 애 인생이 어떻게 될지 모르겠네요. 맥스왓네가 그 기질을 꺾어주길 바랍니다. 그게 그 아이한테도 좋은 일이 될 거예요. 그 애는 그곳에 머무는 게 절대 필요하니, 다른 생각은 마세요.

어머니가 내게 보낸 편지

사랑하는 시빌라,

네가 외할머니를 또 괴롭히다니, 할머니가 널 얼마나 아끼는지 알면서도 말이야. 조금은 참고 견뎌야지. 캐더갓에서의 휴가처럼 항상 살 수는 없잖니? 그곳 사람들에게 실례되지 않도록 조심하거라. 자칫 우리한테 화가 될 수도 있어. 도대체 뭐가 그렇게 불만이니? 일이 너무 많니? 먹을 것이 부족하니? 누가 널 학대라도 하니? 도대체 뭣 때문에 그러는 거야? 좀 이성적으로 생각해봐. 다른 일자리를 얻어 옮기고 싶다는 건 말도 안 되는 이야기야. 네가 거기서 일하지 않으면 그 돈의 이자를 어떻게 갚겠니? 나는 언제나 좋은 어머니가 되어주려 노력했고, 지금 너에게 요구하는 건 그에 대한 최소한의 보답이란다. 하느님께 기도하며….

나는 어머니에 대한 증오와 경멸로 가득 차, 편지를 조각조각 찢어 창밖으로 던져버렸다. 그 편지가 내게 보여준 건 단 하나, 내 고통에 대한 철저한 무관심이었다. 내가 자발적으로 이곳에 오고 싶어했고, 막상 와본 뒤 힘들다는 이유로 바로 나가게 해달라고 부탁한 거였다면 그건 또 다른 문제였을 것이다. 하지만 내가 필사적으로 가기 싫다고, 보내지 말아달라고 애원했음에도 어머니는 내 의지와 상관없이 날 이곳으로 보냈고 내 울부짖음에 귀 기울이지 않았다. 이 세상 단 하나 기댈 수 있는 언덕이라곤 어머니뿐인데, 그 어머니가 내 간청을 외면할 때 누구에게 기대야 한단 말인가?

사실, 어머니와 나는 본래부터 서로 맞지 않았다. 우리는 너무도 달랐다. 어머니는 철저히 현실적이고 눈앞의 것만

보는 분이었다. 금전적 가치로 환산되지 않는 야망이나 열망 따위는 전혀 없는 분. 격식 있는 태도는 몸에 배어 있고, 시나 음악적 감수성은 없지만, 젊은 시절 교육을 받았기 때문에 그런 주제의 대화에 어울릴 수 있었고, 피아노도 정석대로 칠 줄은 아셨다. 만약 농가에서 태어났더라면, 그저 그 수준에 만족하며 살아갔을 분이었다. 어머니는 나를 이해하지 못했고, 그건 마치 내가 시계 속 구조를 이해하지 못하는 것과 같은 이치였다.

어머니 눈에 나는 그저 불만투성이에 반항적이며, 말 안 듣는 아이일 뿐이었다. 어머니는 내 안에 뭔가 나쁜 기운이 깃들어 있다고 여기셨고, 그것을 쫓아내야 한다고 믿으셨다. 나를 조금이라도 이해하려 한다거나 내 손을 들어주는 일은 죄악이라고까지 생각하셨을 것이다. 시간이 지나 마음이 가라앉자, 나는 어머니의 편지를 탓하지 않게 되었다. 어머니는 단지 자신의 기준에서 '최선을 다해' 맡은바 본분을 다하고 계셨던 것뿐이다. 그리고 또 한 가지, 이번에는 할머니조차 내 편이 되어주지 않았다. 이는 아버지를 향한 할머니의 마음과 관련이 있었다. 보시에 가문은 아버지를 원수로 여기지는 않았지만, 아버지의 술버릇에 진절머리를 내고 있었다. 그래서 포섭 걸리를 찾는 일도 없었고, 도움의 손길도 그리 적극적이지 않았다. 만일 아버지의 실패가 좀 더 동정을 받을 만한 이유에서 비롯된 것이었다면, 할머니의 태도는 달랐을 것이다.

편지를 다 읽고 난 나는 몸의 모든 세포가 고통으로 뒤틀릴 정도로 오열했다. 그때 맥스왓 부인이 내 방 방문을 두드리며 물었다.

"무슨 일 있슈? 집에서 나쁜 소식이라도 온 거유?"

그 목소리에 나는 나도 모르게 마음을 다잡고 대답했다.

"아뇨, 그냥 조금 향수병이 났어요. 곧 나갈게요."

나는 어머니께 다시 편지를 썼지만, 굶고 있다거나 학대를 받고 있다는 식의 말을 할 수는 없었다. 왜냐하면 사실이 아니니까. 이들 가족은 형편에 맞게 나름대로 친절하게 대해 주고 있었다. 그랬기에 어머니는 기타 사항에 대한 나의 하소연에 아무런 반응도 보이지 않았고, 대신 "지루하다고 불평할 시간에 집이나 좀 치우는 게 나을 것"이라고 답장에 쓰셨다.

나는 그 조언을 따르기로 하고 맥스왓 씨에게 집 둘레에 울타리를 좀 쳐달라고 요청했다. 문만 열면 닭이며 돼지가 쏟아져 들어오니, 집을 정갈하게 유지할 수가 없었기 때문이다. 그는 내 제안에 어느 정도 긍정적인 반응을 보였지만, 그의 아내는 단호히 반대하고 나섰다. 닭들이 음식 찌꺼기를 주워 먹지 못하게 된다는 게 이유였다. "울타리 너머로 던져주면 되지 않을까요?" 하고 묻자, 그녀는 그럴 경우 음식물 낭비가 너무 많아진다며 거부했다.

다음으로는 피아노를 조율하면 좋겠다고 제안했다. 하지만 이번엔 두 사람 모두가 '말도 안 되는 사치'라며 강력하게 반대했다. "피아노 소리 멀쩡한데, 뭐가 문제야?"라는 반응이었다.

그다음엔 아이들 차림새라도 좀 단정히 하면 어떻겠냐고 조심스레 말했는데, 이번엔 아이들 아버지한테 모욕을 당했다. 내가 애들을 귀족 나부랭이처럼 겉멋이나 들게 하려 든다는 것이었다. 그런 데 신경 쓰고 돈 쓰다간 금세 자기네도 우리 아버지처럼 거렁뱅이가 될 거라고 했다. 그 순간 나는 이 가족이 나를 어떻게 보고 있는지를 분명히 깨달았다. 나는 그저 빈털터리가 된 '그 멜빈 영감의 딸'일 뿐이었고, 그래서 아이들에게 권위를 세우기도 어려웠다. 선생으로서의 위치가 흔들리는 건 당연했다.

어느 날 점심시간에 나는 아이들한테 식사 예절을 가르쳐도 괜찮을지 안주인에게 조심스레 물었다. "물론이지." 남편이 대신 대답했다. 그래서 나는 가르치기 시작했다.

"지미, 나이프를 입에 넣으면 안 돼."

"우리 아빠는 넣는데요." 지미가 대꾸했다.

"그래, 맞다." 아빠가 맞장구쳤다. "그렇게 해도 말이지, 안 그런 사람들보다 내가 지금 더 잘살고 있다우."

"라이저, 그렇게 빵 한 조각을 통째로 입에 밀어 넣지 말고 작게 잘라서 먹어야지."

"어머니도 그렇게 안 해요."라며 라이저가 받아쳤다.

"애들 다루는 거, 꽤 고된 일이쥬." 하고 맥스왓 부인이 웃었다. 그녀는 아이들을 어떻게 훈육해야 하는지도 몰랐고, 내 권위를 세워줄 만큼의 교양도 없었다.

이상이 내가 이 집에서 예절 교육을 시도한 유일한 날이었다. 너무도 강력한 저항 앞에서 내 시도는 무력했다. 게다가 나이프와 포크조차 모두에게 하나씩 돌아갈 만큼 갖추어 있지 않아, 그 사용법을 가르치는 일조차 불가능했다.

맥스왓 부인은 요리용 보일러 하나와 작은 세탁통 하나로 모든 집안일을 해결했다. 식사는 늘 빵과 소고기뿐이었고, 그것은 그들이 가난해서가 아니라 더 나은 것을 모르거나 알고 싶어하지 않았기 때문이었다. 이들 가족이 생각하는 종교, 기쁨, 예절, 교양, 체면, 사랑, 그리고 이와 비슷한 모든 개념은 오직 돈의 가치를 기준으로 판단되고, 결정되었다. 그리고 이들이 부를 축적하는 유일한 방식은 지독히도 인색하고 고된 노동이었다. 사업 수완으로 가난을 벗어나 부를 거머쥔 사람은 존경받을 만한 두뇌를 가진 인물이다. 그러나 바니스 갭의 맥스왓처럼 재산을 축적하는 이는 천박하고 욕심 많고 속 좁고 영혼 없는 존재로, 내게 있어 가장 불쾌한 인간형이었다.

나는 어머니에게 또다시 편지를 썼지만, 돌아온 답장은 전과 다르지 않았다. 문득 이모가 떠올랐다. 마지막 희망이었다. 헬렌 이모는 나를 조금이나마 이해해줬고, 내 감정을 알아줄 수 있는 사람이었다. 나는 서둘러 이모에게 편지를 써서 어머니에게 나 대신 간청해달라고 부탁했다. 하지만 돌아온 답장을 읽으며 나는 마치 따귀를 맞은 듯한 충격을 받았다. 나는 이모가 흔한 신앙인의 도덕적 상투성을 초월한 인물이라 생각했기에 더욱 실망스러웠다. 이모는 삶이란 고난의 연속이며, 내가 진 이 작은 십자가를 인내로 견뎌야 한다고 했다. 그리고 1년이 지나면 다시 캐더갓으로 돌아올 수 있을지도 모른다고 덧붙였다.

1년! 바니스 갭에서 1년을 살아야 한다는 생각만으로도 나는 미쳐버릴 것 같았다. 나는 즉시 펜을 들고 이모에게 신랄한 비난의 편지를 썼다. 그 편지에 이모는 답장을 하지 않았고, 그날 이후로 철저히 나를 무시했다. 어머니한테 쓰는 편지에 내 이름을 언급하는 일조차 없었고, 가장 평범한 안부 인사 한마디조차 보내오지 않았다.

헬렌 이모, 세상에 진정한 우정이라는 게 존재하긴 하나요? 그 누구보다도 훌륭한 당신조차, 무거운 짐을 진 아이가 터뜨린 히스테리 섞인 울부짖음 앞에서 망설이고 물러나버리시다니요.

내 전임 교사는 바니스 갭에 오기 전 정신병원에 머문 경력이 있던 괴짜였고, 아이들이 하고 싶은 대로 하도록 내버려두었기 때문에 아이들은 규율이 무엇인지도 모르고 제멋대로였다. 그나마 아버지가 집에 있을 때는 감히 내게 반항하지 않았지만, 아버지가 자리를 비우기만 하면 아이들은 나를 함부로 대했다. 맥스왓 부인은 가끔 아이들의 장난에 웃음을 터뜨리기도 했지만 대체로 무관심했으며, 아이들을 혼내는 일은 결코 없었다.

내가 아이들을 피해 집 밖으로 나가면 아이들은 따라와서 나를 놀려댔다. 내가 아이들을 꾸짖으면 이렇게 대들었다. "우리가 왜 멜빈 영감 딸년한테 굽히고 살아야 돼? 세상에서 제일 멍청한 인간이잖아! 재산 다 밀아먹고 우리 아빠한테 돈 꾸는 주제에 말이야."

내가 방에 틀어박혀 있으면 아이들은 문틈에 나뭇가지를 쑤셔 넣고, 내게 메롱거렸다. 아이들 아버지에게 호소해봐야 헛수고라는 걸 나는 잘 알고 있었다. 내가 뭐라 하면 이에 반박해서 아이들과 어머니는 거짓말을 했고, 내 말이 그들의 말과 다를 때마다 내 말은 묵살되었다. 나는 그런 상황을 목격하기도 했다. 우체국 직원 여성이 지미에 대해 불만을 제기했다가 오히려 그 애 아버지한테 모욕을 당했는데, 그는 자기 자식들에게 결점이 없다고 믿고 있었다.

그 무렵 맥스왓 씨는 집을 자주 비웠다. 가뭄 때문에 양 떼를 해안 쪽으로 130킬로미터쯤 떨어진 목장으로 옮겨야 했는데, 그래서 그곳에 관리자를 두고 본인도 수시로 드나들었다. 가끔은 2~3주 연달아 집을 비우기도 했다. 피터는 하루 종일 일하러 나가 집에 없었고, 아이들은 그 틈을 타 날 괴롭혔다. 지미가 선동자였다. 그 애만 없었으면 다른 아이들은 충분히 다룰 수 있었을 것이다.

맨 처음부터 그 아이의 버릇을 잡기만 했어도 좋았을 것을, 집에서 오는 편지마다 '그 집에서 실례하지 말라'는 경고가 가득했고, 아이들의 버릇을 고치려 들면 곧바로 그 어머니의 미움을 살 것이 분명해 이러지도 저러지도 못하고 있었다. 하지만 맥스왓 씨가 3주간 집을 비우자 지미의 태도는 극도로 대담해졌고, 나는 이번에 그 아이의 버릇을 고쳐놓기로 결심했다.

먼저 가느다란 회초리를 하나 구했다. 아이의 어머니는 체벌을 몹시 싫어했기 때문에 아주 약한 걸로 골랐다. 평소처

럼 지미가 수업 중 반항하자 나는 그의 코트 소매를 살짝 쳤
다. 어린아이도 꿈적하지 않을 정도의 약한 힘이었지만, 이
커다란 녀석은 입을 벌리고 침을 흘리며 요란하게 울어댔
다. 다른 아이들도 동시에 비명을 질러댔다. 나는 순간 당황
했지만 물러서지 않고 다시 한번 회초리를 들었다. 지미는
더욱 요란하게 비명을 질렀고, 결국 맥스왓 부인이 성난 황
소처럼 달려 들어왔다. 평소에는 젖소처럼 평온하던 그녀의
눈에 불꽃이 튀었다. 그녀는 내 팔을 잡고 쥐 잡듯 흔들었다.
그러더니 멀쩡한 회초리를 부러뜨려 내 얼굴에 던지고선 지
미의 어깨를 다독이며 말했다.

"불쌍한 내 새끼 지미! 애미가 있는 한 네 털끝 하나 못 건
드리게 할 테니께 걱정 말어. 이 맹한 년 같으니라구! 앨 죽
일 뻔했잖여!"

나는 곧장 방으로 돌아와 문을 잠갔고, 그날 오후 수업은
하지 않았다. 아이들은 내 방문 손잡이를 마구 흔들어대며
외쳤다.

"지가 우릴 때려보겠대~ 근데 어머니가 혼내줬지! 폭삭
망한 멜빈 영감 딸년은 이제 그 잘난 체 못 할걸!"

나는 못 들은 척했다. 내가 무엇을 더 할 수 있을까? 의지
할 사람은 아무도 없었다. 맥스왓 씨는 가족들 말을 믿을 것
이고, 어머니는 나를 탓할 것이었다. 내가 그곳을 싫어한다
는 이유만으로 내가 잘못했다고 생각할 것이다.

맥스왓 부인이 저녁 먹으라고 불렀지만, 나는 먹지 않겠다
고 했다. 절망에 빠져 밤새 뒤척였다. 그리고 다음 날, 나는

결심했다. 정면으로 맞서든, 여기를 떠나든 둘 중 하나다. 더 이상은 참지 않으리라. 이 넓은 세상, 긴 인생에서 내게 허락된 자리가 이것뿐이라면, 차라리 죽는 게 낫다. 필요하다면 스스로 생을 마감할 생각까지도 했다.

이튿날 아침, 평소처럼 내가 맡은 집안일을 마치고, 아이들을 데리고 집 뒤 교실로 들어갔다. 오전 수업은 특별한 반항 없이 지나갔지만, 나는 지미가 기회를 엿보고 있다는 것을 직감했다. 그날의 날씨는 정말 끔찍했다. 리버리나 지방에서 불어온 붉은 먼지바람이 안개처럼 하늘을 뒤덮고 있었고, 부엌의 접시는 너무 뜨거워져서 헝겊으로 감싸야 들 수 있을 정도였다. 점심시간에 나는 아무도 모르게 밖으로 나가 마당의 모과나무 아래서 날카로운 막대기를 구해다가 밀가루 자루 틈에 감춰두었다.

오후 1시 30분, 나는 당당한 태도로 아이들을 다시 교실로 데리고 들어갔다. 아이들에게 각자 공부할 내용을 지시하자 처음엔 별 탈 없이 지나갔다. 하지만 오후 3시, 필사 수업이 시작되자마자 일이 벌어졌다. 지미가 잉크병 바닥에 펜촉을 계속 찍어댔다.

"지미, 그렇게 펜을 찍지 마. 펜촉 망가져." 나는 조용히 타이르듯 말했다. "굳이 그렇게 밑바닥까지 밀어 넣을 필요 없어."

하지만 지미는 더 심하게 펜을 찔렀다.

"지미, 내 말 안 들리니?"

지미는 아무 말 없이 계속 하던 대로 펜을 찔러댔다.

"제임스." 나는 더욱 단호하게 말했다. "한 번만 더 기회를 줄게."

지미는 내 말을 노골적으로 무시하며 더욱 세차게 펜을 잉크병 안에 찔러댔다. 라이저는 승리의 미소를 지으며 킥킥 웃었고, 다른 아이들도 따라 웃기 시작했다. 나는 침착하게 숨겨두었던 회초리를 꺼내 들고서 지미의 더러운 외투 위로 힘차게 휘둘렀다. 먼지가 뿌옇게 일었고, 펜이 그의 손에서 팅겨 나가며 잉크가 엎질러졌다. 지미는 전과 똑같이 고함을 지르며 입을 벌리고 침을 흘렸다. 나머지 형제자매들도 울음을 터뜨리려 했지만, 나는 책상을 세차게 내리치며 외쳤다.

"우는 놈은 매를 맞을 줄 알아!"

아이들은 충격에 입을 다물었다. 지미만 계속 소리쳤다. 나는 한 번 더 회초리를 들었다.

"당장 그치지 못해, 제임스?"

문틈으로 맥스왓 부인이 다가오는 모습이 보였다. 지미는 어머니를 끌어들이기 위해 더 요란하게 울어댔다. 나는 그 여자가 곧 나를 공격할 것이라 예상했다. 그녀는 키 175센티에 체중이 100킬로가 넘는 거구였다. 나는 155센티에 50킬로도 되지 않았으니 상대가 안 되는 싸움이었다. 그럼에도 나는 전혀 두렵지 않았다. 오히려 이렇게 정면으로 부딪칠 기회가 생긴 것이 기뻤다. "어디 한번 덤벼봐! 한꺼번에 열 명이 달려든다 해도 다 상대할 수 있어!"라고 소리치고 싶었다.

나는 인간의 평등에 대한 기묘한 신념을 가지고 있었다. 불구자도 거인과 동등하고, 바보도 천재와 대등하다는 믿음. 힘이 없는 자가 힘 있는 자에게 굴복해야 한다면, 그 힘 있는 자 역시 그 힘 때문에 약자를 배려할 책임이 있다는 논리였다. 즉, 맥스왓 부인도 나와 동등한 인간이라는 뜻이다.

우리 가족이 그 집에 경제적으로 의존하고 있다는 사실은 내 머릿속에서 완전히 사라졌다. 나는 맥스왓 부인도 나도 하나의 인간일 뿐이라 생각했다. 그녀가 나보다 나이가 많고 아이를 낳았다는 이유로 내가 그녀에게 예의를 갖춰야 한다면, 반대로 그녀는 내 젊음과 미숙함을 이해하고 관용을 보여야 마땅했다. 그렇다면 우리는 동등한 셈이다.

지미는 더욱 크게 소리쳐 울었고, 나는 회초리를 들어 다시 그를 내리쳤다. 맥스왓 부인이 문 앞 30센티까지 다가왔다. 이제 곧 나에게 덤벼들겠거니 했는데, 그녀가 문 앞에 멈춰 서더니 이내 방향을 틀어 더운 부엌으로 들어가버리는 것이었다. 나는 승리를 직감했다. 그리고 싸움이 이렇게 쉽게 끝나버린 것에 조금 실망했다. 지미는 패배를 인정하고 울음을 그쳤다. 그러곤 소매로 잉크 묻은 공책을 닦더니 아무 말 없이 글쓰기를 계속했다.

맥스왓 부인이 지난번 실수를 인정하고 이번에는 다르게 행동했던 것인지 어쩐 건지 그 이유는 모르겠지만, 분명한 것은 그날 이후로 아이들은 내 말을 잘 들었고, 그 일에 대해서는 두 번 다시 아무도 언급하지 않았다. 내가 아는 한, 그 소동에 대한 이야기는 맥스왓 씨의 귀에 들어가지도 않았다.

2월의 그날 저녁, 발목까지 쌓인 먼지를 밟으며 나는 산 너머로 붉은 공처럼 지는 해를 바라보고 되뇌었다. "언제까지, 도대체 언제까지 이렇게 살아야 하는 걸까!"

30. 모르면 약, 알면 병

혼자 있을 때마다 나는 끊임없이 속을 태우며 지냈고, 그
것이 내 얼굴에 드러났는지 무딘 맥스왓 부인조차 눈치를
챘다.

"나는 나대고 놀기만 하는 건 질색이지만서도, 그짝은 요
즘 딱히 그렇게 놀지도 않았으니께. 너무 집에만 있지 말고
라이저랑 바깥 구경 나들이 좀 다녀오면 어쩌까. 기분전환
이라도 되지 않을까나." 그녀가 말했다.

'라이저'와 내가 누릴 수 있었던 '놀이'와 '나들이', '기분
전환'이란, 인근 이웃을 방문하는 것이었다. 그들 역시 맥스
왓 가와 마찬가지로 양을 키우는 농가들이었다. 모두들 나
에게 매우 친절하고 상냥했으며, 이들 집은 눈에 띄게 깨끗
하다는 점에서 내 고용주보다 나았다. 하지만 삶의 속도는
별반 다르지 않았고, 그들의 정신세계 역시 협소하기 그지
없었다. 그 무엇보다 나는 마을의 어느 집에도 피아노가 없

다는 사실에 몹시 실망했다. 음악에 대한 내 갈증은 같은 열정을 지닌 사람만이 이해할 수 있을 터였다.

때때로 읽을거리를 빌려보기도 했는데 책과 비슷한 것으로 손에 넣을 수 있었던 건《영 레이디스 저널》몇 권뿐이었다. 그나마 나는 마치 굶주린 사람처럼 그 잡지를 탐독했다.

라이저가 자리를 비운 틈을 타, 다른 집 딸들이 내게 바니스 갭 같은 데서 도대체 어떻게 살 수 있는지 묻곤 했다. 그들은 그 집이 세상에서 가장 끔찍한 곳이며, 맥스왓 부인은 세상에서 가장 지저분한 사람이라고 평했다. 그들은 주당 50파운드를 준다 해도 절대 그런 곳에서 살지 않을 거라고 했다. 나는 이들 앞에서 맥스왓 부인에 대해 험담을 하지 않으려 꾹 눌러 참았고, 속으로만 끓어올랐다. 나처럼 그런 삶을 강제로 살아야만 하는 사람도 있는데, 이처럼 피터 맥스왓 같은 정도의 재력이 있는 사람의 아내가 되는 것이 꿈인 이들조차 그 삶을 피하고자 하는 현실에 분노가 일었다.

어머니가 내게 매주 편지를 보내라고 하셨기에, 나는 일주일에 한 번씩 '암흑의 캠프'라는 제목을 붙여 편지를 썼고, 그곳의 열악한 상황을 기록했다. 어머니는 변함없이 "이 어려운 시국에 먹고 입을 것이 있다는 사실에 감사해야 한다"고 답하셨다. 나도 그걸 모르는 바 아니었고, 실제로 내 자리를 원해서 들어오려는 여자들도 많다는 사실 또한 알고 있었다. 그러나 그들은 나와는 성격이 전혀 다른 사람들이었으며, 어머니가 들이대는 논리는 나에게 아무런 위로가 되지 않았다.

그러던 중, 호러스(거티와 쌍둥이인 내 남동생)로부터 다음과 같은 편지가 도착했다.

왜 자꾸 어머니께 그런 편지를 써서 귀찮게 하는 거야? 그 편지들 때문에 우리한테까지 잔소리를 해대서. 누나한테도 아무 도움 안 되는 걸 뻔히 알잖아? 어머니는 누나 편지 때문에 누나를 그곳에 그대로 두기로 한 결심을 더 굳히셨어.
어머니는 누나가 자기가 되게 잘난 줄 알고 자만심만 가득해서 더 나은 데 가야 한다고 착각하고 있대. 그래서 오히려 지금 있는 그 지긋지긋한 곳이 딱 누나한테 좋은 자리라고 해. 그게 누나한테 아주 좋은 약이 되고, 정신 차리게 만들어줄 거래. 이제 세상을 살아가는 데 필요한 상식을 좀 배울 때라고 말이야. 허 참, 별소릴 다 일러바치게 되네. 누나 편지를 받고 나면 또 한참 씹어대면서, 자긴 왜 애를 낳았는지 모르겠다고 투덜대고, 당신이 얼마나 좋은 어머니고 우린 얼마나 못된 자식인지 한탄하고 앉았어. 누난 그냥 거기 있는 편이 훨씬 나아. 내가 여길 벗어나 맥스왓이나 맥팻 같은 데라도 갈 수 있었으면 진짜 두말없이 뛰어갔을 거야. 아버지는 여전히 술이나 퍼마시고 돌아다니지, 누군가가 데리러 가야만 집에 들어와. 나 진짜 이 집에서 크리스마스 전엔 나갈 거야. 아니면 내 손에 장을 지져. 어머니는 내가 나가면 동생들이 굶어 죽는다지만, 스탠리는 이제 키도 많이 컸어. 저만큼 컸으니 밭도 갈아봐야지. 나 어릴 땐 그 나이 때부터 벌써 밭을 갈았다고. 올해 밀과 귀리를 57,000평방미터나 심었는데, 수확량은 손수레 한 바퀴 분량도 안 나올 것 같아.

진짜 이 동네에 질렸어. 주머니에 동전 하나 없는 것도 짜증 나고. 이게 다 아버지 술 탓만은 아니야. 비가 오면 나아지겠냐고? 전에 비 많이 올 땐 모든 작물이 다 풍작이라 시장에 공급이 넘쳐나서 가격이 바닥을 쳤지. 양은 부제증(발굽 전염병) 걸려 죽어 나가고, 버터는 쥐도 안 가져갔어. 가뭄에는 팔 것이 없어서 문제고, 농사가 잘되면 팔 건 있는데 안 팔리는 것도 문제야. 정말 낙농업 죽도록 싫다. 닭장보다도 더 비루해. 상상해봐. 아침저녁으로 소젖이나 짜고, 분리기 돌리고, 그거 설거지하고, 꼭 여자애들이나 하는 일 아냐? 소풍을 가도 재미 좀 볼라치면 집에 와서 젖 짜야 하고, 일요일에 옷 좀 차려입으면 다시 갈아입고 젖 짜야 하고, 그 다음엔 또다시 갈아입고 씻어야 해. 그래도 소 냄새 난다고 여자들이 우릴 피하지. 비가 오긴 할까? 오면 홍수가 나서 남은 것도 쓸어가겠지. 메뚜기들은 과일 다 먹어 치우고 나무껍질까지 씹어먹었고, 애지중지 키운 토마토는 애벌레 때문에 다 망했어. 주변 농부들이랑 아버지가 정부에 토지세를 유예해달라고 신청했는데, 허가가 날지 어떨지 모르겠지만, 정부가 싫어도 어쩔 수 없을걸. 세금 낼 동전 한 닢도 없는데 뭘. 편지 길게 썼으니까, 내 철자나 문법 트집 잡지 마. 그러면 다시는 안 쓸 거야. 그리고 내 말 잘 들어. 어머니한텐 더 이상 그런 편지 쓰지 마. 누나 말 절대 안 들어줘.

누나를 사랑하는 호러스가

그러니까! 어머니는 내 고통을 불쌍히 여기기는커녕, 내가 매달릴수록 더욱 단호하게 나를 이곳에 묶어두려 한 것이다. 그래서 나는 더 이상 어머니께 편지를 쓰지 않기로 했다. 그러나 할머니와의 편지는 계속 이어졌다. 할머니는 편지에서, 해럴드 비첨이 아직(즉, 2월 현재) 시드니에서 일을 정리 중인데, 정리가 끝나는 대로 퀸즐랜드로 갈 예정이라고도 알려주셨다. 잘살던 시절 알고 지낸 지주들의 도움으로 관리직이든 감독직이든 뭐든 생기면 맡기로 했는데, 당장 걸프 오브 카펜타리아 인근 목장에서 빅토리아까지 소 1,600마리를 몰고 가는 일을 맡았다고 했다.

제이제이 삼촌은 여행을 홍콩까지 연장해 아직 집에 돌아오지 않았다고도 하셨다. 할머니는 삼촌이 돈을 너무 헤프게 쓰고 다니지는 않는지 걱정하셨다. 또한 가뭄이 지속되자 생계가 빠듯해져서, 은행에 의존해야 하는 처지가 될까봐 두려워하셨다. 할머니는 내 삶에 대한 불만이 줄어들지 않은 것을 안타까워하셨다. 그러면서 이곳 생활이 지루하긴 할 테지만, 나의 평판에 해가 될 것은 없다고 하셨다. 오히려 조금 더 생기가 있는 곳에 있었다면 유혹에 빠질 수도 있으니, 지금의 환경이 더 낫지 않겠느냐고 하셨다.

할머니는 '오스트랄라시안' 신문도 함께 보내주셨는데, 그것은 나뿐 아니라 이곳 아이들에게도 엄청난 선물이었다. 아이들은 세상에서 일어나는 가장 기초적인 일조차 모르고 있었기에, 그림과 사진이 실려 있는 신문의 등장은 맥스왓씨 일지에 대문자로 기록될 정도의 사건이었다. 아이들은 신문에 실린 사진을 보기 위해 내 곁으로 모여들었는데, 마침 이번 호에는 호주 출신 가수 열한 명의 사진이 실려 있었다. 우리 눈은 중앙에 있는 '멜바'의 사진에 멈췄다. 그녀가 어떤 배역으로 분장했는지는 기억나지 않지만, 매우 위풍당당했다. 머리엔 왕관이 얹혀 있었고, 풍성한 머리칼은 흘러내려뜨렸으며 아름다운 가슴과 팔이 드러나 있었다.

"이게 누구예요?" 아이들이 물었다.

"멜바야. 이름 들어본 적 없니?"

"멜바? 뭐 하는 사람이에요? 여왕이에요?"

"응, 노래의 여왕이지. 위대한 여왕이야."

나는 자랑스럽게 세계적으로 손꼽히는 우리 호주 출신의 가수에 대해 열정적으로 설명하기 시작했다. 그녀가 최근 미국에서 3개월 노래하는 대가로 4만 파운드를 제안받았다는 이야기도 했다.

아이들은 믿지 않았다. 4만 파운드라니! 그건 아이들 아버지가 최근에 사들인 땅값의 열 배나 되는 금액이었다. 아이들은 내가 거짓말을 한다고 했다. 여자가 노래를 부른다고 돈을 받는 일은 없다고, 그것도 1파운드도 아니고 그렇게 많은 돈을? 말도 안 된다고 했다. 그러면서 머럼비지 강 유역에서는 수지 더피가 동네 최고의 가수인데, 그녀는 누구든 부탁만 하면 그냥 무료로 불러준다고 했다.

이때 지미가 들어와 사진을 보더니 다른 아이들이 미처 눈여겨보지 못했던 점을 짚었다. "근데 이 여자, 왜 이렇게 벗고 있는 거예요?"

나는 부잣집 사람들은 저녁 파티에서 저런 옷차림으로 치장을 하는 거라고 설명했다. 그러자 맥스왓 부인은 아이들에게 그런 '저급한 사진'을 보여줬다고 나를 나무랐다.

"저 여자, 정말 뻔뻔한 사람이네."라고 지미가 말했고, 라이저는 "저 여자 미쳤어. 사진 찍는 날은 제대로 옷 입고 찍어야지."라며 혀를 찼다.

라이저는 실제로 그 원칙을 지키는 아이였다. 떠돌이 사진사에게 사진을 찍은 적이 있는데, 헐렁한 커프스를 두 개나 끼고, 피터의 시계와 체인, 리본, 재킷, 꽃과 온갖 장신구로 몸을 장식하고서 사진을 찍었다.

"마담 멜버 같은 사람은 없을 거야. 그냥 동화일 뿐이지." 맥스왓 부인이 이렇게 말했다.

"글래드스톤이라고 들어본 적 있어요?" 내가 물었다.

"아니, 그게 어디예요?"

"예수 그리스도는 알아요?"

"알쥬. 하느님하고 관련된 분 아녀유?"

그 이후로 나는 유명인에 대해 언급하는 일을 일절 그만두었다.

아, 그들의 무지한 평온함이 얼마나 부러웠는지! 그들은 연못에 떠 있는 오리처럼 살았다. 반면 나는, 사막에 내던져져 물을 갈망하면서도 꿈속에서나 물을 볼 수 있는 그런 오리 신세였다.

31. 맥스왓 씨와 나, 마침내 대판 붙다

바니스 갭을 찾아오는 손님은 모두 남자들이었다. 그것도 순전히 일 때문에 가끔 들를 뿐이었다. 여자들은 이곳을 꺼렸고, 아예 금기시하다시피 했다. 몇몇은 나를 보러 오고 싶지만, 맥스왓 부인 때문에 도저히 갈 수 없겠다고 했다. 아이들이 손님에게 무례하게 구는 것을 언제나 내버려두었기 때문이다.

간혹 찾아오는 이가 있으면 맥스왓 씨는 손님과 마주 앉아 파이프에 불을 붙이고는, 바닥에 침을 내뱉으며 천박하고도 거리낌 없이 수다를 떨었다. 그들의 화제는 늘 같았다. 양털 가격이 어떻고, 수컷 가축의 번식력이 얼마나 될지라든가 풀밭이 부족하다는 하소연 따위였다. 나라의 정치 이야기나 세상 돌아가는 일에 대해서는 단 한 번도 입에 올린 적이 없었다. 심지어 그 유명한 연쇄 살인마 버틀러의 '산속 살인 사건'조차 이곳 사람들은 모르는 듯했다. 나는 그들이 과연 총독이나 수상 이름을 알고는 있을까, 궁금했다.

　나를 괴롭힌 것은 형편없는 음식도, 그것을 준비하는 더러운 방식도 아니었다. 맥스왓 씨가 대화 도중 5분마다 한 번씩 "젠장"이란 소리를 입에 달고 사는 것도, 아이들이 끊임없이 내 아버지의 가난을 들먹이며 나를 괴롭히던 것도 아니었다. 정말로 나를 죽일 듯 괴롭힌 것은 바로 하루하루 반복되는 그 지독한 단조로움이었다. 나는 어떤 일이라도 좋으니 무슨 일이 일어나기만을 간절히 바랐다. '고통'이라는 단어조차 내가 경험한 그 삶을 표현하기엔 한없이 밋밋해 보였다. 집시에게 독방 감금형을 내린다면 딱 이 정도가 아닐까 싶었다.

　매일 밤 맥스왓 씨는 가족들과 함께 앉아 자신이 이웃보다 얼마나 부자인지, 리스 영감은 어떻게 생계를 꾸려나가고 있는지, 누가 가장 좋은 품종의 양을 기르는지, 누가 양을 제일 능숙하게 잘 세는지를 논하며 시간을 보냈다. 그 속물스러움에 나는 정신이 아찔해졌고, 그럴 때면 별빛 아래 몰래 나가 답답해 터질 것 같은 마음을 식히고 들어오곤 했다. 이것이 어느새 나의 일과가 되었고, 매일 밤 나는 집안의 소음이 들리지 않는 거리까지 나가 캐더갓에서 들었던 노래를 부르며 상상 속에서 그곳의 하루하루를 되살리곤 했다. 그러나 그 행위조차 점점 나를 짓눌렀고, 나는 차차 정신줄을 놓게 되었다. 나는 종종 향기로운 여름 밤하늘 아래 마른 땅에 무릎을 꿇고 기도했다. 이 기도는 격정적이고 광적이었지만, 결코 응답받지 못했다.

매일 밤 반복됐던 그런 식의 탈출이 그다지 눈에 띄지 않았을 거라 생각했지만, 그건 나만의 착각이었다. 맥스왓 씨는 현장을 목격하지 못했을 뿐 내가 연애를 하고 있다고 의심했던 모양이었다. 별을 바라보고 꿈을 꾸기 위해 밤에 혼자 밖으로 나간다는 생각은, 맥스왓에게는 내가 하늘을 난다는 상상만큼이나 비현실적인 일이었을 것이다. 그의 영혼은 발밑의 땅 너머를 보지 못했기에, 내가 진심으로 설명을 하려 들었더라도 그는 내가 미쳤다고 여겼을 테고, 집에 두기 위험한 존재라고 판단했을 것이다.

그의 아들 피터 주니어는 '수지 더피'라는 여자아이와 사귀고 있었는데, 수지는 머럼비지 강 너머 수킬로 떨어진 곳에 살았다. 피터는 매주 일요일과 주중 이삼일, 꾸준히 그녀를 만나러 다녔고, 나는 등자쇠가 부딪치는 소리와 말 고삐의 쇠사슬 소리를 들으며 그가 돌아왔음을 알았다. 그러던 어느 날이었다. 평소보다 좀 늦게까지 밖에 나와 있던 참이었는데, 피터가 귀가하는 길에 나를 지나쳤다. 나는 나를 못 알아보게 하려고 가만히 서 있었지만, 그의 말이 나를 알아차린 듯 놀라서 발을 굴렀다. 혹시 피터가 나를 유령이라고 착각할까 싶어, 나는 얼른 정체를 밝혔다.

"나예요!"

"아니, 이런! 이 시간에 여기서 대체 뭘 하고 있는 거유? 귀신 안 무서워요?"

"하나도 안 무서워요. 머리가 너무 아파 잠을 못 자겠기에 산책하면 좀 나아질까 싶어서 나왔어요." 난 그렇게 설명했다.

우리는 집에서 400미터쯤 떨어진 지점에 있었고, 피터는 속도를 늦추어 내가 보조를 맞출 수 있도록 해주었다. 그의 예절 교육 수준은 말에서 내리는 데까지는 미치지 못했다. 무례함과 무지는 다르다. 피터는 무례한 게 아니었다. 그는 그저 무지했다. 그런 이유로 그는 어머니가 돼지 여물을 먹이고, 그의 구두를 닦아주고, 아들이 있어도 어머니가 직접 장작을 패는 것을 당연히 여겼다. 어머니가 일하고 있는 동안 그는 바로 옆에서 담배를 피우고 침을 뱉었다. 그것이 그가 아는 유일한 남성다움이었기 때문이다.

그날 오후, 내가 교실에 혼자 남아 있을 때, 맥스왓 씨가 어슬렁어슬렁 들어왔다. 그는 잠깐 머뭇거리더니 이렇게 말했다.

"있잖아, 나는 말이지, 밤에 나가서 젊은 남자를 만나는 거, 그건 좀 반대야. 연애를 하려면 집 안에서 해. 우리 피터랑 사귀어도 나야 반대는 안 해. 너도 괜찮긴 한데 말이야. 뭐랄까, 우리 피터는 다른 계획이 있어서 말이지. 걔는 수지 더피랑 거의 장래를 약속한 상태이고, 걔 아버지가 재산이 좀 있으니 나도 수지를 며느리 삼았으면 하거든. 니가 그거 망치진 말아줬으면 해서 말이야."

피터는 키가 크고 주근깨투성이에 붉은 머리, 시골 바보처럼 생겼다. 중노동이라도 해서 돈을 벌 정도의 본능과 야생에서 살아갈 기술은 있었지만, "의견도 없고 생각도 없는" 미들턴의 하급 일꾼과 다를 바 없었다. 그는 콧수염을 길렀고 여자친구도 있었으며, 몸에 딱 붙는 바지와 긴 박차를 착용했고, 부끄러움과 허세가 뒤섞인 듯한 비틀비틀 걸음걸이에다, 넥타이를 매는 것에 남다른 자부심을 가진 사람이었다. 그런가 하면 파리 한 마리 해칠 줄 모를 정도로 여린 마음씨와 정직한 성품을 지녔다. 아침부터 밤까지 묵묵히 소처럼 일했고, 주어진 운명에 순응하며 의무를 다했다. 내가 아는 한 그는 한 번도 목욕을 하지 않았으며, 그만의 방식대로 살아가는 사람이었다. 그는 어딘가에 '바깥세상'이라는 것이 존재한다는 사실은 알고 있었지만 마치, 내가 대수학이라는 학문이 있다는 걸 알고는 있지만 전혀 신경 쓰지 않듯이, 그 역시 바깥세상에 대해 아무런 관심이 없었다.

이것이 내가 평가한 피터 맥스왓 주니어의 모습이다. 나는 그를 그가 속한 세상의 테두리 내에선 존중했다. 아마 그도 나를 그런 방식으로 존중해주었을 것이다. 운명이 우리 둘을 당장은 같은 틀 안에 밀어 넣어두었지만, 우리의 삶은 본질적으로 기름과 물처럼 절대 섞일 수 없는 것이었다. 그 둘이 만나는 일은 오직 전지전능한 평등자, 죽음의 손에 맡겨질 때라야 가능할 것이었다.

피터 맥스왓과의 결혼이라니!

경악과 혐오감이 교차하는 가운데 나는 말문이 막혔다. 그 황당함에 피식 웃음이 날 뻔도 했다. 그런데 맥스왓 씨가 계속 말했다.

"니가 피터한테 반한 거면 미안하지만, 그래도 넌 이성적인 애니까. 난 애들이 여럿이라 땅 나눠주면 많지도 않아. 수지 아버지가 재산도 좀 있고, 자식은 둘뿐이니…. 내가 나서서 너랑 미키가 만나게 다리를 놔줄 수도 있어. 뭐 그놈이 외모는 피터만 못하겠지만 말이야." 그가 흐뭇한 표정으로 자기 장남을 자랑스러워하며 말하는 순간, 나는 더 이상 참지 못하고 폭발했다.

"닥쳐요, 이 무지한 영감탱이! 어떻게 감히, 감히 내 이름을 당신 아들 같은 촌놈과 엮어서 입에 올리다니. 어디서 그런 뻔뻔한 상상력이 나오는 거죠? 피터가 백만장자라 한들, 나는 그의 손길조차 더럽다고 여길 겁니다. 내가 밤마다 누굴 만나러 나간다고 생각했다면, 잘못 짚으셨어요. 나는 단지, 당신 집의 역겨운 집안 공기에서 잠시나마 벗어나고 싶었을 뿐이에요. 당신이 그렇게 악착같이 돈을 모았다고 해서, 그걸로 당신이 신사가 되는 줄 아세요? 다시는, 다시는 내 이름을 이 동네 누구와의 결혼에다 꿰어맞추지 마세요!"

나는 고개를 꼿꼿이 들고, 어깨를 활짝 펴고 내 방으로 향했다. 그리고 그 방 안에서, 온몸의 기운이 다 빠져나가 병이 날 만큼, 한없이 울었다.

이 지루하고 속물적인 삶에 묶인 나는 서서히 무너지고 있었고, 거기서 벗어날 정당한 길은 어디에도 없었다. 나는 제정신이 아닌 계획들을 세우곤 했다. 무작정 도망치고 싶었다. 여기서 벗어날 수만 있다면, 무엇을 하게 되든 상관없었다. 어떤 변화든 좋았다. 이 미칠 듯한 단조로움만 아니라면 그 무엇이라도. 하지만 나를 붙잡은 건 내 어린 동생들에 대한 사랑이었다. 그 애들과 다시는 만날 수 없는 상황이 되어버릴 만한 일을, 나는 차마 저지를 수 없었다.

내 마음은 너무도 지쳐 있었기에, 그때 만약 해럴드 비첨이 갑자기 나타나 당장 결혼하자고 제안했다면, 내가 그토록 단호하게 그어두었던 경계선을 단숨에 지우고 그의 청혼을 받아들였을지도 모른다. 그러나 그는 나타나지 않았고, 나는 그의 소식이나 행방조차 알지 못했다.

그를 떠올리면, 요즘 내가 마주치는 남자들과는 너무나도 다르다는 게 뼈저리게 느껴졌다. 물론 그들 역시 자기 자리에선 나름 괜찮은 사람들이었지만, 해럴드는…. 아니, 해럴드도 철학자처럼 깊은 사유를 하는 사람은 아니었지만, 그가 비추던 '응접실의 풍경', 그 배경과 분위기는 예술적이고 우아했다. 그는 조용한 방식으로, 신사다움과 다정한 매력을 풍기던 사람이었다.

그에 대한 소식은 부활절 무렵 할머니가 보내온 편지에서 알게 되었다.

얼마 전 깜짝 손님이 찾아왔는데, 누군지 아니? 해럴드 비첨이었단다. 매질에 쓰는 장대만큼이나 홀쭉해졌고, 햇볕에 새까맣게 탔더구나. (난 웃고 말았다. 해럴드가 예전보다 더 까맣게 탄다는 게 가능하기나 할까 싶어서.)

퀸즐랜드에서 소몰이하다가 홍역에 걸리고, 비까지 맞았대. 그 탓에 병세가 아주 심해져서, 자기가 몰고 가던 1,600마리의 소 관리를 결국 포기해야 했단다. 이제 다음 주에 서호주로 떠난다며 작별 인사를 하러 온 거였어. 거기서 자신의 운을 다시 시험해보겠다고 하더구나. 젊은 차터스처

럼 '큰돈 벌기 전엔 돌아오지 않겠다'며 호언장담할까 봐 걱
정했는데, 해럴드는 그러지 않았어. 살아만 있다면, 적어도
살아서 팔팔하다면 ― 자기 말로는 ― 꼭 3년 후 크리스마
스엔 돌아오겠다고 약속했단다. 왜 하필 그 시점에 돌아오
겠다고 말했는지는 모르겠어. 원래부터 말수가 적은 사람이
고, 더더욱 비사교적인 사람이 되어 있었으니 말이다. 자기
감정을 좀처럼 드러내지 않는 애지만, 예전의 지위를 잃은
것을 속으로는 깊이 상심하고 있을 거야.
　네가 이곳에 없다는 사실에 꽤 놀라더라. 그리고 너를 그
런 일에 내몰아선 안 되었다며, 그렇게 하면 너의 생기와 유
쾌함이 모두 사라지고 말 거라고 하더구나. 누군가의 일에
그렇게 자기 의견을 표현하는 건 처음 봤단다. 자기 일이 아
닌데도 말이야. 프랭크 호든이 안부 전해달라고 한다.

해럴드 비첨의 생각은 맞았다. 하지만 나를 갉아먹은 건
가르친다는 행위 그 자체가 아니라, 내가 그 일을 해야만 했
던 그 장소였다. 물론, 어머니는 그것이 나에게 "좋은 약"이
될 거라고 말했지만 말이다.
　나는 종종 이틀 넘게 한숨도 자지 못한 채 밤새 울었고, 그
탓에 눈 밑에는 새까만 기미가 끼고 말았다. 세수를 해도 지
워지지 않는 그 자국은, 내 내면의 피로를 고스란히 드러내
고 있었다. 이웃들은 나에 대해 평하길 "하이고, 웃는 거와는
담쌓은 가엾고 여윈 아가씨라니까."라고 했다. 캐더갓에 있
을 땐 작은 일에도 깔깔 웃으며 소란을 떨던 내가, 말괄량이

니, 사내아이 같다느니, 너무 헤프게 웃는다느니 하며 자주
혼났던 그 활기찬 소녀였던 내가, 이제는 웃음을 잃고 '우수
에 찬 아가씨'로 변해버린 것이다. 나는 점점 예민하게 날이
서 있는 상태가 되었다. 문이 열리는 소리만 들어도, 예기치
못한 발소리 하나에도 흠칫 놀라며 몸을 떨었다.

　맥스왓 씨에게 격렬하게 한바탕 쏟아붓고 난 후 시간이
지나고 마음이 가라앉자, 사과를 해야겠다는 생각이 들었다.
그는 그만의 방식대로, 다시 말해 그의 관점에서 본다면(어
떤 사람을 판단할 때는 그 사람의 기준으로 보는 것이 가장 공정하
다는 걸 나는 안다), 나름대로 '아버지 같은 태도'를 보인 셈이
었다. 나는 그의 보호 아래 있는 어린 소녀였고, 만약 밤에
혼자 나갔다가 무슨 봉변이라도 당했다면, 그는 어쨌거나
일정 부분 책임을 져야 했을 것이다.

　게다가 그는 호의적으로, 자기가 지켜보는 조건 아래에서
나와 그 "적당한 새로운 상대"가 서로를 알아갈 수 있게 소
개해주겠다는 제안까지 했다. 물론, 그의 그런 계획들이 내
게는 역겨울 만큼 끔찍하게 느껴졌지만, 그건 단지 내 기질
과 열망이 그런 삶을 감당할 수 없었던 탓이지, 그의 잘못은
아니었다. 나는 그저 너무나도 가혹한 불운을 타고났을 뿐
이다. 그래… 이번 일에서 잘못을 한 쪽은 바로 나였다.

　이런 생각이 들자, 나는 뒷문 근처에서 어슬렁거리는 돼
지들과 닭들 사이를 헤치며 발목까지 빠지는 흙먼지를 밟고
그를 찾아 나섰다. 맥스왓 부인은 지미에게 양을 잡고 손질
하는 법을 가르치는 중이었고, 막내를 돌보는 보모이자 이

'양 잡기 실습'의 구경꾼이기도 한 라이저는, 문법 따위는 내던진 채 쉴 새 없이 요란하게 추임새를 넣고 있었다.

피터와 어린아이들 몇은 양들 먹이용 나무껍질을 구해오기 위해 스트링기바크 나무를 베러 나가고 없었다. 그들이 내리치는 도끼 소리와 머럼비지 강의 잔잔한 물소리가 해질 녘 하늘에서 아주 희미하게 메아리쳤다. 조금 있으면 그들은 저녁을 먹으러 돌아올 테고, 그럼 식탁 위에는 어김없이 이런 말들이 오갈 것이라고 나는 속으로 생각했다.

'늙은 양은 영 말랐지만, 어린놈들은 아직 살이 통통하지. 맙소사, 개네들 진짜 덤불로 들어갔었나 봐. 줄기까지 다 씹어먹더라고, 아직 연필만 한 작은 것도 싹싹!'

이런 정보들은 어제도, 그제도, 오늘도 똑같이 되풀이되었고 내일도, 그리고 그다음 날에도 반복될 것이었다. 이 집안의 대화 주제는 마치 군대처럼 고정되어 있어, 상부에서 새로운 지시가 있기 전까진 절대 바뀌지 않을 것 같았다.

나는 맥스왓 씨가 어디 있을지 대강 짐작하고 있었다. 그는 최근에 '씨 숫양' 두 마리를 샀고, 매일 저녁이면 어김없이 두어 시간을 들여 그 양들을 감상하곤 했으니 말이다. 양들이 풀 뜯는 곳으로 가보니 아니나 다를까, 그는 파이프를 문 채 반짝이는 눈으로 자기 보물들을 바라보며 서 있었다.

"맥스왓 씨, 저 사과드리러 왔어요."

"괜찮아, 열받아서 쏟아낸 말은 신경 안 써."

"아뇨, 단지 열받아서 그런 게 아니었어요. 제 말은 모두 진심이었어요. 하지만 어른한테 그런 식으로 무례하게 말한 건 제가 백번 잘못했어요. 그래서 그 점에 대해 사과드리고 싶었어요. 그리고 한 가지 더 말씀드릴 게 있어요. 피터가 절 좋아한다고 해도, 제가 피터와 도망갈 일은 없으니 걱정 안 하셔도 돼요. 사실… 전 다른 사람과 약혼한 상태거든요."

"이런, 맙소사!" 그가 말했다. 얼굴엔 호기심이 가득했고, 내 태도에 대해서는 아무런 감정이 없어 보였다.

"곧 결혼할 예정인가? 재산은 좀 있나? 누구지? 그래도 점잖은 사람이겠지? 근데 아직 너무 어린데."

"예, 그 사람은 아주 점잖은 사람이에요. 결혼은 제가 스물한 살이 될 때까지 하지 않을 거예요. 그리고 그 사람 지금은 가난하지만 장래가 밝아요. 제가 약혼한 건 비밀로 해주셔야 해요. 다른 사람들한텐 말씀하지 말아주세요. 다만 피터에 대해서 걱정 안 하셔도 된다는 걸 알려드리고 싶어서 말씀드린 거예요."

그는 말하지 않겠다고 약속했고, 나는 그 약속을 믿었다. 그러나 그는 내 예비 신랑이 가난하다는 사실을 꽤나 심각하게 받아들였다.

"절대 가난한 놈이랑은 결혼하지 마라, 우리 딸 같아서 하는 말이야. 내 말 명심해. 가난한 놈이랑 결혼하면 마귀가 깃든다고. 아무리 좋은 사람이어도 말이야. 서두르지 마. 너도 그럭저럭 괜찮은 외모고, 바다엔 아직도 좋은 물고기들이 많단다. 넌 좀 작긴 하지. 나는 큼직한 여자를 좋아하는데 말이야. 하지만 너무 기죽진 마. 남자들 중엔 작은 여자 좋아하는 놈들도 있더라. 그래도 나는 큼직한 여자가 좋아."

'당신 부인도 참 큼직하긴 하죠.' 하고 나는 속으로 생각했다.

오해는 하지 마시길…. 나는 결코 맥스왓 가족보다 내가 우월하다고 생각한 적이 없으니까. 오히려 그들은 나보다 훨씬 나은 사람들일지도 몰랐다. 맥스왓 씨는 도덕적으로 청렴하고, 그의 좁은 세계 안에서 최대한 합리적이고 친절한 사람이었다. 또 맥스왓 부인은 남편에게 충실했고, 자신의 삶에 만족하며 해마다 아무 불평 없이 그리고 인간이 감당해야 할 가장 고통스러운 의무인 출산을 묵묵히 견뎌냈다. 그녀는 내가 평생 이룰 수 있는 어떤 위업보다도 더 위대한 일을 민족과 신을 위해 수행하고 있었다.

하지만 나는 피폐해지고 있었다. 그들의 삶은 내 영혼을 갉아먹고 있었고, 나는 그런 삶에서 정신적 자양분을 얻을 수 있는 성정으로 태어나질 못했다. 자연이 나를 그렇게 만들었기에, 나는 내가 바니스 갭의 그와 같은 분위기에서 숨 쉬고 살아갈 수 있는 인간으로 바뀌기를 바랄 수도 없었다.

32. 바니스 갭을 떠나다

6월이 지나 7월이 되고, 다시 7월이 가고 8월이 되었을 때 나는 더 이상 견딜 수 없었다. 걸어서라도 떠나야 했다. 나의 미래가 어떻게 될지는 알지 못했으나 상관없었다. 바니스 갭에서 먼 곳이라면 되었고, 이곳을 떠나야겠다는 생각뿐이었다. 어느 날 저녁, 동생들에게서 여러 통의 편지를 받았다. 나는 그 편지들을 읽으며 동생들 생각에 마음을 졸이다가, 베개 밑에 편지를 모아 고이 넣어두었다. 며칠 밤을 잠 못 이룬 탓에 몸은 몹시 쇠약해진 상태였다. 허한 마음에 차를 준비하러 나가기 전 잠시 쉬고자 편지들을 넣어둔 베개 위에 머리를 얹었는데, 다음 순간 맥스왓 부인이 촛불을 켠 손으로 나를 흔들며 소리쳤다.

"라이저, 얼른 창문 닫아라! 애가 여기서 찬바람 맞고 누워 있더니 얼어붙은 거 아녀? 자면서 악몽이라도 꾸는겨? 밖에 나가서는 이상하게 노랠 부르고 그래놓고, 도무지 일어나질 않는구먼. 무슨 일이래? 어디 아픈거?"

나는 뭐가 잘못된 건지, 내가 어디가 아픈 건지 알 수 없었지만 나중에 알게 된 바로는 내가 울다 웃다 반복하면서 할머니와 해럴드를 간절히 부르며 구해달라고 애원했다고 한다. "견딜 수 없어, 견딜 수 없어."를 되풀이하며 이상한 행동을 했고, 놀라고 당황한 맥스왓 씨가 나를 위해 결국 30킬로 떨어진 곳까지 사람을 보내 의사를 불렀다.

다음 날 아침 찾아온 의사는 내 맥박을 재고 몇 가지 질문을 한 뒤 말했다.

"환자가 완전히 기진맥진한 상태입니다. 열성 뇌염에 걸릴 위험이 있어요!" 그러고는 이렇게 물었다. "무슨 일이 있었던 거죠? 큰 정신적 스트레스를 받은 것 같은데 완전한 휴식과 환경 변화, 충분한 기분 전환과 영양가 있는 음식이 필요해요. 그렇지 않으면 정신병에 걸릴 겁니다."

의사는 내게 강장제를 처방했고, 맥스왓 부부는 걱정으로 마음이 복잡해졌다. 가련하고 다정한 성품의 두 사람은 내가 무너지게 된 진짜 원인을 전혀 이해하지 못했고, 내가 아이들 가르치고 집안일하느라 힘들어서 그렇게 된 것이라 여겼다.

맥스왓 부인은 내 입맛을 돋우려 닭 한 마리를 잡아 찜으로 요리했다. 깃털이 많이 붙어 있는 데다 내장도 일부 넣어 맛을 낸 그 요리는, 내가 비록 식욕이 없어 즐기진 못했지만 착한 마음씨의 요리사를 실망시키지 않으려고 먹는 척했다.

그들은 우리 부모님께 내가 기차를 타고 집으로 갈 것이라고 곧바로 알리려 했다. 한데 나는 너무 아파서 직접 편지를 쓸 수 없었고, 라이저가 대신 쓰기로 했다가 다시 지미가 쓰기로 했다가, 결국 맥스왓 씨가 쓰게 되었다.

"당연하지, 젠장! 중요한 일은 내가 직접 나서야 해."

그래서 식당 테이블 위에 펜, 잉크, 종이가 놓였고 아이들 사이에 "아빠가 혼자 힘으로 편지를 쓸 거야."라는 대사가 퍼졌다.

내 방과 식당은 문 하나를 사이에 두고 있었는데, 침대에 누운 채 나는 그 광경을 모두 지켜보았다. 맥스왓 씨는 항상 허리띠 대신 차고 다니던 안장 끈에 바지를 단단히 끼워 넣고, 코트를 벗어 의자 등받이에 걸쳤다. 셔츠 소매를 팔꿈치까지 걷어 올리고 모자를 눈 위로 푹 눌러쓴 채, 글쓰기 준비를 했다. 하지만 잉크는 '물 같고', 펜은 '끝이 둔하며', 종이는 '쓰레기' 같다고 불평을 해대다가 특별히 구입한 좋은 종이라는 말을 듣고 나서야 열심히 글을 쓰기 시작했다.

세 시간이 지나 반 장 분량의 편지가 완성되었는데 문법이나 작문, 맞춤법 면에서 그의 일기 기록보다 훨씬 낫다고 할 수 있었다. 목적을 달성하는 데는 충분했다. 이후 그 편지를 받은 부모님이 답장을 보내셨는데, 내가 특정 날짜에 골번에 도착하도록 해주면 그때 마을로 가는 이웃이 나를 집까지 데려다줄 것이라고 했다.

이제 더 이상 나는 지저분한 책으로, 지저분한 아이들에게 싫증 난 교훈을 가르치지 않아도 되었고, 제 엄마의 기대만큼 하루 평균 두 곡을 배우려 애쓰는 라이저의 기름 묻은 손가락을 저 미친 피아노 건반 위에서 지도하지 않아도 되었다. 나는 마치 내 등을 짓누르던 산을 내려놓은 듯한 해방감을 느끼며 마술처럼 기운이 회복되어 일어나 짐을 꾸렸다.

바니스 갭의 무거운 족쇄를 벗어던질 날이 다가온다는 생각에 기뻤지만, 해방감 속에는 약간의 아쉬움도 섞여 있었다. 아이들이 항상 나를 놀리려고만 했던 것은 아니었다. 내가 화려한 앵무새 날개깃이나 물에 닳아 반들반들해진 돌 같은 걸 갖고 싶다고 말하면, 아이들이 몰래 내 방에 가져다 두어 침대께 놓여 있는 것을 발견할 때도 있었고, 눈망울이 따뜻한 녀석들은 나를 기쁘게 해주기 위해 내 우편물을 가져다주는 권리를 두고 다투곤 했다. 불쌍한 꼬마 라이저와 로즈 제인도 내 옷차림과 태도를 흉내 내는, 우스꽝스럽지만 안타까운 모습을 보여주던 아이들이었다.

아이들이 작별 인사를 하려 모여들었고, 나는 반드시 편지를 쓸 테니 답장을 해줄 거냐고 물었다. "그럼요, 물론이죠." 아이들은 답장도 쓸 것이고, 갈색 암말이 건강을 되찾았는지, 노란 칠면조 암탉의 둥지를 어디서 찾을 수 있는지 편지로 알려주겠다고 했다. 나에게 건강해지면 돌아오라고 했고, 그때는 지금보다 일은 덜 하고 말을 더 많이 타서 건강을 유지하자고 했다. 또 맥스왓 부인은 내게 매우 조심스레 당부했다. 내가 일이 너무 힘들어 아팠던 것이 아니라고 어머니에게 잘 말해달라면서. 그리고 그렇게 일을 시킨 것은 내가 한 번도 불평하지 않고 항상 건강해 보였기 때문이라고 어머니께 꼭 전하라고 했다.

맥스왓 씨는 햇볕에 그을린 친근한 얼굴로, 내가 기차에
오를 때 이렇게 말했다.

"그래, 네 아버지한테 돈 걱정하지 말라고 전해라. 내가 절
대 네 아빠를 힘들게 하지 않을 거야. 그리고 내가 너를 도울
수 있는 일이 있다면 언제든 기꺼이 도울 거다."

"고맙습니다. 정말 잘해주셨고, 이미 너무 많은 도움을 받
았어요. 감사합니다"

"많이? 젠장, 서로 도우며 사는 게 인생의 진짜 의미 아니
겠냐? 사람이 좀 고마워하면 얼마든 도울 텐데, 젠장할 놈의
배은망덕은 못 참지."

"안녕히 계세요, 맥스왓 씨. 감사합니다."

"잘 가라. 그리고 그 남자, 재산 없으면 절대 결혼하지 마
라. 가난한 결혼에는 악마가 깃드는 법이거든."

33. 다시 포섬 걸리로

9월의 서리가 내리던 그날 저녁 가족들은 나를 기다리고 있었다. 이웃집 사람이 나를 포섬 걸리까지 데려다주었는데, 그는 짐을 내려주고는 해 지기 전에 가야 한다며 서둘러 자기 집으로 향했다. 동생들은 나를 향해 달려와 환호하며 환영해주었고, 나는 동생들에게 둘러싸여 따뜻한 난로 곁에 앉았다.

아버지는 조용히 신문을 읽고 있다가 내가 들어가니 담담하게 인사한 뒤 다시 신문을 들여다보았다. 어머니는 입술을 꽉 다물고 "네가 집보다 더 나쁜 곳을 찾았다니, 그럴 수도 있구나."라고 다소 격앙된 목소리로 말했다. 그 말은 장미의 가시에 비유할 만한 환영 인사였다. 하지만 거티는 달랐다. 거티는 정말 예쁘게 자라 있었고 키도 훌쩍 컸다! 거티가 나를 위해 특별히 정성 들여 준비한 다과와 차를 보니 마음이 찡했다.

접시랑 그 밖에 차려놓은 모든 것이 손님을 위해서만 사용하던 것들이었다. 남동생들과 어린 오로라는 내 주위를 맴돌며 재잘거리고 춤을 추었다. 내가 없는 사이 새로 생긴 수프 접시를 자랑하고, 그림책을 가져와 보여주기도 했다. 이미 날이 어두워졌음에도 불구하고 "호러스와 스탠리 둘이 지은 새 닭장을 봐야 한다"는 성화에 응하지 않을 수 없었다.

맥스왓 부인을 보다가 어머니를 보는 것은 호강처럼 느껴졌다. 어머니의 우아한 목소리와 숙녀다운 단정한 모습, 그리고 바니스 갭과는 비교도 안 될 만큼 깨끗하고 정돈된 집 안의 모습은 나에게 큰 위안이었다. 물론 가난의 흔적은 여전히 역력했고, 13개월 전 내가 집을 떠날 무렵 '버려야겠다'고 여겼던 물건을 아직도 사용하고 있었다.

나는 오랜만에 만나는 형제자매들을 유심히 살펴보았다. 모두 내가 없는 동안 훌쩍 자라 또래보다 한결 컸고, 다들 꼭 잘생긴 건 아니었어도 하나같이 보기 좋았다. 육체적 매력이 모자란 이는 오직 나 하나뿐이었다. 그들 역시 아이답게 불만을 품거나 가질 수 없는 것을 바라기도 했지만, 이해할 수 있는 수준의 평범한 아이들이었고, 나처럼 끝내 손에 넣을 수 없는 것을 병적으로 갈망하며 살아가는 저주받은 아이들은 아니었다.

아, 내가 내 야망만큼 높은 곳에 앉아 있다면
나는 이 전리품을 군주의 벌거빗은 목에 걸어주었으리!

내가 캐더갓으로 떠날 무렵 아버지는 술에 자신의 남성다움을 팔아넘기고 있었다. 돌아와 보니 그 거래는 이미 끝나 있었고, 아버지의 비참한 몰골은 도장이 찍힌 영수증처럼 그것을 증명하고 있었다. 예의도 품위도 다 잃고 초라하게 무너져버린 그 남자에게서 한때 잘생긴 얼굴과 매혹적인 태도로 "똑똑한 멜빈", "유쾌한 멜빈", "신사다운 멜빈", "남자다운 멜빈"이라 불리며 브루가브롱과 빈빈 이스트, 빈빈 웨스트의 주인 노릇을 하던 사람은 찾아볼 수 없었다. 이제 그는 가족을 다잡으려 들지도 않았고, 그의 모습은 오히려 가족에게 가장 해로운 본보기가 되고 있었다.

저녁 식사 후 어머니는 내게 속마음을 털어놓았다. 차라리 결혼하지 않았더라면 좋았을 거라며, 남편은 실패자일 뿐아니라 자식들마저도 제 아비 꼴을 닮아가는 것 같다고 했다. 나를 향해서는 제 몫도 못 하는 무가치한 인간이라 했고, 제 몫을 하는 아이였다면 바니스 갭에 남아 있었을 거라고 한탄했다. 호러스에 대해서는 그 아이의 끝이 어디일지 하늘만이 알 것이며, 아버지를 불경하게 대하는 그 아이를 하느님께서 반드시 벌하실 것이고, 당신은 더 이상 집안을 추스르고 버티기가 힘들다고 하셨다.

그날 밤 잠자리에 들면서 거티는 뒤엉킨 실타래와 같은 자기 속마음을 쏟아냈다. 술에 찌들어 사는 아버지를 둔 건 끔찍하고, 그런 아버지 때문에 부끄럽다고 했다. 아버지는 늘 마을로 나가 밤늦게까지 돌아오지 않았고, 어머니가 찾으러 나서거나 착한 이웃 사람들이 모셔오곤 했다. 얼마 안 되는 집안의 돈은 모조리 술값으로 탕진하고, 거티는 할머니가 보내주는 근사한 옷을 입고 밖에 나서는 것마저 창피한 일이 되었다고 했다. 멋을 부릴 게 아니라 아버지 술값부터 갚아야 한다고 이웃들이 비웃기 때문이었다. 거티는 이런 환경 속에서 자존심을 지키려 애썼지만 지쳐 있었다.

나는 결국 중요한 것은 우리 내면이 올바른가 하는 것이고, 사람들의 말은 그저 그들 스스로의 보잘것없는 마음을 달래는 잡음에 불과하니 개의치 말라고 거티를 위로했다. 그리고 이런 생각을 하며 잠이 들었다. 부모는 자식에게, 자식이 부모에게 지녀야 할 의무보다 훨씬 큰 책임을 져야 하며 이 책임을 다하지 않는 부모는 방탕아와 같이 도덕적으로 타락한 자일 뿐 아니라 사회를 해치며, 결국 나라를 무너뜨리는 암적 존재와 다르지 않다는.

이튿날, 처음 나와 단둘이 된 순간 호러스는 곧바로 불만을 쏟아냈다. 더는 참을 수 없다며, 포섬 걸리는 이제 진저리가 난다고 했다. 앞으로 1년만 더 버텨보고 포기할 생각이라고 했다. 설사 부랑자가 되어 떠돌더라도 말이다. 주인만 배부르게 하려고 언제까지고 죽어라 부려 먹히며 살 수는 없다고 했다. 낙농업에서는 얻을 것이 아무것도 없었고, 가뭄이 아니면 홍수, 벌레 떼와 메뚜기 재해가 덮쳐와 고생만 할 뿐 아무런 수익도 없었다.

형제자매들과 지내다 보니 나는 금세 어느 정도 기운을 되찾았고, 어머니는 내가 아팠던 것이 아니라 단지 당신을 괴롭히려 작정했을 뿐이라며, 운동 부족에 신경쇠약이었을 뿐이라고 주장했다. 그러면서 바니스 갭으로 돌아가야 한다 했으나, 내가 이를 거부하자 은혜를 모르는 배은망덕한 아이라고 몰아세웠고, 순수한 우정으로 아버지에게 돈을 빌려주었던 맥스왓 씨 댁에 다시 가지 않겠다고 고집한다는 이유로 나를 타락한 아이라고 손가락질했다.

그러나 나는 살면서 이번만큼은 강요나 설득에 굴복하지 않기로 했다. 그때 할머니가 우리 중 하나를 캐더갓으로 데려가겠다고 하셨고, 어머니는 거티가 가는 게 낫겠다고 했다. 그래서 우리는 예쁜 아이 거티를, 풍요와 즐거움이 있는 친척들 곁으로 보내게 되었다.

나는 포섬 걸리에 남아 변함없이 지루하고 단조로운 삶을 반복하며, 새벽부터 해가 질 때까지 일했다. 때때로 소풍이나 장례식, 읍내에 가는 일이 단조로운 생활에 변화를 주는 오락거리였다. 또한 파이프 오르간의 음악과 성당 안에 깃드는 고요를 사랑했으므로 일요일이 되면 꼭 성당에 갔다. 조금 일찍 가서 잘 차려입은 신도들이 줄지어 들어오는 모습을 지켜보는 것도 꽤 흥미로웠다. 옷차림은 곱고, 여인들은 아름다웠으며, 또 한편으로는 성당 관리인의 솜씨가 놀랍기 그지없었다. 정기적으로 오는 신도들은 돈을 내고 지정석을 확보했지만, 낯선 방문객의 경우는 또 달랐다. 진정 성당 관리인의 재능이 빛을 발하는 순간이 바로 이때였다.

관리인은 마치 숙련된 말 장수가 경매장에서 말을 선별하듯, 서민과 벼락부자 귀족을 능숙하게 가려내 제자리에 앉혔다. 사람들이 자리를 다 채우고 나서 살펴보면, 중앙과 앞자리에는 고운 손에 화려한 보석을 지닌 이들이 앉아 있었고, 회당의 가장 높은 자리에선 과부의 집을 착취하여 부를 축적한 자가 큰 소리로 기도하고 있었다. 한편 구석과 가장자리에는 땀 흘려 빵을 벌어야 하는 이들이 배정되어 있었으며, 좋은 옷감조차 살 수 없는 이들은 차라리 자존심을 지키려 이곳에 발조차 들이지 않았다.

"합창단이 노래하고 오르간이 울리네."

재미없는 기도문이 서둘러 읊조려지고("오라, 우리가 경배하며 엎드려, 우리를 지으신 여호와 앞에 무릎을 꿇자") 설교가 이어지는데 주로 교회의 부채, 고대의 관습, 최신 교회 의식에 관한 것이었다. 그렇게 연극 같은 예배가 끝나고 성당을 나서는 순간 내 가슴에는 오히려 진정한 기독교에 대한 갈망이 사무치게 일렁였다.

아, 언젠가 한 설교자가 일어나 성서라는 '책 중의 책'에서 진정한 종교를 풀어낼 수 있기를! 하느님이 계신 종교, 심장이 뛰는 종교, 진정한 그리스도교를 전파해주기를! 체면을 차리며 차가운 전설만을 전하는 가짜 신앙이 아니라, 비단 방석에 몸을 기댄 부자들이 웅장한 건물 안에서 안락을 누리는 동안, 그 그림자 속에서 가난한 이들이 쓰러져가는 현실을 폐지할 수 있는 그런 종교를 나는 원했다.

거티가 캐더갓으로 떠난 후 불볕더위의 여름, 추운 겨울, 다시 불타는 여름이 지나갔다. 나는 하느님이 기뻐하사 나를 부르신 그 삶의 자리에서 나의 의무를 다하려 애썼다. 가끔은 부분적으로 성공하기도 했다. 책도 신문도 없이, 오직 농민의 환경과 농민의 일만을 가까이하며, 농민의 무지를 북돋았다. 무지는 곧 만족의 원천이요, 만족은 행복의 초석이라 믿었기 때문이다. 그러나 그 모든 것은 헛된 일이었다. 저 너머 세계에서 들려온 한 음조가 내 존재의 현을 울리면, 내 안에서 오랫동안 잠들어 있던 영혼이 깨어나 격렬히 감옥을 두드리며 농민의 삶이 결코 줄 수 없는 더 고귀한 생각, 더 높은 포부, 더 많은 행동, 더 풍요로운 즐거움을 갈망했다. 그러면 나는 그 영혼을 억누르며, 그 격정적 갈망이 가라앉아 구역질 나도록 끔찍한 절망으로 침전될 때까지 버텼다. 그리고 만일 옛날 욥에게 허락된 것처럼 하느님을 저주하며 죽을 수 있는 권리가 내게도 주어진다면, 나는 기꺼이, 열렬히 그 권리를 붙잡을 것이었다.

34. 떠난 친구는 곧 잊히는 법

거티가 캐더갓으로 떠난 후 한동안은 편지가 자주 왔지만, 시간이 갈수록 편지 길이는 짧아지고 횟수도 뜸해졌다.

할머니가 어머니에게 보낸 편지 중 거티에 관한 내용은 이랬다.

"거티는 시빌라가 왔을 때랑 같은 나이인데 훨씬 어리고 순해서 다루기 쉽구나. 나에게 큰 기쁨이란다. 또 다들 거티의 미모를 얼마나 칭찬하는지."

또 거티가 내게 보낸 편지에는 이렇게 씌어 있었다.

"지난주에 삼촌이 홍콩과 미국 여행에서 돌아왔는데, 여러 가지 멋진 선물을 잔뜩 사오셨어. 언니 선물도 많았는데 언니가 없어서 대신 나한테 주셨어. 삼촌은 나를 예쁜 햇살이라 부르며 영원히 같이 살자고 하셔."

나는 마음이 쓰렸다. 삼촌은 나에게도 비슷한 말을 했는데, 나는 지금 어디에 있던가? 내 마음은 늘 오래된 고향과 그곳에 있는 사랑하는 분들을 향해 있었지만, 거티의 편지를 통해 나는 이제 그곳에서 완전히 잊힌 존재라는 것이 확인될 뿐, 나에 대한 그리움은 찾아볼 수 없었다.

거티가 우리 곁을 떠나 캐더갓으로 간 것이 1897년 10월이었는데 해가 바뀌어 1898년 1월에 날아온 편지에는 해럴드 비첨이 파이브밥 다운스 주인으로 복귀했다는 놀라운 소식이 들어 있었다.

할머니 편지에서 알게 된 바에 따르면, 해럴드 아버지의 옛 연인이 해럴드에게 엄청난 재산을 남겼다고 했다. 그 재산은 주로 채권과 주식으로 이루어져 있었고, 비록 실제로 해럴드 소유로 들어오기까지는 시간이 좀 걸리겠지만, 얼마든지 필요한 만큼 선불로 돈을 마련할 수 있었고, 그 돈으로 '파이브밥'을 다시 사들였다고 했다.

그런 일이 일어날 거라고는 전혀 생각해본 적도 없었다. 물론 내가 농담처럼 "만약 해럴드가 실제 인물이 아니라 소설 속 주인공이었다면, 때맞춰 친척 하나쯤 죽어서 유산을 남겨 그를 다시 예전의 자리로 돌려놨을 텐데."라고 말한 적이 있긴 하다. 하지만 그 예상치 못한 일이 정말로 벌어진 것이다. 게다가 이건 내 삶에도 막대한 영향을 미칠 일이었으니. 그때 내 마음은 어땠을까?

나는 내가 해럴드 비첨의 아내가 되고 싶은 마음이 없다는 것을 그때까지 잘 몰랐던 것 같다. 행운의 여신이 다시 그에게 미소 지었다는 소식을 들었을 때 안도감이 나를 감싸는 걸 느끼는 순간 나는 내 마음을 알게 되었다.

그는 부자가 되었고, 이제 나를 필요로 하지 않을 것이다. 나는 그에게 아무런 의무도 없으며 자유로웠다. 그도 나에게 더 이상 얽매이고 싶지 않을 것이었다. 자기 취향과 가치관에 더 잘 맞는 사람을 선택할 수 있게 되었으며, 맘만 먹는다면 공주님까지도 살 수 있을 자리에 다시 앉았으니까.

거티의 편지에도 그에 대한 언급이 등장했다.

언니가 늘 이야기하던 비첨 씨가 파이브밥으로 돌아왔어. 고모님들도 다시 모셔오고. 모두 같이 환영 인사를 하러 갔는데 정말 난리법석이었어. 헬렌 이모가 그 사람은 매우 보수적인 사람이라 모든 걸 옛날이랑 똑같이 유지하고 있다고 하셨어. 예전보다도 더 부자가 된 것 같아. 캐더갓에는 지난주 두 번 찾아왔었고 오늘도 왔다가 방금 돌아갔어. 말이 없는 사람이야. 언니가 왜 그 사람을 그렇게 대단하게 생각했는지 잘 모르겠어. 나는 너무 답답하던데. 대화 한번 할라치면 엄청나게 힘들어. 하지만 친절하고 좋은 사람이기는 해. 언니에 대해 좋게 기억하는 것 같아. 언니가 용감한 사람이었고 말을 너무 잘 탔다고 자주 말해.

나는 다시 파이브밥 주인이 된 해럴드에게 그 같은 행운이 사실인지 묻는 편지를 직접 보냈고, 곧 답장이 왔다.

사랑하는 시빌라,

서신에서 기술한 내용은 모두 사실입니다. 그분이 거의 백만 달러를 유산으로 남겨주셨어요. 마치 동화 같은 이야기죠. 이제 난 그 가치를 알게 되었으니 소중히 누리려 합니다. 더 일찍 편지를 쓰지 못한 건 우리가 한 약속 때문이었습니다. 상황이 좀 정리되면, 그리고 그쪽 사정이 괜찮다면 한두 달 후 만나러 가고자 합니다. 요즘 너무 바빠서 정신없었고, 다시 옛집으로 돌아온 게 믿기지 않아요. 거티도 여러 번 봤는데, 이야기 들었던 것과 똑같더군요. 당신에 대한 내 사랑을 우편으로 보내지는 않겠습니다. 그랬다가는 우체국에서 난리가 날 테니까요. 대신 곧 당신을 내 사람으로 만들기 위해 찾아가겠습니다.

당신만의 사람,
해럴드

나는 그 편지를 구겨서 부엌 불에 던져 넣어 태워버렸다.

나는 해럴드가 한 말이 진심이란 걸 알았다. 그는 성정이 강하고 쉽게 결심이 흔들릴 사람이 아니었다. 일단 나와 결혼하겠다고 마음먹었으면 절대 다른 생각을 하지 않을 사람이었다. 하지만 나는 그가 보지 못하는 것을 볼 수 있었다. 그는 아마도 나에게 싫증이 났고, 이제는 거티의 아름다움에 이끌리고 있다는 것을.

인생의 불협화음이 나를 강타했고, 내가 쓴 편지는 유쾌하지 않았다. 내 답장은 이러했다.

파이브밥 다운스 스테이션
굴굴, 뉴사우스웨일스
H. A. 비첨 님 귀하

존경하는 분께,

귀하의 편지 잘 받았습니다. 뜻밖의 행운을 진심으로 축하
드리며, 오래도록 건강히 누리고 사시길 바랍니다. 제게 어
떤 의무감도 느끼지 마십시오. 당신은 완전히 자유로운 몸
입니다. 당신의 안목과 분별력을 더 빛내줄 수 있는 그런 분
을 선택하시길 바랍니다.
　당신의 앞날에 모든 행운이 함께하길 기원합니다.

　　　　　　　　진심을 담아, S. 페넬로페 멜빈 드림

　편지를 봉하고 주소를 적는 순간, 해럴드 비첨이 얼마나
멀게 느껴졌던지! 불과 2년도 지나지 않았건만, 나는 그의
얼굴 모든 굴곡과 표정, 건장한 몸의 윤곽, 그리고 단련된 힘
있는 목소리의 억양 하나하나까지 그 모든 것이 마치 아주
먼 옛 시절의 그림자처럼 아득하게 느껴졌다.
　곧 그로부터 답장이 왔다. 무슨 뜻으로 그런 편지를 쓴 것
이냐고, 혹시 장난치는 거냐고, 예전처럼 그저 한번 떠보는
것이냐고, 당장 설명해달라는 깃이었다. 아무리 빨라도 보름
안에는 나를 보러 올 수 없다는 말도 덧붙였다.

나는 곧장 답장을 썼다. 진심이었다고 나의 입장을 간결하게 설명했고, 이에 대해 날아온 그의 답장 또한 간결하고 단호했다.

멜빈 양께,

당신의 결정을 유감스럽게 생각합니다. 제 안에 남아 있는 남자로서의 자존심이 어느 여성에게든, 그 대상이 당신이라면 더더구나, 억지로 들이밀고 강행하는 것을 허락하지 않을 것입니다.

진심을 담아,
해럴드 오거스터스 비첨 드림

그는 내 결정에 대해 이유를 묻지 않았다. 그저 말없이 받아들였을 뿐이다. 하지만 그의 그 짧은 문장을 읽는 동안, 그는 내게 다시 가까워졌다. 예전의 그 시절처럼.

눈을 감자, 마음속에 큰 과수원이 떠올랐다. 그곳은 리버리나에서 모나로로 이어지는 주요 가축 이동로 옆이었다. 익어가는 과일과 꽃들 위로, 풍요를 품은 하루가 나른하게 미소 지으며 작별 인사를 건네던 날이었다. 대기 속엔 가축 냄새와 테니스 치는 사람들의 명랑한 웃음소리가 가득했다. 나는 격렬하게 요동치던 그의 심장 박동, 내 이마를 스쳐간 뜨거운 숨결, 분노로 거칠어진 그의 목소리를 느낄 수 있었다.

그가 그 편지를 쓸 때, 그의 잘생긴 입매가 굳게 다물리며 고집스러운 선을 그렸을 모습이 떠올랐다. 마치 내 생일날, 내가 그를 달래며 겨우 미소 짓게 만들었던 그 순간처럼. 하지만 이번엔, 나는 그 곁에 없을 것이다.

내 결정에 잠시 화가 나겠지만 그런 강인한 남자, 중요한 위치에 선 사람이라면, 나처럼 보잘것없는 여자, 아니 한낱 어린애한테 오래도록 악감정을 품지는 않을 것이다. 훗날, 언젠가 그를 다시 만나게 되었을 때, 그는 이미 다른 여성과 결혼하여 충실하고 자애로운 남편이 되어 있을 것이고, 나를 보고 조금은 머쓱해할지도 모른다. 하지만 나는 그를 편하게 대해줄 것이고, 우리는 함께 웃으며 그 시절의 우리, 그가 말하는 '어리석고 철없던 시절'을 회상할 것이다. 어쩌면 그때 그는 나를 형제처럼 좋아하게 될지도. 그래, 그렇게 될 것이다.

작고 검은 잉크로 적힌 쪽지는 이내 불꽃 속에서 타올랐다 까맣게 재가 되어갔다. 내 사랑 이야기는 그렇게 끝났다! 내 다른 인생의 꿈들처럼 연기처럼 사라져버린 것이다.

나는 내가 해럴드 비첨을 사랑할 뻔했다는 사실을, 이별을 받아들이는 그의 편지를 손에 쥐었을 때야 비로소 깨달았다. 그것은 내 인생에서 사라진 어떤 것이었고, 내 삶에는 애초부터 그 '어떤 것'들이 그리 많지 않았기에, 하나라도 잃는다는 것은 너무도 뼈아픈 일이었다.

인생에서 가장 귀하고 소중한 보물은, 나라는 존재가 누군가에게 절대적으로 필요하다는 확신이다. 내가 그의 삶의 일부이듯, 그 역시 내 인생의 일부인 그런 사람. 누구 하나가 먼저 죽는다면 남는 사람의 삶에 한동안 허전한 자리가 생길 것만 같은 사람. 그리고 그런 존재는 결국 남편이거나 아내일 수밖에 없다. 부모에게는 또 다른 자식이 있고, 형제자매는 각자의 배우자와 삶이 있을 것이며, 친구들 또한 제각각 삶을 찾아 흩어지기 마련이니까. 하지만 남편이라는 존재는 다를 것이다. 그런데 나는 그 기회를 스스로 저버린 것이었다. 그러나 시간이 흐르자, 나는 내가 현명한 선택을 했다는 걸 알게 되었다.

거티의 편지에는 이런 문장이 담겨 있었다.

"해럴드 비첨 그 사람이 나보고 자기를 그냥 '해럴드'라고 부르래. 지난주에 파이브밥으로 나를 데려갔는데, 정말 즐거웠어."

또는 이런 문장도 있었다.

"해럴드가 나더러 캐더갓은 물론 세상에서 제일 예쁜 꼬마 아가씨래. 그리고 정말 예쁜 팔찌를 선물해줬어. 언니에게도 보여주고 싶은데."

혹은 이런 말도 있었다.

"어제 다 같이 교회에 갔어. 해럴드가 나랑 같이 말을 타고 갔지. 다음 달에 와얌비트에서 아주 근사한 무도회가 열린다는데, 해럴드가 내 춤은 거의 다 자기를 위해 남겨두래. 프랭크 호든은 지난주에 영국으로 떠났어. 새로운 견습생이 왔는데, 프랭크보다 잘생기긴 했지만 프랭크만큼 맘에 들지는 않아."

할머니와 헬렌 이모가 어머니에게 보낸 편지도 이런 내용들을 뒷받침했다. 할머니는 이렇게 썼다.

"해럴드 비첨이 거티에게 푹 빠진 것 같구나. 해럴드는 아주 부자이고, 착실한 청년이야. 욱하는 성격 때문에 함께 살기 힘들 거라고 이야기하는 사람도 있지만, 나는 너무 마음에 들어. 세상에 결점 없는 사람이 누가 있겠니. 누구든 결점이 있기 마련이지."

또 헬렌 이모는 어머니에게 보낸 편지에 이렇게 썼다.

"곧 해럴드 비첨이 '어른들 허락받으러' 거기 갈지도 몰라. 요즘 우리 집에서 시간을 많이 보내고, 포섬 걸리로 가는 가장 빠른 길을 묻더라고. 기억나니? 네가 이곳에 살 땐 없었던 것 같은데. 그는 존경받는 인물이고 호감 가는 젊은이야. 부자라는 것과 별개로 좋은 남편감이 될 거라 생각해. 해럴드는 거티와는 성격이나 분위기가 확연히 달라."

'사랑이란 영원하지 않다'고 스스로도 말해왔지만 이런 편지를 읽을 때면 마음이 씁쓸했다. 또한 나는 알고 있었다. 사랑은 아름다움과 사랑스러움을 가진 이들의 몫이라는 것을. 나에게는 해당되지 않는 이야기였다. 나는 언제까지고 사랑이라는 세상의 변두리를 떠도는 외로운 존재로 남을 것이었다. 난 혈육들 사이에서도 이방인이었으니까.

그러나 내 마음을 무겁게 하는 일은 또 있었다. 호러스가 집을 떠난 것이다. 호러스는 항상 말했다. "여긴 지긋지긋해. 아버지 밑에서 사는 건 너무 답답하고, 다 엉망진창이야." 아버지의 큰형이자 우리의 큰아버지인 조지 멜빈 삼촌은 예전부터 우리 집에 젖소도 보내주시며 우리 가족을 여러 번 도와주셨는데 호러스를 데려가겠다고 하셨고, 아버지도 허락하셨다.

큰아버지는 외딴 지역에 큰 목장이 있었고 대형 양털 깎는 기계와 여러 설비들을 갖추고 계셨다. 이로써 열여섯 살의 청년은 희망을 한껏 안고 어느 봄 같지 않은 봄날 새벽 동이 트기 전, 말에 올라 자기가 가진 이 세상 소유물을 모두 안장 앞에 단단히 묶어 싣고서 늠름하게 일주일간의 여정을 출발했다. 그렇게 그는 언덕 중턱에 햇살 한줄기 들지 않는, 바람도 피할 데 없는 나무로 된 집과 나를 뒤로한 채 열여섯 사내 특유의 한 톨의 미련도 없는 모습으로 떠나갔다.

나는 호러스가 언덕 돌길 너머로 사라질 때까지, 말발굽 소리가 희미해지고 그의 모습이 서쪽 능선을 덮은 숲에 완전히 묻혀 보이지 않을 때까지 지켜보았다. 내 동생은 떠났다. 인생이란 그런 것이다. 나는 주저앉아 앞치마에 얼굴을 묻었다. 눈물조차 나지 않을 만큼 처량한 심정이었다. 내 궁핍하고 텅 빈 삶에서 또 하나의 소중한 것이 무참히도 떨어져 나갔다.

물론, 호러스와의 관계가 언제나 장미꽃 길 같았던 것은 아니었다. 나의 왜소한 체구와 미의 결핍을 향한 그의 무자비한 조소 때문에 뜬눈으로 밤을 지새우기도 했다. 하지만 나는 호러스를 원망하기보다는, 그런 모습으로 나를 빚은 도공을 저주했다.

그럼에도 불구하고 그는 우리 집안의 폭풍우 속에서, 비록 단 한 번뿐이었을지라도, 나를 두둔해준 유일한 사람이었다. 아버지는 말할 것도 없고, 어머니는 나를 처음부터 끝까지 못된 아이로 여겼으며, 거티는 타고난 미모와 사랑스러움에 더해 토끼 편도, 사냥개 편도 능란하게 들 수 있는 재주까지 갖춘 아이였다. 그런 가운데, 딱 한 번 호러스가 나를 위해 변명의 말을 해준 적이 있었는데, 그 순간을 나는 영원히 잊지 못할 것이다.

나는 그의 부재를 집 안 곳곳에서 절감했다. 건반이 네 개나 죽어버린 낡은 피아노를 두드리며 신나게 바다 노래나 익살맞은 곡조를 고래고래 불러대던 호러스의 모습이 그리웠다. 채찍과 박차, 명마에 대해 열변을 토하던 열정도, 문이란 문은 다 쾅쾅 여닫으며 들락거리던 그 활기찬 걸음걸이도, 고양이와 개한테 장난을 치고 아이들을 짓궂게 놀리던 장난기도 모두 그리웠다. 호러스는 피터슨이나 고든의 시구절을 힘차게 읊조리며 마당을 누비던 그런 아이였다.

35. 1898년 12월 3일

매우 무더운 날이었다. 폭염이 얼마나 극심했던지, 어린 제비들의 목숨을 구하기 위해 아버지는 둥지 위의 양철 지붕에 젖은 자루를 덮어주었다. 우리 집 주방과 본채 사이 아연 도금된 차양 안에 제비들이 둥지를 틀었는데 둥지를 너무 철판 가까이 지은 탓으로 어린 제비들이 폭염에 타들어가고 있었고, 젖은 자루를 얹어주어 겨우 생명을 구할 수 있었다.

나는 이날 해야 할 일이 많았다. 전날에도 일을 많이 해 아침부터 몸이 천근만근이었다. 며칠째 인근에 산불이 번지고 있었는데 어제는 불길이 집 가까이까지 다가와서 나는 작열하는 태양 아래 오후 내내 물통을 나르는 일에 불려 나갔었다. 불길은 겨우 잡혔지만, 우리 울타리 중 한 곳이 뚫려 아버지와 남동생들은 형편없이 시든 밀 수확을 포기하고 울타리 수선에 매달렸다. 가뭄 탓에 풀도 귀했으므로 이 귀중한 풀을 이웃집 가축들이 들어와 뜯어 먹도록 내버려둘 수 없었던 것이다.

나는 빵을 굽고 요리를 하고, 마룻바닥을 닦고 벽난로를 하얗게 회칠하고, 양철 식기와 식칼을 닦고, 창문을 청소하고, 마당을 쓸고, 그 외에도 자잘한 잡일들을 무수히 해냈다. 그렇게 오후 2시 반이 되자 나는 온몸이 먼지투성이에 지칠 대로 지쳐 있었다. 그런데 아직도 해야 할 일은 산더미처럼 남아 있었다.

굶주리다시피 한 우리 집 어린 송아지들 중 한 마리가 몹시 아팠고, 나는 남은 집안일을 마무리하고 나서 씻고 단장하기로 마음먹고 그 전에 송아지를 돌보러 나갔다.

어머니는 끝도 없이 쌓인 옷 수선거리를 안고 그 속에서 분주히 바느질을 하고 계셨다. 수선은 어머니 인생의 수많은 고역 중에서도 가장 희망 없고 힘든 일이었다. 아버지는 뜨거운 햇볕 아래에서 고된 노동을 하고 계셨고, 나도 마찬가지로 힘든 일을 하고 있었다. 날씨는 몹시 더웠고, 가뭄에 시달리는 하루는 길기만 했다. 그리고 어린 송아지를 돌보다 보면 괜히 인생을 비관하며 투덜거리게 된다. 이게 삶이었다. 나의 삶, 부모님의 삶, 그리고 우리 주위 사람들의 삶. 착한 딸이 되어 부모님께 효도하고 산다면 이런 삶이 아주 기나길게 이어질 것이었다. 이런 젠장!

이렇게 심사가 꼬일 대로 꼬여 있을 때, 천천히 다가오는 발소리가 들렸다. 누구일지 나는 돌아보고 확인할 생각도 하지 않았다. 중요한 사람이 아니기만을 바랐다. 왜냐하면 나와 송아지는 꽤나 우스꽝스러운 꼴을 하고 있었기 때문이다. 송아지는 병든 가축 중에서도 가장 볼품없고 병색이 짙었으며, 나는 호주 농촌 여자들의 작업복 차림이었다. 너덜너덜한 치마에 끈으로 묶은 헐거운 부츠는 백색 페인트 자국으로 얼룩졌고, 더위를 피하려고 대충 꿰입은 면 블라우스는 단추도 채우지 않은 채 늘어져 있었으며, 머리 위에는 형편없이 낡아빠진 모자가 쓰여 있었다. 그리고 한 손에는 피마자유 병이 들려 있었다.

아마 동네 사람이거나 차를 팔러 온 행상이려니 하며, 어머니에게로 보내야겠다고 생각했다. 발소리는 내 옆에서 멈췄다.

"실례합니다. 혹시?"

나는 고개를 들어 올려다보았다.

오, 하느님 맙소사, 세상에! 그 자리에 서 있는 사람은 해럴드 비첨이었다. 예전처럼 크고 다부진 체격에, 전보다 더 햇볕에 그을린 얼굴, 회색 정장 차림에 멋을 부린 부드러운 모자까지 눌러쓴 모습이었다. 그리고 그가 흰 셔츠에 높은 칼라 차림을 한 걸 처음으로 본 순간이기도 했다.

차라리 그가 폭발해버리든지, 내가 땅속으로 꺼지든지, 이 송아지가 사라지든지, 뭐든, 무슨 일이 일어나길 바랐다.

나를 알아본 순간 그의 침묵은 더 깊어졌고, 눈에는 분명한 연민의 기색이 스쳐 지나갔다. 그 눈빛은 나를 뼛속까지 찔렀다. 나는 자기연민에 빠지는 경향이 있지만, 타인의 동정을 받는 건 자존심이 결단코 용납하지 않는 사람이었다.

내 몸이 차갑게 굳어버리다 못해 심장까지 얼음처럼 식어가는 것을 느끼며 나는 뻣뻣하게 일어나 짧게 말했다.

"정말 뜻밖이네요, 비첨 씨."

"불쾌한 뜻밖은 아니기를 바랍니다." 그가 유쾌하게 말했다.

"어쨌거나 안으로 들어가시죠. 햇볕이 너무 뜨거우니까."

"급할 거 없습니다. 저 불쌍한 녀석, 내가 좀 도와주면 안 될까요?"

"마지막으로 살 가망이나 있는지 보는 중이에요."

"살아나면 어떻게 할 생각인데요?"

"한 살 정도 되면 돈 몇 푼 받고 팔겠죠."

"차라리 지금 쏴 죽여주는 게 나을지도 모르겠습니다. 저 불쌍한 녀석한텐."

"파이브밥 목장 주인이라면 그러는 게 낫겠지만, 우리는 그렇게 여유롭지 않거든요." 나는 싸늘하게 받아쳤다.

"기분 나빴다면 미안합니다. 그런 뜻은 아니었어요."

"기분 안 상했어요." 나는 그렇게 대꾸하며 집 쪽으로 발걸음을 옮겼다. 하지만 가슴 한구석은 날카로운 비수에 찔린 것처럼 아팠다. 해럴드 비첨은 아마 지금쯤, 어떻게 이런 꼴을 한 여자에게 한때나마 마음을 주었을까, 하고 자책하고 있을지도 모른다는 생각이 들었기 때문이었다.

다행히도, 어머니를 부끄러워한 적은 한 번도 없었고, 이 순간에도 마찬가지였다. 내가 해럴드를 소개하자 어머니는 자리에서 일어나 반갑게 맞으셨다. 투박한 옷 수선거리들이 산더미처럼 쌓여 있었고, 기워 붙인 자국으로 거의 방탄복처럼 보이는 바지를 손에서 내려두며, 노동으로 거칠고 벌겋게 상한 손을 내미셨지만, 어머니는 분명히 귀부인이셨고, 그 모습이 외양에서도 느껴졌다. 색이 바랜 면옷과 기운 자국투성이의 소박한 차림, 가난한 농가의 누추한 배경이 어머니가 예전에는 그런 분이 아니었다는 사실을 감출 순 없었다.

나는 두 사람을 거실에 남겨두고, 서둘러 해럴드가 타고 온 말 쪽으로 가서 안장과 짐가방, 고삐를 벗기고 근처의 풀 한 포기 없는 목장 울타리 안으로 말을 풀어주었다. 그리고 부엌의 작은 의자에 주저앉았을 때, 나는 뼛속까지 사무치는 현실을 느꼈다. 사람이 본인의 현실보다 더 큰 야망을 품는다는 것이 얼마나 뼈아픈 일인지. 얼마 지나지 않아 어머니가 급히 부엌으로 들어오셨다.

"세상에, 무슨 일이니? 그런 몰골을 들킨 게 마음에 걸리지? 하지만 너무 풀 죽진 말고. 내가 우선 차 한잔 내갈 테니, 넌 얼른 옷 갈아입고 나와."

나는 내 어린 여동생 오로라를 찾아 함께 창문을 타고 내 방으로 들어갔다. 아이를 단정히 꾸며주기 위해서였다. 나는 오로라에게 흰 양말과 깨끗한 신발을 신기고 말끔한 앞치마를 입힌 다음 금빛 곱슬머리를 정성껏 빗어주었다.

오로라는 온전히 내 아이 같았다. 나와 함께 자고, 내 말을 따르고, 언제나 나를 감쌌다. 그리고 나는… 나는 그 아이를 경외하듯 사랑했다.

벽 한쪽에는 작은 구멍이 있었다. 나는 그 구멍을 통해 밖을 볼 수 있었지만, 밖에서는 내가 보이지 않았다.

어머니는 해럴드에게 차를 내어주고 함께 이야기를 나누고 계셨다. 그 남성다운 모습을 다시 보니 마음이 한결 가벼웠다. 기분도 좋아졌다. 생각해보니, 우리 집은 가난하긴 해도 아주 깨끗했다. 아침 내내 내가 구석구석 닦아놓았으니까. 그리고 또 생각해보니 남자들은 가난하다는 사실을 여자들만큼 모욕적으로 받아들이지 않았다.

"오로라." 내가 말했다. "너, 가서 비첨 씨한테 전해줄 말이 있어."

꼬마 아가씨는 고개를 끄덕였고, 나는 또박또박 전할 말을 가르쳐준 뒤 내보냈다.

오로라가 해럴드 앞에 섰다. 이제 겨우 네 살밖에 안 된 커다란 눈망울의 꼬마는 그의 무릎쯤 간신히 닿을까 말까 한 키였다. 아이는 통통한 손을 뒤로 깍지 낀 채, 눈 하나 깜빡이지 않고 망설임 없이 그를 응시했다.

"오로라, 어른을 그렇게 빤히 쳐다보면 안 되지." 어머니가 말씀하셨다.

"아니에요. 지금은 그래야 돼요." 오로라는 당당하게 말했다.

"그래, 네 이름이 뭐니?" 해럴드가 웃으며 물었다.

"오로라 또는 로리라고도 불러요. 시빌라 언니 소속이죠. 그리고 드릴 말씀이 있어요."

"그래? 무슨 말인지 들어보자."

"언니가 그러는데, 아저씨는 비처 씨래요. 차 다 마시고 났을 때 제가 아빠랑 오빠들한테 데려다드리면 좋아하실 거래요. 그리고 제가 소개해드릴 거래요."

어머니가 웃으셨다. "또 시빌라의 장난이네요. 시빌라는 로리를 자기가 키우는 거마냥, 아이한테 어려운 말 가르치는 걸 아주 좋아해요. 이따가 혹시 산책 삼아 다녀오고 싶으시면 같이 다녀오세요."

해럴드는 당장 가겠다고 나섰고, 로리의 안내를 받기로 했다. 어머니가 간단히 가는 길을 알려주었고 두 사람은 곧 출발했다. 커다란 흰 양산모를 쓴 오로라는 중요한 임무라도 맡은 양 씩씩하게 앞장서 걸었고, 해럴드는 그런 아이를 내려다보며 즐거운 듯 웃음을 머금고 있었다.

잠시 후, 해럴드는 오로라를 번쩍 안아 머리 위로 높이 들어 올리더니 어깨 위에 태워주었다. 그러고는 꼬마의 다부진 갈색 다리를 짙게 그을린 손으로 단단히 꼭 붙들어주었고, 아이는 그의 머리카락을 꽉 움켜쥔 채 균형을 잡았다.

"첫인상은 아주 좋아." 말소리가 들리지 않을 정도로 해럴드가 멀리 갔을 때 어머니가 말씀하셨다. "하지만 거티가 저렇게 큰 사내의 아내가 된다니, 상상이 가질 않는구나."

"거티는 저보다 키가 네 치나 더 크잖아요." 내가 쏘아붙였다. "게다가 그 사람이 유칼립투스 나무만큼 크다 해도 결국은 그냥 남자일 뿐이고, 남자라면 누구나 덩치에 상관없이 예쁜 여자에게 약하죠."

나는 목욕을 하고, 옷을 갈아입고, 머리를 단정히 매만진 다음 차를 준비하고, 손님이 머물 방을 정리했다. 집 안 곳곳을 돌아다니며 필요한 것들을 모았다. 이 방에선 매트를, 저 방에선 세면도구 세트를 가져오는 식으로 해서 한때 나의 연인이었던 그를 위해 꽤나 근사한 방을 준비했다.

그들은 해 질 무렵 돌아왔다. 로리는 다시 해럴드의 어깨에 올라타 있었고, 어린 남자아이 둘은 해럴드의 다리에 매달려 있었다. 나는 그를 그가 묵게 될 방으로 안내했다. 아까 오후, 온몸이 새카맣게 먼지로 얼룩졌던 때와는 전혀 다른 기분이었다. 나는 속으로 웃음이 났다. 우리가 처음 만난 그날처럼, 이번에도 내가 상황의 주도권을 쥐고 있다는 느낌이 들었기 때문이다.

"저기, 시빌라. 날 완전 남처럼 대하지는 말아줘요." 해럴드가 문기둥에 기대어 머쓱하게 말했다.

나는 그에게 다가가 손을 맞잡고 활짝 웃으며 말했다. "정말 반가워요, 해럴드. 그런데, 그런데 말이에요."

"그런데 뭐요?" 그가 물었다.

"오늘 오후처럼 그렇게 엉망인 꼴로 들키는 건… 그다지 반가운 일은 아니었거든요."

"무슨 말이에요! 오히려 우리가 처음 만났을 때가 생각나던데." 그는 눈가에 장난기 어린 웃음을 띠며 말했다. "여자들은 다 그렇더라고. 예쁘게 차려입지 않으면 남자한테 제대로 인사도 못 한다니까. 어떻게 입고 있든, 남자 홀리는 재주가 충분히 있으면서 말이야."

“그 입 다무시는 게 좋을 거예요.” 나는 그의 방을 나서며 어깨 너머로 말했다. “안 그랬다간 또 처음 만났을 때처럼 하지 말아야 할 말을 내뱉게 될 테니까요. 기억나요?”

“기억나고말고! 맙소사, 이렇게 짓궂게 구는 걸 보니 정말 옛날 생각이 다 나는걸!” 그가 명랑하게 답했다.

“비슷하면서도… 다르죠.” 나는 한숨 섞인 목소리로 그렇게 응수했다.

36. 옛날 옛적, 길고 무더웠던 어느 날

다음 날은 일요일이었다. 그것도 숨 막히게 더운 날이었다. 나는 오후에 교회에 가자고 제안했다. 아버지는 그 말에 미친 소리라며 펄쩍 뛰셨다. 지금은 가뭄이라 말 한 마리도 허투루 쓸 수 없는 판이니, 그런 한가한 외출에 귀한 말발굽을 낭비하지 말고 집에나 있으라는 것이었다. 남은 방법은 3, 4킬로를 걸어가는 것이었다. 그런데 놀랍게도, 평소 걸을 바에야 어떤 말이라도 끌어다 쓰는 걸 택하던 해럴드가 교회에 가고 싶다는 뜻을 밝혔다. 그래서 점심을 마친 뒤 해럴드와 스탠리 그리고 나, 이렇게 셋이 길을 나섰다.

포섬 걸리 인근 사람들에게 교회에 가는 일은 주간 최대의 행사나 다름없었다. 예배는 오후 3시에 조그만 비국교도 예배당에서 열렸고, 그곳에서는 평신도가 문법도 틀린 채 성경을 풀이하며 소박한 신도들에게 설교를 했다. 신도들은 종파가 제각각이었고, 대부분은 예배 자체보다는 그 전후로 예배당 바깥 통나무 위에 앉아 버터값이나 계속되는 가뭄 이야기, 동네 소문 등을 주고받기 위해 모였다.

해럴드 비첨이 나타나면 분명 작지만 큰 소란을 불러오리란 걸 나는 알고 있었다. 그는 어떤 자리에서건 눈에 띄는 사람이었고, 이곳처럼 온통 뙤약볕 아래 노동에 지친 얼굴들뿐인 마을 사람들 사이에선 더더욱 돋보일 게 뻔했다. 가뭄이 이들의 얼굴 위에 남긴 고단함과 근심의 선명한 자국들 속에서, 나는 한때 나의 연인이었던 그가 자랑스러웠다.

그에겐 당당함이 무의식적으로 몸에 배어 있었다. 그는 실로 '멋쟁이'였다. 물론 사무실이나 도시 거리에서 볼 수 있는 짙은 색 양복에 하얀 칼라와 커프스를 번쩍이는 그런 멋쟁이가 아니라, 태양과 안장, 광활한 대지를 배경으로 살아가는 소지주의 자유롭고 씩씩한 모습, 진짜 남자다운 남자의 멋이었다. 나약함은 털끝만큼도 없고, 땀 흘려 스스로 먹고 살 수 있으며, 위급한 상황에 처한 사람을 구해낼 수 있는 그런 사람이 풍기는 멋이 있었다.

우리가 예배당으로 다가가자 모든 이의 시선이 우리에게 쏠렸다. 해럴드가 단지 예의상 내 신발 끈을 묶어주거나, 책을 들어주거나, 양산을 들어주는 그런 동작들조차 사람들 눈에는 분명 연인의 다정한 관심으로 비쳤을 것이다.

나무 그늘 아래 통나무에 앉아 있던 남자 무리에게 해럴드를 소개하고, 해럴드가 그들을 상대로 이야기를 나누도록 둔 채, 나는 여자들이 모여 있는 유칼립투스 나무 아래로 향했다. 아이들은 조금 떨어진 곳에 또 하나의 무리를 이루고 있었다. 우리는 항상 이렇게 셋으로 나뉘었다. 그런 상황에서 청년이 여자들 무리 쪽으로 다가와 어떤 여자에게 말을 붙인다면, 그건 정말 단단히 반했다는 뜻이었다. 여자들 무리 속에서 쏟아질 짓궂은 농담과 눈총을 감수하고 그녀에게 다가갈 용기가 필요했을 테니까.

나는 그 지역 공동체의 증조할머니 격인 어르신부터 시작해 부인들과 소녀들이 모여 있는 여자들 무리 속에서 인사를 나누었다. 어르신은 성경의 다섯 번째 계명을 떠올리게 만드는 냉소적 진실을 온몸으로 보여주는 인물이었다. 새벽부터 밤까지 평생 고된 노동만 하다가 이제는 일조차 할 수 없게 되어 온몸이 쑤시는 채로 무덤 속으로 들어갈 날만 기다리며 이곳저곳을 배회하는 삶. 평소엔 늘 내 귀에 대고 "류머티즘이 어쩌고저쩌고", "주님을 얼마나 오래 기다리고 있는지 모르겠다" 하고 푸념하곤 했지만, 오늘은 해럴드에 대한 호기심이 앞섰던 모양이다.

"세상에 시빌라, 저게 누구야? 니 애인인가 보네, 그래? 참말로 내가 평생 본 사내 중에 저리 잘생긴 사내는 없었네."

내가 해럴드의 집안 내력을 말해주려는 찰나 목사가 등장하여 모두 함께 예배당 안으로 들어갔다. 목재 외벽에 철 지붕을 얹은 작은 예배당이었다.

예배가 끝난 뒤, 동네 또래가 나에게 와서 속삭였다.

"저 사람, 네 애인이지, 시빌라? 예배 시간 내내 그 사람은 너만 보고 있더라."

"어머, 아니야! 내가 소개시켜줄게."

나는 둘을 소개해주었다. 그리고 그들이 날씨와 가뭄에 대해 의례적인 대화를 나누는 모습을 지켜보았다. 해럴드는 천박한 구석이 전혀 없었고, 짧지만 고된 시련을 겪은 그 시간들이 그의 미숙했던 부분을 매끄럽게 다듬어주었는지, 남녀 누구든 좋아할 만한 사람이 되어 있었다. 여자들은 그의 듬직함, 부드러움, 멋진 갈색 콧수염, 그리고 그의 재산에 매혹될 것이고, 남자들은 그의 전형적인 사내다운 기질에 호감을 가질 것이었다.

나는 그가 일부러 교회까지 걸어온 이유가 거티에 대해 나와 단둘이 이야기할 기회를 만들기 위해서라는 걸 알고 있었다. 부모님께 먼저 말문을 열기 전에 아마도 내 생각을 듣고 싶었던 거겠지. 하지만 스탠리가 함께 있었고, 그 아이가 소년 특유의 경계심을 한순간도 늦추지 않았기 때문에 우리는 그냥 날씨 이야기나 할 수밖에 없었다.

무더위는 극심했다. 우리는 흘러내리는 땀과 얼굴에 들러붙는 파리들을 쉴 새 없이 닦아냈다. 걷는 내내 수없이 많은 메뚜기 떼들이 우리의 등장에 놀라 달아났다. 메뚜기들이 이미 과수원의 열매들을 모조리 먹어 치운 데다 나무껍질까지 갉아 먹어 나무가 죽어가고 있었는데, 이제는 들장미 이파리마저 하나도 남김없이 뜯어 먹고 있었다. 우리가 지나간 한 과수원에는 살구, 자두, 복숭아 씨앗들만 나뭇가지에 겨우 매달려 있었는데, 그것도 잎사귀 하나 없이 앙상한 가지 위에서 황폐함을 그대로 드러내고 있었다.

너무 더워서 심도 있는 대화는커녕 가벼운 이야기조차 나누기 어려웠다. 우리는 천천히, 느릿느릿 걸었다. 그러던 중 독사 한 마리가 우리 앞을 가로질렀다. 해럴드가 나뭇가지를 집어 들더니 뱀을 단번에 쳐 죽였고, 스탠리는 그걸 근처 울타리의 윗줄 철사에 걸어놓았다. 덕분에 우리는 얼마간 뱀에 대한 이야기를 나누었다.

토컴월과 봄발라에서 타오르고 있던 산불의 내음을 실은 푸른 바닷바람이 동쪽 산맥을 넘어 거세게 밀려오기도 했다. 바람은 굉음을 내며 우리 주변을 뿌연 안개처럼 에워쌌다. 태양은 순식간에 사라지고, 기온이 갑자기 뚝 떨어졌다. 얇은 옷차림을 한 나는 소름이 돋을 만큼 추위를 느꼈고, 해럴드도 외투를 여미는 모습이 눈에 들어왔다.

스탠리는 소젖을 짜야 한다며 서둘러 앞서 가버렸다. 소들은 거의 가죽만 남은 몰골이었지만 여전히 하루 두 번, 아침저녁으로 울타리에 몰아넣어 겨우 몇 방울의 젖이라도 짜내고 있었다. 그렇게 스탠리가 목초지를 건너 소 떼 쪽으로 가버린 덕분에 우리는 사철나무가 드리운 외진 곳, 들장미 덤불이 벽처럼 둘러싼 고요한 장소에 둘이 남게 되었다.

해럴드와 나는 암묵적인 합의라도 된 듯 걸음을 멈췄다.

"시빌라, 하고 싶은 말이 있어요." 그가 진지하게 말했다. 그러나 그 말 뒤에 긴 침묵이 흘렀다.

"그래요. '질러버리세요', 호러스라면 그렇게 말했을 거예요. 그런데 무시무시한 이야기라면, 제발 살살 말해주세요." 나는 가볍게 웃어넘기듯 말했나.

"시빌라, 내가 무슨 말을 하려는지 짐작할 수 있잖아요?"

그래, 짐작할 수 있었다. 아니, 나는 이미 알고 있었다. 그가 무슨 말을 하려는지. 그건 분명했다. 그는 곧 내게 말할 것이다. 내가 옳았고 그가 틀렸었다고. 이제 나보다 더 사랑하게 된 사람이 생겼고, 그 사람이 바로 내 동생이라고. 그리고 그 사실을 내게 먼저 고백해야 마음 편히 부모님을 뵐 수 있을 테니, 지금 나와 이야기를 하고 있는 것이었다. 나는 한때 그를 거절했다. 사랑하지 않아서였다. 그럼에도 불구하고 지금 이 순간, 내게 사랑을 고백했던 유일한 남자가 그 감정은 착각이었노라고, 거티를 더 사랑하게 되었노라고 말하려는 이 순간, 내 마음은 아려왔다.

우리 주위에는 들장미 덤불 사이에서 날갯짓하는 수많은 메뚜기들의 윙윙거리는 소리뿐이었다. 그는 내가 먼저 입을 열어 그의 짐을 덜어주기를 바라는 듯했지만, 나는 고집스레 입을 꾹 다물고 있었다. 무언가 날카롭고 거친 감정이 나를 사로잡고 있었다. 나는 고개를 들어 그를 바라보았다. 그는 크고 늠름했고, 정직하고 성실했으며, 부유했다. 그는 내 동생을 사랑했고, 그녀는 그와 결혼할 것이며, 그들은 행복할 것이다. 나는 마음속 깊이 쓸쓸하게 신은 어떤 이에게는 참으로 관대하시고, 또 어떤 이에게는 너무도 야박하시다고 생각했다. 물론, 이 남자를 내가 원했던 건 아니다. 하지만 왜 나는 다른 여자아이들과 이렇게 다른 걸까?

그러다 나는 거티가 떠올랐다. 거티는 예쁘고 소녀다웠으며, 편하게 다가갈 수 있는 사람이었다. 사랑스럽고 순수한 애교로 누구든 사로잡을 수 있는 아이였다. 거기에 생각이

미치자 내 마음이 조금 누그러졌다. 누가 봐도 나보다는 그 아이가 더 사랑스러우니까. 나는 이상하고, 괴팍하고, 지나치게 솔직해서 사랑스럽지 못했으며, 예쁘지도 않았고 귀여운 구석도 없었다.

그건 그 누구의 잘못도 아닌, 내 기이한 개성일 뿐이었고, 평범한 젊은이들의 환한 삶에서 멀어지게 만든 나 자신의 불운이었을 뿐이다. 그런데 내가 이 사랑스러운 두 사람에게 괜한 심술을 부릴 이유가 어디 있단 말인가? 나는 소설 속 영웅 여주인공도 아니었고 그저 평범한 시골 소녀에 불과했기에 괜한 감정 소모 없이 상황을 받아들이는 수밖에 없었다. 나는 발밑, 듬성듬성 거의 바삭하게 구워지고 있는 듯한 마른 풀잎에서 시선을 들어 해럴드의 팔에 살며시 손을 얹고, 155센티밖에 되지 않는 키를 조금이라도 그와 맞추기 위해 까치발을 든 채 말했다.

"그래요, 해럴드. 무슨 말 하려는지 알아요. 다 말해요. 저 심술부리지 않을게요."

"글쎄 말이지, 당신은 워낙 쉽게 상처받고, 딱 잘라 말해버리니까 내가 어떻게 어디서부터 말을 꺼내야 할지 모르겠어요. 그런데 내가 무슨 말을 하려는지 안다면, 그냥 내가 말 안 해도 대답해주지 않겠어요?"

"그래요, 해럴드. 하지만 그래도 당신이 직접 말하는 게 좋겠어요. 어떤 '조건'이 붙을지 모르니까."

"조건!" 그가 그 말을 낚아채듯 반색하며 외쳤다. "만약 조건 때문에 망설이는 거라면, 당신이 원하는 대로 어떤 조건이든 다 걸어도 돼요. 나하고 결혼해준다면 말이야."

"당신과 결혼이라니요, 해럴드! 그게 무슨 말이에요? 지금 본인이 무슨 말을 하고 있는지 알기나 해요?" 나는 깜짝 놀라 외쳤다.

"봐! 내가 그럴 줄 알았어. 또 모욕으로 받아들일 줄 알았다니까. 세상에서 제일 자존심 센 사람은 바로 당신이에요. 당신이 나보다 훨씬 똑똑하다는 거 알아요. 하지만 나는 당신을 사랑하고, 당신이 바라는 건 뭐든 해줄 수 있어요."

"해럴드, 솔직히 말할게요. 모욕이라 생각한 게 아니라 너무 놀랐던 거예요. 난 당신이 거티를 사랑하게 됐고, 우리 사이에 있었던 그 어리석은 장난 같은 일은 거티한테 말하지 말아달라고 부탁하려는 줄 알았어요."

"거티랑 결혼? 세상에, 걔는 아직 애인데. 아니 그냥 아기나 다름없다고! 거티랑 결혼이라니. 난 한 번도 그런 생각 한 적 없어요. 그런데 당신 정말 내가 그런 사람이라고 생각한 거예요?" 그가 상심한 듯 물었다.

"아뇨, 해럴드." 나는 단호히 대답했다. "당신이 그런 사람이라고 생각한 건 아니에요. 다만 세상 남자란 다 그런 줄 알았을 뿐이에요."

"세상에, 시빌라! 지난 2월에 나한테 보낸 그 이상한 편지들, 정말 진심이었단 말이오? 난 그저 장난기 어린 반항쯤으로밖에 생각 안 했는데. 그리고 당신, 정말 나를 잊었던 거예요? 2년 전 내게 한 그 약속도, 우리가 나눴던 순간들도, 그저 보잘것없는 불장난 정도로 여겼던 거예요?"

“아니에요, 그런 식으로 생각하지 않았어요. 다만… 당신이 거티를 좋아한다고 말했을 때, 그게 우리 사이를 설명할 방식이라고 생각했어요.”

“거티, 귀엽고 예쁜 아이지. 하지만 나는 그 아이를 단 한 번도 당신의 여동생 그 이상으로 생각한 적 없어요. 당신 여동생은 곧 내 여동생이기도 하니까. 거티는 그냥… 어린애잖아.”

“아이라고요? 벌써 열여덟이에요. 당신이 나한테 처음 결혼 이야기를 꺼냈을 때의 나보다 한 살이나 많다고요. 그리고 거티는 정말 아름답고, 나보다 스무 배는 더 착하고 사랑스러운 아이예요. 내가 아무리 잘보이려 애써도 따라갈 수 없을 만큼.”

“그래, 당신 나이가 그때 더 어렸을지 모르지만, 당신은 그 아이와 너무 달라요. 그리고 아름다움이란 건 아무것도 아니에요. 남자가 원하는 게 그저 예쁜 얼굴뿐이라면, 돈만 있으면 하렘*도 만들 수 있지. 하지만 내가 원하는 건 진실된 사람, 진심으로 함께할 사람입니다.”

'세상은 어리석음과 죄로 가득하고
사랑은 붙잡을 수 있는 곳에 머물 뿐
아름다움은 쉽게 얻을 수 있지만
사랑은 매일 얻을 수 있는 게 아니기에.'

---

* 이슬람 국가에서 부인들이 거처하는 방.

나는 오언 메러디스의 시구절을 인용했다.

"맞아요." 그가 말했다. "그게 바로 내가 당신을 원하는 이유예요. 그러니 다시 한번 생각해줘요. 지금 당장 대답하지 이유아도 돼요. 거절하지만 말아줘요. 나한테 화난 거… 아니겠지, 시빌라?"

"화나다니요? 사랑받는다고 화를 낼 만큼 나 그렇게 이상한 사람 아니에요."

아… 왜 나는 그를 사랑하지 못했을까? 아니, 사랑이란 걸 나도 깊이 느낄 수 있는데 왜 그 대상이 그가 아니었을까? 왜 그는 그렇게 안타깝게도 겸손한 얼굴을 하고 있는 걸까?

나는 약했다. 아, 너무도 미약한 존재여서 거친 인생길의 험한 굽이들을 함께 넘어갈 수 있는 강인하고 단단하고 주도적인 남자를 원했다. 운명의 맷돌에 갈려본 사람, 고통을 겪고 세상의 구조를 이해한 사람… 그런 이를 원했다.

한데 해럴드는 아니었다. 나는 해럴드 비첨과 결혼할 수 없었다.

"그래서, 시빌라… 내 작은 친구. 대답은… 생각이 정리가 됐나요?"

"말할까요?" 한참 후 내 입에서 떨어진 말은 그가 원하는 답이 아니었다.

"말할게요. 그냥 날 떠나세요. 가서 당신에게 어울리는 여자를 만나 결혼하세요. 모든 남자들이 좋아하는 그런 여자요. 좋은, 모범적인 여자. 해야 할 일을 제때 할 줄 아는 그런 여자요. 제발… 나는 그냥 내버려둬줘요."

그는 고통스러운 듯 심하게 동요했다. 얼굴에 아픔이 스쳐 지나갔다.

"그런 말 하지 말아요, 시빌라. 예전엔 내가 형편없는 놈이었을지 몰라도… 그런 건 이제 다 씻어냈어요."

"형편없는 사람은 나예요." 내가 말했다. "방금 난 여자로서 할 말이 아닌, 아주 형편없는 말을 했어요. 차라리 말하지 말걸 그랬어요. 나는 당신 아내가 될 자격이 없어요, 해럴드. 아니, 어느 누구의 아내도 될 자격이 없어요. 하지만 해럴드, 나 당신한테 거짓말한 적은 없어요! 세상에는 당신이 말만 하면 당신과 결혼하겠다는 훌륭하고 고귀한 여자가 수십 명은 될 거예요. 그런 여자 중 한 명을 선택해요."

"하지만, 시빌라, 나는 당신을 원해요. 당신은 세상에서 가장 진실하고 좋은 여자니까."

"오호! 이제 아첨은 그만두죠." 나는 장난스럽게 말하며 웃어 보였다. "블라니 스톤*에 키스라도 했나 봐요."

그는 실소와 짜증 사이에서 감정을 추스르려 애쓰며 말했다.

"당신은 정말 세상에서 제일 이상한 여자요. 어느 순간에는 사람을 차갑게 대했다가, 또 금세 세상에서 가장 유쾌한 사람이 되었다가는 갑자기 또 어머니처럼 심각하고 진지해지니…."

---

* 아일랜드 코크Cork 근처의 블라니 성(Blarney Castle) 꼭대기에 있는 전설적인 돌. 이 돌에 입을 맞추면 말재주, 설득의 은사, 유창한 웅변 능력을 얻게 된다고 한다.

"그래요. 나 정말 이상한 사람이에요. 당신이야말로 제정신이라면, 나 같은 사람한테 관심도 갖지 말았어야 해요. 그런데 더 이상한 것도 있어요. 난 남자가 여자에게 절대 용납하지 않는 성향을 가지고 있어요. 내가 이 끔찍한 이야기를 하면 당신 역시 뱀이라도 본 것처럼 나한테서 도망칠걸요."

"그게 뭐죠?"

"나는 글을 써요. 그리고 문학계 사람들은 언젠가 내가 작가가 될 거라고 해요."

그는 부드럽고 울림 있는 웃음소리를 터뜨렸다.

"그건 나한테 딱 좋은 소식인데? 나는 편지 한 통 쓰는 것보다 하루 종일 몸 쓰는 게 더 좋으니까. 그러니까 당신은 얼마든지 글을 써도 돼요. 가끔 내가 하는 일에 손을 좀 보태주기만 하면 됩니다. 당신만 좋다면 서재도 마련해주고, 글 쓰는 도구를 트럭 한 대 분량도 당장 주문할 수 있어요. 당신이 말한 그 '끔찍한 이야기'가 그거예요?"

나는 고개를 끄덕였다.

"이제 당신을 가질 수 있겠군요." 그가 조심스레 말했다. 그리고 나를 부드럽고도 경건하게 품에 안았다. 그 순간, 나는 마치 고통이라도 느낀 듯 외쳤다.

"안 돼요, 해럴드. 제발 이러지 마요!"

나는 몸을 비틀어 그의 품에서 빠져나왔다. 그가 보여주는 따뜻한 애정에 내가 결코 합당한 사람이 아니라는 걸 알고 있었기에 나는 너무 부끄러웠다.

그의 얼굴이 어두워졌다.

"내가 그렇게 싫어요? 내 손길조차 견디기 어려울 만큼?"

애타는 심정과 서운한 마음이 반반씩 섞인 목소리였다.

"아니에요, 그런 게 아니에요. 정말로… 정말 당신이 좋아요. 그걸 당신이 이해해줬으면 해요." 나는 거의 혼잣말처럼 중얼거렸다.

"이해? 당신이 나를 좋아한다면, 그거면 됐어요. 나는 당신을 사랑하고, 돈도 충분히 있으니까 우리 사이를 가로막을 건 아무것도 없어요. 당신이 나를 좋아한다는 걸 이제 확실히 알았으니, 무슨 일이 있어도 당신을 내 사람으로 만들겠어. 악마라도 말릴 순 없을 거예요."

"당신하고 그 악마 사이에 큰 싸움이 벌어지겠네요." 내가 장난기 섞인 목소리로 웃으며 말했다. "그 악마란 놈, 나한테 꽤 깊이 박혀 있어서 아마 당신한테 쉽게 넘어가진 않을 거예요."

해럴드는 언제나 유머 감각이 그의 체격만큼 크진 않았고, 방금 내 말이 왜 그런 식으로 연결되는지 잘 이해하지 못한 눈치였다.

두 해 전, 그때는 질투 어린 분노로 나를 움켜쥐었지만, 지금은 간절한 애정으로 그가 내 손을 꽉 잡았다. 그리고 나를 앞으로 끌어당겼다. 그의 눈은 깊고 간절했으며 목소리는 떨렸다.

"시빌라, 가엾은 시빌라. 내가 당신한테 잘할게요. 당신이 원하는 건 뭐든 해줄게요. 당신은 지금 이니라고 밀하면서도 그게 무슨 뜻인지 몰라서 그러는 거예요."

아니, 나는 굴복할 수 없었다. 그는 나에게 모든 것을 내어주려 하고 있다. 단 한 가지, 내 자유만 빼고. 그는 빈말을 하는 사람이 아니었고, 그의 약속은 진지했다. 하지만 그렇다 해도 그는 나의 사랑이 될 수 없었다. 내 사랑은, 고통을 겪어본 사람이어야 했다. 그로부터 세상을 알고 이해하는 사람이어야 했다.

"시빌라, 왜 대답하지 않죠? 이제 내가 당신을 '내 사람'이라 불러도 될까? 그래야 해, 그래야 해, 그래야만 해!"

그의 뜨거운 숨결이 내 뺨에 닿았다. 그 다정하고, 정직하고, 남자다운 얼굴이 너무 가까이, 위험할 정도로 가까이 있었다. 그의 사랑은 마치 술처럼 나를 취하게 만들고 있었다. 나는 그를 믿는 데 주저함이 없었다. 그에게는 어느 하나 거북한 구석이 없었다. 도대체 내가 바라는 '그 사람'은 어디 있단 말인가? 고통을 겪고, 세상을 알고 이해할 줄 아는 사람. 어쩌면 그런 사람은 영영 나타나지 않을 수도 있다. 그리고 만약 나타난다 해도 그가 나를 사랑하지 않을 가능성이 거의 백프로일 것이다.

"시빌라, 시빌라, 나를 조금이라도 사랑해줄 순 없을까?"

그의 말에는 뿌리치기 힘든 설득력이 있었다. 그는 타고난 매력을 지닌 남자였다. 그리고 나는 거칠고 메마른 삶으로 인해 나약해져 있었다. 그는 나를 끌어안으려 했다. 그를 거부하기란 불가능했다. 그래, 그의 아내가 되겠다. 어지러움이 밀려왔다. 나는 고개를 확 젖히고 거칠게 숨을 들이마셨다. 한 번, 또 한 번. 그 숨결에 바다의 향기와 돛줄의 삐걱거림, 삶의 분주함과 투쟁을 떠올리게 하는 상쾌한 공기가 흘러들었다. 내 오래된 기개가 되살아났다. 그 순간 나의 나약함은 사라졌다.

그런데 나 자신만 생각할 게 아니라 해럴드 입장도 고려해봐야 했다. 고통을 아는 강인한 사람의 손에 잡힌다면, 나는 무해한 존재로 남을지도 모른다. 그러나 해럴드에게 나는, 초보자의 손에 쥐어진 양날의 검과 같을 것이다. 움직일 때마다 그의 손을 베고, 결국엔 그 정직한 마음을 찌르게 될 것이다.

내 거절이 오히려 그를 위한 것임을 납득시키기란 불가능해 보였다. 그는 위험한 장난감을 사달라고 조르며 떼쓰는 귀여운 아이와 같았으니까. 나는 그 아이를 기쁘게 해주고 싶었지만, 이후의 무거운 책임이 너무 크게 다가왔다.

"해럴드, 안 돼요. 우리는 안 돼요."

그는 내 손을 놓고, 몸을 꼿꼿이 세웠다.

"내일 아침이 되기 전까지 거절은 받아들이지 않을 겁니다. 왜 날 거부하는 거죠? 혹시 내 성격 때문에? 그건 걱정하지 않아도 돼요. 당신한테는 절대 상처 주지 않을 거니까. 나 술도 안 마시고, 담배도 거의 안 피우고, 욕도 그렇게 많이 하지 않아요. 여자의 명예를 더럽힌 적도 없고. 당신이 그저 평범한 여자였다면 억지로 밀어붙이지 않았을 거예요. 하지만 당신은 워낙 별난 사람이니까, 혹시 별것 아닌 이유 때문에 머뭇거리고 있는 건 아닌가 해서. 충분히 무시해버릴 수 있는, 없던 걸로 할 수 있는 그런 일."

"맞아요, 정말 별거 아닌 이유예요. 하지만 그걸 무시해버리는 순간, 전부가 무너져요. 그 '별것 아닌 이유'가 바로 나니까요. 내가 문제예요. 나는 당신과 어울리는 사람이 아니에요. 당신이 나와 결혼하는 건, 현명한 일이 아니에요."

"결혼은 결국 내 문제니까 당신이 내 걱정까지 할 필요는 없어요. 당신이 두려워할 게 없다면 나는 아무 불만 없으니까."

우리는 말없이 돌아섰다. 한마디도 주고받지 않은 채, 침묵 속에서 집으로 향해 걸었다. 평소처럼 길가의 덤불 잎을 씹는 장난도 할 수 없을 만큼, 둘 다 마음이 뒤숭숭했다.

그날 밤, 집안사람들이 모두 잠든 뒤에도 나는 오래도록 생각에 잠겼다. 매력적인 제안이었다. 해럴드는 나에게 잘해줄 사람이었고, 내가 그토록 증오하던 가난한 삶에서 나를 끌어내어 여유 있는 삶으로 데려다줄 것이었다. 만약 내가 이대로 이곳에 남기를 택한다면, 무덤에 이를 때까지 내 앞날은 지금과 똑같은 삶뿐일 텐데. 이 삶을 벗어날 유일한 길은 결혼뿐이고, 해럴드 비첨의 청혼은 아마도 일생에 단 한 번뿐인 절호의 기회일지 몰랐다. 아마 그는 나를 그럭저럭 다뤄가며 잘 살 수 있을지도 모른다. 그래, 그와 결혼하는 편이 나을지도 모르지.

나는 결혼이라는 제도가 인구를 유지하고 문명을 이어가는 가장 합리적이고 품위 있는 제도라 생각한다. 그러나 결혼은 인생에 있어서 엄숙한 문제였다. 나 또한 여느 여자들과 다름없이 결혼에 어울릴 수 있는 사람이었지만, 그것은 오직 특별한 반려자를 만났을 때에만 해당했다. 그리고 해럴드는 그런 사람이 아니었다. 내 속에 숨어 있던 여성성이 불쑥 고개를 들어 이 사실을 분명히 일러주었으므로, 나는 곧장 펜을 집어 들고 편지를 썼다.

친애하는 해럴드에게,

내일 아침엔 당신과 얘기할 기회가 없을 것 같아 이렇게 글을 씁니다. 부디 다시는 결혼 이야기는 꺼내지 말아주세요. 나는 이미 마음을 굳게 정했어요. 결혼을 할 수 없습니다. 앞으로 살아가면서, 잠시나마 누군가에게 사랑받은 적이 있었다는 사실은 늘 위로가 되어줄 거예요. 단 몇 시간뿐이었다 해도 말이에요. 내가 당신을 전혀 좋아하지 않는 건 아니에요. 지금까지 만난 어떤 남자보다도 당신이 좋아요. 하지만⋯ 나는 결혼할 생각이 없어요. 당신이 재산을 잃었을 때, 당신한테 내가 필요하다고 생각했기에 그땐 받아들일 마음이 있었어요. 하지만 이제 다시 부유해졌고, 나 같은 사람은 필요하지 않게 되었어요.

무엇보다 나는 당신의 아내가 될 만큼 훌륭하지 않아요. 당신은 좋은 사람이에요. 더 좋은 점은, 당신 스스로 그 사실을 모른다는 거예요. 당장은 낙담하거나 외롭겠지요. 당신은 마음을 정하면 좀처럼 뜻을 굽히지 않는 사람이니까요. 하지만 곧 알게 될 거예요. 당신이 나에게 느끼는 감정은 단지 일시적인 '충동'이었다는 것을.

해럴드, 거울을 들여다보세요. 그 안에는 온전히 남성적인, 연약한 기질이라고는 조금도 섞이지 않은 강건한 한 남자의 모습이 보일 거예요. 그러니 당신의 사랑은 순간의 열정일 뿐이에요. 그렇다고 당신을 비난하는 게 아니에요. 다만, 그건 전형적인 남자의 특성이고, 당신 역시 그와 같은 남자라는 것뿐이에요. 그 이상도 이하도 아닌 순수한 남자라는 사실을 말하는 거예요. 주위를 둘러보세요. 세상엔 훌륭한 여자가 정말 많아요. 그중 누군가는 당신에게 더 잘 어울리는 동반자가 될 거예요. 나보다 더 평범하고, 더 조화로운 친구이자 좋은 아내가 될 사람이요. 당신이 나에게 베풀어준 그 크나큰 영예, 진심으로 감사드려요. 하지만 그 마음은, 당신을 진심으로 감싸줄 수 있는 누군가를 위해 남겨두세요. 그리고 언젠가, 제가 당신을 놓아주었다는 사실이 오히려 기쁨이 될 겁니다.

그럼 안녕히.

당신의 진실하고 다정한 친구,
시빌라 페넬로페 멜빈

다 쓰고 나서 나는 조용히 내 어린 여동생 옆 이불 속으로 몸을 밀어 넣었다. 방 안 공기는 아직도 식지 않아 낮의 열기가 여전했지만, 온몸이 떨릴 만큼 추웠다. 무언가 살아 있는 것, 진짜이고 따뜻한 것을 느끼고 싶어 나는 자고 있는 통통한 금빛 곱슬머리 동생을 꼭 끌어안았다.

“오, 로리, 로리…." 나는 속삭이며, 동생을 껴안고 외로운 마음에서 쏟아지는 눈물을 흘렸다.

“이 세상 어디에도, 이 헛되고 무정한 인생이라는 희극의 의미를 진심으로 알려줄 수 있는 그렇게 강하고 진실한 동반자는 없는 걸까? 이 지독한 고독은 정말 끝없이 계속될까? 왜 나는 다른 여자아이들처럼 예쁘고, 착하고, 단순하지 못한 걸까? 오, 로리, 로리, 나는 이 세상 누구에게도 기쁨을 줄 수 있는 사람이 아니고, 쓸모있는 존재도 아닌데 대체 나는 왜 태어난 걸까?”

37. 작은 것들을 경시하는 자는
서서히 무너지리라

I

아침이 밝았다. 아침 식사가 끝나고, 곧 해럴드가 떠날 시간이 되었다. 작별 인사를 하는 가운데 나는 고개를 저으며 그에게 몰래 쪽지를 쥐여주었다. 그는 말을 타고 터벅터벅 천천히 길을 따라 내려갔다. 나는 정원의 대문 계단에 앉아 두 손에 얼굴을 묻고 상황을 되짚어보았다. 내 앞에 펼쳐진 삶은 메마르고 단조로워, 해럴드가 방금 사라져 간 길처럼 메마를 터였다. 오늘은 빨래, 내일은 다림질, 그다음 날은 빵 굽기, 또 그다음은 바닥 문지르기, 이렇게 계속 이어질 노동의 나날. 가끔 이웃이나 차장수, 떠돌이, 아시리아 상인이 마을에 나타나는 것이 단조로운 삶의 낙이랄까. 홍수, 산불, 가뭄, 해충, 가축 질병과 맞서 죽어라 일하고, 타지에서 들어오는 농산물로 인한 압박에 진땀을 흘리며 겨우 입에 풀칠이

나 할 수 있을 것이었다. 내가 받은 교육과 훈련으로는 지금의 나, 아니면 그보다 훨씬 더 비참한 잡일꾼 외엔 될 수 있는 게 없었다. 선택은 스스로에게 달려 있다고 하지만, 인생은 내게 너무도 벅찼다. 이 모든 게 어디로 향하는 걸까? 삶의 의미는 뭘까? 인생의 목적은, 희망은 무엇이고, 결국 이 모든 것은 도대체 무엇을 위한 걸까? 더 곤궁하게 사는 수백만 명의 사람들과 비교하면 나는 오히려 삶의 혜택을 많이 받은 편이라 할 수 있었다. 하지만 누군가가 나병에 걸렸다고 내가 걸린 암이 덜 고통스러워지진 않았다.

어머니의 날카롭고 짜증 섞인 목소리가 나를 깨웠다. "시빌라, 게으르고 아무짝에도 쓸모없는 것, 이 불쌍한 늙은 어머니는 빨래통 앞에서 죽어라 일하고 있는데 넌 가만히 앉아 뭐 하는 거냐? 그렇게 멍하니 앉아 있다가 또 결국은 일하는 거밖에 없는 끔찍한 인생이라고 한탄이나 하겠지."

어머니가 옷가지에 그렇게 신경 쓰고 들볶는 모습이 나에겐 신기했다. 내 마음은 우리가 입던 옷을 개가 다 물어가도, 이웃의 옷들이나 온 세상 옷이 다 없어져도 아무 상관 없을 것 같았다.

"시빌라, 너는 도대체 정신을 어디에 두고 사는 거니? 빨래할 때는 정신을 차려야지. 스탠리 바지를 삶는 물에 넣어 색이 다 빠지게 해놓질 않나, 또 아버지의 가장 좋은 흰 손수건은 1차 세탁물에 넣었어야지, 왜 그게 지금 여기 있니?"

가엾은 어머니는 더운 날씨와 힘든 노동에 지쳐 점점 더 화를 내었고, 나는 멍하니 있다가 계속 실수를 저질렀다. 마지막 결정타는 실수로 오래된 컵을 떨어뜨려 깨뜨린 것이었는데 그로 인해 나는 크게 혼났다. 설령 내가 일부러 나쁜 짓을 했다 해도 이렇게 심한 꾸중을 들을까 싶을 정도였다. 하지만 나는 꾸중을 들어도 쌌다. 부주의했고, 컵과 같은 작은 식기 하나하나가 우리 집에선 귀했으며, 새로 살 여유도 없었으니까. 하지만 내가 분노하는 건, 흔한 컵 하나를 실수로 깨뜨린 것이 길고 지루한 꾸중거리가 되어버리는 이 숨 막히게 답답한 삶의 틀이었다.

아, 나의 어머니! 내가 살아온 19년 인생을 돌이켜보면 그녀가 한때 얼마나 자상하고 세련된 여성이었는지 알 수 있지만, 수년간의 집안일, 세탁과 청소, 바느질과 가난, 남편의 방임으로 인해 그 가냘픈 어깨에 너무 무거운 짐이 올려져 그 반짝이던 생기는 다 사라지고 없었다. 우리가 친구같이 지낼 수 있었더라면, 가난에도 불구하고 인생이라는 사막에 많은 오아시스를 만들었을 텐데. 아, 내가 옷감 무늬와 조리법, 값싼 거래와 전통 신앙에 온전히 빠져들 수만 있다면! 아, 어머니가 나의 갈망을 조금이라도 이해할 수 있다면! 거친 파도가 내 발아래서 굽이치는 것을 느끼고, 희미한 불빛이 스미는 아치 아래서 울려 퍼지는 장엄한 오르간 소리를 듣고, 사람들로 붐비는 환한 홀에서 바이올린의 흐느낌과 탄식을 들으며 인간의 흐름에 휩쓸려 살고 싶은 이 마음을 어머니가 이해할 수만 있다면.

아, 잔인한 악마여… 야망이여! 욕망이여!

타오르는 불꽃의 영혼,

진홍빛 불꽃을 품은 심장,

그 이름이 욕망일 뿐인

영혼이여!

단단한 가슴속에서 뜨겁게 고동치는 젊은 심장에 가장 달콤한 것은 살아 움직이는 것이다. 그러나 내 안의 그 열정은 어머니가 이해하지 못하는 영역에 있었다. 반면, 어머니에게도 나로서는 헤아릴 수 없는 부분이 있었다. 용감하게 기운을 내고 하느님을 신뢰하면서 가정을 지켜내려는 그 영웅적인 투쟁은 내 이해의 범위를 훌쩍 넘어서는 경지의 어떤 것이었다. 그 앞에서 나는 비겁하고 연약한 존재로 남아, 땅바닥을 기어다니는 나약한 인간일 뿐이었다.

이 뜨겁고 지루한 날이 끝날까? 또 끝나면 무슨 소용이랴? 다음 날, 그다음 날, 그리고 일주일, 이 주일이 덧없이 흘러갔다.

삶의 영혼이 음악으로 표현된다면, 어떤 것은 위대한 오르간만이 표현할 수 있고, 어떤 것은 오케스트라의 격렬한 충돌로, 또 어떤 것은 섬세하고 우아한 바이올린의 슬픔으로만 표현될 수 있는 영혼이 있을 것이다. 많은 이의 삶은 흔한 피아노 소리처럼 부조화스럽고 가끔은 음정이 틀리기도 할 것이며, 어떤 것은 허술한 휘파람 소리로 들릴 것이다. 그리고 내 삶은 녹슨 양철 냄비에 못을 두들겨 박는 소리와 같을 것이다.

나는 왜 글을 쓰는가? 글을 쓰는 사람은 왜 쓰는 것일까? 누군가 내 글을 읽고, 내 이야기를 들어줄까? 만약 그렇다면 그다음에는 무엇이 있나?

나는 내 주변의 것들, 옹졸한 생각들, 축축하게 젖어 무겁기만 한 고된 일상의 반복, 단조롭고, 목적 없고, 불필요한 삶을 내 목소리를 통해 토로해왔다. 하지만 인내하라, 오 내 마음이여. 나는 반드시 삶의 목적을 찾아낼 수 있을 것이다! 당장은, 우리 가족 가운데 내가 가장 잘 할 수 있는 일은, 아버지가 취했을 때를 대비해 술집 근처를 서성이는 것이었다. 본인 스스로 그런 역할을 하게 된다면 어머니는 가슴이 찢어질 터이고, 남동생들에게는 위험한 일이었다. 거티가 그런 자리에 있는 모습은 상상할 수도 없었다!

하지만 나에게는 그런 일이 상처가 되지 않았다. 그런 일을 해도 끄떡없이 살 수 있는 능력이 나에겐 있었다. 만약 그것이 나를 더 날 선 인간으로 만들고, 신에게서 한 발짝 더 멀어지게 한다 해도, 그게 무슨 대수란 말인가?

II

그다음 거티에게서 받은 편지에는 이렇게 쓰여 있었다.

언니, 해럴드가 찾아갔지? 오랜만에 만나 반가웠을 거라 생각해. 간다고 말도 안 하고 가버려서 언니에게 아무것도 보내주질 못했어. 그리고 돌아와서는 해럴드가 언니에 대해 궁금했던 소식을 전해줄 줄 알았는데, 그냥 모두 잘 지낸다고만 하더라. 그리고 몇 주 전에 여행을 떠났어. 처음엔 그리웠는데 — 왜냐하면 나한테 참 친절하게 잘 대해주었으니까 — 이제는 아니야, 왜냐하면 해럴드가 파이브밥 관리를 맡긴 크레이튼 씨가 해럴드만큼 자주 와서 훨씬 재미있거든. 그는 올 때마다 나에게 좋은 걸 가져다줘. 제이제이 삼촌이 그 사람 때문에 나를 놀려.

행복한 나비 같은 성격의 거티! 나는 그녀가 부러웠다. 거티의 편지와 함께 할머니에게서 온 편지도 있었는데, 그 안에는 해럴드 비첨에 관한 언급이 더 있었다.

해럴드 비첨을 어떻게 이해해야 할지 모르겠다. 늘 한결같으면서 성실한 사람이었고, 잠깐이라도 집을 떠나는 걸 싫어했는데, 지금은 갑자기 미국으로 급히 떠나버렸어. 전 세계를 돌아다닐 생각이래. 한데 그가 아무것도 보지는 못할 것 같구나. 왜냐하면 전보를 받은 고모들이 말하기를, 오늘은 여기 있는데 다음 날은 또 거기에서 수백 킬로 떨어진 곳에 가 있다 하더라고. 그렇게 떠돌아다니면 뭐가 보이겠니? 갑자기 어디서 그런 광기가 들렸는지. 해럴드 고모에게 가족 중 정신이 온전치 못한 사람이 있었는지 물어봤는데, 없다고 하더라. 가뭄이 심한데 크레이튼과 벤슨에게 전권을 맡긴 건 매우 어리석은 행동이야. 이미 인생의 쓴맛을 한번 봤고, 거기서 기적적인 탈출을 했으니 알 만큼 알 텐데. 잘 관리하고 조심하지 않으면 다시 궁핍해질지 모른다고 타일러봤지만, 해럴드는 재산이 모두 산산조각 나 없어져도 상관없다고 하더라. 그런 말을 하는 이유와 의미는 잘 모르겠지만, 그런 행동이 미친 짓이라고밖엔 안 보이는구나. 나는 해럴드가 거티를 마음에 둔 줄 알았는데, 거티에게 물어보니 그런 비슷한 말을 한 적이 없단다. 그럼 왜 그때 포섬 걸리에 간 거지? 그 이유를 알 수가 없구나.

해럴드 비첨이 여행을 떠나다니, 정말 예상 밖의 일이었다. 그는 떠돌아다는 걸 극도로 싫어했고, 시드니나 멜버른에도 볼일이 있을 때라든가 아니면 가축 쇼 기간에만 잠깐씩 다녀오곤 했다.
그가 포섬 걸리를 방문한 이유에 대해 여러 추측이 나돌았지만, 나는 침묵을 지켰다.

38. 옛날부터 내려온 이야기와 지나간 나날

나보다 훨씬 무거운 짐을 지고
고된 길을 걷는 이들이 있다.
이들은 지쳐 있지만, 불평하지 않는다.
나는 그 사실을 알면서도, 여전히 불만을 토로한다.
안다, 시간이 모든 것을 허물고,
마침내 평평히 고르게 만들 거란 사실을.
그럼에도 내 갈망은 사납게 일렁이고,
내 회한은 불길처럼 타오른다.
- A. L. 고든

1899년 3월 25일, 포섬 걸리

크리스마스가 지나갔다. 한 해 52번 느리게 지나가는 일
요일과 달리 자두 푸딩, 구운 칠면조, 그리고 집에서 만든 몇

병의 맥주로 구별되는 날이 또다시 찾아왔다.

한여름 향기로운 아카시아과 유칼립투스와 회양목 꽃이 활짝 피었을 때 이와 더불어 새해가 찾아왔다 갔고, 2월이 지나갔으며, 3월도 그렇게 지나가고 있고, 내 삶은 여전히 똑같았다.

미래에 무엇이 기다리고 있는지는 모르겠다. 오늘 밤 나는 너무 지치고 힘들어 아무 생각도 하고 싶지 않다.

시간은 우리 모두를 지배한다. 그리고 삶은,
희망이 꺼지기 전 우리가 그려놓았던 그 모습이 아니다.
그리고 여자들은, 우리의 운명을 스스로 선택할 수 없다.

시간은 자기 일을 철저히 해내고, 가장 교묘한 사기꾼인 희망이 서서히 과거의 허깨비로 변해갈수록 목구멍은 제 명에에 익숙해져간다.

오늘 밤은, 인생의 모든 것이 얼마나 하찮은지, 얼마나 비참할 만큼 하찮은지 그 사실이 뼛속까지 스며드는 밤이다. 결국, 덧없는 야망의 끝에 무엇이 있단 말인가? 왕이든 노예든, 우리는 모두 죽음을 맞아야 한다. 그리고 죽음이 문을 두드릴 때 우리의 삶이 위대했든 소박했든, 느리게 흘러갔든 빠르게 지나갔든, 그것이 과연 중요할까? 오직 영혼에 안식을 가져다줄 그 진실에 충실한 삶이었는가, 그것만이 중요하지 않을까?

하지만 가장 강인한 사람도 부서지기 쉽고,
가장 용감하고 고결한 이들도
바람처럼 스러진다. 상관없다.
이제 나는 그저, 쉴 수 있기를 바랄 뿐.

희망 없는 가슴속에서 지쳐 느릿하게 뛰는 심장에, 세상에서 가장 달콤한 것은 안식이다.

이제 내 마음은 지쳐갔다. 아, 오늘 밤 얼마나 고통스러운지. 전투를 열정적으로 외치는 젊은 심장의 아픔이 아닌, 패배하고 무너진 늙은 심장의 둔중하고 깊은 통증!

비관적이고 신경질적인 투정은 이것으로 충분하다! 이제 경쾌하게 다른 주제로 넘어가자.

나는 내가 호주인이라는 것이, 남십자성의 딸이자 거대한 황야의 자식이라는 것이 자랑스럽다. 나는 내가 농민이라는 것에 감사한다. 내 민족의 뼈와 근육의 한 부분이 되어, 사람이 마땅히 그러해야 하듯, 내 이마의 땀으로 내 빵을 벌어먹는다는 것이 자랑스럽다. 나는 기뻐한다, 내가 기생충으로 태어나지 않았음을. 비단과 벨벳 위에 몸을 늘어뜨리고, 사람들의 땀과 피와 영혼의 대가로 부를 짜내는 흡혈귀 중 하나로 태어나지 않았음에 감사한다.

아, 햇볕에 그을린 나의 형제들이여! 호주에서 태어나 땀 흘려 일하며 살아가는 이들이여! 나는 그대를 깊이 사랑하고 존경한다. 그대들은 용감하고, 진실하며, 충직하기 때문이다. 나는 보아왔다. 젊음과 희망이 혈관 속에 힘차게 흐르는 사람들뿐 아니라, 머리카락 사이로 애처로운 회색 줄무 늬가 스며들고, 부양해야 할 대가족을 떠받치며, 반세기의 세월을, 일의 무게를 져온 사람들을. 또 나는 보아왔다. 그대 들이 홍수와 불길, 가축 전염병과 해충, 가뭄, 경기 침체, 그 리고 병마와 맞서 불평 한마디 없이 싸우는 모습을. 불행한 형제를 위해 기꺼이 몸과 마음을 내어주고 웃음과 농담, 그 리고 기운찬 쾌활함을 잃지 않는 모습을.

나의 자매들을 생각하면, 내 마음은 큰 사랑과 연민으로 가득 찬다. 땀 흘려 일하는 우리 여인들. 집 안팎을 문질러 닦고, 빨래하고, 꿰매고, 요리하며, 재봉사이자 도배장이인 동시에 우유도 짜고, 정원도 가꾸며 거기다 양초 제작까지, 이 모든 것을 다 해내면서 환한 웃음과 단정함을 잃지 않는 가운데 메마르고 먼지 낀 좁은 인생길에 드문 작은 오아시 스를 기꺼이 가꾸어내는 여인들. 아, 내가 그대들과 어깨를 나란히 할 자격이 더 있었더라면! 더 전형적인 호주 농민, 더욱 유쾌하고, 정직하며, 용감한 사람이었더라면!

사랑하고, 사랑한다. 계급의 밧줄이 점점 더 조여오고, 더 욱 단단히 그 목을 감아오는 가운데서도 그대들은 용감히, 묵묵히 걸어갈 것이다. 러시아의 농노들이 그랬던 것처럼 몇 세대만 지나면 그대들도 완전히 속박당하게 되리라는 것을 나는 보고, 또 알고 있지만 나는 아무런 도움이 되지 못할 것 이다. 나는 그대들 중 하나이며, 힘없고 보잘것없는 시골의 평민으로 단지 그저 '여자'일 뿐이니까! 내 무력한 삶 역시, 똑같이 고된 노동의 수레바퀴 속에서 짓밟혀 사라질 것이다.

거대한 태양이 서쪽으로 기울어 가라앉으며, 굶주린 가축과 가뭄에 시달린 황폐한 땅 위로 의미심장한 웃음을 던지고 있다. 구름이 주황빛과 진홍빛, 은빛 불꽃, 그리고 황금빛으로 물들어가며 태양은 점점 더, 유칼립투스 숲이 우거진 지평선에 가까워지고, 아래로 더 아래로 가라앉는다. 화려하고도 눈부신 석양의 향연이 불꽃처럼 타오르고, 긴 그림자들이 서둘러 모든 것을 덮어버린다. 쿠카부라 새들이 유쾌하면서도 조롱하는 듯한 작별 인사를 전하고 구름은 청록, 연두, 그리고 회색으로 스러진다. 별들이 수줍게 얼굴을 내밀고, 구름 사이로 부엉이의 울음소리가 번져온다. 모두에게 사랑과 따뜻한 인사를 담아 전한다.

안녕히! 좋은 꿈 꾸시길!

아멘

얼마 전 어떤 행사에서 연자가 청중에게 시간여행을 할 수 있다면 언제 어디로 가고 싶으냐는 질문을 던졌다. 그 순간 그 진부한 질문은 독화살처럼 날아와 내 심장에 꽂혀 숨을 쉴 수가 없었다. 그리고 돌아갈 수 있다면 3년 전으로 돌아가 그의 마지막 생일을 축하해주고 작별 인사를 해주고 싶었다. 악마에게 영혼을 팔아도 이루어지지 않을 이런 소원을 소설은 이루어준다. 그것도 너무나 쉽게 그리고 너무나 재미있게.

My brilliant career!! 소설 같지 않은 제목을 단 이 소설은 우리를 1890년대 말 호주로 데리고 간다. 그리고 그렇게 가게 된 시간과 공간에서 어느덧 나는 저자가 되어 유년기 기억을 새기고, 호주의 들판을 뛰어놀며 자라면서 세상을 보는 눈을 키우고 어른이 되어간다. 책을 번역하는 여름내내 내 마음은 호주의 포섬 걸리와 골번에 가 있었고, 10여 년 전 잠시 살며 보았던 호주의 모습은 정말 빙산의 일각이었음을, 그 넓은 땅에 사람들이 살아온 역사를 나는 너무도 모르고 있었음을 깨달았다.

기후 위기가 오기 전에도 이미 그곳의 온도는 한여름에 사오십 도를 기록했고 산불이 잦았으며 가뭄이 몇 년씩 이어져 소들이 굶어 죽는 일들이 있었단다. 어려운 시절을 겪어내고 살아온 사람들의 이야기 그리고 그 안에 피어난 사랑.

주어진 테두리에 순응하며 사는 사람은 사는 게 그리 불편하지 않고 싸울 필요를 느끼지 못한다. 하지만 그 테두리가 좁아 벗어나려 하는 자는 안에서 깨고 나가려는 욕망과 밖에서 이를 누르는 압력 사이에 짓이겨지거나, 혹은 이를 깨치고 나와 세상을 (조금이나마) 바꾸어나간다. 이렇게 나아가준 사람들 덕분에 넓어진 세상 속에서 내가 이만큼 누리며 살아올 수 있었던 것임을 마일스 덕분에 보게 되었다.

동서양을 막론하고 여자의 인생이 결국 결혼을 잘하는 것으로 결정되던, 또는 그 승패가 판단되던 시절 이를 떨치고 온전히 자기 인생을 살기로 선택한 여자. 그런 사람의 인생 초반 20년 정도를 그린 것인데 마치 온전히 그 인생을 다 살아본 기분이 들었다.

번역을 하며 호주의 사투리를 살릴 방법을 열심히 연구해보았으나, 30여 년을 영어만 보고 살았던 세월이 무색하게 그 사투리를 이해하기조차 어려웠던 사람이 어설프게 내놓은 부분에 대해서는 독자 여러분의 이해를 구한다.

후회로만 남은 3년 전의 시간으로 갈 수 없었던 나는 이 소설 덕분에 그보다 훨씬 더 먼 100여 년 전의 시간으로는 훌쩍 다녀왔다. 여러분도 함께 1890년대 호주로 가는 여행에 동승하게 된 것을 두 팔 벌려 환영한다.